Tim Parks hat sechs Romane geschrieben und in England dafür mehrere Preise gewonnen. Er hat englische Literatur in Cambridge und Harvard studiert. Heute lebt er mit seiner Frau und seinen zwei Kindern in Italien, wo er als Übersetzer und Lehrer arbeitet.

Zum Schutz des Persönlichkeitsrechts wurden
einige Namen geändert.

Dieses Buch wurde auf chlor- und säurefreiem Papier gedruckt.

Deutsche Erstausgabe Juni 1994

Titel der Originalausgabe »Italian Neighbours«

Originalverlag William Heinemann, London
Umschlaggestaltung: Adolf Bachmann, Reischach
Umschlagillustration: John Harris
Satz: Hans Buchwieser Satz- und Druck-Service GmbH, München
Druck und Bindung: Elsnerdruck, Berlin
Printed in Germany
ISBN 3-426-60237-7

2 4 5 3 1

Tim Parks

# Ein Haus im Veneto

Roman

Aus dem Englischen
von Katharina Foers und
Gerlinde Schermer-Rauwolf,
Kollektiv Druck-Reif

Knaur

## Vorbemerkung des Autors

Ich finde es oft nützlich, oder zumindest unterhaltsam, mir ein Buch als Geste, als Stimmung, als Pose vorzustellen. Und dann kann es sein, daß die Geste dieses Buches der eines geschäftigen, aber unerfahrenen Burschen gleicht, der innerhalb der engen Grenzen seines Territoriums mit einem Netz herumwedelt, das am Ende eines langen Stocks befestigt ist. Es ist kein Schmetterlingsnetz, das sieht man auf den ersten Blick. Dazu ist es viel zu groß, ja riesig. Doch vielleicht ist es ein Netz für Traumgespinste. Was erklären würde, warum die Seidenmaschen so fein geknüpft sind und das Herumwedeln damit so ziellos anmutet. Sollen wir den hektischen Burschen fragen, welche Art von Illusionen er einfangen will? Er hält kurz inne, schnappt nach Luft, ist überrascht von unserem Interesse. Nun, einige der allergewöhnlichsten Sorte, gibt er zurück: Nationalcharakter, Aura des Ortes, und die Stimmung, die von den Menschen, den Plätzen und dem Wetter hier geprägt wird. Wie er vorankommt? Er zuckt die Achseln und schürzt die Lippen, als wollte er sagen: Wenn es je eine undankbare Aufgabe gab, dann diese. Denn wissen Sie, Traumgebilde machen es einem nicht leicht. Selbst wenn man für einen kurzen Augenblick das Glück hat, eins zu erhaschen, ist es furchtbar schwer, es zu erkennen, und will man es dann auf die Seiten eines Buches heften, verliert es auf der Stelle jegliche Form und Farbe. Auf jeden Fall verbringe er die meiste Zeit damit, Binsenwahrheiten, Klischees und Karikaturen aus dem Netz zu klauben. Gar nicht zu reden von all dem Sand und der Streu, die die Luft hier schwängern. Wir lassen ihn in Ruhe, damit er weitermachen kann. Er rast los, offensichtlich völlig planlos. Und in seiner Verzweiflung scheint er sein Netz noch wilder zu schwingen und vielleicht auch nicht ganz korrekt, denn er holt aus und fängt Vergangenes ein, wo er doch nach vorne blicken sollte; so kommt es, daß sich der zarte Stoff mit allen möglichen Dingen füllt –

Momentaufnahmen aus vergangenen Jahren, Beschreibungen von Orten und Räumen, die weit auseinanderliegen. Sie schütteln den Kopf. Und was immer es sein mag, was Sie schließlich im Buch dieses Burschen finden werden, er gehört offenbar nicht zu den Leuten, bei denen man guten Gewissens auf solche Unwägbarkeiten wie dokumentarische Wahrheit bauen könnte.

# 1
# Afa

Wie sollte ich je den Tag vergessen, an dem wir in Montecchio eintrafen? Und wie soll ich jemandem das Wetter beschreiben, der noch nie im Juli im Veneto war? Und dabei spielte das Wetter zweifellos eine gewichtige Rolle bei der Entwicklung der Dinge.

Ich meine damit nicht die Hitze. Besser gesagt, sie ist nur ein Teil des Problems. Die Temperatur liegt vielleicht bei nur 31°C oder 32°C, das ist nicht unerträglich heiß. Man ist auch schon mit 35°C und mehr fertig geworden, an südlichen Stränden oder in den Bergen. Doch hier und jetzt scheint trotz dieser Hitze keine Sonne, es gibt keinen blauen Himmel, keine Farbenpracht, keine Brise. Über mir – und so hoch über mir scheint es gar nicht zu sein – liegt ein eintöniges, drückendes, gleichzeitig klammes und doch kiesiges Grau; die Sonne, lediglich irgendwo zu ahnen, ist ein heller Fingerabdruck, ein Klecks. Und nichts weckt auch nur den leisesten Anschein, als wollte sich diese merkwürdige, sacht brodelnde, aufgedunsene Atmosphäre zu einer Regenwolke oder einem befreienden Unwetter zusammenballen. Nicht der Hauch einer Brise.

In der Stadt bemerkt man es vielleicht nicht einmal, doch sobald man Verona in Richtung Osten verläßt, kommt einem plötzlich zu Bewußtsein, wie erbärmlich die Sicht ist. Die Hügel unmittelbar im Norden, die einem mit ihrer Kirschblüte im Frühjahr so sehr gefielen, dahinter die gezackten Gipfel der Alpen, die im klaren Licht der tiefstehenden Wintersonne so dramatisch wirkten – alles ist verschwunden. Womöglich sieht man nur ein paar Kilometer weit. Und wenn man – was der Himmel verhüten möge – in Richtung Süden, mitten hinein in die *bassa padana*, über den Po und quer durch die offene Weite fahren muß, dann kann es passieren, daß man zwischen Nogarole Rocca und Mantua von einer Art gleißendgrauem Hitzenebel eingehüllt wird, so dicht, daß die Welt wie unter einem Schleier versunken liegt und die anderen Autos zu gespensterhaften Schemen werden; die Reben, die Obstbäume, der hoch aufragende Mais und die Tabakpflanzen – die ganze Landschaft wird zu einer riesigen, dampfenden Minestrone …

Wir aber fahren nach Montecchio, das wie Verona am Fuß der ersten, jetzt unsichtbaren Hügel liegt, mit denen der lange Aufstieg zu den Alpen beginnt. Und kurioserweise sind es die Alpen, so wird einem immer wieder versichert, die diese Wetterlage verschulden. Allerdings nur in einer Hinsicht: Sie halten die gnädigen Winde ab, die alles wegfegen würden, was das Klima in der Ebene so unangenehm macht – die sich allmählich anstauenden Abgase, den Geruch Tausender Schweine- und Hühnerfarmen und die reichlich versprühten Insektizide, die sich in der abgestandenen Luft vermischen – über einer Szenerie, die bei anderem Wetter von ausgesuchter Schönheit wäre.

Die Einheimischen nennen dieses Phänomen *afa* oder *lo smog* (sssmog gesprochen). Das Hemd klebt einem in den Achselhöhlen, und man fühlt sich unbehaglich im Schritt. In England erlebt man dergleichen nur, wenn man Freitag nachmittag während der Rush-hour in einen Bus oder eine U-Bahn gepfercht ist und der *Standard* seine halbe Titelseite der Schlagzeile widmet: HUNDSTAGE!

Doch genau in diesem Augenblick fahren wir hinter dem rostigen weißen Fiat 127 unserer zukünftigen Vermieterin, der *padrona di casa*, her. Wir wollen eine hundertzehn Quadratmeter große Wohnung am Stadtrand von Montecchio besichtigen und hoffen auch, dort einzuziehen. Daher ist unser eigener Wagen, ein betagter orangefarbener Passat, prallvoll mit all unseren irdischen Gütern beladen; die Kofferraumklappe wird von einer Schnur, die über diverse Kartonstapel führt, festgehalten, die Lenkstange eines unserer Fahrräder wandert entlang der Windschutzscheibe langsam nach unten.

Quer durch die eintönige, nahezu unsichtbare Landschaft führt die schmale Straße, sie wird von niedrigen Betonmauern, tiefen Gräben zum Schutz vor Hochwasser, staubigen Pappeln, Zypressen und Reben gesäumt. Gelegentlich überholen wir eine bäuerliche Gestalt, die mit breitem Hintern auf einem dahintuckernden *motorino* sitzt, ohne Helm, Zigarette im Mundwinkel. Oder auch eine Frau, die Einkaufstasche zwischen dicken Knien, das Kopftuch über den grauen Haaren festgezurrt, irgendwie imposant trotz ihrer unsicheren Bewegungen, und mit grimmig entschlossener Miene. Andere Fahrzeuge, die unsere vorsichtige Führerin zu überholen wagt, sind ein Traktor, auf dessen Kotflügel ein altersschwacher Hund balanciert, und ein dreirädriger *furgoncino,* eine Art motorisierte Schubkarre mit winzigem Fahrerhaus und Gasgriff an der Lenkstange, einen gefährlich ratternden Haufen Schrott hintendrauf. Wir selbst werden ab und zu von Motorrädern überholt, so schnell und weiß, daß mein Seitenspiegel sie kaum erfaßt; in Raumanzüge gekleidete Fahrer rasen in die Ferne. Und dann gibt es natürlich noch die übliche Hetzjagd der schwarz oder metallicfarben lackierten Mercedes, Alfas, Lancias und BMWs. Es ist eine bunte Mischung, verkehrstechnisch wie auch sozial, die uns allmählich vertraut wird.

Ungefähr zehn Minuten von der Stadt entfernt finden wir uns ohne nennenswerten Tempowechsel in einer bebauten Gegend wieder; zuerst ist es nur eine lose Ansammlung hübsch verputzter Häuser, dann öffnet sich vor uns Montecchios bedeutendste, Montecchios einzige echte Piazza: kleine Geschäfte, große Zedern in zwei kümmerlichen Grasflecken, eine Tankstelle mit einer Waage für Lastwagen, ein Kriegerdenkmal. Plötzlich rücken die Häuser dichter zusam-

men, die Straße verengt sich jäh, der Gehsteig zu beiden Seiten steigt auf die Höhe von einem Meter an. Stämmige Beine wie schlanke sind kaum einen Fußbreit vom Seitenfenster entfernt. Und trotzdem behält der Verkehr das rasante Tempo bei. Dann tauchen wir auf, überqueren eine Brücke, passieren eine riesige neue Kirche aus rotem Backstein, die durch ihren uneinheitlichen Baustil das Augenmerk auf sich lenkt, und biegen danach links ab; noch mehr Brücken, Wassergräben und Bäche, bis unsere zukünftige *padrona,* unmittelbar bevor die Straße aus dem Ort hinaus und in die Berge führt, links blinkt und wir in die Via Colombare gelangen.
Schmal, vielleicht zweihundert Meter lang und kerzengerade bietet die Via Colombare ein erlesenes Durcheinander aus Vorstadt-Ambiente und bäuerlicher Tradition. Hierher kommt der *furgoncino* ebenso wie der Mercedes mittags zum Essen heim. Auf beiden Straßenseiten dicht aneinandergereiht sind die Häuser, doch alle verschieden: mit zwei, drei oder vier Stockwerken; eins hierhin ausgerichtet, das andere dorthin; einige schon Jahrhunderte alt, stattlich oder armselig; andere wieder neu, schlicht oder pompös; eins rosa verputzt, eins blau, eins grün; viele auch nur aus blankem Beton in der gleichen entsetzlichen Farbe wie der heutige, nicht gerade vielversprechende Himmel. Es kann gut sein, daß vor der einen Tür ein neuer Alfa 75 steht, während vor der nächsten auf einem wackligen Stuhl ein gebrechlicher Großvater mit Strohhut sitzt. Um das Gefühl noch zu verstärken, daß hier geradezu symbolisch Widersprüche aufeinanderstoßen, blickt vom anderen Ende der Straße eine gemalte Madonna aus ihrem Schrein in der Mauer eines Kirschgartens über das flache Band aus Teerflicken hinüber auf eine verlassene, sanierungsbedürftige Abfüllanlage.
In der Via Colombare gibt es keinen Gehsteig. Und so führen die Eingangstüren der meisten älteren, ärmlicheren Häuser direkt auf den heißen Asphalt hinaus. Die Bewohner müssen daran denken, die Fensterläden an der Mauer einzuhaken,

damit sie nicht ein Lastwagen (der sich vermutlich verfahren hat) aus der Verankerung reißt (einmal wurde ein alter Steinbalkon weggerissen). Und wo die neueren Häuser der städtischen Zuzügler und reichen Bauern ein Stück von der Straße zurückgesetzt sind oder wo vielleicht sogar ein Garten angelegt ist, geht der willkommene Freiraum verloren, weil man als Zeichen des Wohlstands leidenschaftlich gern hohe, verzierte, schmiedeeiserne Zäune errichtet. Auch die Pforten müssen hoch und schmiedeeisern und verschnörkelt sein; sie werden – wo immer das möglich ist – eingefaßt durch kleine, verputzte Backsteinvorbauten mit Terracotta-Dächern, um sie noch imposanter erscheinen zu lassen.

Und bei ebendiesen Pforten – und den schlichteren Eingängen mit Moskitonetzen – parkten wir. Als wir aus dem Wagen stiegen, kamen nach und nach die Anwohner auf die Straße; sie hielten zwar keine regelrechte Versammlung ab, aber sie zeigten sich: eine schwergewichtige Frau mit einem Besen in der Hand als Vorwand; ein Mann, der seinen Hund nicht gerade sehr entschlossen zum Kofferraum seines Wagens bugsierte; andere Leute, die sich ohne ersichtlichen Anlaß an die Mauern und Zäune lehnten. Und wir konnten uns nicht des Gefühls erwehren, daß sie wegen uns da waren und uns beobachten wollten. Nicht mißtrauisch und auch nicht feindselig. Aber voller Neugier, das ja. Mit eindeutigem und beträchtlichem Interesse.

Nun fühlten wir uns wegen der Hitze und Schwüle schon unbehaglich genug. Durchaus möglich, daß wir recht aufgelöst aussahen. Und natürlich wußten wir inzwischen auch, daß Italiener keine grell orangefarbenen Wagen fahren (übrigens ebensowenig wie leuchtend gelbe oder knallgrüne) und die Besitzer solcher Autos mit einiger Herablassung sofort als Deutsche klassifiziert werden, mehr oder weniger ein Synonym für schlechten Geschmack. Außerdem hatten wir trotz unseres neuen Veroneser Nummernschildes noch immer diesen alten GB-Aufkleber hintendrauf und konnten daher ja wohl nur aus *Gibilterra* kommen. An so etwas waren wir längst gewöhnt; ja, wir hatten es in einer nachsichtigen und unbeschwerten Art vielleicht sogar kultiviert, denn es macht Spaß, fremd zu sein, zumindest ein oder zwei Jahre lang. Doch wie weit draußen auf dem Land wir auch gewesen waren, allein ein orangefarbenes Auto und die Aura von Verwirrung und Unbehagen hatten normalerweise nicht ausgereicht, um zehn oder fünfzehn Leute in die glühende Hitze hinauszulocken, nur um uns zu beobachten. Und schon gar nicht so kurz nach dem Mittagessen. Wußten sie etwas, wovon wir nichts ahnten? Erwarteten sie ein Schauspiel?

Unsere zukünftige *padrona* war nervös und steckte unbeholfen den falschen Schlüssel in die Pforte vor dem zweifellos modernsten Gebäude der Straße: ziemlich neuer, lindgrüner Putz mit rauher *graffiato*-Struktur; ausladende und reichlich verschwenderische kalifornische Gesimse; eine doppelt verglaste Eingangstür; und jede der vier Wohnungen mit großem Balkon. Auf die neugierigen Gesichter um uns herum ging sie mit keinem Wort ein; sie war nicht überrascht. Konnte man also annehmen, daß auch sie wußte, was jene wußten? Und warum hatte sie, so untypisch für eine Italienerin, darauf bestanden, sich mit uns zu einem Zeitpunkt zu treffen, da die meisten Leute hinter halb heruntergelassenen Jalousien ruhten, vom schweren Essen wie von der schwülen Hitze gleichermaßen gelähmt?

Plötzlich und völlig unerwartet versuchte nun diese herbe, intelligente Frau mit dem hageren Gesicht und den schmalen, hellbraunen Augen, leutselig zu erscheinen, und offenbarte uns ihre gynäkologischen Probleme. Erst heute morgen sei sie wieder in der Klinik gewesen. All diese Untersuchungen, die einem die Ärzte heutzutage aufdrängten. Die Zeit, die Kosten. Vor allem wenn man mehr oder weniger gezwungen sei, als Privatpatient zu kommen, wollte man anständig behandelt werden. Doch wer könne sich schon leisten, eine dieser unaussprechlichen Krankheiten zu riskieren? Man

wisse ja, wie das sei. Ihre Hand zitterte. Sie hatte größte Probleme mit ihrem Schlüsselbund und versuchte mehrmals, reichlich unpassende Exemplare ins Pfortenschloß zu zwängen.
Meine Frau und ich wechselten kurze Blicke und schauten uns dann um. Noch hing die Sonne nicht wie ein weißglühender Schürhaken über der Straße, das würde sie erst im August und September tun. Es war vielmehr die gesamte Szenerie – der narbige Asphalt, der aus den Mauern bröckelnde Stein und Zement, die Gärten, die Reben, der staubige Efeu –, die im Licht flimmerte. Alles schien zu flirren.
»*Eccoci!*« Die Pforte sprang auf. Und im selben Augenblick erschien Lucilla auf dem Balkon über uns und begann zu rufen, oder besser zu schreien, zu brüllen, zu kreischen.
Lucilla war beziehungsweise ist eine kleine, gedrungene Frau mit riesigem Busen, korpulent und mondgesichtig; ihr gefärbtes Haar ist so dünn, daß sie fast kahlköpfig aussieht; ihre Zähne erinnern an Knochen, so weit stehen sie auseinander, dazu noch leicht nach vorne geneigt. Zweifellos wurde der allgemeine Eindruck, den sie an diesem ersten Tag in Montecchio auf uns machte, nicht dadurch günstiger, daß ihre Züge wutverzerrt waren.
Darauf also hatten die Bewohner der Via Colombare gewartet. Die tonnenförmige Frau tanzte und kreischte auf ihrem Balkon. Ihre Stimme schallte durch die enge Straße. Sie deutete auf uns hinunter und fuchtelte mit dem Arm, als wollte sie uns verfluchen und mit einem Bann belegen.
Ich war damals schon seit über einem Jahr in Italien. Und auch wenn ich mir nicht anmaßen will, als Sprachgelehrter zu gelten, hatte ich doch den Punkt erreicht, wo ich meiner Meinung nach ungefähr achtzig Prozent von dem, was direkt an mich gerichtet war, und vielleicht fünfzig Prozent (weit mehr als genug) von dem, was in meiner Gegenwart geäußert wurde, verstand. Doch an diesem Nachmittag konnte ich

keine einzige Silbe dessen, was Signora Lucilla so markerschütternd brüllte, entschlüsseln.
Hilfesuchend drehte ich mich zu Rita um. Auch sie verstand nur ein klein wenig mehr als ich. Das war anscheinend nicht der hiesige Dialekt. Was beruhigend war. Die kleine Frau auf dem Balkon über uns war weiterhin wie elektrisiert vor Wut. Ein ziemlich ungewöhnliches Energiebündel. Als sei sie entschlossen, allein kraft ihres Geschreis ihr Gebiß vor uns auszuspucken.
»*Pazza*«, meinte Signora Marta mit fester Stimme. »Verrückt.« Sie vermied es, nach oben zu blicken und die Tirade zur Kenntnis zu nehmen. »*Completamente pazza.* Der *afa.*« Das Glück war ihr hold, und sie erwischte auf Anhieb den passenden Schlüssel zur gläsernen Eingangstür. Wir schlüpften hinein und wurden von cremefarbenen Marmorstufen, etwas wie Kühle, tropischen Pflanzen und einem sehr viel geringeren Geräuschpegel empfangen – allerdings hatten wir keine Zeit zu verlieren. Und so keuchten wir an den beiden Erdgeschoßwohnungen auf dem ersten Treppenabsatz mit ihren düster lackierten Holztüren und den runden Messingknäufen vorbei hoch zum zweiten Treppenabsatz, wo sich wieder das gleiche Türenpaar gegenüberstand wie zwei Ansichtsexemplare in einem Musterhaus. Unsere *padrona* kannte sich aus und wendete sich nach links. Erneut kamen die Schlüssel zum Vorschein, allerdings wurde sie zunehmend nervös. Ah, *finalmente*! Doch nein, es gab noch ein Sicherheitsschloß. Und Lucilla explodierte schier hinter der gegenüberliegenden Tür.
Später ging mir durch den Sinn, daß eine Geschichte wie die von Lucilla nur in einem englischen Roman des neunzehnten Jahrhunderts hätte vorkommen können – Kinderarbeit und Entbehrung, ein angefochtener Nachlaß, Erbschleicherei am Totenbett, verbrannte oder entwendete Testamente, andere mit gefälschter Unterschrift oder mit Klauseln, die unter Zwang und mit Beihilfe von großzügig bestochenen Ärzten nachträglich eingefügt worden waren – eine Welt, in der

Geldfragen nicht vernünftig durch Dinge wie Rentenkassen und Versicherungspolicen geregelt wurden. Ich entsinne mich, daß ich einen Roman über Lucilla schreiben wollte, dann aber dachte, daß niemand mir Glauben schenken würde; man würde meinen, ich hätte zuviel Dickens gelesen und ganze Passagen aus *Die Mühle am Fluß* abgeschrieben. Daher ist es wohl bei der Beschreibung der nun folgenden Szene völlig normal, Ausdrücke wie »ihr Busen wogte« zu verwenden, denn genau das tat er, und nicht zu knapp; oder »die Augen traten aus ihren Höhlen, und ihre Wangen blähten sich, als ihr das Blut in den Kopf schoß«, denn genau das war der Fall. Lucilla war noch kleiner, als ich vermutet hatte, und hatte einen noch riesigeren Busen. Mit dem Absatz ihrer hochhackigen Schuhe stampfte sie auf, als wollte sie Funken aus dem Marmor schlagen. Ihr mächtiger Unterkiefer bebte. Das blaue Kattunkleid spannte und verzog sich. Tränen des Zorns rannen ihr die Wangen hinab. Und jetzt begannen wir, etwas zu verstehen. Ihr Geschrei mündete in die schlichte, wiederkehrende Klage: *»È mio, è mio, l'appartamento è mio!* Die Wohnung gehört mir! Mir, mir, mir!« Sie packte die andere Frau und schüttelte sie. Sie spuckte aus. Was uns betraf, so tat sie, als würden wir nicht existieren. Was uns nicht ungelegen kam …

Schließlich verlor Signora Marta, die noch immer mit ihren Schlüsseln hantierte – ich wünschte, sie hätte sie mir gegeben – die Nerven. Bisher hatte sie dieser unbeherrschten, bäuerlich-derben Frau gegenüber ganz die kühle Dame aus der Stadt gemimt. Doch jetzt fing auch sie an zu kreischen: »Sie brauchen einen Arzt, *signora,* einen *psichiatra*!« Und zerrte in ihrem Bestreben, sich dieser unerfreulichen Begegnung möglichst schnell zu entziehen, ziemlich heftig an dem Schlüssel im Sicherheitsschloß, woraufhin dieser vernehmlich knackte. Stille. Überraschung. Dann rief Lucilla: *»Grazie Gesù, grazie!«* Nachdem sie flüchtig ein Kreuz geschlagen hatte schienen die Hände hinter ihrem Rücken den Hüftgürtel oder Büstenhalter lockern zu wollen. Ihr Gesicht war purpurrot: »*Maria Santissima, grazie!*« Der Schlüssel war entzweigebrochen. Wir konnten nicht hinein. Ein Zeichen des Himmels. Der Beweis, daß sie tatsächlich die Eigentümerin war. Sie weinte vor Freude. Signora Marta räumte hastig das Feld und geleitete uns die Treppe hinunter. Während wir davonfuhren, strömten die Schaulustigen bereits zum Haus, um Näheres über die Schlacht zu erfahren.

## 2
# Iella

Wieder in Verona, versuchte uns Signora Marta bei einem *espresso* in einer Bar zu beruhigen. Diese dumme alte Hexe sei früher Leiterin eines Reinigungsunternehmens gewesen, das Martas Onkel – Patuzzi – in Steuerfragen beraten hatte. Als das Unternehmen verkauft wurde, hatten Lucilla, ihr Bruder Giosuè und ihre Schwägerin Vittorina zusammen mit Patuzzi die *palazzina* in der Via Colombare gebaut, um gemeinsam das Rentnerdasein zu genießen. Die vierte Wohnung war eigentlich für Lucillas Tochter gedacht gewesen, diese hatte es aber vorgezogen, nicht in der Nähe ihrer Mutter zu leben. Signora Marta spitzte die dünnen Lippen und tippte sich an die städtische Nase, als wollte sie sagen: »Und wir wissen auch, warum, nicht wahr?« Jedenfalls hatte sich in Lucillas Kopf der Gedanke festgesetzt, die ganze *palazzina* sei mit ihrem Geld gebaut worden – das heißt, mit dem Geld der Firma – und alle Wohnungen würden nach dem Tode der Bewohner in ihren oder den Besitz ihrer Erben übergehen. »Können Sie sich so etwas Verrücktes vorstellen?« Onkel Patuzzi war ein Jahr zuvor gestorben. Seine Frau Maria Rosa, Martas Tante, hatte es noch ein weiteres Jahr in der Wohnung ausgehalten, war aber schwach und krank gewesen und hatte sich dauernd die Tiraden einer zunehmend furchterregenden Lucilla anhören müssen, mit der sie niemals *andata d'accordo* war, zumal sie selbst auch aus einer ganz anderen sozialen Schicht stammte. Die alte Dame, *poveretta*, hatte sich schließlich in ein Heim zurückgezogen – in erster Linie, um Lucilla zu entkommen –, und sie selbst, Signora Marta, mußte nun als ihre künftige Erbin und jetzige Verwalterin mit der Wohnung ein paar Groschen verdienen, wenn auch nur – das würden wir sicher einsehen –, um damit die laufenden Kosten zu decken und die Steuern zu zahlen. Wenn wir erst einmal in der Wohnung wären, würde Lucilla sich bestimmt mit der neuen Situation abfinden; überhaupt sei ihr Ausbruch an diesem Nachmittag wohl vor allem diesem gräßlichen Wetter zuzuschreiben, das den Nerven schon übel mitspielen könne.

Rita und ich hatten einen Großteil unseres gemeinsamen Lebens damit zugebracht, Mietwohnungen zu suchen: zweimal in Boston, dreimal in London, und dies war jetzt unser zweiter Versuch in Italien. Wir wußten, wie schwer es ist, eine Wohnung zu finden, und daß ein großzügiges und vorbildliches Mietrecht die Sache alles andere als einfacher macht. Und in Italien sind die Gesetzte äußerst vorbildlich; Zwangsräumungen werden gewissermaßen auf Dauer ausgesetzt, weil sich offenbar keine politische Partei in der Lage sieht, der scharfen Kritik, die ein härteres Durchgreifen nach sich ziehen würde, standzuhalten (das gleiche gilt übrigens für fast alle Bereiche der italienischen Politik). Hinzu kam noch, daß wir keinerlei Übernachtungsmöglichkeit hatten. Wir einigten uns also, daß wir, sobald der Schlüsseldienst das Seine getan hatte – und Signora Marta hatte einen Freund, der wiederum einen Freund hatte, der etwas von Schlössern verstand –, im Schutze der Dunkelheit einen weiteren Versuch wagen würden.

Gesagt, getan. Die arme Lucilla mußte wohl bereits im Bett oder vom Fernsehen taub geworden sein. Signora Marta hatte jetzt die Schlüssel sorgfältig beschriftet. Kaum eine Minute nachdem wir die Autos geparkt und die Türen leise geschlossen hatten, schlichen wir bereits auf Zehenspitzen in die Wohnung. Im Licht einer Vierzig-Watt-Glühbirne ließ uns Marta auf dem Küchentisch etwas unterschreiben; wir mußten versprechen, in genau einem Jahr wieder auszuziehen, spätestens jedoch zu jedwedem Zeitpunkt danach, falls sie es wünschen sollte. Natürlich besaß ein solcher Vertrag keine Rechtsgültigkeit, denn die kluge Signora Marta hatte nicht die Absicht, uns als Mieter zu melden und folglich für die Mieteinnahmen Steuern zu bezahlen. Aber wie wir bald feststellen sollten, legen die Italiener großen Wert auf das Unterschreiben von Papieren, die sie hartnäckig *documenti* nennen. Diese Praxis hat etwas von einem Ritual an sich, mit dem böse Geister abgewehrt werden, und sie appelliert an das Ehrgefühl, das nach Ansicht der Leute gesetzlichen Haarspaltereien übergeordnet sein sollte, wenn auch nur, weil es normalerweise klüger ist, eine Einmischung der Behörden zu vermeiden.

Zufrieden, aber immer noch nervös suchte Signora Marta ihre Papiere zusammen. Auf dieses Bankkonto sollte die Miete überwiesen werden: bei der Banca Popolare di Verona an der Piazza Nogara. Dreihunderttausend Lire. Sie hatte offensichtlich keine Zeit mehr, uns die Wohnung zu zeigen. Falls wir irgend etwas nicht finden sollten, könnten wir sie ja anrufen. Das Mobiliar, dafür könne sie garantieren – und sie deutete mit einer Geste an, daß sie in Eile war –, sei erlesen. Ihr Onkel und ihre Tante seien sehr kultivierte Menschen gewesen, gebildet und weitgereist. Wir würden auf Bücher und Kunstwerke stoßen, die *estremamente interessanti* seien. Falls wir in Schubladen oder Schränken noch Sachen finden sollten, so könnten wir sie auf dem *solaio*, dem Dachboden, verstauen. Der Schlüssel hänge am Schlüsselbund. »*Va bene?*« Dann warf die schlanke, nervöse Frau einen mehr als nur flüchtigen Blick durch den Spion in der Tür, holte tief Atem, flüsterte *arrivederci* und hastete die Treppe hinunter.

Bisher hatten wir uns kaum umgesehen. Jetzt gingen wir auf Entdeckungsreise. Als erstes stellten wir fest, daß keine der Glühbirnen in der Wohnung mehr als vierzig Watt hatte, so daß selbst der groteske fünfarmige Kronleuchter im *salotto* mit seiner Fülle an Rauchglaskugeln nur das düster glimmende Bild eines traurigen Prunkstücks bot. Für einen so gebildeten Menschen hatte Onkel Patuzzi wohl bemerkenswert selten abends gelesen.

Aber kleinere Mißstände dieser Art ließen sich ja wohl schnell beheben, dachten wir. Auch die vielen Kaufhaus-Madonnen, Heiligen Herzen, Sankt-Antonius-Figuren und kitschigen Kruzifixe, die uns von jeder Wand anstarrten, konnte man mit einem Minimum an Aufwand abhängen und wegpacken. Und die grün-orange gemusterten Fußbodenkacheln fühlten sich glatt, sauber und kühl an; die Fenster schlossen, gemessen an Londoner Maßstäben, geradezu perfekt, und angesichts des Badezimmers – mit Kacheln fast bis unter die Decke, einem Toilettensitz aus echtem Holz, dem edlen, cremefarbenen Bidet und der Badewanne in der gleichen Farbe – kam man sich beinahe wie in einem Palast vor. Wenn man an die möblierten Zimmer und die Ein-Zimmer-Appartements in Acton und Willesden dachte, war dies jedenfalls eine ausgesprochen gut ausgestattete Wohnung.
Aber die Möbel ... Wir hatten ähnliches zwar schon gesehen und waren gewissermaßen darauf vorbereitet, aber deprimierend war es doch. So viele Italiener, selbst junge Leute, ziehen in hochmoderne Gebäude mit viel Luft und Licht und erlesener Keramikausstattung, nur um dann jeden Raum mit schweren Möbeln in Sargqualität vollzustellen, die alt und edel wirken sollen, aber lediglich klobig und schwer zu reinigen sind und obendrein noch traurige Schatten werfen. So gab es zum Beispiel eine Konsole mit dunklen Flecken und gedrechselten Kerzenständerbeinen, unter der uns die kleinen Häufchen Sägemehl verrieten, daß hier der Holzwurm an der Arbeit war. Das Furnierholz an einem riesigen Bücherschrank mit eindeutig anachronistischen Milchglastüren warf Blasen, während über dem Sofa ein in Teakholz gerahmter, gesprungener Spiegel bei vierzig Watt den edlen, dunklen Eßtisch gegenüber gebrochen reflektierte. Als wir schließlich – bereits einigermaßen beunruhigt – ins Schlafzimmer vorstießen, erwarteten uns dort große, quadratische, schwarz lackierte Kopf- und Fußbretter, die ein sinkendes Boot zwischen sich trugen; das Ganze erinnerte mich an das Bett auf

dem Bild *Tod der Jungfrau Maria* aus der Veroneser Schule, das ich vor kurzem in einer benachbarten Kirche gesehen hatte. Beim Öffnen der verstaubten Truhen, der dunklen Schränke und tiefen Schubladen entdeckten wir, daß alle ohne Ausnahme mit den schäbigen Besitztümern von vor dreißig Jahren vollgestopft waren.

Um nicht zu ersticken, zogen wir die Plastikjalousien hoch und traten hinaus auf den großen Balkon in die blendend helle, atemlose Hitze des Abends. Auf der anderen Straßenseite, vor einem älteren Bauernhaus mit hübschem rosafarbenem Verputz, vergnügte sich eine Gruppe von Leuten in unserem Alter; sie lachten, tranken, rauchten und spielten Tischtennis unter einer von Nachtfaltern umschwärmten Neonröhre, die zwischen zwei hohen Zypressen hing. Auf der Straße spielten trotz der späten Stunde ihre zahlreichen Kinder Fußball zwischen Autos, unter denen auch unser eigenes stand, immer noch mit den Fahrrädern auf dem Dach und sich ablösenden Zierleisten. Wir saßen auf den Armlehnen eines alten Sessels, den Onkel oder Tante Patuzzi hier draußen vergessen hatten und der inzwischen den Spinnen als Behausung diente und den Vögeln Material für ihre Nester lieferte. Das scharfe Tack-tack des Tischtennisballs, das Gelächter von Erwachsenen und Kindern, das Zirpen der Grillen im Hintergrund, all das war nicht unangenehm. Und mit einem kühlen Weißwein in der Hand wäre es noch angenehmer gewesen. Das war etwas, worauf man sich freuen konnte. Als wir auf die andere Seite des Balkons hinübergingen, sahen wir, wie ein junger Mann seinen mattblauen Lancia in eine provisorische Garage aus Wellblech und Schlackenstein manövrierte. Dann wehte die Fanfare, die die Nachrichten ankündigt, aus vielleicht drei oder vier offenen Fenstern zu uns herüber. Wie spät es wohl war, elf vielleicht? Um Mitternacht war die erste frische Brise zu erwarten. Und dann wollten wir bereits nackt im Bett liegen, um sie zu genießen.

Das ist schon immer eine der hochsommerlichen Freuden hier gewesen. Den ganzen Tag über hat man sich unbehaglich und verschwitzt gefühlt. Man hat vielleicht zweimal geduscht, es mit Shorts, langen Baumwollhosen, T-Shirts und Trägerhemden versucht, statt der Schuhe Turnschuhe, statt der Turnschuhe Sandalen, statt der Sandalen schließlich gar keine Schuhe mehr angezogen; man hat den Ventilator auf die höchste Stufe gestellt, so daß er sämtliche Papiere durcheinanderwirbelte, während man tippte, hat Eiswürfel gelutscht, die Füße in einen Eimer mit kaltem Wasser gestellt, und so weiter, und so weiter, und das alles hat nichts geholfen. Die Hitze scheint aus einem selbst zu kommen. Unvorstellbar, sich wohl zu fühlen.
Natürlich ist man schlecht gelaunt. Gegen Abend blickt man zum Himmel hinauf, hört fernes Donnergrollen, beobachtet das Wetterleuchten über den niedrigen Hügeln, und man weiß, daß es nicht regnen wird; allzuoft inszenieren die Elemente dieses Schauspiel, nur um einen zum Narren zu halten. Beim Zubettgehen muß man sich entscheiden: offene Fenster und die *zanzare*, die Stechmücken, oder geschlossene Fenster und die Hitze. Natürlich wählt man die Stechmücken, denn letztendlich sind diese, zumindest in der Umgebung von Verona, nicht so zahlreich.
Nackt liegt man da. Allein der Gedanke an irgendeine überflüssige Berührung des Körpers mit einem Laken oder einem Schlafanzug ist vollkommen abwegig. Durch den Schleier von Intimität, der der sommerlichen Dunkelheit eigen ist, hört man dem Geplauder, den witzigen Fernsehshows, den Kartenspielern und der Musik zu – all den Geräuschen, die aus den anderen offenen Fenstern dringen; denn niemand in der ganzen Nachbarschaft schläft – und niemand denkt auch nur im Traum daran, eine Klimaanlage einzubauen, um zu einer normalen Zeit schlafen gehen zu können (und selbst Moskitonetze sind rar). Jeder wartet darauf, daß es passiert. Bis schließlich, etwa um Mitternacht oder kurz danach, wie

ein guter Geist, der plötzlich über die Erde huscht, oder wie die Berührung des mit kaltem Wasser benetzten Fingers eines Geliebten, sich ein Lüftchen regt, anhebt, atmet und ein Hauch von Kühle wieder vorstellbar wird. Fast auf einen Schlag verstummen die Geräusche, die Fernsehgeräte werden ausgeschaltet, die Kinder hören auf, zu kreischen und zu plappern – und die Via Colombare fällt in Schlaf.

Etwa eine Stunde später in dieser besonderen Nacht begann Vega zu bellen. Es ist nicht übertrieben, wenn ich sage, daß ich von keinem anderen Hund je so gequälte Laute gehört habe, die Laute einer *anima in pena,* einer gepeinigten Seele. Sie bellte und heulte auf eine gleichzeitig wütende und verzweifelte Art. Ich erinnere mich, Rita gefragt zu haben, in welchem Kreis des *Inferno* wir uns wohl befänden.

Als das Tier zum dritten oder vierten Mal aufwachte, trat ich auf unseren kleinen Schlafzimmerbalkon hinaus, der auf der von der Straße abgewandten Seite des Hauses liegt. Auf einer erhöhten Terrasse, keine fünf Meter von uns entfernt, jenseits der schmalen Gartenschlucht, zerrte ein großer, goldfarbener Labrador an einer langen Kette. Er heulte mehr, als daß er bellte, und vielleicht klagte er mehr, als daß er heulte. Und während ich ihm zusah und die inzwischen kühle Nachtluft auf der Haut genoß, warf jemand aus einem der oberen Fenster etwas zu dem Tier hinunter, Fressen vielleicht, denn der Hund scharrte sofort aufgeregt unter dem Kehrichthaufen auf der Terrasse zwischen einem Cinquecento und einer Alfetta herum.

Als ich wieder im Bett lag, war die wohltuende Stille nur von kurzer Dauer. Das durchdringende Sirren einer *zanzara* schwebte unmittelbar über unseren Kissen. Hochschnellen, Licht an, eine von Patuzzis verstaubten Fachzeitschriften für Steuer- und Finanzfragen vom Nachttisch greifen waren eins, und innerhalb einer Minute war von dem Ding nur noch ein leuchtend roter Blutfleck auf der ergrauenden Temperawand

übrig. »Kann AIDS durch Mücken übertragen werden?« hatte uns die Lokalzeitung vor kurzem aufgerüttelt.
»Ich frage mich«, sagte ich, als ich wieder ins Bett kroch, »ich frage mich, ob die Yuppies und Möchtegernkünstler und pensionierten Professoren, die die Listen der Immobilienmakler durchstöbern, um ein Bauernhaus in der Toskana zu kaufen, über diese Details ausreichend informiert sind.«
Meine Frau scheint auf Fragen dieser Art immer eine Antwort parat zu haben; sie meinte, daß in der Toskana erstens das Wetter niemals so unangenehm schwül sei, daß zweitens die dort gesprochenen Dialekte alle mehr oder weniger verständlich seien, da sie schließlich die Basis des modernen Italienisch bildeten, und daß drittens – der wichtigste Punkt – niemand, der sich ein Bauernhaus in der Toskana leisten könne, es nötig habe, den Atem eines fremden Jagdhunds im Nacken zu spüren, und zweifellos vor seinem Einzug auch Fliegenfenster würden einbauen lassen. Wir hingegen, fuhr sie fort, hätten lediglich das kleine Problem, daß es um unsere Bankkonten nicht ganz so gut bestellt sei und es außerdem in der Toskana so viele Briten gebe, daß unsere sprachlichen Fähigkeiten dort nicht hoch genug im Kurs stünden, um mit ihrer Hilfe eine gesalzene Miete zu bezahlen.
»Dazu kommt noch die Tatsache«, sagt sie schließlich, *»che tu porti iella.* Du bringst Unglück.«
Erst Monate später, als ich mir erlaubte, einem geschäftlichen Bekannten das gleiche zu sagen, erkannte ich, daß eine solche Anschuldigung zum Schlimmsten gehört, was man einem Italiener antun kann. Hätte ich es gewußt, wir hätten bestimmt bis tief in die Nacht hinein gestritten.

## 3
# Pasticceria Maggia

Vermittle ich etwa den Eindruck, daß ich das Veneto nicht mag? Das stimmt nicht. Ich liebe die Region. Und ich werde Ihnen einige wundervolle Dinge darüber erzählen. Wenn ich geendet habe, wünschen Sie sich hoffentlich, ebenfalls hier sein zu dürfen, zumindest für eine kurze Zeit. Doch wie jeden Ort, der zur Heimat wird, hasse ich das Veneto auch. Und natürlich kann man die Dinge, die man liebt, nicht von jenen trennen, die man haßt: Man kann nicht sagen, laß uns da und da hinziehen, wo es *cappuccini,* Wein und *lasagna* gibt, die wunderbaren Pfirsiche, die schicken Leute in den schicken Klamotten, die eleganten Gebäude, die verschworene Gemeinschaft und nachsichtige Verschwiegenheit des Dorflebens; aber bitte ohne diese jaulenden, mißhandelten Jagdhunde, die frechen Jugendlichen auf ihren *motorini,* die entmutigende Briefzustellung und den *afa*. Das geht nicht. Wer A sagt, muß auch B sagen.

Auf jeden Fall zogen wir am Morgen nach unserer aufreibenden Ankunft los, um die *pasticceria,* die Bar des Ortes ausfindig zu machen und uns mit einer der angenehmeren Seiten unseres Arrangements zu trösten; auch wollten wir uns bekannt machen und unseren Standort begutachten. Übrigens kann ich jedem, der nach Italien zieht, diese Gepflogenheit nur wärmstens empfehlen: Besuchen Sie regelmäßig Ihre Bar am Ort, wenn möglich eine *pasticceria;* und regelmäßig heißt in diesem Fall häufig, sichtbar und mit geradezu religiösem Eifer.

Dabei ist der jeweils richtige Zeitpunkt nicht zu unterschätzen. Wenn Sie einen *cappuccino* mit *brioche* bestellen wollen, sollten Sie versuchen, vor halb elf dazusein. Natürlich können Sie diese Sachen auch noch später bekommen, Sie zeigen damit aber, daß Sie fremd sind. Und obgleich Italiener die Fremden im allgemeinen zu mögen scheinen, sind ihnen doch diejenigen am liebsten, die wissen, wie der Hase läuft, die sich den Gepflogenheiten des Landes angepaßt haben und zustimmen, daß die italienische Lebensart die beste ist. Denn es handelt sich um ein stolzes und durch und durch konservatives Volk, wie eine genaue Beobachtung der Bestellungen in einer Bar bestätigen wird. Und um ein undurchschaubares dazu. Wie kommt es nur, daß sie alle instinktiv und ohne einen einzigen Blick auf ihre geschmackvollen Armbanduhren wissen, daß genau dieser oder jener Zeitpunkt der richtige Moment ist, um zum *apertivo* überzugehen? Wie sie in sich hineinglucksen und grinsen, wenn ein Deutscher nach dem Mittagessen einen *cappuccino* anstelle eines *espresso* bestellt und diese viele Milch in einen bereits vollen Bauch hineinschüttet. Und hier noch ein kurioses Detail: *Espresso* ist immer in Ordnung, vierundzwanzig Stunden am Tag, sogar *coretto* (was heißt, mit *grappa*), aber die Zeit für *cappuccino* ist streng auf die Stunden von 8.00 bis 10.30 Uhr beschränkt. Eine Bagatelle? Nein, gute Schulung. Und wenn erst die gesamte Komplexität dieser Nuancen zutage getreten ist – auch der *digestivo,* der *gingerino,* der *prosecco* haben ihre genauen Zeiten und Bezugsrahmen –, werden Sie von dem irrgartenähnlichen Verwirrspiel, Ihren Führerschein in einen italienischen umschreiben zu lassen oder Ihren krankenversicherungstechnischen Status zu bestimmen, weniger überrascht sein. Es steckt eine Ordnung in all diesen Dingen; verhalten Sie sich ihr gemäß, auch wenn sie an ein abergläubisches Ritual erinnert.

Eine Warnung: Wenn Ihnen der erste Schluck Ihres *cappuccino* verrät, daß H-Milch verwendet wurde, wechseln Sie die Bar, ohne viel Zeit zu verschwenden. Denn der Gebrauch von H-Milch (leider allzu häufig!) zeigt, daß Sie entweder weit, weit draußen in der Pampa sind, wo die urbanen Freuden des *cappuccino* noch nie richtig gewürdigt wurden; oder aber es handelt sich um eine Bar, in der die meisten Menschen (Männer) *grappa* oder Wein bestellen, und wenn sie einen Kaffee trinken, dann mit *grappa* oder Wein, nie mit Milch. Eine typische Bestätigung, daß Sie sich in einer solchen Bar befinden, könnte sein, daß der *barista* auf Ihr Italienisch – egal, ob fließend oder stockend – trotzig in einem unverständlichen Dialekt antwortet und dabei wahrscheinlich enthüllt, daß weder Zahnarztbesuche noch Mundhygiene auf seiner persönlichen Prioritätenliste besonders hoch angesiedelt sind. Und wie charakteristisch Sie diese H-Milch-Bar auch finden mögen, wie pittoresk die alten Holzstühle, die staubige Pergola, die Pokale und die kitschigen, schiefhängenden Gemälde, die wettergegerbten betagten Gestalten, die wortreich über *briscola*-Spiele debattieren – Tatsache ist, daß Sie hier letztlich nichts verloren haben. Sie werden hier nie akzeptiert werden, egal, wie oft Sie kommen. Sie sorgen nur dafür, daß sich diese zweifellos völlig unverbildeten Menschen unwohl fühlen.

Ein anderer Schauplatz, den Sie entschieden meiden sollten, ist die Bar, in der Sie zuerst an der Kasse zahlen müssen, um dann den Beleg einem – in diesem Fall schick gekleideten, wenn nicht sogar uniformierten – *barista* hinter seiner blankgewienerten, von modischen Halogenlampen angestrahlten Theke aus rosa Granit zu überreichen. Warum? Erstens ist das wahrscheinlich eine Bar, in der Sie für die Bedienung bezahlen müssen, falls Sie sich hinsetzen wollen; und folglich werden Sie, wenn Sie Ihren Kaffee nehmen und ihn zu Ihrem Platz tragen, vielleicht sogar einen Rüffel bekommen und gebeten, einen Zuschlag zu zahlen. Daß der Sitzplatz etwas kostet, ist in der belebten Stadtmitte natürlich völlig einsichtig, jedoch nicht ganz das Richtige, wenn Sie die Bar so oft aufsuchen wollen, wie ich Ihnen geraten habe. Und der zweite und noch gewichtigere Grund lautet, daß in einer solchen Bar nicht Tag für Tag die gleichen Leute zu einer Pause einkehren, so daß Sie im Lauf der Wochen und Monate auch nicht eingeordnet, wiedererkannt und zu einem Teil ihres Lebens werden können. Nein, dies ist eine Bar mit Laufkundschaft. Eine Bar für geschäftliche Treffen. Und für Touristen. Und daran sind wir keinesfalls interessiert.

Ich kann nicht für mich in Anspruch nehmen, besonders weit gereist zu sein, aber ich habe in London, Cambridge und Boston gewohnt, längere Zeit in der Schweiz und in New York gelebt und die meisten Länder Westeuropas während meiner Urlaube besucht. Sie können daraus Ihre eigenen Schlüsse ziehen. Ich jedenfalls wage die kühne Behauptung, daß ich wirklich keinen, absolut keinen Ort kenne, wo die Prozedur des Bestellens und Genießens einer Tasse Kaffee mit Gebäck angenehmer ist – oder auch nur *sein könnte* – als in der Pasticceria Maggia, gelegen an der Piazza Buccari in Montecchio. Und wir haben diesen Ort, ungeachtet fünf oder sechs anderer Anwärter, bereits an diesem allerersten Sonntag auserkoren. Offensichtlich hatten wir dafür bereits einen guten Riecher.

Sie treten durch eine Glastür, die nur Sekunden vor Ihrer Ankunft poliert wurde; die Schaufenster links und rechts quellen über vor farbenfrohen Süßigkeiten, da ein Italiener immer die ausgefallenste Verpackung wählen wird, wie armselig der Inhalt auch sein mag, und immer aufs neue dazu bereit ist, seine schwelende Liebesaffäre mit knisterndem Zellophanpapier und Folien, Bändern, Schleifen und schnörkelreichem Flitterkram aller Art wiederaufleben zu lassen. Ihnen gegenüber, genau in dem richtigen Maß an gedämpftem Licht, steht eine lange Theke, an einer Ecke gefällig geschwungen, vorn mit glattpoliertem Holz verkleidet, eine Platte aus gelbem Travertin obendrauf. Dahinter und darüber ein typisches Flaschenarsenal, hauptsächlich *amari, digestivi,* Destillate von diesem und jenem (Artischocken, Rhabarber), Dinge, von denen Sie noch nie gehört haben und die Sie wahrscheinlich nie mögen werden; zur Linken befindet sich der Sitzbereich, nur eine Handvoll Tische, rechts eine große Glasvitrine mit vier Etagen, darin exquisites Kleingebäck, Kuchen und Torten.

Überflüssig zu erwähnen, daß dieses ganze Arrangement Reinlichkeit, elegante Linienführung und Geschmackssicherheit vereint, in einer Art und Weise, wie sie in England undenkbar ist, ohne jedoch antiseptisch zu wirken wie eine solche Stätte in der Schweiz oder einzuschüchtern wie alles in den USA, was nicht zu einer Fast-food-Kette gehört. Nervös, wie Sie es verständlicherweise sind, wenn Sie die Hauptstraße überquert haben, auf der der Zebrastreifen schon vor Jahren verblichen ist, vielleicht auch niedergeschlagen vom Anblick eines kaputten Springbrunnens voller Unrat, können Sie – sobald Sie die Tür passieren – nur staunen, daß die gleichen Menschen diese so kraß gegensätzlichen Lebensräume geschaffen haben: draußen die Anarchie, drinnen die Zeremonie.

Doch da wir nun hier sind, lassen Sie uns mit der Zeremonie beginnen. Sie schließen die Tür hinter sich und die geschäftige, gefährliche Welt damit aus, dann blicken Sie sich um. Die Bedienung ist ein zierliches, dunkles, elfengleiches Geschöpf, das sich gern bewundern läßt. Also bewundern Sie. Und setzen Sie sich. Ich erinnere mich, daß uns bei unseren ersten Besuchen in der Pasticceria Maggia noch die Frage quälte, ob wir wohl Platz finden würden. Später stellt man dann fest – und es macht einen Teil der Kultiviertheit und des Zaubers dieses Ortes aus –, daß es scheinbar immer gerade genug Platz für jeden gibt, der sich setzen will. Gut. Sie lassen sich also auf einem bequem gepolsterten Stuhl nieder. Die schlichten roten Tischdecken wirken einladend, ohne den Eindruck zu erwecken, man müßte in der einen oder anderen Form für sie zahlen. Der *cappuccino* (und das ist entscheidend) ist ganz genau richtig: unten starker schwarzer Kaffee, darauf dicker, cremiger Schaum, auf Wunsch mit dem *cappuccio,* der Haube aus bitterem Kakao. Geben Sie nur eine Prise Zucker dazu, nehmen Sie ein wenig Kaffee auf Ihren Löffel, und mischen Sie ihn mit dem Schaum. Dann löffeln Sie die aufgeschäumte, gesüßte Milch, knabbern zwischendurch an Ihrem *brioche* und entspannen sich.

Um den Genuß zu verlängern, ist es keine schlechte Idee, sich eine der Zeitungen zu holen, die die Bar – so will es das Gesetz – für ihre Kunden bereithalten muß. Lassen Sie sich von der dicken, rosafarbenen *Gazzetta dello Sport,* der mit Abstand meistverkauften Tageszeitung Italiens, nicht einschüchtern. Sportberichterstattung ist hier (und nebenbei auch an vielen anderen Orten der Welt) nahezu das einzige journalistische Genre, in dem Elan zu spüren ist, und in der Sonntagsausgabe sind die Ergebnisse der englischen Oberliga veröffentlicht, allerdings leider nicht die der Kricket-Liga. Nach einer Weile werden Sie sich Ihres noch verbliebenen Interesses an Ihrer Heimat auch nicht mehr schämen.

Auf einem anderen Tisch – warten Sie, bis sie Ihnen jemand freundlicherweise reicht – liegt *L'Arena,* die Lokalzeitung von Verona. Da über die Landwirtschaftsausstellung berichtet wird, verkündet eine Schlagzeile stolz, die Stadt sei *L'ombelico verde d'Europa* – der grüne Bauchnabel der EG. Nun ja, wenn man durchs Fenster auf die Piazza Buccari schaut, sieht man diese zwei kümmerlichen Grünflächen ... Die Meldung, daß gegen einen Kommunalpolitiker wegen Korruption ermittelt wird, nimmt nur wenige Zeilen in Anspruch, da es sich um die Zeitung seiner Partei handelt. Wenn Sie weiterblätttern, starren Ihnen die Paßfotos der gestrigen Toten entgegen – Sie können nach den Gesichtszügen eines verhaßten Arbeitgebers Ausschau halten –, während auf der gegenüberliegenden Anzeigenseite Karten für die heutige *Aida*-Vorstellung in der Arena und für eine Shakespeare-Aufführung im Teatro Romano feilgeboten werden und zehn oder zwölf Fernsehprogramme miteinander konkurrieren.

Warum rate ich Ihnen, all das zu tun? Nun, abgesehen davon, daß hier ganz einfach der Gipfel an Entspannung und Kultiviertheit erreicht scheint, ist es unmöglich, regelmäßig in der Pasticceria Maggia einzukehren, den Klatsch um sich herum aufzunehmen, von der hübschen *barista* reizend bedient und angelächelt zu werden, sich durch die lokalen Skandale in der Zeitung zu blättern, die von lautem Gehupe und Begeisterungsrufen begleiteten Fahrradrennen auf der anderen Straßenseite zu beobachten, ohne sich allmählich dazugehörig zu fühlen.

Die Menschen beginnen einem zuzunicken, der zwergwüchsige Dorftrottel mit seiner Ohrenklappenmütze ist irritierenderweise der erste. Aber indem Sie seine Aufdringlichkeit gelassen hinnehmen, verschaffen Sie sich Respekt. Lächeln Sie, zeigen Sie keine Verlegenheit. Sagen Sie: *Salve, Moreno, tutto bene?* Letztlich ist er ein netter Bursche. Und schon werden Sie eingeladen, der Tochter Ihres Arztes, die sich mit Englisch so schwer tut, Unterricht zu erteilen, ein Ansinnen, das Sie höflich abschlagen können, nachdem Sie lang und breit die Unzulänglichkeiten des Erziehungssystems debattiert haben (die *Arena* wird Sie auf dem laufenden halten). An Wochentagen, so gegen zehn Uhr morgens, können Sie Punkte sammeln, indem Sie die Postbediensteten grüßen, die zu ihrer ausgedehnten Kaffeepause hereinkommen. Es sind nicht gerade Ihre liebsten Zeitgenossen, wenn sie sich hinter ihren trüben, kleinen Scheiben weigern, zu Ihnen aufzublicken, und dann beim Wiegen Ihrer Postkarten zu vergessen pflegen, daß Großbritannien zur EG gehört. Jetzt können Sie genußvoll auf Ihre Uhr schauen und zuckersüß lächeln, während diese Leute sich an die Theke lehnen und diskutieren, welche Einkäufe sie noch zu erledigen haben. Bedauerlicherweise lassen sie sich von Ihrem Anblick nicht in Verlegenheit bringen. Ja, sie machen sogar einen freundlichen Eindruck, als ob auf dem Territorium der Bar ein Waffenstillstand vereinbart wäre. Vielleicht werden Sie ja in Zukunft schneller bedient, wenn Sie sich hier oft genug blicken lassen. Nach den üblichen Ausschreitungen der britischen Fußball-

Hooligans können Sie auch den ortsansässigen Jugendlichen, die über der scharfzüngigen *Gazetta* brüten, beipflichten, daß Ihre Landsleute ein degenerierter Haufen sind; allerdings sollten Sie zu deren Verteidigung vorbringen, daß die Nationalmannschaft – zumindest bis Gazza auf den Plan trat – häufig ein Schauspiel bot, das der Anstiftung zum Aufruhr gleichkam. (Nichts hören die Italiener lieber, als wenn *la perfida Albione* heruntergemacht wird, sie legen uns Engländern gegenüber ein bemerkenswert ausgeprägtes Konkurrenzdenken an den Tag.)
Während die Monate verstreichen und Sie dasitzen und vor sich hin schlürfen, werden Sie zweifellos von Lorenzo, dem ehemaligen Priester, beehrt, der sich zum Ökologen gewandelt hat und auf bewundernswerte Weise entschlossen ist, Montecchios berühmtes Bewässerungsgrabensystem zu retten. Er wird Sie bitten, irgend was zu unterschreiben, und Sie werden es tun. In der Ecke murren alte Männer, weil Verona abstiegsgefährdet ist; schon bald werden Sie in der Lage sein mitzureden. Nach der Messe am Sonntag morgen (habe ich schon das winzige Kreuz an der Wand über dem Schnapsregal erwähnt?) sind es die acht Witwen, die zwei Tische zusammenstellen und mit gedämpften Stimmen plaudern, im Winter bilden sie einen Wall aus Pelzmänteln. Sogar sie werden nach vielleicht einem Jahr anfangen, Sie anzulächeln, wobei sie sich wahrscheinlich fragen, wie lange Ihre Frau Sie wohl überleben wird.
Möglicherweise treffen Sie dort Ihren Metzger, Ihren Gemüsehändler, Ihren Zahnarzt. Jemand fragt Sie, ob Sie wohl eine Übersetzung für ihn machen könnten. Er besitzt eine Bilderrahmenfabrik. Nicht auf Rechnung. Um Himmels willen. Ein anderer kommt herüber und erzählt von einem Freund, der an der Universität schon mehrmals durchs Examen gerasselt sei und eine helfende Hand bräuchte. »Vielleicht erinnern Sie sich an seinen Namen, falls er die mündliche Prüfung bei Ihnen macht.« »Nun, ich glaube nicht, daß ich …« »Er heißt

Virgilio. Virgilio Gandini.« Wieder ein anderer hat Probleme mit seiner amerikanischen Gebrauchsanweisung für die Sprinkleranlage. Und dieser dort kennt wiederum einen, der das ausgeschlagene Radlager an Ihrem Auto reparieren könnte ...

Nur ein törichter Einwohner von Montecchio würde nicht zumindest gelegentlich in der Pasticceria Maggia vorbeischauen; ein kurzsichtiger Neuling, wer nicht wenigstens einige Jahre in Form von *cappuccini* investiert ...

Ich weiß noch, daß wir bei diesem ersten Mal, an diesem Morgen danach, beim Hinausgehen beinahe mit zwei jungen, grinsenden *carabinieri* zusammengestoßen wären, die in ihren hübschen Uniformen mit den roten Streifen an der Hose und den weißen Brustgurten hereinschlenderten. Etwas wie eine langgezogene schwarze Bierdose, komplett mit Abzug, wippte an einem stattlichen Gürtel. Ein großes, dunkles Mädchen trat aus der Küche und hielt zwei Tabletts mit *cannoli* und anderem Gebäck hoch; Lächeln, ein kurzer Flirt. Die *barista* trippelte herbei. Sie bestellten ihre *cappuccini.* Zigaretten wurden angesteckt. Einer beugte sich hinunter, um mit einem kleinen Mädchen zu plaudern, bestimmt fragte er: »Wie heißt du denn, und wo wohnst du?« Niemanden schien die Maschinenpistole zu beunruhigen, an der der andere herumfingerte, während er Zucker auf den Schaum streute.

Draußen sahen wir, daß ihr dunkelblauer Fiat, ein 850-ccm-Kleinlaster, mitten auf der engen Straße geparkt war und jedem die Durchfahrt versperrte. Man konnte hören, wie das Funkgerät nach ihnen plärrte. Sollten wir zurückgehen und es ihnen sagen? Aber nein. Sie nahmen gerade ihren *cappuccino* zu sich. Es waren nur noch ein paar Minuten bis zur *aperitivo*-Zeit. Sie wollten bestimmt nicht gestört werden.

# 4
# Laghetto Squarà

Angesichts der unerfreulichen Aus- und Einräumerei, die uns in der Wohnung erwartete, wäre es verständlich gewesen, wenn wir statt dessen an diesem Morgen einen Umweg genommen hätten, bevor wir in die Via Colombare zurückkehrten. Alles, was diesen schlimmen Tag hinauszögern konnte. Auf diese Weise hätten wir, von der nördlich gelegenen Hügelkette kommend, entdeckt, daß der vor Staub und Hitze graugrüne Ort Montecchio von schmalen, quirligen Wasserläufen durchzogen ist, die leise zwischen Steinen und Gras dahingluckern. Sie bilden ein kompliziertes System von Kanälen, durch die das Wasser zu verwahrlosten Schafstränken, Ententeichen, Bewässerungsgräben und großen, flachen Waschsteinen gelangt, zu denen einige kaputte Stufen hinabführen; gelegentlich sieht man dort noch ältere Frauen die Unterwäsche ihrer Männer mit Kernseife schrubben. Die von Verona kommende Durchgangsstraße führt scharf links, rechts und wieder links, tastet sich vor bis zu den beiden Brücken, über die sie ihren Weg in das abgelegene Dorf Olivè fortsetzt. Mit seinen zahlreichen Senken und Kurven, den plötzlichen Verbreiterungen und Engstellen, den himmelhohen Randsteinen, die von heimtückischen Abflußrinnen und unerwarteten Wölbungen abgelöst werden, verleiht dieser chamäleonartige Asphaltstreifen dem Dorf den Anschein, als sei seine Entstehung einer Laune des Zufalls zu verdanken, als sei die Piste in dichtem Nebel angelegt worden, um so den Schauplatz eines Unfalls oder – was wahrscheinlicher ist – eines Festes zugänglich zu machen.

Die Geographie, so haben wir entdeckt, bekommt in Montecchio sofort eine mystische Qualität. Wege kreuzen sich mal

in dieser, mal in jener Richtung. Ein Wasserlauf fließt über, neben, unter einem anderen. Haus, Fabrik, Bauernhof, Supermarkt, alle stehen sie kreuz und quer nebeneinander und durcheinander, manchmal ist sogar das eine Gebäude in den Kern des anderen hineingepflanzt. Die naheliegendsten Verbindungen sind durch Gräben oder lange Steinmauern abgeschnitten. Offensichtlich parallele Straßen verlieren auf geheimnisvolle Weise jeglichen Kontakt zueinander. Deshalb beobachtet man in den ersten Wochen voller Bewunderung und Erstaunen, wie sicher und vor allem wie schnell die Autos durch Straßen schießen, die keine Gehsteige und darum sehr viele unübersichtliche Kreuzungen haben. Solche Dinge wie Sperrpfosten sind natürlich unbekannt und ganz bestimmt auch unerwünscht. Weiße Linien lassen sich auf den Durchgangsstraßen nur erahnen, wie irgendeine vor langer Zeit gehörte und nicht beachtete Predigt; mit dem Ergebnis, daß die scharfen Kurven und Kreuzungen der Hauptstraße von Auto- und Motorradfahrern gleichermaßen auf sträfliche Weise geschnitten werden, insbesondere zur Zeit der Siesta, wenn man sich allgemein sicher wähnt, daß einem niemand entgegenkommt.
Reifen quietschen zwischen den engen Mauern einer Brücke und in der scharfen Kurve unmittelbar danach. Eine Vespa bricht aus: Der kleine Junge, der vor seinem Vater sitzt, hat nach dem Lenker gegriffen. An einer Steigung zieht ein Vierzehnjähriger mit seinem *motorino* ein jüngeres Mädchen auf dem Fahrrad hinter sich her; die beiden halten sich – was recht bedenklich aussieht – an den Händen. Der Junge findet dabei noch Zeit, den Motor hochzujagen und die Hupe schnarren zu lassen. Trotz alledem besteht die im Grunde schläfrige, dörfliche Heiterkeit fort, sie ist immer da, aber nur, um ständig durch dieses dionysische Prinzip auf Rädern gestört zu werden. Da kommt zum Beispiel ein Moped fünfzig Meter weit auf dem Hinterrad aufgebäumt daher und wird von einem Porsche überholt, der mit vierzig im zweiten

Gang an der neuen Kirche vorbei- und geradewegs in die tückische Kurve bei der Drogerie hineinröhrt. Wenn also die Via Olivè nicht im Nebel oder in einem Zustand trunkener Benommenheit angelegt wurde, so kann man nur annehmen, daß sie als Übungsstrecke für künftige Rennfahrer, Stuntmen und andere Möchtegern-Selbstmörder gedacht war. Natürlich fordert all dies unvermeidlich seinen Tribut unter den unachtsamen älteren Zweiradfahrern in Filzhut und Hemdsärmeln beziehungsweise mit Kopftuch und Bluse, die mit einer Hand am Lenker – in der anderen halten sie einen Gehstock, ein Fischernetz oder eine Einkaufstasche – dahinschwanken. Wie so oft in Italien hat das Pittoreske eine äußerst gefährliche Kehrseite.
Die erste Brücke, um die herum wild die Autos von Leuten geparkt sind, die zum Metzger, zum Friseur oder zum Schuster wollen, führt über einen ausgetrockneten Hochwassergraben. Diese etwa fünf Meter tiefe, sieben Meter breite und kilometerweit schnurgerade verlaufende, leider notwendige technische Anlage schneidet den Ort entzwei und bildet ein von Brombeeren überwuchertes Band unzähliger Coca-Cola-Dosen, Flaschen und anderer Trophäen, deren man sich in Sommernächten entledigt hat. Daß über ein solch beträchtliches Hindernis nur an einem Ende des Ortes eine Brücke führt, hat – so werden wir später herausfinden – mit schwelenden politischen Intrigen in Montecchio zu tun. Für uns bedeutete es an diesem ersten Morgen nur, daß die Bar ungefähr fünf Minuten weiter entfernt war, als sie hätte sein müssen.
Hat man den Graben überquert, folgt man der Straße, vorbei an der neuen Kirche und einer einzelnen AGIP-Tanksäule, die wunderbar zu dem danebenstehenden schmucken Steinbogen paßt, und erreicht die zweite Brücke. Schöner anzusehen als die erste, spannt sich diese Brücke über einen kleinen Fluß, den Fibbio, der unter Fenstern und Balkonen dahinplätschert und Teiche miteinander verbindet, an denen unter Schildern

mit der Aufschrift ANGELN VERBOTEN Männer mit ihren Angelruten stehen; der Fibbio bringt den Regen aus den Bergen südwärts zur Etsch, zum Po und zum Adriatischen Meer. Als wir an diesem Morgen die Bar verließen, bogen wir hier zielstrebig links ab, weil wir dem Flüßchen ein Stück weit folgen wollten; außerdem lag die Via Colombare ebenfalls in dieser Richtung. Und so machten wir die zweite erfreuliche Entdeckung des Morgens: Am Ende eines kleinen Wasserarms, keine zweihundert Meter von unserer neuen Wohnung entfernt, drehte sich ein großes, zerbeultes und herrlich vernachlässigtes Wasserrad. Diese Entdeckung war uns um so willkommener, als wir herausfanden, daß die Luft auf der kleinen Brücke wenige Meter unterhalb des Rades von einer gnädigen Kühle war, in der feucht und frisch helle Tropfen glitzerten.

Sind wir an diesem Morgen weitergegangen bis zum Laghetto Squarà? Ich nehme es an. Der schmale Pfad hinter dem Wasserrad ist unwiderstehlich, und wir hatten noch gut eine Stunde Zeit bis zum Mittagessen. Steiniger Untergrund. Hohe, durchhängende Zäune, die eine phantastische Komposition aus Paprika-, Auberginen- und jungen Tomatenpflanzen schützen. Überall ist Wasser: Kleine Bäche gurgeln zwischen den Gemüsebeeten, das Flüßchen rauscht unter dem Mühlrad hinweg, und zur Rechten sieht man durch einen römischen Bogen hindurch rostige Silos und einen stillen, in Stein gefaßten Teich, der früher wahrscheinlich gewerblich genutzt wurde. Große blaue Libellen schwirren umher, und unter der Wasseroberfläche schimmern blaugrüne Algen. Ein Roller dröhnt wichtigtuerisch um eine scharfe Kurve und zwingt einen, schnell beiseite zu springen, dann öffnet sich der Weg zu dem offenen Platz, dem Laghetto Squarà.

Hier steigt unter einer verlassenen Kirche aus dem siebzehnten Jahrhundert Quellwasser auf, fließt unter der modrigen Tür heraus und plätschert über den Pfad hinüber in einen kleinen, quadratischen See, den *laghetto*. Hohe Platanen und

Pappeln rahmen ihn ein; auf der einen Seite befindet sich ein steinerner Damm, auf der anderen Seite ist das Ufer grasbewachsen; es gibt drei oder vier Schleusentore. Wenn man ans Ufer tritt, kann man im glasklaren Wasser zwei oder drei Meter tief römische Mauerreste liegen sehen, außerdem überdüngte Algen und die typische Mischung von Abfall, den Menschen überall auf der Welt in jedes größere, hübsche Gewässer werfen zu müssen glauben: alte Reifen, einen Schuh, Elektrogeräte.

Schade. Trotz des offensichtlichen Reizes des Laghetto Squarà ist hier nichts gestaltet oder verschönert worden, nichts wirkt hier gepflegt oder gar sauber. Denn er gehört zum gemeindeeigenen Bereich, ist also nicht in privatwirtschaftlicher Hand wie die Bar. Man kann sich nicht vorstellen, daß die *comune,* die örtliche Verwaltung, in den letzten zehn Jahren auch nur einen Pfennig für den Platz ausgegeben hat – abgesehen von dem Lohn für einen Menschen, der die umstehenden Bäume äußerst unbarmherzig beschnitten hat (weil er, wie wir später erfuhren, in Form des anfallenden Feuerholzes entlohnt wurde).

Und doch hat sich der *laghetto* eben wegen dieser Vernachlässigung eine Qualität bewahrt, die er wohl verlieren würde, wenn man ihn gemäß modernen Vorstellungen zu einem pittoresken Erholungsgelände ummodelte; mit seinen Spuren der Verwitterung besitzt der *laghetto* den morbiden Charme eines Ortes, an dem die Natur sich selbst überlassen ist. Man sitzt am Wasser auf einem großen quadratischen Stein, der vor ein paar Jahren vom Grund heraufgeholt worden ist; verwitterte lateinische Inschriften auf seiner unregelmäßgen Oberfläche lassen ein Datum, den Namen eines Kaisers erahnen. Quellwasser rinnt über den Pfad aus Schieferplatten zur Linken; hinter einem liegen die Hügel, vor einem der See, der geschäftige Ort und die Ebene. »So«, denkt man, »das ist also die Grundwassersohle, ich sitze am Fuße der Alpen.« Kinder in Unterwäsche schubsen sich gegenseitig in den See.

Mädchen kreischen, weil sie nicht ins Wasser gestoßen werden wollen. Und vielleicht werden sie es auch nicht. Man fühlt sich hier ein bißchen wohler als in den staubigen Straßen. Eine Eidechse aalt sich nur ein paar Zentimeter von einem entfernt und erinnert einen daran, wie lange man hier schon sitzt. Montecchio, denkt man plötzlich, ist vielleicht doch ganz in Ordnung.

# 5
# Fantasmi

Die ganze Aktion dauerte zwei lange, heiße Tage. Bei Brandoli, dem örtlichen Supermarkt, wohin wir dreimal pilgern mußten, um die nötigen Kartons zu besorgen, schlossen wir Freundschaft mit dem Personal; wir beförderten eine ganze Lebenskultur aus Wohnung 3 in den stickigen *solaio* unter dem Dach.

Hätten wir den Dingen, die wir in den Kartons verstauten, mehr Aufmerksamkeit schenken sollen? Wüßte ich mehr über Italien, wenn ich all die vielen Tagebücher und Briefe sorgfältig studiert hätte? Vielleicht. Aber alter Krimskrams, alte Klamotten, alte Medikamente, alte Schuhe, alte Dokumente, Rechnungen, Zeitungen, Tücher, Toilettenartikel, Einkaufszettel, Souvenirs, Taschenbücher, militärische Kopfbedeckungen, Schmuckschatullen, Campinggeschirr und Dosen über Dosen mit sortierten Muttern, Schrauben und Nägel drücken mir erheblich aufs Gemüt. Wo ein anderer Mensch vielleicht jedes einzelne Stück ungeheuer bedeutungsvoll findet, bin ich bloß überwältigt angesichts der Banalität. Ich denke dann an aufgetürmte Berge solcher Relikte, multipliziert mit der Zahl aller Haushalte in jedem Winkel der Welt – natürlich von Land zu Land verschieden, jedes Objekt mit seinem eigenen kulturellen Hintergrund, seiner spezifischen Erscheinungsform, von genau diesem und jenem Wert, aber letztlich doch nichts weiter als Schutt, Späne des Lebens, die darauf warten, weggeworfen zu werden – und ich will mir dieses Zeug dann nur noch schnellstmöglich aus den Augen schaffen. In Archäologie oder Anthropologie würde ich es nie zu etwas bringen. Daher sind die Dinge, die ich einen Augenblick lang begutachtete, bevor sie in den Supermarktkartons verschwanden, und die in meiner und meiner Frau Erinnerung als Streckenmarkierungen unseres Entrümpelung-Marathons auftauchen, nichts anderes als Schnipsel, Hinweise und Andeutungen zu Charakter, Leben und Zeit des Umberto Patuzzi – oder *»il professore«*, wie wir ihn später zu nennen pflegten – und seiner still dahinvegetierenden Frau Maria Rosa. Hätten wir geahnt, wie faszinierend diese Leute noch für uns werden würden, wir wären wohl sorgfältiger vorgegangen.

Signora Marta hatte behauptet, ihre Tante und ihr Onkel seien weitgereiste Leute gewesen, und tatsächlich, der gigantische Bücherschrank mit Milchglasscheiben und abblätterndem Furnier im *salotto* war so vollgepfercht mit Katalogen und Broschüren, daß ein Reisebüro in der Hochsaison monatelang damit ausgekommen wäre – nur daß diese Kataloge und Broschüren zehn, zwanzig, ja sogar vierzig Jahre alt waren. Die ältesten priesen, in alphabetisch geordneten Stapeln, größtenteils billige Hotels in den heimischen Bergen oder an der nahen Adriaküste an, mit brüchigen, braunweißen Fotografien, die umfassend Zeugnis von der Bauwut der fünfziger Jahre gaben. Die Toskana, Elba, die Abruzzen, Rom und Sizilien folgten direkt dahinter, wie Teile eines rasch wachsenden und inzwischen auch farbigen Puzzlespiels – Meeresansichten in Technicolor, die örtlichen Delikatessen in grelle Farben getaucht –, bis in den sechziger Jahren der Boom allgemeinen Wohlstand und die italienische Liebesaffäre mit dem *automobile* auslöste. Aus dieser Zeit stammten die ersten Preislisten von Hotels in Österreich, der Schweiz und Jugoslawien. Riesige Stapel. Die neuesten und verführerischsten Exponate rühmten dann die Azoren, die Bahamas und Rentnerpauschalreisen nach Florida.

Bestimmt lagerte Material für mehrere Doktoren der Geisteswissenschaften in diesem Schrank, nichtsdestoweniger wanderte alles schnurstracks in unsere Brandoli-Kartons. Wir hatten es eilig und beabsichtigten keineswegs, einen Essay über

das Thema Ferienziele als Ausdruck der ökonomischen Entwicklung Italiens in den letzten drei Jahrzehnten zu schreiben. Aber zwischen den Katalogen fand sich auch ein Fotoalbum. Und wer wirft nicht zumindest einen kurzen Blick auf Fotografien?
Festgehalten war darauf Patuzzis Liebe zur Straße und seinem Auto; er muß die Angewohnheit gehabt haben, sich von jemandem – vermutlich Maria Rosa – neben exotischen Straßenschildern fotografieren zu lassen (etwa wie andere gern ihre Anwesenheit auf einem Berggipfel dokumentieren). Da steht er also, in Schwarzweiß, die dichte Mähne zurückgekämmt, mit schmaler, intelligenter Adlernase, bei seiner Ankunft in Trento – wuchtige Bergschuhe an den Schnürbändern um den Hals gehängt, einen Rucksack auf dem Rücken; es liegt ein selbstzufriedener Ausdruck auf seinem Gesicht wie bei jemandem, dem gerade für eine kluge Bemerkung Bewunderung gezollt wurde oder der zumindest soeben gut gegessen hat. Neunzehnhundertsiebenunddreißig, erläutert eine krakelige Handschrift. Und hier ist er wieder, diesmal in Farbe, schon fast kahl, aber immer noch sportlich, in Wollhosen und grünem Anorak, neben einem Schild mit der Aufschrift »Wien«. Seite um Seite stoßen wir auf die gleichen Dinge: Bergdörfer, Hotelschilder, *autostrada*-Ausfahrten; bis schließlich, erst jüngst und aus dem Rahmen fallend, ein sehr viel älterer, wettergegerbter und gebeugter Patuzzi, auf einen Stock gestützt, abgelichtet ist, vor einem schwarz mit »Praha« beschrifteten, weißen Straßenschild; neben ihm steht – was die Aufnahme noch ungewöhnlicher macht – unverkennbar Lucilla.
Das läßt die Dinge in einem neuen Licht erscheinen. Eher ein Verhältnis als eine bloße Nachbarschaft in einer Wohnanlage? Stimmte womöglich sogar, was sie über die Eigentumsrechte an der Wohnung behauptet hat? Oder ist das ein voreiliger Schluß?
Weiter hinten im Schrank liegen einige Sammlerstücke aus Kriegstagen: ein Helm, ein Schulbuch (»Beschreibe deine

Gefühle der Bewunderung und der Dankbarkeit, wenn du ein Bild von *il duce* betrachtest!«) und ein Stapel der makaberen *Signal*-Zeitschriften: In Zeitungsformat, auf deutsch mit italienischer Übersetzung, war ihre Comicstrip-Propaganda hauptsächlich gegen – naja, gegen *uns* gerichtet. *Bombe sull' Inghilterra!* ist ein flammender Artikel überschrieben. Ist das der Grund, frage ich mich manchmal, warum die jungen Männer in der Bar noch heute so starke Rivalität empfinden? Und was hat Freund Patuzzi im Krieg getrieben, außer solch hitzköpfiges Zeugs zu lesen? (Später erfuhren wir, daß Lucilla in den Straßen von Vicenza um Brot gebettelt hat.)
Noch weiter hinten (ich sagte ja, der Schrank ist riesig) findet sich eine wesentlich harmlosere (und größere) Sammlung von Zeitschriften mit dem rätselhaften Titel *NAT*. Ein kurzer Blick auf die Innenseite des Umschlags enthüllt, daß dies die Abkürzung für *NUOVA ALTA TENSIONE* ist, und nach nur wenigen Sekunden des Blätterns kommt man zu dem Schluß, daß diese Spannung vorwiegend im Unterleib erzeugt werden sollte, durch Pin-ups aus den späten fünfziger und frühen sechziger Jahren von Brigitte Bardot, Jane Fonda, Sophia Loren und einer Schar weniger bekannter Damen, mit retuschierten Fotos von so atemberaubender Einfalt, daß man sich fragt, wie diese Menschen mit Aufregungen wie dem Bombenhagel der Kriegsjahre fertig geworden sind. Klemmte Patuzzi die Hefte zwischen seine Fachblätter für Finanz- und Steuerfragen, wenn er aus der *tabaccheria* trat? Las er arglosen Klatsch über badende Schönheiten, während er sich an dem großen, häßlichen Schreibtisch aus dem zweiten Schlafzimmer, der sicher älter war als dieses Haus, durch Berge von Steuerbelegen quälte? Und wann war Lucilla zu ihm ins Zimmer gekommen, wenn überhaupt? Unter dem Foto eines zierlichen Mädchens mit feinen Zügen aus dem Süden teilt uns der Untertitel auch noch nach fünfundzwanzig Jahren mit, daß Mariangela Rainaldi, eine gläubige Katholikin, die im Augenblick als Partyhosteß arbeitet, Filmstar werden möchte.

In der Nachttischschublade von Patuzzi finden wir einen langen Schuhlöffel, einen Katechismus, ein *Alpini*-Käppi (von dem berühmten italienischen Bergregiment), eine große Tube Hämorrhoidensalbe mit längst überschrittenem Verfallsdatum, ein ovales Silberrähmchen mit dem Foto einer ernst blickenden Maria Rosa und ein längliches, stabiles Stück Leder mit einem Griff auf der einen und einer schweren Bleikugel auf der anderen Seite. Wozu um alles in der Welt brauchte man so etwas?

Nun stellte sich ein Problem: der Müll. Nicht, daß wir uns getraut hätten, irgend etwas von Wert wegzuwerfen, wie etwa die Tagebücher voller Additionen und Subtraktionen mit acht- und neunstelligen Zahlen, die Antworten auf Anfragen von Maria Rosas Bruder an mehrere Pariser Heiratsinstitute – nein, alles, was für neugierige Augenpaare aufbewahrt werden sollte, die mehr Geduld hatten als wir, würden wir aufbewahren. Trotzdem gab es noch eine Menge Gerümpel, etwa alte Zahnbürsten und Toilettenartikel aus den frühen siebziger Jahren, deren Fehlen niemand stören würde. Denn wen interessierte es schon, daß *il professore* seine Zähne mit *Pasta del capitano* geputzt hatte?

Da wir weder in der Wohnung noch draußen etwas ausfindig machen konnten, was auch nur entfernt einer Mülltonne ähnelte, schlichen wir uns schließlich auf Zehenspitzen hinunter, um den Visentinis unsere Aufwartung zu machen, die in der Wohnung unter Lucilla lebten (welche ursprünglich für ihre Tochter gedacht gewesen war). Wahrscheinlich könnten sie uns weiterhelfen.

Leise klopften wir an die Tür. Eine Stimme fragte, wer draußen sei, denn niemand wird in Italien je öffnen, solange die Identität des Besuchers nicht geklärt ist. Selbst im abgeschiedensten Dorf entspricht der Sicherheitsstandard dem von New York. Wir stellten uns vor. Dann hörte man, wie ein schweres Schloß einmal, zweimal, dreimal gedreht wurde, und die Tür ging auf. Eine schmächtige attraktive Frau in

pinkfarbenem Jogginganzug stand vor uns und drängte uns einzutreten.
Ja, es stimmt, wir waren im selben Land, am selben Ort, ja sogar im selben Haus, in einer Wohnung mit einem Grundriß, der mit dem unserer Wohnung identisch war – und trotzdem überschritten wir mit der Schwelle zur *casa Visentini* die Grenze zu einer anderen Welt. Alles hier war modern, geschmackvoll und blitzblank; der Zierrat, die Lithographien an den Wänden und die niedrigen, modernen und bequemen Polstermöbel waren hell angestrahlt. Wenn es überhaupt eine Gemeinsamkeit mit unserer eigenen Unterkunft gab – und mit so vielen anderen Wohnungen, die ich im Veneto gesehen habe –, dann das Bemühen um eine gewisse Förmlichkeit. Jeder Raum war ein durchdachtes Arrangement, steif und feierlich. Der Begriff »gemütlich« ist meist unpassend, wenn es um eine italienische Inneneinrichtung geht, und der Besitzer wäre auch nicht von Stolz erfüllt, wenn man seine Möbel derart beschreiben würde. Schon der erste kurze Blick in das Heim der Visentinis zeigte, daß die gesamte Einrichtung mit größter Sorgfalt zusammengestellt worden war, hier hatte man nichts dem Zufall oder dem Einfall des Augenblicks überlassen. Alle Linien und Kanten trafen sich elegant in geraden, exakt berechneten Winkeln oder strebten in solchen auseinander. Das genaue Gegenteil der Welt da draußen.
Und zuerst waren Orietta und Giampaolo auch ebenso höflich reserviert und steif wie ihre Möbel ansprechend und überlegt arrangiert. Durchaus herzlich wurden wir hereingebeten. Ja, sie bestanden darauf, daß wir eintraten. Denn das gehörte sich so. Unklar blieb allerdings, worüber wir uns unterhalten sollten. Denn sie wollten nicht sofort auf die – für uns – brennenden Themen feindselige Lucilla und jaulender Hund zu sprechen kommen. Vor allem Giampaolos Miene war undurchdringlich. Der Müll, so erklärte er, werde normalerweise in eine große, gemeinsame Mülltonne aus Plastik geworfen, die dann jeden Morgen zur Leerung vors Tor

geschoben werde. Doch anläßlich unserer Ankunft hatte Lucilla diese Tonne entfernt und damit unmißverständlich klargemacht, daß sie uns nicht als Nutznießer dieser Einrichtung wünschte.
Einen Kommentar zu dieser Sachlage gaben die Visentinis nicht ab. Wahrscheinlich mußten wir uns eine eigene Mülltonne besorgen.
Dann erkundigte ich mich nach der Garage, die Signora Marta erwähnt hatte. Giampaolo, hochgewachsen und ernst, aber irgendwie auch sehr gutaussehend, mit jungenhaftem Charme, begleitete mich nach unten ins Souterrain und wandte sich am Fuß der Treppe nach rechts. Dort diente eine riesige Fläche von der Größe einer ganzen Wohnung als Gemeinschaftsgarage. Die tadellose Sauberkeit der glasierten roten Backsteine, die man als Bodenbelag ausgesucht hatte, verfehlte nicht ihren Eindruck auf mich: Hier gab es keine Ölflecken, selbst Reifenspuren waren kaum zu entdecken. Doch so gepflegt dies auch wirkte, für eine Garage schien es schlicht übertrieben.
Zwischen Betonpfeilern waren vier Parkplätze ausgewiesen. Am äußeren Ende parkte Giampaolos schimmernd weiße Giulietta mit Doppelvergaser, direkt vor uns ein ebenfalls weißer, winziger Fiat 126. Die anderen beiden Plätze waren frei.
Ich fragte, welcher Platz mir zustünde. Giampaolo erwiderte, der zu meiner Rechten gehöre zu Wohnung 1, also Vittorina (Lucillas Schwägerin), der Platz neben der Giulietta zu Wohnung 3, also uns. *Però,* so warnte er, keiner der Plätze sei mehr benutzt worden, seit die männlichen Mitglieder der entsprechenden Haushalte – Umberto Patuzzi und Giosuè Zambon – das Zeitliche gesegnet hatten. Aus Pietät. Dabei zeigte er mir die kleinen Kruzifixe an den Pfeilern neben den Plätzen. Lucilla sei, so fuhr er fort, eine abergläubische Frau, wenn auch letztlich keine unangenehme Zeitgenossin. Es sei lediglich eine Frage der Gewöhnung.

Ich witzelte, wenn die Benutzung des Garagenplatzes Krieg mit Lucilla bedeuten sollte, könne man die Sache vergessen, was auch nichts schade, da an der Karosserie meines Wagens sowieso nichts mehr zu retten sei. Doch dies entlockte ihm kein Schmunzeln, und im Rückblick erkenne auch ich, wie dumm ein solcher Scherz in einer Nation von Autonarren ist. Ein Mann, der ein halbes Jahreseinkommen in den Kauf einer Alfa Romeo Giulietta mit Doppelvergaser steckt, die er kaum jemals fährt, hört nicht gern, daß andere mit einem zehn Jahre alten, rostigen Passat auskommen. Und mit einem orangefarbenen noch dazu.

Bevor wir wieder nach oben zu den Frauen gingen, wollte mir Giampaolo unbedingt noch die hiesige *taverna* zeigen.

Eine *taverna* ist ein großer Raum im Keller oder Souterrain einer modernen *villetta*, einer *palazzina* oder in einer kleinen Eigentumswohnanlage in Nord- oder Mittelitalien, in dem Feste gefeiert werden. Sie muß über einen großen, möglichst riesigen offenen Kamin verfügen, an dem man grillen kann; eine Sammlung von Weinflaschen ausschließlich ohne Etikett, alpenländische Kiefernmöbel, ein langgestreckter Eßtisch, eine Ecke mit Spüle zum Geschirrwaschen und eventuell eine Stereoanlage gehören ebenfalls dazu. Die Wände sollten, wie in der Via Colombare der Fall, unter anderem alte Poster mit Berg- oder Landschaftsansichten zieren, außerdem Jagdtrophäen (hier hing, erstaunlich genug, ein garantiert falscher Gepard) und Dinge wie alte Schwerter oder Gewehre. In der Via Colombare gab es außerdem noch die betagten, schätzungsweise vierzig Jahre alten Holzski Patuzzis.

Es sollte noch erwähnt werden, daß alte Häuser über keine *taverna* verfügen. Nur neue. Denn die *taverna* verkörpert das zeitgenössische italienische Traumbild der Vergangenheit, ist eine Übung in urbaner Lebensweise und Nostalgie. Mit diesem großen Partyraum im Untergrund versucht der moderne Wohnungsbesitzer in seinem beengten Heim sozusagen ein

Gefühl aufleben zu lassen, das mit den riesigen alten Küchen auf dem Land, in denen es an Späßen, *polenta* und Landwein niemals mangelte, verknüpft ist und im Nationalbewußtsein noch immer eine so große Rolle spielt. Von daher findet man in vielen *taverne,* auch wenn sie oft unter den einfallslosesten Fertigbauteilen gelegen sind, einen original alten *pietra-serena*-Kamin, den die Bewohner gekauft und in die Wand eingelassen haben. Können sie sich keinen echten leisten, dann gibt es zumindest eine passable Imitation mit einem beeindruckenden Arsenal an Schürhaken und ähnlichen Gerätschaften aus schwarzem Schmiedeeisen. Die Tische sind entweder ebenfalls alt oder sollen so aussehen, und man braucht unbedingt mindestens einen ungepolsterten Holzstuhl mit Schnitzereien und hoher Lehne, auf dem nie einer sitzt.

Wenn ein paar Bewohner der Anlage ihre Freunde hierher zum Essen einladen, vielleicht am Abend des Bankfeiertags *ferragosto* (15. August) oder am 25. April zur *festa della Liberazione*, dann erwarten diese eine solche Einrichtung, vor allem die splitterigen Kiefernbänke und die elektrischen Imitationen von Öllampen, die eine zugleich fröhliche und traditionell behagliche Stimmung schaffen sollen: Die Familie und ihre Freunde genießen am gemeinsamen Herd zu Recht die Früchte ihrer Arbeit. Zumindest die kurze Zeitspanne eines Abends lang frönen der Büroangestellte, der Geschäftsinhaber und der Pharmavertreter der gesunden Entspannung eines *contadino* nach der Weinlese; dem Jungschen Unterbewußten gleich dient die *taverna* als Speicher einer primitiven Vergangenheit mit all ihren Reichtümern.

Meiner Erfahrung nach ist die *taverna,* wie manch anderes Traumbild, in der Vorstellung des Träumenden sehr viel vollkommener als in der Wirklichkeit. Und der Veroneser, der im Geschäft die Kamin- und Grillwerkzeuge aussucht, auch sehr viel glücklicher als der gleiche verärgerte Bursche bei der Benutzung derselben. Zu einer *taverna*-Party steigt man in einen feuchten, ungeheizten Keller hinab, der seit dem letzten

Gelage nicht mehr gelüftet wurde, und holt sich dort vermutlich den Tod, obwohl oberirdisch brütende Hitze herrscht. Der Kamin zieht nicht richtig, weil er so selten befeuert wird. Man ißt von einer bunten Mischung an Tellern, Überbleibsel des Tafelgeschirrs, das einst oben benutzt wurde; man trinkt aus blinden Gläsern, die mit keinem Geschirrspülmittel der Welt mehr blank zu bekommen sind, vielleicht, weil es im Keller kein heißes Wasser gibt. Man stellt fest, daß Besteck fehlt. Auch schneidet Ihr Messer nicht besonders gut. Die Stimmen hallen dumpf zwischen den nackten Betonwänden. Und wenn nach etwa einer Stunde der Wein und das Grillen gerade die Kälte aus dem Raum vertreiben, kommt der Berufsnörgler des Hauses herunter und beschwert sich, daß er wegen des Lärms unmöglich die neueste Folge irgendeiner beliebten *telenovela* – das heißt eines Abklatsches von *Dallas, Denver* oder ähnlichem – anschauen könne. Mit der Bekundung großen Bedauerns wird er beruhigt, eingeladen, doch mitzufeiern (denn dies ist per definitionem eine ganz ungezwungene Party), und dann den Grund seiner Anwesenheit prompt vergessen, obwohl vielleicht unterbewußt eine leichte Verärgerung weiternagt.
Das Essen kommt auf den Tisch. Man ißt Fleisch von Amseln und kleinen Tauben, und manchmal sieht es so aus, als seien ihre Knochen und ihr Gefieder auch mit dabei. Gemäß Anleitung zermalmt man walnußgroße Köpfchen zwischen den Backenzähnen, um das Gehirn auszusuckeln. Was tatsächlich lecker schmeckt. Doch leider nur ein winziger Happen ist. Und währenddessen mühen sich alle Leute am Tisch verzweifelt, lustig zu sein.
Es werden *carabinieri*-Witze erzählt (Was ist eckig und kocht trotzdem bei neunzig Grad?), langatmige, angeblich unterhaltsame Geschichten über Odysseen im Dschungel der Bürokratie (»Als ich dann zum dritten Mal wiederkam, hat er gesagt, da meine Geburtsurkunde aus einer anderen Provinz stammt und vor 1959 ausgestellt wurde, hätte der ganze Vor-

gang schriftlich über das Amt in Rimini abgewickelt werden müssen ...»). Schallendes Gelächter, Kopfschütteln, die Gläser werden neu gefüllt. »Kommt nicht in Frage, Sie müssen noch einen *uccellino* nehmen. Unbedingt. Sie sind *squisiti*, und jetzt habe ich ihn auch schon gebraten.« Die Dinger klatschen auf Ihren Teller und ähneln dabei diesen glücklosen kleinen Kadavern, die man im Frühling auf nassem Pflaster findet. Aus der Stereoanlage erschallt Akkordeonmusik. Sechs Paare kämpfen sich auf sechs Quadratmetern durch Volkstänze. Lautes Gekichere. Irgend jemand verbrennt sich an einem heißen Schürhaken, der aus dem Kamin herausragt, etcetera, etcetera.

Die *taverna* scheint dieses Verhalten, diese wilde Entschlossenheit, um jeden Preis vergnügt zu sein, heraufzubeschwören. Und tatsächlich hat auch nahezu jede *taverna*-Party dieses Flair eines Silvesterabends, an dem man einfach nicht zum Feiern aufgelegt ist und sich wünscht, zu Hause geblieben zu sein. Doch dann erzählt mir meine Frau regelmäßig, ich sein ein *gufo*, eine Eule, ein Spielverderber. Sie genießt diese Geselligkeiten ausnahmslos. Zu meiner Verteidigung kann ich lediglich vorbringen, daß ich, egal in welcher Umgebung, immer den Wein genieße. Ich kann sogar mit geschlossenen Augen mehr oder weniger genau bestimmen, aus welcher Region die Traube stammt, die ich gerade trinke. Und wenn ich den Wein nur oben in unseren gut gelüfteten Räumlichkeiten genießen dürfte, zusammen mit Tortellini *al dente*, gefolgt von dünn geschnittenem, englisch gebratenem Pferdefleisch und einem *tiramisù* direkt aus dem Kühlschrank, ich würde mich fühlen wie im Paradies.

Giampaolo Visentini, der schwungvoll die Eisentür aufstieß und mich über die Schwelle zog, damit ich ins Innere spähen konnte, war offensichtlich ein *taverna*-Fan. Vielleicht ermöglichte es ihm die *taverna*, sich einer ansonsten undenkbaren Ausgelassenheit hinzugeben, oder sie bot ihm Gelegenheit, die komplizierte gesellschaftliche Etikette durch die schlichte

Handhabung einer Grillgabel zu ersetzen. Auf jeden Fall zeigte er an diesem düsteren Ort (ich erinnere mich an Geweihe und überkreuzte Ski an weiß getünchten Wänden) die ersten verräterischen Anzeichen von Lebensfreude und Begeisterungsfähigkeit. Ob ich gerne grille? Ob ich gegrillte Auberginen esse? Und *bruschetta* (mit Olivenöl und Knoblauch getoastetes Brot)? Ich antwortete ja, ja, das mochte ich. Und ob ich vielleicht daran interessiert sei, meinen Wein selbst abzufüllen? Die Leute in seiner Firma kauften immer zusammen eine ganze Wagenladung voll Fässer, von einem besonders guten Weingut im Friaul. Wenn ich mit ihm ein Faß Cabernet oder *prosecco* teilen wollte, müßte ich ihm nur rechtzeitig Bescheid geben. Wir könnten es im Oktober erstehen und im nächsten Frühjahr abfüllen. Der Preis sei niedrig, die Qualität exzellent. Sofort versprach ich, daß er auf mich zählen könne, ich sei immer bereit, etwas auszuprobieren. Als wir die Treppen wieder nach oben stiegen, hatte ich das Gefühl, daß wir als Nachbarn gut miteinander auskommen würden.
Kaum hatten wir den Spießrutenlauf an Lucillas Tür hinter uns gebracht, klingelte zum ersten Mal unser Telefon. Vielleicht wollte uns Signora Marta mitteilen, wo die gute Lektüre und die Ersatzglühbirnen versteckt waren. Oder vielleicht meldete sich eine der vielen Schulen und Agenturen, denen wir sofort unsere Nummer hinterlassen hatten.
»*C'è il dottor Patuzzi?*« fragte selbstsicher die Stimme eines älteren Herrn.
Ich erstarrte.
»*Parla Giordano. Una questione di documenti.*«
»Aber Patuzzi ist tot. Schon über zwei Jahre.«
»Sein Name steht doch im Telefonbuch«, beharrte die Stimme.
»Er ist tot«, wiederholte ich.
»*Ah. In quel caso non insisto.*« Und die Leitung war wieder, naja, tot.
Rita meinte: »Du solltest erst anfangen, dir Sorgen zu machen, wenn einer sagt: ›Hier spricht Patuzzi.‹«

Doch wenn man gerade eben das Gerümpel eines Mannes ausgemistet und ein paar seiner Briefe gelesen hat, wenn man seine zerfledderten Zeitschriften mit spärlich bekleideten Mädchen in der Hand gehalten, die Ski aus seiner Jugend und ein Kruzifix neben seinem Parkplatz gesehen hat, dann scheinen *fantasmi* irgendwie keine gänzlich undenkbare Möglichkeit mehr zu sein.

# 6
# Residenza

Es vergingen noch mehrere Wochen, bevor wir versuchten, den Eintrag im Telefonbuch zu ändern. Wir riefen bei der SIP, der Telefongesellschaft, an, und man teilte uns mit, wenn wir unsere Namen unter dieser Nummer ins Telefonbuch eintragen lassen wollten, müßten wir eine Bestätigung neuesten Datums der *residenza in bollo* (das heißt mit speziellen Gebührenstempeln im Wert von einigen tausend Lire) und eine von Patuzzi oder seinen Erben unterschriebene Kündigung der Nummer vorlegen. Der *contratto* über das Telefon würde dann gegen eine geringe Gebühr auf unsere Namen übertragen und die Rechnungen an uns geschickt werden.

Gemessen an den Maßstäben, die ich inzwischen gewohnt war, schien das ein Kinderspiel zu sein. Bei einem kurzen Besuch in unserer lokalen *comune*, einem heimeligen kleinen Büro mit dem unvermeidlichen Kruzifix, einer eindrucksvollen Sammlung von Stempeln und einem großen, mit dem städtischen Standesamt verbundenen Computer, erfuhr ich, daß es zwei Möglichkeiten gab, eine Aufenthaltsbestätigung zu erhalten: Wir mußten entweder nachweisen, daß uns die genannte Wohnung gehörte und wir dort unseren ersten Wohnsitz hatten, oder eine schriftliche Erklärung des Eigentümers beibringen, die besagte, daß wir dort zur Miete wohnten. Diese mußte auf *carta bollata* geschrieben sein – offiziellen Formularen, die wiederum mit Stempeln im Wert von einigen tausend Lire versehen sein mußten.

Wir riefen also Signora Marta an. Sie war sehr höflich, konnte aber gar nicht verstehen, warum wir den Namen, »der zu der Nummer im Telefonbuch gehört«, ändern wollten. Konnten wir nicht einfach jedem, der uns anrufen sollte, unsere Num-

mer geben? Wir erklärten, daß uns vielleicht einmal jemand wegen einer Arbeit erreichen wollte. Wir seien *liberi professionisti.* Aber wenn, so hielt sie entgegen, sie doch unsere Namen kannten, so konnten sie doch die Leute fragen, über die sie von uns gehört hatten. *Non è vero?* Leute, die mit Sicherheit unsere Telefonnummer hatten oder jemanden kannten, der sie hatte. Auf diese Weise bewies sie, daß Telefonbücher sowieso vollkommen nutzlos sind.
Nein, fügte sie hinzu, es wäre Verschwendung, wenn wir nur ein Jahr bleiben wollten. Denn bei unserem Auszug würden wir natürlich die Nummer kündigen, um nicht weiter unter ihr registriert zu sein und die Rechnungen zugestellt zu bekommen; dann könnte sie natürlich das Telefon abmelden, aber wer weiß, wie lange dann ein Neuanschluß dauern und was das wieder kosten würde. Folglich würde sie höchstwahrscheinlich die Nummer unter ihrem eigenen Namen (anstelle von Patuzzis) eintragen lassen müssen. Und da sie bereits eine Telefonnummer habe, würde diese (in der Via Colombare) als Zweitanschluß registriert werden, was wiederum erheblich höhere Grundgebühren bedeutete, selbst wenn sie keine Anrufe tätigte.
Viele Unterredungen in Italien verlaufen auf derart verzwickte Weise – immer neue Gesetze und Regeln recken wie ein Hydra die häßlichen Köpfe hervor und verwandeln die naheliegendsten Lösungswege in Sackgassen. Daraus entwickelt sich eine Art Verfolgungswahn, der bei manchen Leuten gelegentlich dazu führt, daß sie sich einbilden, Gesetze zu kennen, die es gar nicht gibt, einfach weil diese Gesetze genau in das Bild passen, daß einem die Regierung das Leben schwermachen will – und sie diese Gesetze wahrscheinlich zu diesem Zweck erlassen hat. Stimmte es zum Beispiel wirklich, daß Marta die Nummer unter ihrem Namen registrieren lassen müßte? Könnte sie nicht auch auf den Namen eines ihrer Kinder oder deren Großmutter eingetragen werden? Oder würde sie in diesem Fall ihre *residenza*

auf die Via Colombare ummelden müssen, mit allen Problemen, die das nach sich zog?
Ich versuchte es behutsam: Wenn wir ausziehen würden, sagte ich, das heißt, wenn sie uns bitten würde, die Wohnung zu räumen – und wir hofften, das werde sie nicht tun, denn es gefiele uns hier –, dann wäre es wahrscheinlich aus dem Grund, weil sie die Wohnung verkaufen wollte oder einen anderen Mieter gefunden hätte; und in beiden Fällen würde der neue Bewohner sicher gern das Telefon übernehmen wollen, oder nicht?
»Nicht, wenn er unter seinem Namen bereits woanders ein Telefon angemeldet hat«, erwiderte sie. »Oder wenn er in einer anderen Provinz gemeldet bleiben will.«
Wer hätte vor diesem Telefongespräch an so etwas gedacht? Doch als ich bereits aufgegeben und ein kühles *arrivederci* entboten hatte, hielt sie mir einen Ölzweig entgegen: »Aber es macht mir nichts aus, eine Bestätigung zu schreiben, falls Sie aus anderen Gründen die *residenza* brauchen.«
Wie soll man einem Briten, der einfach wohnt, wo er wohnt, und sich entsprechend verhält, die schwammige und doch ungeheure Bedeutung der »Aufenthaltsbestätigung« erklären. Darf ich eine Definiton wagen? Eine Aufenthaltsbestätigung bedeutet, daß der Staat jetzt anerkennt, daß man lebt, wo man lebt oder angeblich lebt (zum Beispiel in der Provinz X unter der und der Adresse), und einen somit von allen Leuten unterscheidet, die in einer anderen Provinz oder einem anderen Land leben oder die der Staat, obgleich sie sehr wohl in X wohnen, nicht als dort wohnhaft anerkennt, wo sie wohnen (in X), entweder, weil diese Leute als an einem anderen Ort (wo sie nicht wohnen) wohnend geführt werden wollen und dies auf verschlungenen Wegen auch erreicht haben, oder, weil sie irgendein wichtiges *documento* nicht beschaffen können, das ihnen erlauben würde zu beweisen, daß sie tatsächlich dort wohnen, wo sie wohnen (in X), und deshalb weiterhin als dort wohnend geführt werden, wo sie nicht mehr wohnen (in Y oder Z zum Beispiel).

Aber ist das wirklich von Bedeutung? Ja, das ist es. Wenn nämlich der Staat einmal anerkannt hat, daß man wohnt, wo man wohnt, bringt das alle möglichen Vorteile mit sich: das Recht, sein Auto dort anzumelden (sonst muß man nach Y oder Z zur Zulassungsstelle fahren); das Recht, sich von einem ortsansässigen Arzt behandeln zu lassen; das Recht, sich um bestimmte Stellen im öffentlichen Dienst zu bewerben; das Recht auf bestimmte Dienstleistungen und Vergünstigungen; das Recht auf niedrigere Telefon- und Stadtwerkegebühren; das Wahlrecht; und – für uns am wichtigsten – eine Verringerung der vom Arbeitgeber einbehaltenen Einkommensteuer für freiberufliche Tätigkeit um zwei Prozent.
»*Va bene*«, erklärte ich Signora Marta, wenn sie einen solchen Brief aufsetzen würde, wären wir ihr sehr dankbar.
»*La ringrazio.*«
Ich war überrascht. Sie hatte keinen offiziellen Mietvertrag abschließen wollen, und ich konnte mich des Verdachts nicht erwehren, daß dies der eigentliche Grund war, warum sie die Telefonnummer nicht unter unserem Namen eintragen lassen wollte: Sie war darauf bedacht, jeden Nachweis zu vermeiden, daß wir hier wohnten. Und nun bot sie uns ihre Hilfe bei der Beschaffung der Aufenthaltsbestätigung an. Ein kalkuliertes Risiko? Großzügigkeit?
»Die Wohnung«, meinte Rita, »gehört offiziell Maria Rosa, die in einem Pflegeheim langsam verkalkt. Wie sollte irgend jemand erfahren, daß wir die Miete auf Martas Konto überweisen?«
Und dennoch ... das Leben ist kompliziert. Tendenziell scheint es jedenfalls so zu sein, daß die Regierung gutgemeinte, aber komplizierte Gesetze erläßt und die Leute mit Bedacht allerhand Raffinesse entwickeln, um sie zu umgehen. Zum Beispiel diese Sache, die Marta erwähnt hatte: Für Zweitwohnungen werden wesentlich höhere Stadtwerkegebühren erhoben – eine beliebte Maßnahme zur gezielten Besteuerung der Reichen. Aber in Italien ist es in der Mittel- und sogar in der

unteren Mittelschicht durchaus üblich, in der Stadt, in der man arbeitet, die eigentliche Wohnung zu mieten und gleichzeitig eine kleine Ferienwohnung (Zweitwohnung) am Meer, an einem der Seen oder in den Bergen zu unterhalten. Daraus folgt: Viele Leute melden sich, ihre Frauen oder ihre Kinder als in der Ferienwohnung wohnhaft an, um höhere Kosten zu vermeiden. Was wiederum verschiedene andere Probleme nach sich zieht. So müssen die Leute am Wahltag oft Hunderte von Kilometern in den Ort fahren, wo sie gemeldet sind, und dort wählen, auch wenn sie von der dortigen Lokalpolitik nicht die blasseste Ahnung haben. Dann wählen sie eben einfach nicht, werden Sie sagen. Aber wenn man in Italien dreimal in Folge nicht wählt, verliert man wiederum gewisse Rechte … und so weiter. Die Bürokratie ist ein riesiger Knäuel wirrer, klebriger Fäden, und bei jedem Versuch, einen Knoten zu lösen, zieht sich ein anderer um so fester zu.
Die *accertamenti*, die Kontrollen, die sicherstellen sollen, daß jeder Bürger seinen Faden zu diesem Knäuel beiträgt, sind weit verbreitet. Einige Wochen nachdem wir in die Via Colombare gezogen waren, ging ich auf den Balkon, um zu sehen, wer geklingelt hatte; es war ein auffallend dicker Mann in Uniform auf einem mit großen Kuriertaschen beladenen Moped. Montecchios lokaler *vigile*. Er zog ein paar Papiere aus einer dieser Taschen und fragte mich etwas. Ich bat ihn, doch bitte italienisch zu sprechen. Höflich wechselte er vom Dialekt in eine verständlichere Sprache, woraufhin sich herausstellte, daß er wissen wollte, ob ich wohnte, wo ich ganz offensichtlich wohnte (ich war noch im Schlafanzug und hielt ein Stück Toast in der Hand). Das bestätigte ich. Dann fragte er, ob er hereinkommen und sich umsehen dürfe. Und in meiner Küche klärte er mich schließlich langatmig über die *tassa sui rifuti*, die Gebühr für die Müllabfuhr, auf. Diese war anscheinend nicht vom Besitzer oder gar Mieter einer Wohnung zu entrichten, sondern vom Vorstand des tatsächlich dort lebenden Haushalts, *egal ob er dort gemeldet*

*war oder nicht* – das heißt, sie wollten das Geld, und zwar ganz unbürokratisch (so ist es auch vollkommen normal, daß ein Ausländer eine Einkommensteuererklärung abgibt, ohne eine Arbeitserlaubnis zu besitzen). Die fragliche Person sei ich, sagte ich. Ich würde zahlen. Er kratzte sich am Kopf, legte ihn schräg und sah mich mit seinem runden Gesicht aufmerksam an. *»Bon«*, sagte er.

Dann schrieb der *vigile* erstaunlich gewissenhaft etwas auf ein Stück Papier. Mir fiel auf, wie sauber seine Uniform war, wie glatt gebügelt sein Hemd, wie weiß die kleine Ledertasche am Gürtel. Der Tag war wieder einmal heiß und schwül. Trotz der Masse von Fleisch unter all diesen Kleidungsstücken und Accessoires schwitzte er nicht.

Er fragte nach meinem Namen. Dann bat er mich, ihn zu buchstabieren. Verständlich. Parks hakten wir ziemlich schnell ab, und auch mit Timothy (Torino Imola Monza Otranto – manchmal sage ich es schon im Schlaf) hielten wir uns nicht lange auf, bis wir zu dem uralten Problem des Y kamen, das im italienischen Alphabet nicht existiert. »Hotel, Ypsilon«, schloß ich. Er zögerte, hob den Kopf, blies die Backen auf und kniff die Augen zusammen. Was war Ypsilon? »Ypsilon«, erklärte ich, »ist ein Buchstabe.« *»Ah sì?«* sagte er. Offensichtlich war er gewohnt, auf den Arm genommen zu werden, und hatte deshalb diese Manierismen entwickelt – mißtrauische Haltung, bedächtiges Nachfragen, starrer Blick –, um weniger leichtgläubig zu wirken.

Nachdem er mich lange genug prüfend angeblickt hatte, kam er wohl zu dem Schluß, ich sei nicht der Typ dafür, sagte: *»Sì, sì, sì, d'accordo«*, und kritzelte etwas auf das Papier – was, wagte ich nicht zu fragen. Dann aber kam ich auf den Gedanken, meinen englischen Führerschein hervorzuholen und ihm hinzuhalten, *»per una verifica«*. Beleidigt winkte er ab.

*»Residenza?«* wollte er nun wissen, denn obgleich ich diese Abgabe unabhängig davon bezahlen mußte, war es doch wichtig, es niederzuschreiben. Drei oder vier Mal.

Sie sei beantragt, sagte ich.
»*Stato di famiglia?*« (ein Dokument, in dem die Beziehungen innerhalb der Familie festgehalten werden – wer ist die Mutter, wer der Vater, wer der Haushaltsvorstand, wer ernährt die Familie, wer ist abhängig).
Ich warte auf das Eintreffen meiner Heiratsurkunde aus England, erwiderte ich.
»Beruf?« Denn jeder muß seinem Beruf entsprechend eingestuft werden.
Lehrer, antwortete ich. Worauf er das ziemlich schmeichelhafte Wort *professore* niederschrieb.
Dann, als er gerade gehen wollte, machte ich den dummen Fehler zu bemerken, daß es dieses Getue um eine Aufenthaltsbestätigung in England nicht gebe.
Erneut weckte ich in ihm den Verdacht, ich würde mich über ihn lustig machen. Wieder legte er den Kopf schief, wieder blickte er mich entgeistert an. Er war einer von diesen dicken Leuten, die unglaublich graziös und beweglich wirken und sich ihres Körperumfangs durchaus bewußt sind. Beinahe tänzerisch drehte er sich auf der Hacke an der Tür wieder um, schob die Mütze zurück und ließ sich auf einen Stuhl an meinem Küchentisch fallen. Das war eine ernste Angelegenheit.
Wie das möglich sei, fragte er, daß es bei uns keine Aufenthaltsregelung gibt?
Es gebe sie einfach nicht.
Was man dann tue? Wenn man umziehe?
Man zieht einfach um, erwiderte ich.
Und die Nummerschilder an den Autos?
Die läßt man, wie sie sind.
Und der Personalausweis?
Es gibt keine Personalausweise.
Und der Arzt?
Man geht einfach in die nächstgelegene Praxis.
Ganz offensichtlich glaubte er mir kein Wort. So einfach

konnte es nicht sein. Nicht, daß er mich für einen Lügner hielt. Aber ich war wohl sehr naiv. Ich hatte so vieles nicht begriffen. Er überlegte, wie er mir das beweisen könnte. Sein Haar unter der Mütze war schwarz und zu einer kurzen Bürste geschnitten; er kratzte sich bedächtig am Kopf und zog an seinem kleinen, feisten Ohrläppchen. Dann hatte er mich am Wickel.

Wie, fragte er, könne dann die Post funktionieren?

In welcher Beziehung?

Woher sollten sie wissen, wohin sie die Post austragen müssen, wenn man umgezogen war?

Ich bemühte mich, gleichmütig und gelassen zu bleiben. Jemand schreibt die Adresse auf einen Umschlag, klebt eine entsprechende Marke darauf, und die Post befördert ihn dann hoffentlich zu dieser Adresse und stellt keine Fragen.

Der Mann stand auf und ging, höflich, aber mißmutig. Das war offensichtlich kein Land für *vigili*.

Ich war nicht überrascht, als die erste Rechnung für die Müllabfuhr, die ein paar Wochen später eintraf, an »Parks, Thimothj« adressiert war. Was das Telefon angeht, so werden Sie auch heute noch, wenn Sie in Veronas schmuckem Telefonbuch nachschlagen, den Namen Umberto Patuzzi finden, hinter dem sich derjenige verbirgt, der inzwischen das Vergnügen hat, die Dienste der SIP in der Via Colombare 10, Wohnung 3, in Anspruch zu nehmen. Zweifellos gehen auch die Gasrechnungen immer noch an Patuzzi. Ebenso wie die Stromrechnungen, trotz der merkwürdigen Tatsache, daß diese den bescheidenen Betrag von 7000 Lire jährlich für das ewige Licht auf seinem Grab mit einschließen … (Zweitwohnung?).

# 7
# L'animale domestico

Juli. Hundstage. Die Hitze sowieso, und dann noch Vega. Wir hatten uns in der Wohnung eingerichtet und ein paar Hundert-Watt-Birnen gekauft, nur um festzustellen, wie groß ihre Anziehungskraft auf Motten und Stechmücken war. Wir hatten uns an das Tack-tack des mitternächtlichen Tischtennisspiels auf der anderen Straßenseite gewöhnt, entdeckt, daß wir einen leichten Luftzug inszenieren konnten, wenn wir sämtliche Fenster gleichzeitig öffneten und mit einer der Durchgangstüren hin- und herwedelten. Wir hatten uns durch Berge von Wassermelonen gegessen (jede Jahreszeit hat ihr Gegenmittel) und ein Kühlschrankfach für die in Valpolicella eingelegten Pfirsichscheiben reserviert.

Wir hatten sogar den ersten zaghaften Friedensversuch mit Lucilla unternommen, ihr – sollte sie je darauf angewiesen sein – unsere nachbarschaftliche Hilfe angeboten und ihr versichert, daß wir in dem Gerichtsprozeß nicht Partei ergreifen würden. Marta und Maria Rosa wurden beschuldigt, nur Sekunden nach der Herzattacke des *professore* zu seinem Bankschließfach gerannt zu sein und dort das Testament verbrannt zu haben, in dem er Lucilla als seine Alleinerbin eingesetzt hatte.

»Aber wer war *il professore?*«

»Ach Umberto! Patuzzi! Nie hat es einen klügeren Mann gegeben. Ein echter *professore*.«

Wie ich es für den *vigile* gewesen war.

»*Un uomo squisito*. Sein Tod war ein entsetzlicher Schlag.« Tränen konnten Lucilla ungeheuer schnell in die geäderten Augen treten. Wir schüttelten die Köpfe. Unsere Beflissenheit wie auch unser Mitleid (das wirklich echt war) wurden am zehnten Tag mit dem Wiederauftauchen der gemeinsamen Mülltonne belohnt. Und mit der Aussicht auf ein Gespräch über einen der in frommen Ehren gehaltenen Garagenplätze. Die eher schüchterne, vielleicht auch mürrische Vittorina in der Wohnung unter uns (also gegenüber von den Visentinis) schien bereit, jede Kursänderung ihrer hitzigen Schwägerin mitzumachen. Alles, zumindest vieles, kam in Ordnung.

Bis auf das Problem, daß unser Schlaf Nacht für Nacht vom Jaulen Vegas vereitelt wurde, die an der jalousienversperrten Tür ihres Herrchens scharrte. Am hellichten Nachmittag hingegen – ich saß am riesigen Schreibtisch von Patuzzi, rutschte auf dem Stuhl nervös hin und her und übersetzte Unterlagen zu einer internationalen Konferenz über den Niedergang der Oper – war es unmöglich, nicht den Geruch des Hundekots wahrzunehmen, der von dem kleinen Geviert heraufdrang, wo der Hund eingesperrt dahinvegetierte. Eines Tages erwähnte ich das auf der Treppe gegenüber Giampaolo. Er überraschte mich mit dem Vorschlag, unverzüglich die *carabinieri* anzurufen, die auch sofort kamen, bestätigten, daß es sich um Gesundheitsgefährdung handelte, und den einarmigen Signor Negretti mit den grimmigen Augenbrauen dringend ermahnten, die Ausscheidungen seines Hundes zu beseitigen.

Negretti trat mit seinen zwei Söhnen – beide im Teenageralter – auf den Balkon, richtete den Gartenschlauch auf den grasbewachsenen Platz darunter, wo der Hund manchmal angekettet, manchmal frei in jede Richtung vier bis fünf Meter Bewegungsfreiheit hatte. Er spritzte ungefähr zehn oder fünfzehn Minuten lang, richtete einen letzten Strahl auf die aufgeregt herumspringende Hündin und verschwand dann im Haus. Danach blieb wieder alles beim alten.

Tiere. Habe ich im Anfangskapitel erwähnt, daß jemand seinen Hund einfach hinten ins Auto gequetscht hat? In der Via Colombare ein ganz alltäglicher Anblick. Das Auto ist ein schäbiger, mattgrüner Fiat 128, *par excellence* das Auto des *contadino:* ein Mann mit Gummistiefeln und einem Strohhut, auf dessen Hutband der Firmenname einer Traktormarke zu lesen ist. Er fährt mit bewundernswerter Vorsicht, obwohl er den Sicherheitsgurt nicht angelegt hat, falls der Wagen überhaupt mit einem ausgestattet ist. Wenn er mit seinem Auto an einem vorüberfährt, hört man ein dumpfes Bellen oder wie der Schwanz des Vorstehhunds gegen den Benzintank schlägt.

Doch vielleicht erhellt sich die Beziehung zwischen dem Italiener und seinem Tier besser, wenn man die Übersetzung des englischen Wortes »pet« betrachtet: Der italienische Ausdruck dafür lautet *»animale domestico«. »Il cane è un animale domestico.«*

Ja, im Englischen kann man zur Freundin, zum Geliebten, zur Gattin, zum Ehemann, zum Sohn oder zur Tochter durchaus passend sagen: »What a pet you are!« und damit ausdrücken, daß man ein entzückendes, fröhliches, knuddeliges Bündel voller Freude, Vergnügen und echter Freundschaft an seinem behaglichen Herd sein eigen nennt. Und dann gibt es natürlich noch das hübsche Wort »petting«, das ich verwirrten Studenten schon so oft zu erklären versucht habe. Aber kann jemand im Italienischen auch nur zu einem Kumpel sagen: *»Che animale domestico che sei!«* Nein, das ist nicht ratsam. Denn erstens hieße das, selbiger sei *nur* ein Tier, gehöre also nicht zur höheren, denkenden, sprechenden, mit Waffen ausgestatteten Gattung des *Homo sapiens,* und zweitens, er sei kriecherisch, kenne seinen Platz, begehre nie auf und belle nur auf Befehl. Selbst ein beschönigendes Adjektiv – *»che bell'animale domestico … che animale domestico carino«* – hilft letztlich nicht, denn man könnte es nur ironisch auffassen, wodurch die Kränkung zu einer handfesten Beleidigung würde.

Kurz gesagt, der Italiener denkt anders über sein »pet«/*animale domestico.* In neunundneunzig Prozent aller Fälle werden Tiere draußen gehalten; Italiener mögen es nicht, wenn Tiere ins Haus kommen, und würden nicht einmal im Traum daran denken, sie etwa am Fußende ihres Bettes schlafen zu lassen. Die Vorstellung, daß ein Kind von oben bis unten von einem Hund abgeleckt wird, wie es mir als kleinem Jungen geschehen ist, würde eine moderne Veroneser Mutter in Angst und Schrecken versetzen (vielleicht durchaus zu Recht). Doch es liegt auch etwas Zwanghaftes und Übertriebenes in dieser Aversion, was vielleicht mit der Tatsache zu tun hat, daß vor nicht allzu langer Zeit viele Familien auf dem Land um Montecchio noch Ziegen in ihrer Küche hielten und sich der Kuhstall wegen der Wärme zum Wohnzimmer hin öffnete. Enge Verbundenheit zu irgendeinem Tier, das nicht zur teuersten Luxusklasse zählt, gilt als Zeichen sozialer Rückständigkeit. Und Jagdhunde wie Vega sind bloße Mittel zum Zweck. Man will sie mit ihren nassen Pfoten und dem dreckigen Hintern nicht ins Haus tapsen sehen. Man nimmt sie mit zum Jagen, damit sie die *uccellini* apportieren, die man beim Feiern in der *taverna* verzehrt – im nostalgischen Rückblick auf die Freuden des Landlebens, das man klugerweise hinter sich gelassen hat. Ansonsten bleiben sie eben angekettet im Hof.

Draußen vor unserem Fenster kläfft, heult, jault Vega die liebe lange Nacht. Mit dieser außergewöhnlichen Beharrlichkeit, die Hunden manchmal zu eigen ist. Kläff, kläff, kläff, kläff, stundenlang und ohne Ende. Was sollen wir dagegen tun?

»Vergifte den Köter«, riet ein Schüler wie aus der Pistole geschossen.

Gift. Über Wochen, ja Monate wurde es zu einer fixen Idee. Uns fielen Zeitungsartikel auf, in denen über vergiftete Hunde berichtet wurde. Ein scheinbar alltäglicher Vorgang. Gehörte fast zum guten Ton. Jemand an einem Ort namens Bussolengo hatte an einem einzigen Abend mehr als zwanzig um die Ecke gebracht. So weit brauchten wir ja gar nicht zu gehen. Und ich las den Roman von Sciascia, *A ciascuno il suo*, in dem eine regelrechte Tradition des Hundevergiftens in Sizilien beschrieben wird, eine Art Vendetta auf niedrigem Niveau zwischen rivalisierenden Jägern.

Wir zogen Rattengift in Betracht. Und kauften welches. Dann studierten wir die Dosierungsanleitung. Zwanzig bis dreißig Kügelchen in einem Fleischklößchen sollten reichen. Doch was, wenn ein Kind es aufhob? Manchmal hatten die Negrettis Gäste mit kleinen Kindern, die dann unbeaufsichtigt den kotverseuchten Garten durchstöberten. Ein anderer Schüler, dessen Vater Tierarzt war, erwähnte unbekümmert die einfachere Lösung eines in Fleischsaft getauchten Schwamms. Offensichtlich quoll der Schwamm im Darm des Tieres ungeheuer auf und führte dadurch zum Darmverschluß mit Todesfolge. Er kannte Leute, die diese Methode für ausgesprochen wirksam hielten. Nun ja, im Badezimmer, das oberhalb von Vegas Auslauf lag, hatten wir einen kleinen Schwamm. Ein Erbstück von Patuzzi. Nichts wäre also einfacher als das.
Wir studierten die Freßgewohnheiten des Tieres. Anscheinend war die Hündin daran gewöhnt, daß ihr das Futter aus beträchtlicher Entfernung zugeworfen wurde. Außerdem war sie zutraulich und rannte in der Hoffnung, getätschelt zu werden, immer auf ihr Herrchen oder die Söhne zu, obwohl ihr nur selten und widerwillig ein Streicheln gewährt wurde. Und obwohl sie manchmal Fußtritte kassierte. Als eine Art Trockenübung warfen wir ihr aus dem Badezimmerfenster einen Keks hinunter. Sie schnappte ihn sofort und verschlang ihn.
»Das einzige Problem bei einem Schwamm ist«, erklärte mir mein kenntnisreicher Schüler in einer anderen Stunde, »daß das Tier unbeschreiblich qualvoll stirbt und Sie zuhören müssen, wenn es wie wahnsinnig heult. Wahrscheinlich mehrere Tage lang. Obwohl es die Sache letztlich natürlich wert ist.«
Wir brachten es nicht über uns. Wenn wir nachts durch grauenhaftes Jaulen aus dem Schlaf gerissen wurden, trauten wir es uns durchaus zu. Ich ging dann vielleicht gar ins Badezimmer, drückte den gelben Schwamm in meiner Hand und fühlte, wie er sich zusammenzog und wieder ausdehnte, prüfte, wie leicht es sein würde, ihn vollgesogen mit Fleisch-

saft die drei oder vier Meter über den Zaun dem jaulenden Hund vor die Schnauze zu werfen. Doch irgend etwas hielt uns zurück. Und wir hatten auch eine Ausrede parat: Es war ja schließlich nicht die Schuld des Hundes, sondern seines Herrn, eigentlich sollten wir sein Herrchen umbringen. Als armseligen Ersatz für diese schwerwiegende Tat gewöhnten wir uns an, jedesmal in der *casa Negretti* anzurufen, wenn uns der Hund weckte. Nach einigen Nächten legten sie den Hörer neben die Gabel.

Wir sprachen mit den Nachbarn darüber. Die Visentinis waren kaum in Mitleidenschaft gezogen, weil sie auf der anderen Hausseite wohnten und zusätzlich kunstvoll gearbeitete Doppelglasfenster hatten einbauen lassen. Doch mit Vittorina kamen wir über dieses Thema zu einem ersten echten Kontakt. Kaum hatten wir den Hund erwähnt, erzählte sie uns, wie ihr Mann, als er Juli letzten Jahres im Sterben lag, wegen des Köters nicht hatte schlafen können. Sie hatte Rocco Negretti gebeten, etwas deswegen zu unternehmen, aber vergeblich. Die Negrettis waren *gentaccia,* Dreck, kein Schicksal war grausam genug für sie. Als sie sich an das Leiden ihres Mannes erinnerte, brach sie in Tränen aus, und wir boten ihr Kaffee in unserer Wohnung an, wo sie uns mit der Bemerkung überraschte, daß sie noch nie hier oben gewesen sei. Zwar waren sie und Lucilla mit *il professore* gut befreundet gewesen, aber die hassenswerte Maria Rosa war nun mal ein Stadtweib und hielt sich für was Besseres. So waren sie nie in die Wohnung gebeten worden. *Il professore* hatte immer bei Lucilla Kaffee getrunken. Wenn Maria Rosa einkaufen war.

Vittorina war Ende sechzig, von grobknochiger Statur und ein klein wenig übergewichtig. Die großen dunklen Ringe um ihre Augen zeigten, daß sie wohl von Natur aus mürrisch war; sie liebte von Kerzen erleuchtete Kirchen, abergläubische Bräuche, Geheimnisse und Klatsch. Doch wenn sie lachte, dann geschah das mit überraschender Herzlichkeit und

Begeisterung, es klang kerngesund. Sie wolle Lucilla erzählen, was für nette Leute wir seien, sagte sie, denn ihre Schwägerin habe sich darauf versteift, uns um keinen Preis den Parkplatz von *il professore* benutzen zu lassen, vor allem, nachdem *il professore* sie so schmählich behandelt hatte.
Das war ein echter Fortschritt und außerdem schrecklich interessant (sollten wir Vittorina nach dem Foto fragen, das in der Nähe von Prag aufgenommen worden war?), löste aber nicht das Problem mit Vega.
Doch eines Sonntagmorgens weckten uns bereits in der Dämmerung Gewehrsalven. Die Jagdsaison hatte begonnen, diese Saison, die überall auf den Wegen in Form von leeren Patronenhülsen ihre Spuren hinterließ und für eine höhere Bleikonzentration in der Luft sorgte als sämtliche Fiat-, Alfa-Romeo- und Mercedes-Fahrzeuge des Landes zusammen. Und obwohl wir auf unseren Spaziergängen um Montecchio herum nie auch nur ein einziges wildes Kaninchen erspäht hatten, hallten die Hügel den ganzen Vormittag vom Lärm der Flinten wider. Vermutlich fielen *uccellini,* Tauben und extra zu diesem Zweck gezüchtete Fasane vom Himmel. Und in dieser Nacht war Vega ruhig, er hatte endlich einmal genug Auslauf gehabt.

## 8
# Stile cimitero

Der August ist im Veneto angenehmer als der Juli. Zwar sind die Tage immer noch glühend heiß, aber nach einer Folge von dramatischen Gewittern mit Hagelkörnern so groß wie Murmeln und der anschließenden Debatte in den Medien, ob die Ernteerträge überhaupt die Höhe nicht erreicht hätten, in der die Landwirte Entschädigung verlangen, nimmt die Schwüle schließlich ab, als wäre sie nur ein böser Traum gewesen; die Tage werden trockener, die Luft reiner, und die willkommene Dämmerung beginnt ein bißchen früher.

Es ist die richtige Zeit für Spaziergänge. Die Landschaft bekommt eine staubig grüne, von langen Strapazen zeugende sommerliche Färbung: gedeckte Farbtöne im flirrenden Licht. Die Weinstöcke sind kräftiger geworden, ihre Triebe ranken sich um die zwischen Pfosten gespannten Drähte und spenden der Erde unter sich Schatten. Einen Baldachin von Blättern über sich, kann man so von einem Weinberg zum nächsten spazieren, das ganze Tal hinauf bis ins Dorf Mizzole; Reben, die gerade anfangen zu reifen, streifen das Haar. Im duftenden, grün gefilterten Licht spielt sich ein reges Insektenleben ab: Man sieht außergewöhnliche, leuchtend gelbe Spinnen, die ihre Fäden von Ranke zu Ranke spinnen. Und in der windstillen Luft und brennenden Hitze wird einem langsam das ungeheure, geräuschlose Wuchern bewußt, das einen von allen Seiten umgibt, drängend und geheimnisvoll, als konzentriere sich die ganze Welt nur auf Wachstum, Wachstum, Wachstum. Oft wird man an heißen Sommertagen auf dem Weg durch die Weinberge selbst still. Die Pflanzen wollen nicht gestört werden. Bis September ist noch so viel zu tun. In der Ebene, die sich im Süden ausbreitet, ist das Korn bereits eingefahren, und die *contadini* brennen die staubigen Stoppeln ab, ohne sich sonderlich um die Feuergefahr zu kümmern. Auf dem Hügel über uns verliert *il conte* (so werden wohl fast alle vermögenden Grundbesitzer genannt) viertausend Quadratmeter Wald, und man munkelt, es sei Brandstiftung im Spiel gewesen. Als wir einen mit verkrüppelten Bäumen und Gebüsch bewachsenen steilen Hang hinaufklettern, sehen wir, wie zwei Männer die Flammen auszutreten versuchen, die rund um eine große abgebrannte Fläche immer wieder auflodern: hier, dort, hinter ihnen, vor ihnen. Der Rauch riecht gut und durchzieht in dünnen, trägen Schwaden die flimmernde Luft. Das Bemühen der Männer ist wohl zum Scheitern verurteilt, aber nein, sagen sie, sie brauchen keine Hilfe. Wir stiegen weiter hinauf und gelangen zu dem riesigen Haus des Conte – eigentlich ist es eher ein Landsitz: eine schmucklose, ockerfarben verputzte Fassade mit Türschwellen und Sockeln aus Travertin. Bei einem Blick durch das alte, schmiedeeiserne Tor zählen wir sechs teure Autos. Rita meint, die Konfiszierung von Eisen zur Herstellung von Kriegsgerät unter Mussolini sei wohl an den Toren der Reichen so gut wie spurlos vorübergegangen, während die *contudini* sogar ihre Kochtöpfe herausrücken mußten. Und ich finde, wir könnten wieder einmal kriegsbedingte Konfiszierungen gebrauchen, um die vielen tausend Kilometer von überflüssigem Schmiedeeisen loszuwerden, die in modernen Vororten hochgezogen werden.

Im Radio wurde Wassermangel gemeldet, daraufhin verbot in unserem ersten Jahr in Montecchio die Bezirksregierung, weiterhin die Gärten zu sprengen. Woche um Woche verstrich. Das Verbot wurde nicht aufgehoben. Doch die reifenden Tomaten, die Auberginen und Paprikaschoten, die jedes Gemüsebeet zierten, zeigten kaum ein Anzeichen von Vertrocknung. Denn der dicke *vigile,* der dafür sorgen sollte, daß der Erlaß auch befolgt wurde – derselbe, der auch kontrolliert hatte, ob ich wohne, wo ich wohne –, ließ sich nach sechs Uhr abends nicht mehr blicken, und mit dem Gießen wurde erst gegen Mitternacht begonnen, wenn es auffrischte. Alte Frauen und Männer zogen ihre Schläuche geräuschlos zwischen schweren Erdschollen hindurch, die verwöhnteren Zuzügler überließen es ihren Zeitschaltuhren, unter den Sternen die Sprinkleranlage in Gang zu setzen. Eine Erkenntnis, die der italienische Politiker seinem naiven englischen Kollegen voraushat, ist, daß lediglich die Durchführung eines Gesetzes unpopulär ist, nicht das Gesetz selbst, das sicher eine gute Sache und die richtige Antwort auf das Problem darstellt, das es lösen soll. So wie es zum Beispiel richtig ist, daß der Papst auf Keuschheit besteht, solange man tun kann, was einem gefällt. In der vorbildhaft anarchistischen Gesellschaft, der Italien oftmals nahekommt, wird es Regeln ohne Ende geben, deren Wert niemand in Frage stellt. Und unter diesem ausgezeichneten Deckmantel wird jeder leben, wie er es für richtig hält.

In der nach Minze duftenden Nachtluft prasselte das Wasser. Die dunkle, malvenfarbene Haut der Auberginen straffte sich über dem praller werdenden Fleisch. Geübte Finger banden die Paprikapflanzen hoch, und saftige Fleischtomaten wurden zum Reifen auf steinerne Fensterbänke gelegt. Man konnte das Wachsen fast hören.

So war denn auch die arme Vittorina in Nummer 10 wahrscheinlich der einzige Mensch in ganz Montecchio, der sich aus irgendeinem Schuldgefühl oder bürgerlichem Pflichtbewußtsein heraus tatsächlich die Mühe machte, das Spülwasser in Eimern zu sammeln und über unser Gemüsebeet zu schütten. Mit dem Ergebnis, daß man hin und wieder eine Nudel auf dem *radicchio rosso* oder ein paar *baccalà*-Gräten in der Petersilie fand.

Giampaolo kam mit einem roten Sieb heraus, blickte zu Boden, runzelte die Stirn und ging mit leeren Händen wieder hinein.

Jedes Mehrfamilienhaus wird von einer gewissen Spannung durchzogen, wie sie in einem Magnetfeld herrscht, mit An-

ziehungen und Abstoßungen. In der Via Colombare 10 kristallisierte sich das nirgends deutlicher heraus als in der jeweiligen Einstellung zu dem großen, gemeinsamen Garten neben dem Haus. Überhaupt hat der moderne Italiener Probleme mit seinem Garten. Er hat zu ihm nicht das ungebrochene Verhältnis eines Engländers. Hinter ihm liegen Jahrhunderte bäuerlicher Kultur, die, wenn überhaupt, nicht vor Generationen zu Ende gegangen sind, sondern erst gestern. Grund und Boden bedeutet für ihn Ernte, Weinstöcke, hoch aufragende Kornähren, Tabak, Obstbäume, Tomaten. Er hat das einfach im Blut. Und nicht wenige kaufen oder bauen riesige Villen auf den Hügeln um Montecchio, mit einem Swimmingpool neben der Terrasse, einem Fitneßraum im Keller und den reichverziertesten schmiedeeisernen Zäunen um das ganze Grundstück herum, aber was den Garten betrifft, so fällt ihnen nichts anderes ein, als ihn in ein riesiges Kohl- und Spinatbeet zu verwandeln, das mehr Ertrag bringt, als sie jemals werden essen oder verschenken können. Der Grund dafür liegt, so nimmt man an, in nostalgischen Gefühlen oder aber in Trägheit und Einfallslosigkeit.
Andererseits gibt es auch jene, die sich ihrer bäuerlichen Wurzeln schämen und den Garten als ein Mittel sehen, ihren Aufstieg in die elegante Welt der Büroarbeit, des technologischen Fortschritts und der von Zeitschriften inspirierten Wohnlandschaften zu dokumentieren. In diesem Falle versuchen sie, die traditionellen Schmuckgärten der italienischen Aristokratie nachzuahmen: Zwergzypressen, Oleander, Heiligenfigürchen und schmale Steinpfade, Akzente setzt vielleicht eine Auswahl exotischer Pflanzen, die irgendein Gartencenter als schick anpreist und die keine Chance haben, den kalten Winter im Veneto zu überleben. Wenn erst einmal alles gepflanzt ist und wächst, spielen diese Leute nicht etwa in ihren Gärten, wie eine englische Familie das tun würde. Sie pflegen sie, rechen sie und fegen sie wie einen Empfangsraum, der nie benutzt wird, so wie andere Leute dauernd die

Autos waschen, die sie nie aus der Garage holen. Bis diese als Statussymbol dienenden Gärten mit ihrem melancholischen Zypressenduft und den seltsam versteinert wirkenden, kerzengeraden Bäumen und kreuz und quer verlegten Steinplatten an einen kleinen Friedhof ohne Gräber erinnern (aber vielleicht warten sie ja auf die ihrer Besitzer). In der Via Colombare wechseln sich also Haus für Haus, Garten für Garten kleine Friedhöfe mit kraftstrotzenden Erbsen- und Kohlbeeten ab – jeder Garten als persönliche Antwort des *capofamiglia* auf die tiefgreifenden Umbrüche, die stattgefunden haben, auf den Verlust der alten Wahrheit, daß Land dazu da ist, Nahrung zu produzieren, die man zum Überleben braucht.

Gemüsegarten und Friedhof; Kettenhunde in dem einen, im anderen vielleicht eine Siamkatze; nervöse Tiere auf dubiosen grünen Flecken, abgekapselt durch den Lavastrom aus der Stadt, der sich Tag für Tag in Straßen und schmiedeeisernen Zäunen manifestiert. Diese hohen, hohen Zäune von Montecchio, *la fortuna del fabbro*, das Glück der Schmiede. Nirgends, aber auch nirgends ist die fröhliche, zwanglose, gemütliche Blütenpracht eines naturbelassenen englischen Vorstadtgartens zu finden. Der Garten ist wohl einer der wenigen Bereiche häuslicher Kultur, in dem die Briten haushoch überlegen sind.

Lucilla und Vittorina trauerten ihrer bäuerlichen Vergangenheit nach. Sie wollten ebenfalls Tomaten und *peperoni*, Kopfsalat und *radicchio rosso* haben. Aber Lucilla war dick und faul. Und es war ihr ein bißchen peinlich. Bei den Weinstöcken zum Beispiel hörte es bei ihr auf, und jeder wußte, daß sie eigenhändig eine hübsch anzusehende *filare* heruntergerissen hatte, die Vittorinas Mann gepflanzt hatte. Vor allem aber mußte ein Gemüsebeet, wenn es denn ein solches gab, abseits von der Straße angelegt werden, damit es der zufällig Vorübergehende nicht sah. Schließlich wirkte das ganze Haus mit einen protzigen kalifornischen Gesimsen, dem *graffiato*-Putz und den ausladenden Terassenbalkonen so neu-

reich, daß es ein Verbrechen gewesen wäre, einen Passanten durch ein paar armselige Salatköpfe eines Besseren zu belehren.
Für den Anbau kam also nur ein schmaler Streifen Land auf der von der Straße abgewandten Seite zwischen der Mauer von Negrettis Haus und der Terrasse in Frage. Das ärgerte Vittorina, die den Löwenanteil der Gartenarbeit erledigte, was für sie wirklich so etwas wie Entspannung bedeutete. Es ärgerte sie, weil der Boden unter Negrettis dreistöckiger, fensterloser Wand keinen Sonnenstrahl und nur wenig Regen abbekam und außerdem voller Schnecken war; ja, es wimmelte nur so von diesen Tieren. Sie vermehrten sich unter dem Müll auf Negrettis Terrasse, in den Rissen im Zement, und krochen dann nachts das drei Meter hohe, feuchte Mauerwerk hinab, um den Salatköpfen und Erbsen von Nummer 10 den Garaus zu machen. Vittorina hätte daher sehr viel lieber ein sonniges Fleckchen zur Straße hin gehabt und am frühen Morgen, wenn sie ihre Tomatenpflanzen hochband, die Sonne warm auf dem Rücken gespürt. Welchen Eindruck das auf die Nachbarn gemacht hätte, wäre ihr ebenso egal gewesen, wie wenn man sie das dreckige Spülwasser hätte hinaustragen sehen; Lucillas zwanghafte Art, gesellschaftliche Form zu wahren, war ihr vollkommen fremd.
Aber Meinungsverschiedenheiten zwischen Vittorina und Lucilla waren schnell behoben. Lucilla stampfte mit ihrem kleinen, dicken Fuß in den hochhackigen Schuhen auf, und Vittorina blieb nichts anderes übrig, als einen Heiligennamen oder den der Heiligen Jungfrau zu murmeln und sich ansonsten zu fügen. Vittorinas Verbundenheit mit den bäuerlichen Traditionen zeigte sich nicht nur an ihrer Vorliebe für Salat und Gemüse, sondern auch an ihrer Unterwürfigkeit, Ausdruck der tiefverwurzelten bäuerlichen Mentalität, sich dem Willen der Grundherrn und den Unbilden des Wetters zu fügen. Lucilla, mit ihrem nie ganz ausgezupften Schnurrbart und ihrem aufbrausenden Temperament, hatte von beidem etwas.

Nein, das eigentliche Problem mit dem Garten in der Via Colombare lag darin, die erdverbundene Mischung aus Nostalgie und Scham seitens der alten Damen mit der anspruchsvolleren, von den Medien geprägten städtischen Lebensvorstellung der jüngeren Visentinis unter einen Hut zu bringen: ein englischer Rasen, schattige Bäume und, ja, ein Gemüsebeet (weil Giampaolo ein Gourmet ist und frisches Gemüse einfach besser schmeckt) – aber nach den Richtlinien des ökologischen, naturnahen Anbaus (weil Giampaolo als moderner Mann so etwas wie ein Grüner ist). Infolgedessen mußte Vittorina nicht nur das gemeinsame Gemüsebeet unter der hohen, kahlen Mauer von Negrettis düsterem Haus pflegen, sie durfte zu allem Überfluß nicht einmal die äußerst zahlreichen Schnecken vergiften. Das ganze Gift wäre dann hinterher im Essen, erschreckte sie ihr junger Nachbar. Wir würden alle an Krebs sterben.
Diese Schlacht hatte Giampaolo also gewonnen. Überhaupt konnte man davon ausgehen, daß Vittorina, wenn sie zu irgendeinem Thema Stellung bezog, den kürzeren ziehen würde. Die massige, schwer atmende Frau betete viel, ließ für ihren Mann Messen lesen, besuchte fast täglich den Friedhof und hatte Zeitschriften wie *I miracoli di Sant'Antonio* und *La salvezza* abonniert. Ihr Gesicht strahlte eine Art mürrische Weisheit aus, durch die hin und wieder wie ein Sonnenstrahl echte Freundlichkeit brach. Der Verdacht lag nahe, daß sie sich bereits damit abgefunden hatte, die Streitigkeiten dieser Welt zu verlieren, und deshalb auf die kommende Welt zählte. Eine Gegnerin, mit der der redegewandte, liebenswürdige und immer bestens informierte Giampaolo leichtes Spiel hatte.
Da jedoch Giampaolo nur zur Miete wohnte, während die anderen Eigentümer waren, bestand Lucilla darauf, Bäume oder Sträucher, die im Garten gepflanzt werden sollten, selbst auszusuchen (Giampaolo lehnte sofort jede Verantwortung ab). Das Ergebnis war eine der traurigsten Mischungen von

Zwergzypressen und Ziermutanten, die man sich vorstellen kann, ungesunde Pflanzen aus dem Angebot, die planlos über zweihundert Quadratmeter trockenen Rasen verteilt wurden. Wohin man auch blickte, fühlte man sich an ein Begräbnis erinnert; und wirklich kamen wir auf den Gedanken, daß Lucilla wahrscheinlich niemals eine Gartenanlage betreten hatte, die kein Friedhof war. In ihrer von Armut gezeichneten Jugend hatte es keine Gärten gegeben, und einen Großteil ihres Lebens hatte sie damit zugebracht, von einer kleinen Vorstadtwohnung aus eine Reinigungsfirma zu leiten. Wohingegen der frühe Tod ihres Mannes und mehrerer Verwandter sie mit Friedhöfen nur allzu vertraut gemacht hatte.
Lucilla war sich – und das muß man ihr zugute halten – sehr wohl darüber im klaren, daß mit dem Garten von Nummer 10 etwas nicht stimmte, daß diese Ansammlung langweiliger immergrüner Gewächse nicht wirklich das war, was sie sich wünschte. In der Hoffnung auf eine Verbesserung, erklärte Giampaolo, versetzte sie daher jedes Jahr die Bäume, grub einen aus und pflanzte ihn ein paar Meter entfernt wieder ein, grub einen anderen aus, vertauschte ihn mit wieder einem anderen, gab diesem einen Schattenplatz, jenem einen sonnigeren Standort und so weiter und so fort, so daß die kümmerlichen Pflanzen immer nur noch trauriger wurden und das Rasenmähen in der Via Colombare infolge von Lucillas vergeblichem Streben nach Harmonie jetzt in schwindelerregenden Zickzacklinien vor sich ging.
Und natürlich mußte der Rasen regelmäßig gemäht werden. Giampaolo war diesbezüglich unerbittlich. Regelmäßig und sehr kurz. Denn es mußte ein *englischer* Rasen sein, wie sich die Italiener einen englischen Rasen vorstellen – das heißt, der Rasen mußte die Fortsetzung der akribischen, unpersönlichen Eleganz der Visentinischen Wohnung bilden, tagein, tagaus von oben bis unten saubergeleckt mit pedantischer Genauigkeit.
Ja, sagte Giampaolo, als man mich bei unserer ersten Haus-

versammlung über meine Pflichten aufklärte, der Rasen müsse von Frühjahr bis Herbst zwei- bis dreimal pro Woche gemäht und das geschnittene Gras dann zusammengerecht und auf den Komposthaufen in der hintersten Ecke des Gartens – wo man peinliche Dinge wie Komposthaufen eben anlegt – geschichtet werden. An dieser Stelle muß ich zu Giampaolos Verteidigung noch erwähnen, daß die meisten Nachbarn mit ihren friedhofähnlichen Gärten das Gras einfach von den Müllmännern abtransportieren ließen – und genau für diese einfache Lösung hätte Lucilla, wenn nicht sogar Vittorina votiert. Aber als Grüner bestand Giampaolo zu Recht darauf, daß Gras ein begrenzter Rohstoff sei, mit dem man sparsam umgehen und den man nutzen sollte – entlang der schneckenverseuchten Mauer …

Nie ist mir gute Nachbarschaft beschwerlicher gefallen, denn, da die beiden Damen mit dem Rasenmäher nicht umgehen konnten und keiner gewillt war, einen Gärtner zu bezahlen, wurde ich mit dem Ritual des zweimal wöchentlichen Mähens betraut. Und mit seiner täglichen Bewässerung. Denn der Rasen mußte während des heißen Sommers sorgfältig besprengt werden, und zwar insbesondere vor dem Haus, wo die Terassenbalkone der beiden unteren Wohnungen nur etwa einen Meter über ein paar Quadratmetern Rasen lagen und so dem Gras das Wasser, nicht aber das Licht nahmen, denn gegen Abend stahl sich die tiefstehende Sonne dorthin und dörrte die armen Halme aus.

Wie oft habe ich den Rasen wohl gemäht! Und wie viele Stunden habe ich damit verbracht, voller Verärgerung einen Wasserschlauch auf diese dem Untergang geweihten Grasflecken unter den Balkonen zu richten, die natürlich so wichtig waren, weil man sie von der staubigen Straße aus durch das schmiedeeiserne Gitter besonders gut sehen konnte. Was die Sache noch schlimmer machte, war, daß man davon ausging, ich als Engländer müßte von Natur aus eine Menge von Rasen verstehen, und ich daher häufig um Rat gefragt wurde, wenn es um verdörrte Stellen, Pilzbefall, Moos und ähnliches ging – als wäre derlei Wissen in den Genen angelegt. Auf diese Weise gewöhnte ich mich an die spürbare Enttäuschung, als man nach und nach herausfand, daß ich nichts, aber auch gar nichts von Rasenpflege verstand. Und überdies zeigte ich (heute schäme ich mich wirklich deswegen) ziemlich deutlich, daß mich dieses Thema überhaupt nicht interessierte.

Giampaolo: »Welchen Dünger sollten wir Ihrer Meinung nach Ende des Sommers auf den Rasen aufbringen?«

Ich, mit einem Kopfschütteln: »Den billigsten.«

»Glauben Sie, wir sollten das gemähte Gras diesmal liegenlassen oder zusammenrechen?«

»Ach, lassen wir es liegen. Gute Idee.« Aber meine Begeisterung war allzu deutlich, und sehr bald war man sich darüber im klaren, daß man meine Meinung außer acht lassen konnte und ich es nicht einmal übelnehmen würde, wenn man mich nicht konsultierte. Welch eine Erleichterung. Und um den letzten Rest schlechten Gewissens, den ich vielleicht hatte, zu beruhigen, verfiel ich auf den Gedanken, daß ich auf diese Weise meinen Nachbarn sogar etwas Gutes tat, indem ich ihnen die Wertlosigkeit nationaler Klischees vor Augen führte.

# 9
# La stagione è finita

Wenn ich – selten genug – einmal nicht aufgefordert wurde, hinunter in den Garten zu kommen, beobachtete ich die anderen vom Panoramafenster unseres *salotto* aus. Denn nur von unserer Wohnung aus hatte man einen unverstellten Blick auf die Gartenanlage – was einer gewissen Ironie nicht entbehrte. Da sah ich dann, wie die alten Damen sich nach der Jahreszeit richteten, während Giampaolo streng nach Fachbuch vorging. Besser gesagt, Lucilla und Vittorina richteten sich nicht eigentlich nach der Jahreszeit, sondern nach dem strengen Regelwerk von Sprichwörtern und Bauernweisheiten einer tausend Jahre alten Agrargesellschaft. Doch da sie beide ihr Erwerbsleben in einer Reinigungsfirma verbracht hatten, erinnerten sie sich an manche Ratschläge nur mehr vage. Ich entsinne mich, daß ich einmal Mitte September aus dem Garten ein paar Tomaten holen wollte (als Gegenleistung für das Rasenmähen) und dort zu meinem großen Erstaunen entdeckte, daß nicht nur keine einzige Tomate mehr da war, sondern auch die Stauden selbst verschwunden waren. Man hatte sie herausgerissen und den Boden bereits umgegraben und geharkt.

»Wenn Lucilla entscheidet, daß die Saison vorbei ist, reißt sie sie heraus«, erzählte mir Orietta in dem völlig emotionslosen Tonfall, den ich seit unseren ersten Begegnungen kannte. Doch jetzt spielte die Andeutung eines Lächelns um ihre Lippen, was darauf hindeutete, daß in Zukunft ein vertrauensvollerer Umgang nicht ausgeschlossen war. »Sie hat auch die Paprika- und Auberginenpflanzen herausgezogen. Es ist jedes Jahr das gleiche.«

»Aber sie trugen doch noch.«

»Lucilla meinte, die Saison sei vorüber.«
Nun war Lucilla ein extremer, ja manischer Fall, aber man sollte im Auge behalten, daß man sich hier in dem Land befindet, wo man angestaunt wird, wenn man irgendwann nach September noch schwimmen geht, auch wenn die Temperatur fast drückende vierzig Grad erreicht. *La stagione è finita.* Die Saison ist vorbei.
Giampaolo wiederum war der völlige Gegensatz. Er nahm, um eine Reihe Erbsen zu setzen, die Enzyklopädie mit hinaus, die er zu einem ansehnlichen Preis Band für Band erstand. Das geschah normalerweise am Wochenende, weil er ganztags im Büro arbeitete. Er legte dann den entsprechenden Band auf ein trockenes Stückchen Erde und paßte auf, daß er ihn nicht mit seinen erdigen Fingern berührte; war ich zufällig in der Nähe, blätterte ich für ihn um und las vor. Der Abstand zwischen einem Samenkorn und dem nächsten? Fünf Zentimeter. Wie tief mußte das Loch sein? Drei Zentimeter. Die Vorbereitung des Bodens ... Da er als jüngstes von fünf Kindern in Venedig aufgewachsen war, wußte er nichts von Ackerbau, vertraute aber als moderner Mann darauf, daß man die Informationen aus Büchern beziehen könne. Die Erbsen pflanzten wir gemeinsam. Wir machten alles genauso wie im Buch beschrieben. Die meisten kamen niemals aus dem Boden. Und die wenigen, die es doch schafften, wurden über Nacht von den gierigen Schnecken gefressen.
Die Damen kicherten. Wie ja auch Giampaolo kicherte, wenn sie Tomatenstauden herausrissen, die noch etliche Kilo gebracht hätten. Lucilla hielt mich auf der Treppe auf. »Sind die Karotten von Signor Giampaolo gekommen?« Dabei spielte das gleiche leise Lächeln um ihre Lippen wie bei Orietta, wenn sie sagte: »Jetzt haben sie die Paprikapflanzen herausgezogen.«
Und trotzdem ... Giampaolo empfand enormen Respekt vor den bäuerlichen Traditionen, weil ihn die Bücher auch dies lehrten. Petersilie und Spinat sollten bei Neumond gepflanzt,

Rasen bei Vollmond gesät, Wein bei abnehmendem Mond abgefüllt werden und so weiter. Die alten Damen wiederum waren voller Bewunderung für jemanden, der tatsächlich ein Buch lesen und etwas herausfinden konnte. Schließlich war es Giampaolo, der ihre Boiler reparierte, wenn sie kaputtgingen, ihre Autos und Haushaltsgeräte in Ordnung brachte, auch wenn seine Erbsen niemals die Sonne erblickten und die Zwiebeln, die er setzte, nie gediehen. Aber im Garten beäugte jeder den anderen mit amüsierlicher Spannung, um zu sehen, wessen Pflanzenkultur besser wachsen und mehr Ertrag bringen würde. Und in dieser Hinsicht war es eine typische Situation für dieses handtuchgroße Stück Italien, wo ich lebe: das Aufeinanderprallen von althergebrachten und neuen Vorstellungen. Welche würden sich durchsetzen? Gewissermaßen glich die Situation der von Elias und den Anhängern des Baal, als sie darauf warteten, wessen Opfer in Flammen aufgehen würde.

Und zudem wurden wir alle vom alten Lovato beobachtet, unserem Nachbarn zur Via Colombare hin, dessen winziger Garten an unseren grenzte. Kahl, hochgewachsen und mit breiten Schultern, gehörte Lovato noch zur alten Garde, zur nie aussterbenden Spezies der Erbsen-Kohl-Tomaten-und-Paprika-Männer. Er war früher Bauer gewesen. Wenn er über die Mauer hinweg unseren traurigen Schmuckgarten musterte, verriet sein Blick echtes Erstaunen, das in Mitleid und einen Anflug von Spott überging, als er unsere armseligen Gemüsebeete sah. Er produzierte auf seinen wenigen Quadratmetern eine wundersame Überfülle an Gemüse, mit Mitteln, die nur Kleinbauern kennen: Er bearbeitete den Boden mitleidlos und verbrauchte obszöne Mengen an Dünger, Unkrautvernichtungsmitteln und Pestiziden. Den Schnecken wurde bestimmt schon übel, wenn nur eine schwache Brise aus seiner Richtung zu ihnen herüberwehte.

Gleichmütig, unerschütterlich und ziemlich schamlos beobachtete uns Lovato inmitten seiner professionellen Auswahl

an Töpfen, Rohrstöcken und Setzlingen. Durch Maschendraht hindurch. Denn aus unerklärlichen Gründen hatte er auf die hüfthohe Trennmauer einen Zaun gesetzt und diesen oben mit lebensgefährlichem Stacheldraht gesichert. Das ganze Gebilde war drei Meter hoch, hing allerdings bereits durch und rostete. Unerklärlicherweise für mich, weil ein Eindringen von seiten der Via Colombare 10 reichlich unwahrscheinlich war. Interessanterweise fanden es aber weder Giampaolo noch die alten Damen irgendwie befremdlich, daß jemand sein Eigentum so entschlossen schützen wollte. Wenn das Haus eines Engländers seine Burg ist, dann ist das Heim des Italieners sein Bunker. Verteidigung ist hier zur fixen Idee geworden: Barrieren, Tore mit Fernbedienung, Videoüberwachung, kugelsichere Fenster, gepanzerte Eingangstüren ... Nein, vom Standpunkt der Via Colombare aus war Lovatos Verhalten völlig verständlich. Doch er durfte damit keinesfalls die dekorative Qualität des Gartens von Nummer 10 beeinträchtigen. Barrieren, ja; rostiger Draht, nein.
Lucilla und Vittorina hatten Lovato schon vor Jahren gebeten, diese *vergogna* zu beseitigen (man ist versucht, das Wort mit »Beleidigung fürs Auge« zu übersetzen, aber es heißt »Schande«, und Lovato sollte sich dessen schämen). Lovato weigerte sich. Giampaolo war diplomatischer und nannte den Zaun *»antiestetico«*. Lovato stellte sich taub. Er würde das Ding nicht niederreißen. Da schlug Giampaolo den Damen vor, eine Hecke zu kaufen, die nach oben wachsen und alles überwuchern würde. Ja, die ganzen drei Meter hoch, sie würde die ästhetische Qualität des Friedhofs von Nummer 10 bewahren. Die Hecke wurde streng nach Vorschrift gepflanzt. Was Lovato sichtlich erzürnte. Er behauptete, sie würde seinem kleinen Grundstück irgendwann einmal das ganze Licht rauben. Möglicherweise war er mindestens ebenso beunruhigt von der Vorstellung, seinen Rentnerausguck über unsere armseligen Gartenbeete verlieren zu können (was wohl für beträchtliche Unterhaltung gesorgt hatte). Er würde vor Ge-

richt gehen, drohte er. Es sei gesetzlich verboten, anderen Leuten das Licht zu verstellen. Woraufhin Giampaolo höflich bemerkte, daß seine windschiefe Garage aus Schlackenstein und Wellblech am Ende des Zauns doch sicherlich nicht mit der entsprechenden Baugenehmigung hochgezogen worden sei. Und da Lovatos Schwiegersohn dort den Lancia Prisma, den Stolz der ganzen Familie, unterstellte, schien es unwahrscheinlich, daß man gewillt war, diesen Schwarzbau niederzureißen, nur um einen Rechtsstreit mit unsicherem Ausgang gegen Nummer 10 anzuzetteln. Als Rita und ich in die Via Colombare zogen, war die Hecke einen Meter hoch und der Ausgang des Spiels noch völlig offen.

Eine Skizze unserer topographischen Lage: Die bedrohliche Hecke und der neugierige Lovato sind direkt gegenüber der nördlichen Seitenwand unseres Hauses angesiedelt, in die unser Wohnzimmerfenster eingelassen ist, an dem ich manchmal unter dem kunstvollen, wenn auch trüben Kronleuchter stehe, um in die Welt hinauszublicken. Zu meiner Linken sehe ich (in Richtung Westen) das langgestreckte, schmiedeeiserne Gitter entlang der Via Colombare, zu meiner Rechten erstreckt sich (ohne natürlich die mobilen Koniferen dazwischen zu vergessen) die hohe fensterlose Wand von Negretti. Und hier eine Kuriosität: Auf Negrettis Wand gibt es eine Kinoleinwand, besser gesagt eine Projektionsfläche, ein riesiges weißes Rechteck, denn vor dem Bau von Nummer 10 war der jetzige Garten ein Kino. Ja, das ländliche Montecchio nannte einst ein Kino sein eigen, wenn auch ein sehr kleines. Inzwischen war die Leinwand natürlich nur noch eine abblätternde weiße Farbschicht, eingerahmt von bröckelndem Mauerwerk, wo das Kino niedergerissen und Negrettis Wand abgestützt worden war. Und wir entdeckten, daß Negrettis Sturheit, was seinen Hund betraf, und sein (man könnte fast sagen) Vergnügen an dem ruhestörenden Lärm, den dieser verursachte, zum nicht geringen Teil darauf zurückging, daß er das Kino hatte kaufen wollen und von den beiden alten Damen überboten worden war. Dann hatten die beiden auch noch die Bauvorschriften mißachtet und ihre *palazzina* viel zu nah an sein Haus gebaut. Aus Rache weigerte er sich, irgend etwas wegen der unansehnlichen Wand, der vergilbenden Projektionsfläche oder den bröckelnden Ziegelsteinen zu unternehmen. Lucilla und Vittorina hatten angeboten, sich an den Kosten für den Außenputz zu beteiligen, aber Negretti blieb ebenso widerspenstig wie Lovato. Und je mehr sie zeigten, daß die Wand sie störte, desto sturer wurde er. So würde die Schönheit des Gartens von Nummer 10 wohl unwiderruflich beeinträchtigt bleiben; denn sollte Lovatos Zaun auch eines Tages von der Hecke verdeckt sein, konnte doch kein Efeu an der glatten weißen Fläche der Kinowand Halt finden. Und während ich in der stickigen Hitze mit dem Gartenschlauch in der Hand umherwandere, um meinen Teil zum Gedeihen des Rasens, der schneckengeschädigten Salatblätter und der verdörrten Erde unter den Balkons beizutragen, sehe ich immer mal wieder hoch zu der weißen Fläche und wünsche mir von Herzen, daß das Kino geblieben wäre.

# 10
# Il palo della cuccagna

Die Morgenstunden in Montecchio, Ende September. Sieben Uhr. Die Kacheln unter den bloßen Füßen fühlen sich nicht mehr nur angenehm kühl an. Man geht durch die Küche, zieht die schwere Plastikjalousie hoch – Ende der siebziger Jahre der letzte Schrei, heute hingegen angesichts der allgemeinen Rückkehr zu natürlichen Materialien ein Schandstück. Man muß aufpassen, daß man nicht zu kräftig zieht, denn sonst verschwindet das Ding durch den Schlitz in dem kleinen Kasten über der Balkontür und läßt sich erst nach stundenlanger Fieselarbeit wieder herausholen. An der Außenseite, gegen die im August ein Sturm große Hagelkörner geschleudert hat, ist das Plastik mit Löchern übersät.
Man tritt auf den Balkon hinaus, die Luft ist frisch und glasklar. Nummer 10 liegt genau in der Mitte der Straße. Im kristallenen Morgenlicht sieht man hundert Meter weiter auf der rechten Seite die Madonnina in ihrer Nische mit den künstlichen Blumen, zur Linken in etwa der gleichen Entfernung die stillgelegte Abfüllanlage. Gegenüber erheben sich über den Häusern zwei weitere, um einiges stattlichere, aber ebenfalls nicht mehr betriebene Fabriken aus dem neunzehnten Jahrhundert. Das Gesims des einen, etwa sechs Stockwerke hohen Gebäudes ist mit kleinen Säulen und Bogen hübsch verziert. Beide ehemaligen Fabriken stehen unter Denkmalschutz, doch die Fenster sind ohne Scheiben, das Innere ist ausgeweidet. Und dahinter erhebt sich wiederum eine niedrige Hügelkette, die nach Süden in die Ebene hineindrängt und an deren höchstem Punkt *Il castello di Montecchio* steht: ein viereckiger quadratischer Turm, eine Mauer, ein zweiter, höherer Turm, eine Mauer, ein dritter Turm in der gleichen

Höhe wie der erste: österreichische Befestigungsanlagen. Die kommunistische Partei will daraus ein Sport- und Begegnungszentrum machen. Die Christdemokraten scheinen aber entweder das Geld oder die Begeisterung dafür nicht aufbringen zu können. Im Moment wird das von Brombeeren überwucherte Schloß nur von den sogenannten *emarginati* genutzt: Drogenabhängigen, Homosexuellen, Einwanderern.
Aber was für ein erhebender Anblick an einem schönen Morgen, wenn die Lerchen noch hoch oben in den Lüften zwitschern, sich die kleinen Schäfchenwolken (*pecorelle* nennen die Italiener sie) in dem milchigen Blau des Himmels zusammenballen und aus der hellgrünen, horizontalen Linie der Hügelkette die strengen Vertikalen der Zypressen herausragen, die sich in Serpentinen zur klaren Silhouette der Burg hochschlängeln.
Unten auf der Straße steigt der Alte von gegenüber von seinem schlammbespritzten Moped. Giobatta Marini, ein gebückter, plattfüßiger Mann, der auf die achtzig zugeht. Das Angelgerät über die Schulter geworfen, trägt er in einem Plastikbeutel den frühmorgendlichen Fang unter dem Arm. Seine stämmige Frau, die ihm all diese Tischtennis spielenden Kinder geboren hat, kommt in Schürze und Hausschuhen heraus, um ihren Patriarchen zu empfangen und die Fische schnell verschwinden zu lassen. Die erste Eidechse kriecht zwischen Zäunen an der Mauer entlang. Und man steht – immer noch im Schlafanzug – gegen den kühlen Marmor der Brüstung gelehnt und atmet tief durch, wie der Vater, wenn er einmal Gelegenheit hatte, aufs Land zu fahren. »Wie wunderbar, was für eine Luft!«
Ein Junge im Overall mit ungepflegtem Haar und teigigem Gesicht röhrt auf einem alten, absichtlich nicht schallgedämpften *motorino* vorbei. Und hinterläßt eine öligblaue Wolke. Na ja, ist schon in Ordnung. Das alles gehört einfach zu dieser glücklichen Szenerie und ist eigentlich nicht unangenehm. Außerdem trägt er den schönen Namen Raffaello.

Am Ende der Straße läßt er den Motor ziemlich heftig aufjaulen – ein bißchen Frustration, unbefriedigte Libido, die sich ein Ventil sucht. Kann man ja verstehen. Er arbeitet bei dem Mechaniker an der Ecke. Aber jetzt hat er das Ding abgestellt, die Abgaswolke hat sich verzogen, und man kann sich wieder entspannen, diese Schönheit in sich aufnehmen und tief atmen: aah!
Bis ganz plötzlich der ganze wundervolle Morgen verdorben, besudelt, verwandelt wird durch einen höchst unangenehmen Gestank.
Er kommt unerwartet und ist überwältigend. Bisher hatte man ihn nicht bemerkt, aber schon im nächsten Augenblick ist die ganze pittoreske Szene – Burg, Angler, Madonnina – zu einem Trugbild geworden, einer Glasur über etwas, das stinkt.
Gerüche lassen sich schlecht in Worte fassen, aber am ehesten läßt sich dieser wohl als Leichengestank beschreiben, als Gestank von etwas Ungutem, ein beleidigender, beißender, quälender Gestank, und mit Sicherheit ein Gestank, den man nicht um sieben Uhr morgens in einem norditalienischen Dorf riechen sollte. Die chemische Fabrik in dem kleinem Industriegebiet läßt die Abgase aus ihren Speichertanks ab. Hineingehen, die Türe schließen, und die Fenster auch. Durch die Scheiben den schönen Morgen sehen, der eigentlich klar und rein sein sollte. Und die *espresso*-Kanne aufsetzen, um den stechenden Geruch zu vertreiben.
Wenn am folgenden Morgen der Luftdruck plötzlich gefallen ist und feine Federwolken sich über dem *castello* bilden, kann durchaus der Geruch von Hühnerkot aus den Geflügelfarmen vorüberziehen, die sich auf den umliegenden Hügeln angesiedelt haben, als die Bauern langsam das Feld räumten. Ein alles durchdringender Geruch, der möglicherweise bis zum späten Vormittag in der Luft hängen wird.
Und stellen wir uns einmal vor, daß am nächsten Morgen, nachdem es nachts geregnet hat, die seltene Brise von Norden

her den Geruch der intensiven Schweinezucht weiter oben im Tal mit sich bringt. Ist das das Schlimmste? Oder gebührt der Ehrenplatz der Kunstfaserfabrik im Süden, deren methylgeschwängerte Schwaden, Gott sei Dank, nur der Schirokko herüberträgt? Alle sind sie schlimm. Alle tragen sie zu der konstanten Vergiftungsgefahr bei, die für diese Dörfer typisch ist. Alle haben sie mit dem schnellen Geld zu tun, das sich aus Land schlagen läßt, das billig – weil verlassen – ist. Land, das früher einmal einen Lebensunterhalt schuf und vielleicht auch ein wenig mehr. Wenn nicht sogar eine Kultur.

Die Abende sind angenehmer, denn zu dieser Zeit herrschen keine besonderen Gerüche. Auf der marmornen Balkonbrüstung stehen die Weingläser, während man von Patuzzis abgenutztem Lehnstuhl aus riesige Nachtfalter um die Straßenlaternen schwirren sieht, die an Drähten baumeln, welche im Zickzack zwischen den Häusern gespannt sind. Unter den Balkonen zischt Giampaolos störrischer Schlauch, die alten Damen rufen einander im Treppenhaus und übertönen sogar das Geplapper ihrer Fernsehapparate: »Cilla!« »Rina!« Tack, tack, tack tönt das Tischtennisspiel des Marini-Clans. Und eine Amsel singt recht schön in der Dämmerung. Im Lauf der Monate wird uns dieser Ruf vertraut. Wir stehen auf dem Balkon und pfeifen. Es folgt eine Pause von etwa einer Minute. Nur um uns zu necken. Dann pfeift sie zurück. Und wieder. Und wieder. »Damit man nicht denkt, sie gebe sich geschlagen …« Aber das war natürlich eine Drossel. Die Amsel singt, wir antworten. Es macht uns traurig, als wir später erfahren, daß sie so schön singt, weil Giobetta sie geblendet hat. Denn an den Morgen, an denen der alte Marini nicht angeln geht, nimmt er den Vogel in seinem kleinen Käfig mit hinaus aufs Land, um sich andere Vögel vor die Flinte zu locken.

Vielleicht sollten wir darüber nicht traurig sein. Solche Dinge hat es immer gegeben. Es ist der alte Stil. Warum bin ich so überempfindlich? Und doch kann ich dem Vogel jetzt nicht

mehr zupfeifen, ohne an den Augenblick seiner Blendung zu denken; und einerseits will ich wissen, wie es gemacht wurde, andererseits aber nicht.
Giobetta ist natürlich die Abkürzung von Giovanni Battista. Als ein Freund von mir kürzlich sein Kind taufen ließ und sagte »Giovanni«, fragte der Priester sofort: »Evangelista oder Battista?« Eine andere Wahl gibt es nicht. Man sollte eigentlich meinen, daß Giobetta angesichts der Art und Weise, wie sein Namenspatron umgekommen ist, nicht so gedankenlos scharfe Gegenstände gegen Tiere richten würde.
Die Nacht bricht herein. Aber dank der sanft schaukelnden Lampen ist die Straße ziemlich hell erleuchtet. In ihrem Schein spielen kleine Mädchen etwas, was wie Himmel und Hölle aussieht. Hier gibt es keine Schlafenszeit. Sie hüpfen auf ihren Kreidequadraten herum und schreien und streiten. Ein Getriebe kreischt, und ein Auto, das rücksichtslos durch die schmale Straße rast, läßt sie zur Seite springen. Ihre Eltern, die unter der Pergola Tischtennis spielen, scheint das nicht zu kümmern. Über der Madonnina geht ein rotes Licht an. Oder vielleicht brennt es immer, ist aber nur im Dunkeln zu sehen. Aus dem Fenster unter uns dringt das Kichern der alten Damen vor dem Fernseher zu uns herauf. Dann der unheilvolle Ton des Zeitzeichens. Eine Frauenstimme verkündet, es sei genau 10.04, dann setzt die Fanfare ein, die die Abendnachrichten ankündigt. Eine liebenswerte Eigenart italienischer Fernsehprogramme ist, daß sie nicht besonders viel Wert darauf legen, die Sendungen pünktlich zur vollen Stunde zu beginnen.
Eines Sonntags gingen wir, nach einem Morgen voller besonders unangenehmer Gerüche, in das Industriegebiet von Montecchio, um uns ein Bild von der Situation zu machen. Es grenzt direkt an den Kirschgarten hinter der Madonnina an. Leider ist der Garten von einer drei Meter hohen und ein paar hundert Jahre alten Steinmauer umgeben. Man geht an dieser Barriere entlang auf die Endstation der Buslinie zu, wo der

Fahrer sich gerade ein paar Minuten in einer Bar gönnt, bevor er nach Verona zurückfährt (Endhaltestellen befinden sich immer neben einer Bar – so, wie es sich gehört). Die Straße ist hier gerade und schmal, links und rechts erheben sich hohe, efeuüberwucherte Mauern. Ein erstes eisernes Tor zur Rechten führt in eine Zypressenallee und weiter zum Friedhof. Dann erreicht man hinter einer großen, asphaltierten Fläche, wo Lastwagen parken könnten, es aber nie tun, das Industriegebiet.

Und man ist sofort überrascht. Denn man sieht folgendes: eine schmucke Villa, dahinter lange, niedrige Fertighäuser; dann eine solide, dreistöckige *pallazina,* anschließend eine schmuddelige Fabrik; eine grün verputzte Terrasse mit wuchernden Geranien, dahinter einen Holzplatz; und wieder ein verschwenderisch gestalteter Friedhofsgarten und eine Chemiefabrik; eine kleine Veranda mit Grill, eine Druckerei; und so weiter und so fort: teures Wohnhaus, Industriegebäude, teures Wohnhaus, Industriegebäude, teures Wohnhaus, Industriegebäude – über dreihundert Meter hinweg. All die hiesigen *padroni* wohnen hier neben ihren Fabriken und im Gestank der Fabriken. Wie können wir uns da beschweren, wenn sie doch selbst am meisten abbekommen? Flugblätter der kommunistischen Partei erläutern später, daß das Land mehr oder weniger verschenkt und den *imprenditori* erlaubt wurde, für sich, ihre Kinder und Enkelkinder billige Villen zu bauen. »Kein einziger zusätzlicher Arbeitsplatz wurde geschaffen«, protestieren sie. Vielleicht zu Unrecht.

Aber sobald das Industriegebiet hinter einem liegt und sich der frühmorgendliche Gestank dieser lukrativen Unternehmen verzogen hat, ist die Gegend gar nicht so übel. Gutgekleidete Familien essen auf Balkonen Eis. Man hört Gesprächsfetzen und Kindergeschrei. Ein dicker Mann im modischen Trainingsanzug räumt sein Grillbesteck auf. Die angeketteten Wachhunde schlafen im Schatten.

Auf dem Heimweg stolpern wir über *il palo della cuccagna.*

Nebenbei möchte ich bemerken, daß ich über alles, was ich in Montecchio entdeckt habe, gestolpert bin. Das entspricht wohl dem Geist dieses Ortes. Und vielleicht bin ich auch nur deshalb auf den Gedanken gekommen, daß dieses amüsante Fest in einem gewissen Zusammenhang mit der Mentalität steht, die auch einen Ort wie das Industriegebiet hervorgebracht hat, weil wir beides am gleichen Tag entdeckten.
Wir hatten einen anderen Rückweg einschlagen wollen, um uns eine Weile auf den römischen Steinen am Laghetto Squarà auszuruhen – inzwischen eine unserer Lieblingsbeschäftigungen: einfach nur dasitzen und schauen, in der Hitze, am Wasser, zur Melodie der Quelle, die unter der geborstenen Kirchentür hervor über die Kiesel sprudelt. Aber an diesem Nachmittag war das Ufer des *laghetto* voller Menschen. Hundert oder mehr Leute schrien und jubelten. Als wir näher kamen, wurde der Jubel lauter und lauter, dann war ein lautes Platschen zu hören. Und wieder wurde gejubelt, oder gespottet, bis jemand einen Namen durch ein Megaphon rief.
Wir kletterten auf einen Stein. In eine Abflußöffnung am Ufer war ein vielleicht zwanzig Meter langer Föhrenstamm geschoben worden, der nun horizontal über der Wasseroberfläche lag und in der Mitte von einem Pfahl gestützt wurde, den man in den Seegrund gerammt hatte. Eine kleine rote Fahne flatterte an dem Ende, wo der Stamm nur noch fünfzehn oder zwanzig Zentimeter dick war. Am Ufer, über dem dicken Ende des Baumstamms, stand eine kleine Gruppe von Jungen und Männern in Badehosen, die unter ihren Handtüchern zitterten. Neben ihnen thronte auf einem Hochsitz der Schiedsrichter.
Der Schiedsrichter ruft einen Namen. Der Junge, der mir im Supermarkt Bardoli meinen *prosciutto crudo* verkauft, läßt sich von einem bemoosten Stein vorsichtig auf das dicke Ende des Stammes gleiten und geht los. Alles, was er tun muß, ist, das andere Ende des Stammes zu erreichen und die

Fahne zu packen. Diese Leistung wird ihn ins Schlaraffenland bringen, das heißt, er wird eine Belohnung bekommen. Aber leider schafft er, obwohl der Stamm am unteren Ende sehr dick ist, kaum drei Meter.
Denn der ganze Stamm ist mit Seife eingeschmiert.
Es gibt etwa fünfzehn Wettkampfteilnehmer, die sich immer wieder abwechseln, auf der Seife ausrutschen und wie Clowns herumschlittern. Wer sich weigert zu gehen, wenn er an der Reihe ist, scheidet aus. Und da das Wasser direkt hier, unterhalb der Berge, entspringt, ist es nicht gerade warm. Ein älterer Mann um die sechzig zittert erbärmlich, als er sich bäuchlings ans Ufer hievt. Ein muskulöser Exhibitionist faßt sich in den Schritt. In seinem Haar hängt eine feuchtkalte Schlingpflanze. Bei jedem Versuch löst jeder Teilnehmer ein bißchen Seife ab, und dann darf jeder vier Durchgänge lang eine Handvoll Sand mitnehmen und sich vor die Füße streuen. Auf diese Weise kommen sie ein bißchen weiter und der Fahne immer näher, während Freundinnen und Mütter kreischen und die Männer, die klug genug waren, einzusehen, daß dies eindeutig ein Zuschauersport ist, stillvergnügt in sich hineinkichern.
Es ist interessant (und eigentlich schade), daß keine Mädchen teilnehmen.
Am Ende des Tages (und wir bleiben über zwei Stunden) wird der Preis schließlich dem Jungen verliehen, der für eine der ortsansässigen Bäckereien das Brot ausliefert; und da es unmöglich ist, ihn wirklich ins Schlaraffenland der *palazzine* und Familienbetriebe zu versetzen, gewinnt er Benzin aus unserer ortsansässigen Tankstelle im Wert von 150 000 Lire. Als Synonym für Reichtum verrät das vielleicht eine Menge. Obgleich dieses archaische Fest offensichtlich bewußt in die Erntezeit gelegt wurde.

# 11
# Bepi

Orietta Visentini erzählt, daß sie in Montecchio noch immer nicht richtig akzeptiert werde, obwohl sie schon mehr als zwanzig Jahre hier lebt. Denn sie wurde in Paschiera geboren, am Südufer des Gardasees, vierzig Kilometer entfernt. Und die Freunde der Menschen hier sind die Freunde aus Kindestagen und die Familienangehörigen. Orietta seufzt. Sie wissen nicht einmal, wie man Freundschaften schließt, weil sie es noch nie nötig hatten; und sie können sich auch gar nicht vorstellen, daß es jemanden ohne eigenen Freundeskreis gibt.

Hatte ich da noch eine Chance?

Höchstens eine winzige. Wenn ich vor der stillgelegten Abfüllanlage aus dem Bus steige und die Via Colombare entlanggehe, nicke ich den Menschen zu: dem Automechaniker im Overall mit der Grappafahne, dessen Aufträge sich bis auf die enge Straße stauen; Giobatta, dem alten Jäger und Angler, der immer eine Mütze trägt und heute ausnahmsweise mit seinen Reben beschäftigt ist, die hinter einem durchhängenden Zaun wachsen; ich nicke auch der leicht mongoloid wirkenden Frau in Schwarz zu, die ihren Vater jeden Morgen auf einen Stuhl vor die Tür setzt, ihm einen Strohhut auf den Kopf drückt und ihn abends wieder hereinholt (verblüffenderweise steht in ihrem schmuddeligen Haus, das direkt auf die Straße hinausgeht, im Fenster eines karg eingerichteten Raumes – nur ein großer Tisch, Holzstühle und Steinboden – ein teures Aquarium). Ich grüße den korpulenten Mann mit breitem Unterkiefer in dem leichten Anzug, der sich schwerfällig aus seinem Alfa 75 hievt, den salopper gekleideten Versicherungsvertreter im Fiat 126, die stämmige, energische Frau, die jeden

Morgen mit einem dürren Reisigbesen den Staub auf der Straße vor ihrem Haus hinüber zu den Nachbarn fegt. Meine Grußformel entspricht ganz der italienischen Tradition; sämtliche Leute grüßen sich auf diese Weise, wann immer sich ihre Wege kreuzen – *buon giorno signora, buon giorno signore* –, doch ich mache damit die Leute anfangs nur verlegen. Und werde mißtrauisch beäugt, da ich sichtlich zu der Welt gehöre, die ungefragt hier eindringt. Später wird mein Gruß mit einem Nicken erwidert, dann mit einem höflichen Gemurmel. Und vielleicht ist das ja auch genug. Nur beim Gemüsehändler erwidert eine laute Stimme: »'ello, Sir, 'ow are you!« Es ist Bepi. Mein erster Freund in Montecchio.

Ich glaube, Bepi gehört zu den Italienern, die eifrig bemüht sind, Ausländer kennenzulernen. Man muß aufpassen, daß man von solchen Menschen nicht wie Briefmarken gesammelt wird. Auch Giampaolo gehört – wenngleich auf ganz andere, eher hintergründige Art – zu dieser Gruppe. Nicht, daß diese Leute etwa auf den Gedanken kämen, die Überlegenheit der italienischen Küche, des italienischen Weins, der italienischen Lebensart oder ähnliches in irgendeiner Weise in Frage zu stellen. Sie sind sich lediglich einer gewissen Provenzialität bewußt und wollen gern mit etwas in Verbindung gebracht werden, was außerhalb ihres engen Gesichtskreises liegt. Vielleicht sind sie einfach frustriert: Giampaolo durch die undurchsichtigen Beförderungskriterien, die in der monolithisch strukturierten Firma gelten, für die er arbeitet; Bepi durch die Hindernisse, die jedem in den Weg gelegt werden, der ohne Beziehungen versucht, eine Konzession für ein lukratives Gewerbe zu ergattern. Beide wissen instinktiv, daß ihre Ideen den engen Rahmen des für die Menschen um sie herum Vorstellbaren sprengen. Interessanterweise glauben aber beide nicht, daß dieser Provenzialismus bezwungen werden könnte, indem man zum Beispiel nach Rom zieht, wohingegen ein Mann, der – sagen wir – in Barnsley keine Luft mehr bekommt, eben nach Birmingham oder London gehen würde. Nein, ganz im Gegenteil, in Rom könnte es nur schlimmer werden, denn die Einheimischen dort haben angeblich die Pfründe längst unter sich aufgeteilt. Und so orientieren sie sich an der Fairneß und Aufgeschlossenheit der tüchtigen Nationen im Norden. Seltsamerweise halten sie die Briten für eine solche Nation. Und können daher partout nicht verstehen, was um alles in der Welt mich nach Montecchio verschlagen hat.

Bepi steht hinter seiner Theke mit der steinernen Deckplatte und schüttelt mir mit breitem Lächeln eifrig die Hand. Er ist »very 'appy«, einen Engländer in seinem Laden begrüßen zu dürfen. Bepi ist ungefähr in meinem Alter, jedoch vom Körperbau her ein sehr viel beeindruckenderes Exemplar: Riesig groß und stämmig, mit dickem, gelocktem Haar bis auf die Schultern, bietet er das Bild eines eifrigen und überaus präsenten Mannes. Mit unglaublich grünen Augen. Er steckt mir ein paar Kiwis in die Tasche und will kein Geld dafür. *Per carità!*

Als ich mich umdrehe und gehen will, kommt Don Guido herein, der Priester. Und so werde ich Zeuge des folgenden Schauspiels. In seiner schwarzen Soutane steht der Priester, ein kleiner, drolliger und altjüngferlich wirkender Mann, im Laden und schnüffelt. Mit gerümpfter Stupsnase schnüffelt und schnüffelt er, während die anderen Kunden mit ihren Plastikkörbchen weiter ihre Einkäufe erledigen: Sie nehmen Artischocken, Paprika, und was sonst noch alles so da ist, aus den Kisten an der Wand. Da zieht er mit ungeduldiger Geste die Schultern hoch und läßt sie wieder sinken. Seine Soutane sieht abgetragen aus und schäbig. »Irgend etwas hier riecht verfault«, verkündet er laut, und seine Stimme klingt beinahe drohend. Ziemlich ungerührt erwidert Bepi: »Wahrscheinlich das Aas von dem, der als letzter reingekommen ist.« Aas, im Italienischen *carogna,* ist eine gängige Beleidigung. Woraufhin der Priester in aller Seelenruhe seinen Einkauf erledigt.

Ich konnte nie ergründen, was hinter diesem Wortgefecht

zwischen unserem Gemüsehändler und dem Priester steckt. Ihr Zwist hatte etwas Reizvolles, weil er zwar entschiedene Feindseligkeit ausdrückte, aber gleichzeitig völlig folgenlos blieb. Doch vielleicht macht gerade das einen Streit in romanischen Ländern aus, zumindest einen auf diesem Niveau. Er wird um seiner selbst willen geführt, ja beinahe genossen. Man meint nicht, irgendwelche Dinge klären oder sich wieder vertragen zu müssen, denn schließlich entsteht kein Schaden. Der Priester kam jeden Tag, nach dem rituellen Austausch von Beleidigungen wurde Gemüse und Obst ausgesucht, Geld wechselte den Besitzer, und das war's.

In einem Ort wie Montecchio bilden die dort geborenen Bewohner, wie Orietta schon sagte, eine – weil autarke – streng abgeschottete Schicht. Daher lernt man als Neuankömmling, der peripher am Dorfleben teilnimmt, unvermeidlich andere Außenseiter kennen, Leute, die wie man selbst hier gestrandet sind, weil der Strom des Lebens sie in einem bestimmten Augenblick gerade hier an Land spülte und sich der Ort als angenehme Umgebung entpuppte. Bepi hatte über Jahre versucht, eine Konzession für die Eröffnung eines Supermarktes zu bekommen – irgendwo in der Provinz Verona, ganz egal wo –, bis man ihm schließlich erlaubte, das Untergeschoß eines wenig einnehmenden, alten Hauses am Stadtrand von Montecchio zu mieten und dort Obst und Gemüse zu verkaufen.

Als ich ihn zum Abendessen einlade, setzt er sich breitbeinig auf den Stuhl, die Kleidung spannt über dem muskulösen Körper. Und noch bevor ich ihm einen *aperitivo* eingeschenkt habe, verkündet er: »Der Mann, den ich im Laden Vater nenne, ist nicht mein Vater.«

Das ist in einem Land, wo anläßlich solcher Gelegenheiten höfliche Reserviertheit großgeschrieben wird, eine zweifellos dramatische Eröffnung. Und peinlich. Er fährt fort, indem er uns erzählt, daß er das uneheliche Kind einer Frau sei, die von ihrer Familie verstoßen wurde. Da sie das Kind nicht wollte, ließ ihn die Frau bei einer kinderlosen Schwester und ihrem Ehemann zurück: dem Mann, den er Vater nennt und der ihm im Laden hilft.

Dann erzählt er uns, wie seine verarmte Familie ihr Haus in Rivoli hatte verkaufen müssen und gezwungen war, in einer armseligen Wohnung in einem der schäbigen Viertel von Verona zu hausen. Doch er hatte geschworen, daß er das Haus für die Familie zurückkaufen werde, schon um zu zeigen, daß er mehr war als nur ein uneheliches Kind. Und letztes Jahr war es ihm endlich gelungen.

Auch wenn uns Bepis unvermittelte und kurzgefaßte Autobiographie ein wenig aus der Fassung bringt, ist doch seine Leidenschaft für Heim und Familie keine Überraschung. Wenn nämlich ein Italiener einen Ort verläßt, geschieht das fast immer in der Absicht, siegreich heimzukehren und damit zu beweisen, daß er recht hatte. Selbst wenn er diesen Ort für hoffnungslos provinziell hält.

Wie hatte er soviel Geld verdient? Bepi lacht. Dann tippt er mit einem Finger an die Schläfe. Alles hier drin, sagt er, alles hier drin. Und dann erzählt er uns den Schelmenroman seiner Unternehmerkarriere. Sie wissen doch, daß immer behauptet wird, dem italienischen Wein werde kein Zucker zugesetzt? Ja. Und Sie wissen auch, daß es in Italien illegal ist, dem Wein Zucker zuzusetzen? Ja. Nun ja, ich habe den Laster gefahren, der all die Winzer zwischen Vicenza und Verona mit dem Zucker beliefert. Natürlich nachts. Denn nachts ist keine Polizei unterwegs. Die arbeiten nur zu Bürozeiten. Er grinst und ist mit sich sehr zufrieden. Denn mit diesem Handeln hatte er *furbizia,* Gerissenheit, bewiesen – und es wurde sehr gut bezahlt. Dann hat er das ganze Geld in ein Restaurant gesteckt, das er zusammen mit einem Freund nahe der Hauptstraße zum See eröffnete – ein großes Restaurant für Reisebusgesellschaften und dergleichen. Der Fehler war, es mit jemandem zusammen zu machen. Der Freund war eine taube Nuß. Es hat ihm hier gefehlt. Bepi tippt sich wieder an die Stirn. Sie sind pleite gegangen. Es folgten noch zwei oder drei weitere Restaurants, schließlich dann die Konzession für den Laden. Eigentlich hatte er einen Supermarkt gewollt, aber die örtlichen Ladenbesitzer hielten ja immer zusammen und nutzten ihre politischen Verbindungen, um sicherzustellen, daß keine neuen Konzessionen erteilt wurden. Das war allgemein so üblich, sie hatten die Politiker in der Tasche, wenn sie nicht sogar selbst die Politiker waren. Aber Bepi wird sie am Ende noch mit ihren eigenen Waffen schlagen. Jawohl, das wird er. Früher oder später dreht er den Spieß um …

Wie so oft in Gesprächen hierzulande fällt einem auch bei diesem auf, daß ein profunder Mangel an Gesetzestreue herrscht. Recht und Gesetz werden bloß als Waffen gesehen, die das Individuum in seinem generell gesetzlosen Kampf benutzt. Lang und breit schilderte Bepi die verschiedenen Prozesse, in die er verwickelt war: mit der Telefongesellschaft wegen lächerlich hoher Rechnungen; mit einem Nachbarn wegen seiner (Bepis) Hundezwinger; mit der INPS, das heißt den Leuten von der Sozialversicherung, wegen fehlender Beiträge für die Mädchen im Laden; es gab noch andere, die ich inzwischen vergessen habe. Weit davon entfernt, die Situation ändern zu wollen, schien es Bepi zu gefallen, so viele Auseinandersetzungen zu führen, und er war nicht im mindesten beunruhigt, daß er sie etwa verlieren könnte. Ebenso wie Negretti scheinbar zufrieden zur Kenntnis nahm, daß Visentini wegen des Kotgestanks aus seinem Garten die Polizei gerufen hatte, ebenso wie auf Lucilla die Fehde mit Signora Marta anregend wirkte. Es herrscht eine Kampfeslust, mit der man anfangs nur schwer umgehen kann, doch durch den ständigen Kontakt zu anderen Leuten, vor allem zu Mitarbeitern der Behörden, wird dieses Verhalten immer verständlicher und bekommt sogar einen gewissen Reiz. Wenn es hier eine anarchistische Tradition gibt, so hat das zweifellos seine Gründe.

Gegen neun Uhr, er hat kaum zu Ende gegessen, fällt Bepi mitten im Satz auf Patuzzis billiger Synthetikcouch in Schlaf. Dieses Möbel ist eins der wenigen modernen in der Wohnung. Da der Kronleuchter inzwischen mit fünf kleinen Sechzig-Watt-Birnen bestückt ist, wirft die eigenwillige Form des Bücherschranks jetzt schärfere Schatten. Was Bepi nicht beim Schnarchen stört. Als wir ihn wecken, schaut er auf die Uhr. *Diamine*, er muß jetzt noch die dreißig Kilometer nach Rivoli fahren, um seine Hunde zu füttern. Fünfzehn Stück. Morgen wird er dann um fünf aufstehen, auf den Gemüsemarkt gehen und Sachen für den Laden einkaufen, abends unterrichtet er eine Gymnastikklasse in der verlassenen Kirche am Laghetto Squarà, die er von Don Guido gepachtet hat (vielleicht der Grund für ihren Zwist?). Ja, er arbeitet montags und mittwochs als Gymnastiklehrer, dienstags und donnerstags gibt er Karateunterricht. Hätten wir nicht Lust zu kommen?
Wie kann ich da sagen, daß ich mir nicht sicher bin, ob ich nach einem Tag, den ich mit Unterrichten und Übersetzen verbracht habe, noch genug Energie dafür aufbringe?

# 12
# L'uomo rinascimentale

Wir gehen mit Bepi joggen. Es haben sich etwa fünfzehn junge Leute bei der verlassenen Kirche am *laghetto* versammelt. Die Gruppe besteht zum größten Teil aus Mädchen, von denen nicht bloß eine ein Auge auf Bepi geworfen hat. Wir traben los, aus dem Ort hinaus und das Tal hinauf in Richtung Mizzole. Die Abendluft ist kühl. Wir laufen an den Kirschgärten vorbei, wo die Blätter bereits in einer ersten Vorahnung des Herbstes erschlaffen. Wir laufen an einer langgestreckten, niedrigen Geflügelfarm vorbei. Der Gestank ist unglaublich. Und auf einer leeren Kiste am Straßenrand lese ich: »BESTE KANADISCHE KRUTHAHNEIER – VERSIEGELTER CONTAINER – ZUR BRUT DIE ANWEISUNGEN BEFOLGEN«.

Wir beginnen mit dem Jogging (oder »footing«, wie die Italiener es seltsamerweise nennen) und durchqueren auf Traktorspuren einen großen Weingarten. Die purpurnen Früchte in Kopfhöhe sind schon fast reif. Hier, unter dem dichten Blätterdach, hält Bepi inne, um uns ein paar gymnastische Übungen machen zu lassen, wobei er seine Anweisungen in unverkennbar autoritärem Tonfall bellt. *Flessioni!* Und schon hat er sich auf den Bauch geworfen und macht Liegestütze. *Addominali!* Er setzt sich hin und macht Sit-ups, die Hände hinter dem Kopf, die Knie angewinkelt. *Dorsali!* Wieder auf den Bauch. Diese Feldwebel-Gelüste! Er peitscht uns vorwärts. Gibt mit seiner männlichen Dynamik an. Wie rührend. Die Mädchen kichern, die meisten von ihnen unternehmen nur symbolische Anstrengungen. Beim Weiterlaufen passieren wir einen wunderschönen, alten, weinberankten Hof. Im Garten sprudelt eine uralte Quelle unter steinerner Abdeckung,

und auf dem Scheunendach sammeln sich die Schwalben zum Abflug. Keuchend laufen wir weiter bis zu dem pittoresken Dorf Mizzole mit der goldenen Zwiebelkuppel auf dem Kirchturm. Plakate informieren uns über die Umweltverschmutzung durch Schweinezucht, kündigen Kurse für angehende Sekretärinnen an, laden zum bevorstehenden Weinfest ein und annoncieren die jüngsten Todesfälle: Magnagatto Marta, zweiundneunzig *anni*, die ihrer Familie sehr fehlt. Die Graffiti an den Steinmauern wenden sich jedoch vornehmlich gegen eine Gruppe von Süditalienern aus Kalabrien, die eine Genossenschaft gegründet haben und planen, sich einige *villette a schiera* – Reihenhäuser (die neueste Mode in Italien) – zu bauen: *»Benvenuto a Reggio Mizzole«* hat jemand auf ein Straßenschild gekritzelt. Italiener sind begabt für Graffiti. Auf dem Hauptplatz neben dem Kriegerdenkmal lesen wir: »Lang lebe die Regierung, lang lebe das Finanzamt, lang lebe der Süden … oder etwa nicht?« Das Werk ortsansässiger Separatisten. Gegenüber wirbt ein Schild über einer der beiden Dorfbars: Real American Cocktails, by Gianni.
Keuchend und schnaufend kommen wir schließlich wieder in Montecchio an. Bepi will mit uns noch ein paar Übungen machen, aber ich habe genug. Vielleicht will er sowieso nur feststellen, welches Groupie am längsten durchhält. Ein Prozeß der natürlichen Auslese. Auf dem Nachhauseweg, der uns an dem Mühlrad und einem römischen Torbogen vorbeiführt, unter dem hindurch schwere Laster zu zwei riesigen Silobehältern in einem kleinen Hof fahren, kommen wir zu dem Schluß, daß Bepi – wenn er überhaupt wählt – wahrscheinlich der MSI seine Stimme gibt, den unbekehrbaren Faschisten.
An einem anderen Abend schauen wir in einem Sportclub vorbei, wo er einer gemischten Gruppe aller Altersklassen Karateunterricht erteilt. Die Italiener nehmen Sport sehr ernst. Den schwarzen Gürtel eng um die Taille geschlungen, schnauzt Bepi Kommandos in einer Sprache, die wohl Japanisch sein muß. In geduckter Haltung führt er, ganz Konzen-

tration, die eindrucksvollen rituellen Bewegungen aus. »Alles hier drin«, sagt er uns später, »alles hier drin«, und tippt sich dabei an die Schläfe.
Ein paar Wochen später lädt uns Bepi in das Haus in Rivoli ein, das er zurückgekauft hat und jetzt renoviert. Er fährt mit uns in westlicher Richtung durch Verona hindurch und wendet sich dann nach Norden, Richtung Valpolicella. Es ist *vendemmia,* die Zeit der Traubenernte. Die Alfetta- und BMW-Fahrer schäumen vor Wut, weil sie die Traktoren nicht überholen können, die mit ihren Traubenfuhren dahinschleichen; es ist wichtig, daß die Früchte nicht zu sehr durchgerüttelt werden, darum fahren sie so langsam sie nur können. Die Luft ist erfüllt von einem äußerst angenehmen, trunkenen Duft, einer beinahe greifbaren klebrigen Süße. Mücken schwärmen in unglaublicher Zahl. In sich auftürmenden Wolken. In diesen Tagen der *vendemmia* atmet man unwillkürlich Mücken ein, wie ein Wal einfach sein Plankton schluckt, wenn er durchs Wasser gleitet.
Wir kommen in Rivoli an, das oben auf den Hügeln über der Adige liegt und wo Napoleon einen seiner berühmten Siege errungen hat. Bepi biegt mit seinem Gemüsewagen in eine schmale Gasse ein, die steil und holprig bergab führt. Das alte Bauernhaus an ihrem Ende, das Bepis Unternehmergeist so lange beschäftigt hat, wirkt wenig anheimelnd: ein in zwei kleine Wohneinheiten geteiltes, schlichtes zweistöckiges Rechteck, vor dem Hühner picken. Der Rückkauf kann nur von symbolischem Wert gewesen sein. Insbesondere da Bepi ja gar nicht selbst dort wohnen will und nicht einmal mit der alten Großmutter auskommt, die er dort untergebracht hat. Bei unserer Ankunft tauschen sie wüste Beleidigungen aus, ganz wie er es mit dem Priester getan hat.
Aber das Grundstück ist groß, zwischen zwölf und sechzehn Hektar, die vom Haus an steil abfallen. Einst mit viel Mühe terrassiert und bestellt, liegt dieses Gelände jetzt brach, wie so vieles in dieser Gegend. Die Weinstöcke sind hochgeschos-

sen, die Stützmauern zerfallen, so daß hie und da bereits eine Terrasse abgesackt ist und der kalkig weiße Boden darunter sichtbar wird. Bepi führt uns hinunter zu seinen Hundezwingern in einem niedrigen Betonbau von gut fünfzig Meter Länge, wo sich große, schwarze, kläffende Hunde tummeln. Unser Gastgeber ist offenbar – er selbst erzählt es uns – der wichtigste Züchter von Belgischen Schäferhunden im Veneto, wenn nicht gar in ganz Italien. Sein Nachbar hat, obgleich er außer Sicht- und Hörweite der Hunde lebt, wegen der Zwinger ein Gerichtsverfahren angestrengt, weil er es Bepi übelnimmt, daß er ihn bei der Versteigerung des Hauses überboten hat. Immer die gleiche, alte Geschichte. Bepi wird jetzt also beschuldigt, die Zwinger ohne Genehmigung gebaut zu haben. In seiner typischen streitlustigen Art hat Bepi den Spieß umgedreht und seinerseits die Kommunalregierung verklagt, weil sie bei der Ausstellung von Genehmigungen so langsam arbeitet, daß er »gezwungen« war, ohne sie mit dem Bau zu beginnen, um keine geschäftlichen Einbußen zu erleiden.
Er läßt ein paar der Hunde heraus, und sie begleiten uns. Er schnauzt sie auf deutsch an, was uns irritiert. Deshalb frage ich ihn, in welcher Sprache er am liebsten mit seinen Freundinnen spricht. Mit rührender Offenherzigkeit erklärt er uns, er habe die Sprache, auf die Mädchen am besten reagieren, bisher noch nicht gefunden. Ich versichere ihm, daß es nicht Englisch ist.
Bevor wir zum Essen hineingehen, führt er uns auf eine Anhöhe am Rande des Anwesens, von dem aus sich eine atemberaubende Aussicht nach Norden, in das Valpolicella und bis zu den Alpen bietet, deren felsige Gipfel im Dunst kaum mehr zu erkennen sind. Tief, tief unter uns im Tal zweigt ein breiter Bewässerungskanal von der Adige ab und verschwindet in einem Tunnel unter dem Hügel. Immer wieder fällt der Blick auf einen stillgelegten Marmorsteinbruch, in dem jetzt Pilze gezüchtet werden. Die Sicht ist weit, offen, inspi-

rierend. Ich äußere ziemlich banal, daß man sich hier wie in einer anderen Welt fühlt, *fuori del mondo*. Woraufhin Bepi wie selbstverständlich antwortet, daß hier ziemlich häufig UFOs gelandet seien, damit jedoch inzwischen aufgehört hätten, weil ihnen die Menschen zu gewalttätig geworden seien. Das Veneto, so sagt er, könne sich rühmen, daß hier – neben bestimmten Gegenden in Rußland – weltweit die meisten UFOs gesichtet worden seien. Er selbst habe früher oft die Lichter gesehen, allerdings weiter oben im Tal. Ich merke, daß jetzt nicht der richtige Augenblick ist, um hinzuzufügen, daß das Veneto noch etwas mit Rußland gemeinsam hat: mit den höchsten Alkoholkonsum der Welt.

Als wir zum Haus zurückkommen, lernen wir Bepis netten »Vater« Vittorino kennen, der mit seiner Frau für einen Tag aufs Land gekommen ist. Kräftig, gedrungen, wohlbeleibt und von unbezwingbarer Fröhlichkeit, ist Vittorino genau der unbeschwerte Zeitgenosse, mit dem die Lokalzeitung ein Interview führen würde, nachdem ein UFO gesichtet worden ist. Jetzt führt er den Vorsitz am großen Holztisch in der Küche, auf dem er fünf oder sechs Flaschen Wein aufgereiht hat, die er anscheinend am liebsten alle auf einmal öffnen würde. Inzwischen hat seine Frau Gina – drall, zurückhaltend und verlegen, weil sie so schlecht Italienisch spricht – die wunderbarste Lasagne gezaubert, und zwar Unmengen davon.

Wir setzen uns. Vittorino beginnt, die Vorzüge jeder seiner Flaschen ausführlichst zu beschreiben. Da er nur Dialekt spricht und sich dessen, im Gegensatz zu seiner Frau, keineswegs schämt, verstehe ich kaum ein Wort. Ich schnappe die Hälfte eines Witzes über einen Hund auf, der nur auf tote Vögel losging. »Dann laß ihn nicht in meine Nähe kommen«, lautet die Pointe. »Vogel« bedeutet auf Italienisch auch »Penis.«

Mittag. Die üppige Lasagne. All die Weinflaschen ohne Etikett. Der Rauch eines überflüssigen Feuers in dem riesigen

Kamin aus Kalkstein. Große, dicke Steaks, die Bepi natürlich über den Freund eines Freundes bezieht, der ihm niemals etwas anderes liefern würde als *roba buena* – beste Ware. Dann *tiramisù*, wieder üppig, sahnig, kalorienreich, cholesterinreich, herrlich. Dazu ein sirupartiger Recioto. Und zum Abschluß eine Auswahl verschiedener Grappas, zum *espresso* oder danach zu trinken. Vittorino brennt die Grappa selbst, aus den Keltereirückständen, und aromatisiert sie mit Zitronen, Pfirsichen, Orangen oder sogar Kaffee. Die verschiedenen Sorten werden in hohen, schmierigen, unbeschrifteten Flaschen, wie man sie eher in einer Garage vermutet – mit einem Rest Bremsflüssigkeit am Boden – vor uns aufgereiht. Ich probiere zwei oder drei und bringe einen Toast auf die UFOs aus.

Als wir in dem Gemüselaster zurückfahren, erzählt mir Bepi, daß er eigentlich gern Theologie studieren würde. Die Kirche und die Freimaurer hüteten noch immer einige der tiefsten Geheimnisse der Welt; und nur der Eingeweihte würde je irgend etwas wissen dürfen, was zu wissen sich lohnt. Er hat bei einer Loge die Aufnahme beantragt und studiert jeden Abend die Kabbala, wenn er nicht vorher einschläft. Mir geht verschwommen durch den Kopf, daß dies alles zu der P2-Mentalität gehört. Und ich frage mich, ob ich wohl jemals einen anderen Menschen kennenlernen werde, der einem Renaissancemenschen näher kommt als Bepi.

## 13
# Troppo gentile

Damit sie erdbebensicher sind, müssen Neubauten – so schreibt in Italien das Gesetz vor – einen Kern aus Stahlbeton haben. Im Fall eines Bebens soll sich dann das gesamte Gebäude als Einheit verschieben und nicht in seine Einzelteile zusammenfallen. Und tatsächlich sieht man, spaziert man den Stadtrand von Montecchio entlang und in die umliegenden Hügel, wie Bauarbeiter eifrig Zementpfeiler in Formen aus einfach zusammengenagelten Schalungsbrettern gießen – hastig, um noch vor dem Einsetzen des Novemberregens fertig zu werden.

Pfeiler und Balken aus Beton, wo noch vor kurzem Olivenbäume standen; aus Beton auch die Dächer dieser neuen *palazzine* und *casa a schiera,* ebenso wie die Fußböden. Alle Rohr-, Wasser- und Gasleitungen liegen wie sämtliche Kabel auf ewig unzugänglich in Zement eingebettet. Kahle Gerippe verdrängen einen Weinberg. Zwischen einem Balken und dem nächsten werden Wände hochgezogen. Dann wird das Dach mit Terrakotta gedeckt, der Wohnraum innen mit Keramikkacheln gefliest; kleinere Kacheln in düsteren Farben in den siebziger, sehr viel größere Hochglanzkacheln in hellen Farben in den achtziger Jahren.

Dadurch entsteht eine reichlich merkwürdige Akustik. Denn wo es kein Holz gibt, wird man weder von knarrenden Dielen noch von ächzenden Stufen gestört. Wenn man sich hereinschleichen will, um einen Blick auf das schlafende Baby zu werfen, oder sich – Gott bewahre – hinausschleichen will, ohne daß Ehefrau beziehungsweise Ehemann es merken, besteht jedenfalls keine Gefahr, vom Fußboden verraten zu werden. Mit Socken ist man absolut lautlos. Andererseits hört man es im ganzen Haus, wenn ein harter Gegenstand, und sei es nur eine Münze, auf den gefliesten Boden fällt; Lautstärke und Intensität hängen davon ab, wie weit man jeweils von einem tragenden Balken oder Pfeiler entfernt ist. Ledersohlen, die auf den Fliesen klappern, werden also sämtliche Böden und Decken des Hauses entlangklappern. Eine Wasserspülung mitten in der Nacht ist eine Explosion, ein terroristischer Akt. Und sollte man etwa einen Bohrer in die Hand nehmen und unter dem Putz zufällig auf einen dieser Stahlbetonpfeiler treffen, so erweckt das im ganzen Gebäude, von der *taverna* bis zum *solaio,* den Eindruck, als sei genau der Fall eingetreten, gegen den das Bauwerk gesichert wurde. Die Luft erzittert. Schallwellen tyrannisieren das Trommelfell. Man fühlt sich, als wäre man im Innern einer Gitarre gefangen, an der ein ungezogenes Riesenkind unaufhörlich die Baßsaite zupft.

Wir haben mehrere kleine Erdbeben in der Via Colombare überstanden. Die *palazzina* zitterte und dröhnte. Patuzzis Weingläser klirrten auf dem Regalbrett. Anscheinend fuhren nachts ganze Lastwagenkolonnen vorbei, oder es wurden im Keller Schiffsmotoren angeworfen.

Als wir an einem Oktoberabend zu Bett gehen, dankbar, daß man jetzt die Fenster schließen und so die Fernsehgeräusche, die Akkordeonmusik und das Tischtennisspiel nach draußen in die samtige Dunkelheit aussperren kann, da hören wir statt dessen ein unmißverständliches heftiges Prasseln, nun ja, wahrscheinlich genau über uns. Jede Nacht um halb zwölf. Prassel, prassel, prassel, tröpfel, tröpfel, tropf, tropf, aus. Wir halten den Atem an. Doch die Explosion der Wasserspülung bleibt aus, denn nach ungeschriebener Etikette werden die *taccioni* der Toiletten im Haus nach elf Uhr nachts nicht mehr betätigt. Es ist eine ganz besondere Form der Vertrautheit, die durch Beton entsteht.

In den frühen Morgenstunden werde ich von Vega geweckt, und als ich versuche, wieder einzuschlafen, höre ich, wie jemand im *solaio* über uns hin- und hergeht. Das ist beunruhigend. Langsame, schwere Schritte, hin und her, hin und her, direkt über unseren Köpfen. Rita bestätigt, daß sie zweifelsfrei aus unserem *solaio* kommen, der eigentlich leerstehen sollte. Und in der Nacht glaubt man an *fantasmi* – Vega hatte eher gejammert als gebellt und dazu den Mond angeheult.

Ich stehe auf, ziehe mir eine Hose über, schlüpfe wegen der Kühle der Kacheln in Pantoffeln, verlasse die Wohnung und gehe die Treppen hoch. Unversehens rutsche ich aus und falle auf den glänzend polierten Marmor. Zwar wird diese Treppenflucht zum Dachboden nur selten benutzt, doch Lucilla wachst sie trotzdem regelmäßig. Alles muß stets gewienert sein und riechen wie in einem Mausoleum. Jammernd und fluchend gelange ich zur Eisentür des *solaio,* öffne sie und stelle fest, daß ich immer noch keine Glühbirne eingeschraubt habe. Genau da erlischt das Licht im Treppenhaus. Ich taste nach dem Schalter, weiß aber nicht, wo er in diesem Stockwerk angebracht ist. Also gehe ich blind in den *solaio* hinein.

Während ich ins Dunkel starre und darauf warte, daß sich meine Augen der Finsternis anpassen, steigt mir der Geruch von Geranien und Staubschwaden in die Nase. Dank eines schwachen, langsam wandernden Lichtschimmers, der durch eine einsame Dachluke fällt, erkenne ich schließlich verschiedene Umrisse: unordentlich gestapelte Kartons, ein uraltes Bett, ein Kruzifix, einen Blasebalg, den man unerklärlicherweise auf dem Fensterbrett vergessen hat, und ein ganzer Haufen von alten Wanderschuhen des *professore.* Nichts davon rührt sich, Gott sei Dank. Ich lege den Kopf schief. Kein Geräusch.

Doch wieder unten, gehen die Schritte erneut über uns hin und her.

In einem Gespräch mit Orietta, dem heimlichen Schatzkästchen für den gesamten Hausklatsch, erfahren wir, daß Lucilla an Schlaflosigkeit leidet. Die Schritte stammen von ihr, doch

das Gebäude schickt den Klang wie ein Bauchredner, wohin es will.
Orietta taut auf. Sie verliert ihr Mißtrauen gegenüber meiner englischen Natur. Denn sie erkennt den Vorteil, andere Nicht-Montecchianer in der Nähe zu haben, mit denen man sich anfreunden kann. Giampaolo, so erzählt sie, klagt laufend über diese Schritte. Anscheinend zieht Lucilla, wenn sie nachts aufsteht, ihren Pelzmantel über, teils als Schutz vor der Kälte, teils weil sie ihn mag; der Luxus, den er bedeutet, beruhigt sie, sein Geruch nach Geld gibt ihr ein Gefühl der Sicherheit. Doch da sie klein ist und einen langen Mantel gekauft hat, zieht sie hochhackige Schuhe an, damit er nicht auf dem Boden schleift. Und wandert damit auf und ab.
In einer anderen Nacht hören wir schwere Möbelstücke über unseren Köpfen quietschen und scharren. Stoßen und Krachen. Ein dumpfer Schlag, dann wieder Scharren und Quietschen. Ja, bestätigt Lucilla strahlend auf der Treppe, sie hat sich entschlossen, ihr Wohnzimmer umzugestalten. Ob wir nicht hereinkommen und es uns ansehen wollen?
Ob wir nicht bitte hereinkommen und uns umschauen wollen?
Vielleicht würden wir einen Schluck mit ihr trinken? Sie hat *Lacryma Christi* da.
Oder möchten wir vielleicht ein Stück ihrer *pastafrolla?*
Sie will uns natürlich nicht aufhalten, aber wir wollten doch sicher gern ihre neuen Gardinen sehen und ein paar Kekse essen? Und ob wir ihr vielleicht außerdem etwas in der Gebrauchsanweisung ihres Dampfbügeleisens erklären könnten …
In dem Fellini-Film *Die Stimme des Mondes* gibt es eine Szene, in der ein in Ungnade gefallener Präfekt in seine trübselige Wohnung in einem alten *palazzotto,* irgendwo in einer Kleinstadt in der Poebene, zurückkehrt. Jedesmal, wenn er die Treppe hochsteigt und sich seiner Tür nähert, ganz egal, ob um zwei Uhr nachmittags oder um zwei Uhr nachts, immer

öffnet sich die Tür gegenüber, und vier greise Nachbarn, die aussehen wie gräßlich heruntergekommene Sirenen, versuchen, ihn in ihre Wohnung zu locken, um ihm dort irgendeine altmodische Delikatesse anzubieten: ein Schlückchen von einem süßen, in Vergessenheit geratenen Likör, ein krümeliges Häppchen einer Spezialität. In ihren vom Alter zerstörten Gesichtern spiegeln sich Schmeichelei und Verführung. Es ist fast obszön. Die schäbigen Möbel, die man im Hintergrund sieht, sind düster und erinnern an Särge; dieser Eindruck wird noch verstärkt durch die Fülle von Kerzenleuchtern und die Fotografien toter Verwandter, die auf Spitzendeckchen plaziert sind. »Wäre ein Gläschen Sherry nach Eurem Geschmack, Euer Gnaden? Würde ein Stückchen *pan di spagna* als unsere bescheidene Gabe Euer Wohlgefallen finden, Herr Rat?« Ihre blaugeäderten Hände streckten sich ihm flehentlich entgegen. Die Falle ist sofort als solche zu erkennen: Es ist, als ob eine untergegangene Kultur sich weigerte, in ihrem Grab liegenzubleiben, und sich statt dessen wie ein Dämon erhebt, um vom Fleisch der Lebenden zu zehren. Entsetzt und aufgebracht schafft es der Mann, in sein Zimmer zu flüchten, er schlägt die Tür hinter sich zu und verriegelt sie. Doch die vier ledrigen Gesichter kleben bereits am Schlüsselloch: »Würden Euer Ehren so freundlich sein, mit ein paar einfachen, ergebenen Leuten ein Glas Weinbrand zu trinken …?« Sie verfolgen ihn bis in seine Träume. Er sieht ihre Gesichter nachts draußen vor seinem Fenster vorbeischweben, der Mond bescheint sie von hinten, und sie versuchen ihn zurück in ein archaisches, ländliches Italien zu locken, mit feinpolierten Holzmöbeln, dicken, rußenden Kerzen, in ein Italien der Schmeicheleien, Gefälligkeiten und Dolchstöße.
So wirken Lucillas beharrliche Einladungen auf mich. Fast mit Bedauern denke ich an ihren Tobsuchtsanfall auf dem Balkon und an das Konfiszieren der Mülltonne zurück. Damals wußte ich wenigstens, woran ich war.
Kaum hat sie uns hinter ihre auf Hochglanz polierte Tür

gelockt – *troppo gentile,* zu liebenswürdig, *Signor Tino* (sie nimmt den Namen Tim einfach nicht in ihre Namensliste auf) –, beugt sie sich über den Treppenschacht und ruft zu Vittorina hinunter. Zwar sind ihre und Vittorinas Wohnung durch ein Haustelefon verbunden, doch sie ruft lieber durchs Treppenhaus, und wenn auch nur, um sämtliche Bewohner an ihre Anwesenheit zu erinnern. »Rina! Rina! Komm und trink etwas mit *i signori inglesi!«* Ruft sie Verstärkung? Oder will sie einfach die Zahl ihrer Zuhörer vergrößern?

Wir treten ein, und prompt rutscht uns einer der Läufer aus Fellimitat auf dem wie immer lebensgefährlich gewachsten Boden unter den Füßen weg. Lucilla trauert zweifellos ihrer Zeit in der Reinigungsfirma nach. Im Jahr bevor wir hier eingezogen sind, ist sie auf dem Läufer in der Diele ausgerutscht und hat sich den Hüftknochen gebrochen. Doch das schreckte sie nicht ab. Ich kann auf dem weißen, haarigen Synthetikding zwischen dem niedrigen Glastischchen und dem Kunstledersofa gerade noch das Gleichgewicht halten. Inzwischen ist Vittorina erschienen, im Nachtgewand; ihr Haar ist dünner denn je. Sie runzelt die Stirn und erweckt damit den Eindruck, verständiger zu sein als die Person, von der sie normalerweise herumkommandiert wird. Und tatsächlich versucht sie nicht einmal, sich den Schnurrbart zu entfernen wie Lucilla. Solch Eitelkeit ist unter ihrer Würde.

Wir werden in der Wohnung herumgeführt. Die Wände sind einfach weiß gestrichen wie in fast jedem italienischen Haus. Die Möbel würde ein Veroneser schmunzelnd als *stile Bovolone* bezeichnen. Bovolone ist ein Industriegebiet, das etwa zwanzig Kilometer entfernt in der dunstigen *bassa* liegt und wo in Hunderten von Fabriken wertlose Repliken antiker Möbelstücke gefertigt werden. Eine Louis-XIV-Anrichte, brandneu und glänzend, sticht in der Diele ins Auge. Dann gibt es noch eine Renaissancetruhe aus poliertem Pinienholz – und Lucillas Wohnung ist auch das erste Heim, wo ich, abgesehen von Besuchen in Waltham Abbey und Hatfield

House (wo es Eintritt kostet), ein Bett zu sehen bekomme, über dessen Kopfteil ein Baldachinvorhang angebracht ist, ein Stück Nylon in elektrisierendem Pink. Der Raum ist ungefähr drei mal vier Meter groß.

*Il professore* war ein großartiger Mann, sagt sie plötzlich und drückt uns kleine rote Gläschen mit *gingerino* in die Hand. Ein großartiger Mann. Und so gebildet. Sie spricht in breitem Dialekt. Ich muß die Ohren spitzen, um die einzelnen Worte voneinander zu unterscheiden, und den Geist anstrengen, um sie zu verstehen. Es ist so ähnlich, wie in dichtem Nebel durch eine unbekannte Landschaft zu fahren. War das ein Haus oder ein Baum, ein Rücklicht oder die Neonreklame eines Geschäfts? Und es geht so schnell. Mein Kopf beginnt zu schmerzen. Irgendwie schaffe ich es nach etwa einer Stunde ununterbrochenen Wortschwalls, die entscheidenden Punkte herauszufiltern, aber auch nur, weil Lucilla sich immer und immer wieder im Kreis bewegt – wie Puh der Bär, der im Schnee seinen eigenen Spuren folgt. Es handelt sich also darum: *Il professore,* das heißt Patuzzi, hatte ein Testament verfaßt und es in seinem Bankschließfach hinterlegt (jeder zweite Einwohner von Montecchio scheint ein Bankschließfach zu besitzen). Er starb dann ziemlich unerwartet an einem Herzinfarkt, seinen letzten Atemzug tat er auf der Krankenbahre direkt vor ihrer Tür, *poveretto* (ein obligatorisches Attribut für den lieben Dahingegangenen). Was hatte ihr das für einen Schrecken versetzt! *Comunque,* das Testament hatte eindeutig verfügt, daß seine Frau diese Immobilie lediglich bis zu ihrem Tod nutzen durfte, danach würde sie in Lucillas Besitz übergehen. So ein feiner Mann, *il professore.* Es war natürlich auch so vereinbart gewesen. Denn schließlich war es ja ihr Geld gewesen, mit ihrem Geld hatte man die *palazzina* gebaut. Sie hatte sich ihr Leben lang die Finger wundgearbeitet. So gebildet. Wir hätten ihn sicherlich sehr bewundert. Doch kaum hatte er das Zeitliche gesegnet, waren Signora Marta und Maria Rosa auch schon in der Bank, öffne-

ten das Schließfach und verbrannten umgehend das Testament. Wofür sie in der Hölle schmoren würden. Während wir nie jemanden kennenlernen würden, der mehr *gentile,* mehr *generoso* war als *il professore.*
Lucillas Busen fing an zu beben, man wußte nicht, ob aus Liebe, Zorn oder einer gefährlichen blutroten Mischung von beidem. Dann war Maria Rosa krank und gebrechlich geworden. Lucilla hatte sich um sie gekümmert, wie es ihr die Pflicht als »Christenmenschen« gebot, hatte ihr Essen gebracht und an der Tür überreicht, da es ihr nicht erlaubt war, die Schwelle zu übertreten. Denn diese Frau tat entsetzlich vornehm, wohingegen *il professore,* der guten Grund gehabt hätte, überheblich zu sein, die *dolcezza* in Person war. Als sich ihr Zustand verschlechterte, hatte Maria Rosa schließlich sogar mehr oder weniger in Lucillas Wohnung gelebt; sie hatte dort monatelang geschlafen, war gefüttert, auf die Toilette gesetzt worden und so weiter. Bis es Lucilla zuviel geworden war und die Frau in ein Heim eingewiesen werden mußte. Doch gegen Ende dieser Phase hatte Maria Rosa in einem Anfall von Reue Lucilla die Sache mit dem Testament erzählt, und wie es verbrannt worden war. Und sie hatte eingewilligt, selbst ebenfalls ein Testament aufzusetzen.
Lucilla macht sich unter der Klappe eines zu groß bemessenen, neuen Recengy-Schreibtischs zu schaffen, zieht ein mattgraues Stück Papier heraus und fuchtelt uns damit vor der Nase herum. »*Ecco, legga, legga, Signor Tino*«. Ihre kurzen dicken Finger sind eindrucksvoll beringt. Ich nehme das *documento* respektvoll entgegen. Eine unsichere Handschrift gibt bekannt, daß es sich um den letzten Willen und das Testament von Maria Rosa Griminelli handelt: Das Anwesen Via Colombare Nummer 10 gehört Lucilla Zambon, der es schon immer gehört hat, weil es mit ihrem Geld gebaut worden ist. Dann eine einzige, nicht entzifferbare Unterschrift, kein Notar, und nur die Begünstigte als Zeugin.
Doch Lucillas Hoffnungen gründen sich auf dieses Stück Pa-

pier. Vor Wut und Trotz wird sie immer lauter. Und zeigt ihre knochigen Zähne. »Die Wohnung gehört mir, mir, mir.« Aber wir sind nette Leute, und wenn sie schließlich wieder über ihren Besitz verfügen könne, nach Maria Rosas Tod, wird sie uns erlauben zu bleiben, obwohl sie uns dann wahrscheinlich fragen müßte, ob wir die Wohnung nicht kaufen anstatt mieten wollen. Doch das könnten wir noch zu einem späteren Zeitpunkt klären.
Hätten wir vielleicht gern einen *cioccolatino,* einen San Pellegrino Bitter? Würden wir vielleicht einmal einen Abend bei ihr fernsehen wollen? Sie wäre uns dankbar, wenn wir ihr Gerät einstellen könnten. Denn in einer Sendung von Tele Montecarlo gibt es einen Mann, der ihrem geliebten Gatten aufs Haar gleicht, hier auf dem Bild ist er zu sehen. *Così bello!* Warum müßten die Männer immer zuerst sterben? Doch sie kann Tele Montecarlo einfach nicht klar empfangen. Signor Giampaolo hat diese neue Motorantenne auf dem Dach installiert, die ihrer die ganze Qualität wegnimmt. Kenne ich mich mit Antennen aus? Und könnte Rita vielleicht in ihrem Auftrag ihren Anwalt anrufen und sich etwas erklären lassen, was sie einfach nicht versteht? Und ihm sagen, daß er sich mit dem Fall beeilen soll?
Lucilla redet und redet. Ihre verbale Rüstung zeigt einfach keine ungedeckte Blöße, es gibt kein Zögern, in das man den Dolch – die Bitte, gehen zu dürfen – stoßen könnte. Vittorina schaut finster und schweigsam zu; wenn sich ihre Blicke mit meinen kreuzen, blitzt jedesmal ein Lächeln auf, mit dem sie zeigt, daß sie unser Leiden versteht, aber das ist eben Lucilla, so ist sie nun einmal, *porti pazienza.*
Verzweifelt beginnen wir, den langwierigen Rückzug anzutreten. Zuerst erheben wir uns einfach, dann schieben wir uns aus dem Wohnzimmer hinaus, durchqueren das Eßzimmer mit seinen düsteren, dahinsiechenden Pflanzen, dem traurigen Kanarienvogel, und streben dem Ausgang zu. Auf einer niedrigen Mauer ist eine Phalanx dieser winzigen verdrehten

Figürchen aus Muranoglas aufgereiht, die mich an meine Kindheit in Blackpool erinnern und an die Besuche bei meiner Großtante Esther, die solchen Kitsch mehrreihig auf einer Anrichte stehen hatte.
Meinten wir, daß sie einen *condone edilizio,* eine Bauabnahme, beantragen sollte? Denn wir würden ja sehen, daß sie diese Wand entfernt hatte, deshalb unterscheide sich ihre Wohnung von unserer, sei uns das nicht aufgefallen, zwischen der Diele und der Küche ... So viel mehr Platz. Doch ohne Baugenehmigung ... und jetzt eine Abnahme ...
Glaubten wir, daß sie den richtigen Anwalt habe? Vielleicht sei er nicht hartnäckig genug? Zweifellos stünde die Miete, die wir zahlten, ihr zu. Wieviel zahlten wir? *Il professore* habe die Wohnung seiner Frau nur zu dem Zweck überlassen, darin zu wohnen, solange sie das wollte, aber jegliche Miete sollte an Lucilla gehen. Und selbstverständlich übe Signora Marta in diesem Heim, in dem Maria Rosa war, Druck auf sie aus, ein anderes Testament zu schreiben, in dem alles ihr vererbt würde. Doch das wäre nicht rechtmäßig, weil Rosa inzwischen nicht mehr den dazu notwendigen freien Willen besitze. Sie sei ja senil. Doch die Ärzte seien natürlich alle *in complicità,* was sonst, nachdem so viel für ihren Aufenthalt dort bezahlt werde. Alles das Vermögen von *il professore.* Der Pfarrer habe gesagt ...
Wir schaffen es schließlich bis in den Flur. Und wir wiederholen bereits die *arrivedercis* und *buona nottes,* als mir schließlich der eigentliche Zweck unseres Besuches einfällt, das Thema, welches ich ursprünglich hatte anschneiden wollen. Der nächtliche Lärm. Wir hofften, so sage ich, daß wir sie nicht, ähm, störten, wenn wir unsere Stereoanlage aufdrehten, spät in der Nacht noch tippten oder Freunde zu Besuch hatten. Denn Geräusche würden in diesem Haus so laut übertragen. Man könne alles hören. Und wir wollten nicht ... »Aber nein, Signor Tino, nein, nein, nein, *troppo gentile, troppo gentile!* Wir hören gern Geräusche, Schritte, Lachen und Türenschlagen.

Je mehr, desto besser. Wir sind zwei alte Damen. So haben wir Gesellschaft. Wir fühlen uns dadurch nicht so allein. *Ma troppo gentile, ma che signore!*«

Irgendwie bringt es Signor Tino einfach nicht über sich zu sagen, was er sagen wollte. Wie er sich auch nie dazu entschließen kann, diesen Hund zu vergiften.

# 14
# Condono

Der *condono edilizio* wurde erstmals Anfang der achtziger Jahre im Parlament diskutiert. Der Grundgedanke war anzuerkennen, daß in Italien zahllose Gebäude stehen, die ohne Baugenehmigung errichtet worden sind: Villen und Landhäuser im Norden, ganze Häuserblocks im Süden. Da diese Gebäude offiziell nicht existieren, wird für sie nicht einmal die bescheidene Grundsteuer entrichtet (obgleich sie natürlich mit Elektrizität, Wasser, Post und so weiter versorgt werden und Aufenthaltsbestätigungen glaubwürdig dokumentieren, daß die darin lebenden Leute dort leben und daher alle Rechte genießen, die an einen offiziellen Wohnsitz gekoppelt sind). Außerdem gibt es – auch dafür war das neue Gesetz gedacht – eine noch größere Anzahl von Gebäuden, die ohne Erlaubnis in mancherlei Form verändert worden sind: ausgebaut, renoviert, teilweise abgerissen, wiederaufgebaut. Im Rahmen des *condono* wollte es die Regierung den Leuten ermöglichen, diese Gebäude beziehungsweise sämtliche vorgenommenen Veränderungen registrieren zu lassen und so, wie es heißt, *in regola* zu kommen; man sollte nur einen Bruchteil der Strafe bezahlen müssen, die sonst – im Falle einer gerichtlichen Verfolgung – fällig geworden wäre. Für die Regierung hätte dies *ad hoc* eine beträchtliche Einkommensquelle und die Aussicht auf größere regelmäßige Einnahmen in der Zukunft bedeutet.

Kaum wurde der großartige Vorschlag das erste Mal erörtert, begann auf der ganzen Halbinsel eine rege Bautätigkeit einzusetzen. Natürlich sollte das Gesetz nur für Gebäude gelten, die bereits Monate vor seiner Verabschiedung fertiggestellt worden waren. Aber wenn ein Gebäude nicht registriert ist,

ist es nicht immer leicht festzustellen, wann genau es gebaut worden ist. Und vielleicht war es der Regierung sowieso ziemlich egal, denn angesichts der damaligen (und eigentlich immerwährenden) prekären Finanzlage war eine Geldspritze in größerer Höhe doch um so willkommener.
Das Gesetz wurde per Dekret erlassen – ein ziemlich normales Prozedere –, allerdings muß jede Verordnung binnen sechzig Tagen vom Parlament abgesegnet werden. Der *condono* wurde nicht ratifiziert. Was angesichts der allgemeinen Begeisterung merkwürdig schien. Einige boshafte Zeitungen ließen durchblicken, daß viele der Parlamentsmitglieder, die dagegen gestimmt hatten, gerade dabei seien, ihre eigenen illegalen Villen zu bauen und damit fertig sein wollten, bevor das Gesetz endgültig verabschiedet wurde – was bestimmt eines Tages der Fall sein würde. Da aber die Mitglieder des italienischen Parlaments geheim abstimmten, konnte man unmöglich sagen, auf wen dieser Vorwurf gemünzt war.
In der Via Colombare riß jemand eine schöne alte Scheune nieder und begann fieberhaft an einem luxuriösen Wiederaufbau zu arbeiten, der im Prinzip auf ein zweites Haus hinauslief. Erneut wurde die Verabschiedung des Gesetzes vertagt. Ziemlich genau vis-à-vis des luxuriösen Neubaus begann die Frau, die regelmäßig mit ihrem Reisigbesen die Straße kehrte, die Grundmauern für eine Doppelgarage zu legen; deren Flachdach sollte zu einer Terrasse ausgebaut werden, die man durch die Balkontüren im ersten Stock ihres Hauses erreichen konnte. Sie schwang ihren Besen und scheuchte die alten Arbeiter in ihren Overalls herum, die sich Weinflaschen und Tupperschüsseln mit kalter Pasta für die Pause mitbrachten.
Schließlich wurde das Gesetz verabschiedet. Aber dann wurde der endgültige Termin für die Beantragung des *condono* zwei- oder dreimal hinausgeschoben. Um noch eine allerletzte Frist zu gewähren. In ganz Italien ratterten die Betonmischer; die Arbeit ging zügig voran. Und ich erinnere mich,

daß ich eines Tages durch die Straßen, die noch staubiger waren als sonst, nach Haus ging und im Briefkasten von Nummer 10 eine dieser Hochglanzbroschüren fand, die irgendwie immer ihren Weg zu den im Exil Lebenden finden: Sie heißen *Investment International* oder so ähnlich. Und sie informieren einen darüber, wie man die Kinder in ein englisches Internat schickt, wie man sein Geld in Steuerparadiesen anlegt, wie man sich auf den geistigen Schock der Heimkehr vorbereitet, wie man während seiner Abwesenheit seine Wohnung in Mayfair vermietet und so weiter. In dieser speziellen Ausgabe belegte eine Übersicht über den europäischen Börsenmarkt, daß man an der Borsa di Milano keine bessere Investition tätigen konnte als Italcementi-Aktien zu kaufen, die Wertpapiere der staatlich kontrollierten Zementgesellschaft. Der Zement habe in Italien, so der Artikel, dank der Leistungskraft, der Kreativität und des Unternehmergeistes der Fabrikanten und Bauunternehmer auf wunderbare Weise alle anderen Wertpapiere ausgestochen. Soviel zur Sichtweise des Auslands.

In der Via Colombare wurde ein neuer Zaun errichtet, der den wirklich recht ansehnlichen, beige verputzten, mit kupfernen Regenrinnen versehenen Vier-Zimmer-Anbau schützte, der jetzt an der Stelle der alten Scheune stand (schön war sie gewesen, voller Schwalbennester, aber nicht mehr zweckmäßig). Der Zaun bestand aus hohen, spitzen, braun gestrichenen Eisenstäben, die in einer marmorverblendeten Zementmauer verankert waren, und lief in einem geschützten, mit Terrakotta gekachelten Torweg aus, der von einer Videokamera überwacht wurde. Der winzig kleine Garten zwischen Zaun und Anbau war im Friedhofsstil gehalten: Zwergzypressen und Gipsstatuen, nach biblischen Vorbildern gestaltet. Gegenüber kehrte die Frau mit dem Reisigbesen jetzt allmorgendlich nicht nur die verbliebene Hälfte des Hofs und ein gutes Stück der draußen vorbeiführenden Straße, sondern auch ihre Terrasse.

Aber im Grunde war dies eine ziemlich unschuldige Form der Anarchie. Wir nahmen uns in dieser Zeit eine Woche frei, um Freunde in einem Vorort von Rom zu besuchen. Ihr Haus, legal errichtet in einer Neubausiedlung, war unter der jüngsten Bauaktivität so gut wie begraben worden. Die dabei entstandenen Bauten waren von äußerst primitiver Machart: aufeinandergeschichtete Schlackensteine mit Fertigdach, gerade genug, um den *condono* zu beantragen und so die Behörden zu zwingen, die Existenz eines Gebäudes anzuerkennen, das in der Zukunft ja weiter ausgebaut werden konnte. Viele Häuser besaßen nicht einmal Strom- und Wasseranschluß. Nebenan hatte der Besitzer das Erdgeschoß seines Hauses in eine Werkstatt für Autospenglerei umgewandelt, wodurch der schmale Straßenabschnitt davor mit verbeulten Wagen blockiert wurde. Unsere Freunde hatten sich wegen des Lärms, des Lackgestanks und der anderen Unannehmlichkeiten an den zuständigen *vigile* gewandt und ihn darauf hingewiesen, daß dies eine Wohngegend sei. Der *vigile* hatte mit dem Missetäter gesprochen und offensichtlich ein Schmiergeld kassiert.

Italienische Geschichten. Man hört sie mehr oder weniger täglich.

Zurück zu Nummer 10. Hier gab es gleich mehrere Gründe, den *condono* zu beantragen. Der *palazzo* stand etwa einen Meter zu nah an Negrettis Haus. Weiterhin hatten zum Beispiel die *solai* gekachelte Fußböden – um in der Steuerklasse zu verbleiben, in die das Haus eingestuft war, hätten die Fußböden jedoch kahl und das Dachgeschoß »unbewohnbar« sein müssen. Das gleiche galt für die Garage und die *taverna*. Der Trick ist, ein Haus inspizieren und in eine Steuergruppe einteilen zu lassen und es hinterher nach eigenem Gutdünken zu verändern: In der Innenstadt verbergen sich hinter Fensterläden, von denen der Lack abblättert, luxuriöse Fensterbeschläge; zerfressener, bröckelnder Putz bildet die Fassade für blankpoliertes Parkett, Granit und goldene Badezim-

merarmaturen. So machen es alle. Die bescheidene Fassade, das luxuriöse Interieur. Hohe, mit Glasscherben gespickte Mauern. Verschwiegenheit.
Schließlich beschloß die Hausversammlung (das heißt Lucilla), daß Nummer 10 den *condono* nicht beantragen würde. Denn letztlich war er ja nicht kostenlos, oder? Die Strafe, so gering sie auch ausfallen mochte, würde dennoch bezahlt werden müssen. Wozu also das Ganze? Lucilla war verärgert. Niemand hatte schließlich etwas Schlimmes getan, oder? Niemand hatte irgend jemandem Schaden zugefügt. Außerdem war die Wahrscheinlichkeit, daß die Behörden einem auf die Schliche kamen, sowieso verschwindend gering; sonst hätten sie ja auch niemals den *condono* eingeführt. Und es war so gefährlich, die Aufmerksamkeit auf sich zu ziehen. Wenn sie erst einmal deinen Namen schwarz auf weiß haben, können sie weiß Gott was herausfinden.
Lucilla hatte recht. Einige Jahre später wurde per Dekret ein Einkommensteuer-*condono* erlassen. Man konnte »sein Steuerleben in Ordnung bringen«, indem man eine geringe Strafe zahlte. Auf diese Weise hätte sich die Regierung einen Überblick darüber verschafft, welche Steuerbeträge in Zukunft von den entsprechenden Leuten zu erwarten wären. Aber fast niemand beantragte den Straferlaß, denn allein die Tatsache, daß die Regierung ihn eingeführt hatte, zeigte ihre Unfähigkeit oder den Unwillen, jemanden zu überführen. Das Parlament brachte den Erlaß sechzig Tage später zu Fall. Das bedeutete, daß er zwar in den vorhergehenden zwei Monaten offiziell in Kraft gewesen war, jetzt aber als zu keinem Zeitpunkt rechtswirksam galt. Woraufhin ein paar übereifrige Richter den Versuch machten, die wenigen Schuldigen strafrechtlich zu verfolgen, die in der Hoffnung darauf, *in regola* zu kommen, ein bißchen überstürzt ihre Steuervergehen gestanden hatten. Eine bessere Lektion hätte man uns übrigen nicht erteilen können.

# 15
# Discreto, valido, relativo

So wie Lucillas häufigste Redewendung das schmeichlerische und unterwürfige *troppo gentile, troppo gentile* ist, wahrscheinlich eine Angewohnheit aus den Tagen ihrer unterprivilegierten Kindheit, in der sie Böden schrubbte und bettelte, ranken sich Giampaolos charakteristischste Äußerungen immer um drei Worte: *discreto, valido, relativo.*

Stellen Sie sich vor, in dem geschmackvoll und überaus umsichtig möblierten Wohnzimmer der Visentinis zu sitzen. Sie trinken einen exzellenten, von Giampaolo selbst abgefüllten *prosecco,* den er drei oder vier Tage vor dem vereinbarten abendlichen Treffen in den Kühlschrank gestellt hat (natürlich nicht in die Tür, sondern ganz hinten hinein, da er in der Kühlschranktür durchgeschüttelt worden wäre). Vor Ihrem Eintreffen und Ihrer Billigung der angebotenen Köstlichkeit hat er die Flasche aus der Küche durchs Eßzimmer ins Wohnzimmer getragen, konzentriert wie ein Spezialist für Bombenentschärfung, der mit hochexplosivem Semtex hantiert, hat den Korken so behutsam entfernt, daß er nur leise plupp machte und nicht knallte, und dann die Flasche langsam und vorsichtig über eine hübsche Keramikkaraffe mit dem aufgedruckten Namen eines sardischen Hafenstädtchens geneigt – und das alles, weil es so ungemein wichtig ist, keinesfalls das Sediment aufzuwühlen, das sowohl Merkmal wie auch Fluch eines selbstabgefüllten Weines ist. Aufmerksam und mit gefurchten Brauen verfolgt Giampaolo den Vorgang des Dekantierens, seine blassen, langen Finger zittern kein bißchen, und seine ganze Haltung verrät die leicht entrückte, andächtige Konzentration eines Fanatikers. Der Flascheninhalt schäumt heraus, die Karaffe füllt sich, während das Sedi-

ment, das dem Wein einen unangenehm sauren Geschmack geben würde, sicher in der Flasche zurückbleibt, und – *ecco fatto,* es ist vollbracht! Bourgeois zu sein, das sollte einmal gesagt werden, ist in Italien nicht gerade leicht.
Falls dies Ihr erster Abend bei den Visentinis ist und Sie auch noch nie zuvor selbstabgefüllten *prosecco* getrunken haben, erscheint der ganze komplizierte Hokuspokus wohl etwas lächerlich. Man kann kaum ein Grinsen unterdrücken. Die Karikatur ist gar nicht überzeichnet, geht Ihnen durch den Kopf. Diese romanischen Völker sind besessen vom Essen und vom Wein. Doch Ihre Meinung wird sich ändern, sobald Sie den ersten Schluck des *prosecco* gekostet haben.
Und hier kommt er schließlich. Liebenswürdig wie immer, aber jetzt wesentlich entspannter, gießt Giampaolo aus der Karaffe in hohe, schmale Gläser ein. »*Salute.*« Sie nehmen den Kristallstiel und erheben das Glas. Der kalte, durchdringende Geschmack beißt in die Lippen und heischt nach Aufmerksamkeit. Er ist wahnsinnig trocken und durchschneidet messerscharf die Süße der Leckereien, die Ihnen angeboten worden sind. Und wenn die Flüssigkeit Ihren Mund füllt, stellen Sie fest, daß Sie sie dort behalten wollen. Die Bläschen schäumen am Gaumen. Sie trinken etwas Besonderes.
Sie sitzen also da, auf geometrisch angeordneten Stühlen um einen Teppich mit Quadraten und Rechtecken in gedeckten Farben, der die polierten Kacheln ziert, und prosten mit Ihrem hohen Glas den Gastgebern zu. Auch die Tochter der Visentinis ist mit dabei: Lara, benannt nach der Heldin in *Doktor Schiwago.* Eine stämmige Zwölfjährige, die fröhlich kichert, wenn Rita einen Scherz macht. Ich lobe den Wein und frage, ob es der gleiche ist, den wir im Frühjahr zusammen abfüllen werden. Das könnte der Auftakt zu einem angenehmen Abend sein.
Aber Giampaolo ist so steif. Und vielleicht auch nicht gewillt, den Wein mit einem Laien zu diskutieren, denn er beginnt ein ernsthaftes Gespräch. Er erzählt von einem neuen Gesetz.

Denn er spricht gern über politische Themen. Dieses betrifft beispielsweise Trunkenheit am Steuer. Ja, das neue Gesetz zur Trunkenheit am Steuer ist *discretamente* entworfen (ziemlich gut, intelligent und wohlüberlegt) und größtenteils tatsächlich *valido* (tadellos und zweckmäßig), doch all das ist *relativo* (von nachgeordneter Bedeutung), da die Instrumente zur Durchsetzung fehlen oder niemand sie zur Anwendung bringen will. Er lächelt, als habe er einen Zaubertrick vorgeführt, nimmt einen perlenden Schluck *prosecco* und noch ein Stück *pastafrolla.*

Im Lauf des Abend werden Sie feststellen, daß dieses Paradigma auf nahezu alle Bereiche des Lebens anwendbar ist, über die Giampaolo philosophiert. Das italienische System der *autostrade,* erzählt er jetzt, sei zweifellos *discreto,* die Straßen und Markierungen immer *valido,* doch all dies sei mehr oder weniger *relativo,* da man angesichts der unverschämt hohen Preise für Benzin und Maut wirklich reich sein müße, ehe man daran denken könnte, sie mit einiger Regelmäßigkeit zu benutzen.

Wieder ein Schluck von diesem außergewöhnlichen Wein. Ebenso sei die Produktivität italienischer Firmen wie etwa seiner eigenen gewiß *discreto,* die Managerschicht fraglos *valido,* doch würden diese Pluspunkte wiederum dadurch *relativo,* daß der öffentliche Dienst buchstäblich Blut aus der gesamten Wirtschaft saugt.

Wenn man ihn ermuntert, geht es so den ganzen Abend lang: die Verfassung, das Wahlsystem, die Fernsehanstalten; *discreto, valido, relativo.* Es ist eine merkwürdige, und ich glaube, typisch italienische Sackgasse, die dazu führt, daß gleichberechtigt neben einem unausrottbaren Nationalstolz (warum auch nicht?) ein gewisser (ebenso gerechtfertigter) Zynismus herrscht, und das Ende des Lieds heißt eben Resignation. Das Rechtssystem wurde *»discretamente bene«* konzipiert, und in dieser Hinsicht ist die Verfassung auch zweifellos *valido,* da sie die völlige Unabhängigkeit der Rechtsprechung festschreibt. Doch ist auch das beste institutionelle Rüstzeug zwangsläufig *relativo,* wenn man die in bestimmten Gebieten herrschende Korruption in Betracht zieht, die es den *mafiosi* stets erlaubt, straffrei auszugehen.

Diese Denkweise ist so verbreitet wie die Sitte, Backwerk (oder *pastafrolla)* mit Förmchen auszustechen oder Wein in hohe Gläser zu füllen. Es steht nicht zur Debatte, einfach nur Wut oder Empörung über all die Dinge zu zeigen, die dieses Land zu einem weniger lebenswerten Ort machen, als er ohne weiteres sein könnte. Schonungslose Analyse und zupackende Ruppigkeit, typische Reaktionen, sagen wir, eines Engländers, gründen sich auf das unterschwellige Bewußtsein, daß etwas getan werden sollte und getan werden kann, und zwar schnell: die Kopfsteuer ändern, die Inflation dämpfen, Thatcher stürzen und so weiter und so fort. Engländer glauben im allgemeinen, daß solche Dinge möglich oder zumindest vorstellbar sind. Der Italiener hingegen weiß, daß in seinem Land nichts geändert werden kann und wird, und sollte dennoch jemals irgend etwas geschehen, dann garantiert nicht schnell. Das weiß er aus Erfahrung. Schließlich haben die meisten Menschen hier trotz der vielen wechselnden Koalitionen und des Karussells der Ministerpräsidenten ihr Leben lang noch keinen echten Machtwechsel erlebt. Deshalb liegt die Befriedigung eines Italieners, wenn er über Politik spricht, in dem Gefühl, daß er die Situation akkurat beschreiben sowie die ihr innewohnende Ironie schätzen kann, daß er dabei Pro und Kontra abzuwägen sowie die Finessen zu würdigen weiß – und sich zudem über die blanke Einfalt der Ausländer hinwegzusetzen versteht, die mit kindlicher Naivität davon reden, die Dinge zu ändern.

*Discreto, valido, relativo* – keins davon ist ein explizit lobendes oder abschätziges Wort. Es sind die nüchternen Begriffe eines scharfsinnigen Analytikers, eines Mannes, der das Geschehen aus der Entfernung beobachtet und dann weiter seinen Geschäften nachgeht, wie er es ohnehin getan hätte – unbekümmert, aber froh, die Chance gehabt zu haben, seine Beobach-

tungsgabe unter Beweis zu stellen. Wobei die abschließende Schlußfolgerung lautet: »*La legge non mi tange.*«
Zum Glück heitert Orietta mit ihrem Klatsch den Abend auf. Lucilla hat offensichtlich den Priester, Don Guido, gebeten, als Zeuge in dem Prozeß gegen Signora Marta auszusagen. Interessanterweise hat er eingewilligt. Und wußten wir schon, daß Lucilla einen Liebhaber hat? Simone, einen ehemaligen *carabiniere.* Ja, er kommt drei bis vier Abende pro Woche. Die Tochter kichert und beginnt die Sache mit dem Staubsauger zu erklären. Lucilla hat anscheinend noch ein Vorkriegsmodell, doch kürzlich hat sie sich Oriettas Gerät ausgeliehen (Vittorina hat keinen), weil ihr Staubsauger kaputt sei. Allerdings hat Lara, die Tochter, den *carabiniere*-Liebhaber mit dem Ding vor knapp einer Woche die Treppe hinunterrumpeln sehen.
Um ihn zu reparieren? Ihn zu benutzen? Kann er sich keinen eigenen leisten?
Jedenfalls wird die Sache allmählich zum Problem, sagt Orietta, denn durch die Bauarbeiten in der Straße gibt es momentan so viel Staub, daß sie das Gerät selbst zwei- bis dreimal am Tag braucht.
Alle nicken feierlich.
Orietta ist eine zierliche, püppchenhafte Gestalt und für die häusliche, seßhafte Lebensweise zweifellos wie geschaffen. Sie ist nicht berufstätig, doch jede Ecke des Zimmers gibt Zeugnis für ihren unermüdlichen Putzeifer. Erst gestern morgen konnte ich beobachten, wie sie eifrig Zentimeter für Zentimeter der langen Marmorbalustrade auf ihrem Balkon polierte. Ihr Gesicht spiegelte Konzentration und Befriedigung wider, sie zeigte die Hingabe des Meßgehilfen bei der Reinigung des Altars. Ähnlich wie ihr Mann, als er den *prosecco* dekantierte. Später erfahren wir, daß Giampaolo eigentlich eine Position mit besseren Karriereaussichten in einer sehr viel kleineren Firma annehmen wollte, Orietta es ihm aber untersagte. Es sei zu unsicher gewesen.
Sie hat auch Angst vor Erdbeben.

Und vor jeder nur möglichen Krankheit. Daher befinden wir uns, wie so oft mit unseren italienischen Bekannten, schon am allerersten Abend bei den Visentinis binnen kurzem im Gespräch über Oriettas Blutdruck. Der ein bißchen zu hoch ist. Sie sollte nicht mehr als zwei Tassen Kaffee pro Tag trinken. Außerdem leidet sie gelegentlich an Herzjagen. Als sie hört, daß ich nicht einmal weiß, wie hoch mein eigener Blutdruck liegt, ist sie entsetzt. So weit ich mich erinnere, ist er noch nie gemessen worden. Ihr Gesicht zeigt echte Besorgnis. Offensichtlich haben wir es hier mit einem echten kulturellen Unterschied zu tun.

Orietta erklärt, daß sie sich vor ein paar Tagen etwas schwach gefühlt und ihr Arzt daraufhin eine umfangreiche Reihe von Blut- und Urinuntersuchungen angeordnet habe, außerdem ein EKG und ein EEG. Also muß sie jetzt jeden Morgen früh aufstehen, ins Krankenhaus fahren, dort in einer Schlange warten, all die Vordrucke ausfüllen und Termine vereinbaren. Bei ihrer letzten Blutuntersuchung sei der Bilirubinspiegel so hoch gewesen, daß er nicht mehr ins vorgegebene Raster auf dem Untersuchungsformular paßte, wohingegen der Cholesterin-A-Wert, Gott sei Dank, niedrig gewesen sei.

Ich bemerke, daß ich meines Wissens noch nie eine Blutuntersuchung habe machen lassen. Ich könnte nicht einmal meine Blutgruppe benennen.

Lara hatte vor ein paar Wochen einen Ausschlag im Gesicht und auf der Brust. Und obwohl er beinahe sofort wieder im Abklingen begriffen war, wurde auch sie zu umfangreichen Blut- und Urinuntersuchungen geschickt, unter anderem wurde sie auf Erkrankungen wie Syphilis untersucht. Es stellte sich heraus, daß ihre *trigliceridi*-Werte ziemlich hoch waren. Ich kann mich nicht entscheiden, ob ich das nun überraschend vertraulich oder ziemlich erschreckend finden soll, oder beides. Mir fällt unsere Vermieterin ein, Signora Marta, die an diesem allerersten Tag, als sie mit den Schlüsseln an der Pforte hantierte, über ihre Unterleibsprobleme sprach.

Ernst wie ein Houyhnhnm packt Giampaolo die Gelegenheit beim Schopf, darüber zu reflektieren, daß die allgemeinen Krankenhäuser in Verona, verglichen mit Krankenhäusern in anderen Regionen Italiens, im großen und ganzen gesehen *discretamente bene* funktionierten, und der Grundgedanke des Gesundheitssystems, wie ursprünglich konzipiert, sei selbstverständlich ausgesprochen *valido.* Doch man müsse einräumen, daß der augenscheinliche Erfolg des hiesigen Systems *del tutto relativo* sei, denn wenn alle Leute, die sich im Moment als Privatpatienten behandeln ließen, plötzlich als Kassenpatienten zu versorgen wären, würde das ganze System binnen Tagen zusammenbrechen.
Lucilla sei ein Beispiel hierfür, und Vittorina.
»Tatsächlich? Sie sind Privatpatienten? Aber sie sind doch gar nicht besonders reich, oder?«
Giampaolo erklärt, daß die beiden alten Frauen zu dem normalen Kassenarzt am Ort gehen, dem sie immer ein großzügiges Trinkgeld zustecken. Jedesmal, wenn irgendwelche Untersuchungen zu machen sind, rät er ihnen, in eine bestimmte Privatklinik zu gehen, deren Direktor er zufällig ist. Dort bezahlen sie dann horrende Summen. Und sagen *troppo gentile, Dottore, troppo gentile.*
So erfahren wir, daß sich in Italien bei weitem nicht nur die obere Mittelschicht und die Manager privat behandeln lassen. Hauptsächlich sind es eher Ungebildete, also Arbeiter und Bauern, die sich ein bißchen was zusammengespart oder in ein paar Staatsanleihen angelegt haben. Sie glauben nämlich nicht, daß die öffentliche Gesundheitsfürsorge funktionieren kann, und dann ist es natürlich ein Statussymbol zu sagen, mein Gynäkologe, mein Kardiologe, mein Kinderarzt behandelt nur privat. Dieser rechnet dabei meist unter der Hand ab.
Rita erzählt einen Witz, den sich ihre Mutter ausgedacht hat, als ihr Vater Adelmo anfing, im Krankenhaus eine Untersuchung nach der anderen machen zu lassen. Er geht so: Was macht ein Deutscher am Morgen? Er springt aus dem Bett,

schnappt sich eine Tasse Kaffee und stürzt los zur Arbeit. Was macht ein Amerikaner am Morgen? Er klettert aus dem Bett, nippt an einer Tasse Kaffee, liest zehn Minuten lang Zeitung und schlendert dann zur Arbeit. Was aber macht ein Italiener? Eine lange Pause. Die Visentinis in ihrem blitzblanken Wohnzimmer sind verwirrt.

Er uriniert in eine Flasche und macht sich auf den Weg zur Klinik!

Nur Lara findet das lustig. Die anderen lächeln gequält. Gesundheit ist doch so wichtig. Nicht umsonst sagt man *»Salute«*, wenn man das Glas erhebt.

Orietta deutet mit dem Finger auf ihr Gesicht. Ob sie sich ihren Leberfleck entfernen lassen solle, was meinten wir dazu? Diesen kleinen da in ihrem Wangengrübchen. Sie fürchtet, daß er sonst wächst. Nein, man sieht ihn kaum, weil sie ihn überpudert. Ihr Arzt habe ihr geraten, ihn in Ruhe zu lassen, doch sie habe eine zweite Meinung eingeholt, und dieser Arzt wiederum habe ihr eine Biopsie empfohlen. In einer Privatklinik, ergänzt Giampaolo.

Gelangweilt nimmt Lara die Fernbedienung zur Hand, und der Bildschirm flackert auf. Mit der üblichen Brutalität wird in den Nachrichten gerade wieder über einen Mafia-Mord berichtet. Gesetzlosigkeit einer eindrucksvolleren Größenordnung. Die Szene ist immer die gleiche: Das Auto wird an der Ampel gestoppt, mit Kugeln durchlöchert, die Leichen sacken auf den Vordersitzen zusammen, vielleicht wird auch ein Arm aus dem zerschmetterten Fenster geschleudert, Blut tropft auf den Asphalt, die Scheinwerfer der Fernsehkameras leuchten auf. Sie haben General Dalla Chiesa erschossen, den Polizeichef von Sizilien.

Giampaolo spielt mit der Bedienung seiner motorisierten Dachantenne, um einen klareren Empfang zu bekommen. Weinende Verwandte werden befragt, wie sie ich fühlen.

Wir trinken unseren *prosecco* aus und gehen nach oben. Als wir uns über die Balkonbrüstung lehnen, um ein bißchen frische Luft zu schnappen, haben wir das Glück, Zeugen des Aufbruchs von Simone, dem ehemaligen *carabiniere,* zu werden. Er ist kräftig gebaut, in den Sechzigern, hat einen breiten Schädel mit stoppeligen grauen Haaren und ein Paket unter den Arm geklemmt. Allerdings zu klein, um ein Staubsauger zu sein. Er kramt nach den Schlüsseln für seinen Fiat 128, den er nur Millimeter von unserem schmiedeeisernen Zaun entfernt geparkt hat. Lucilla erscheint auf ihrem Balkon, kaum drei Meter von unserem entfernt, aber sie bemerkt uns nicht. Im schaukelnden Licht der Straßenlaterne über uns können wir erkennen, daß sie enorm aufgedonnert ist, sie hat sich richtig in Schale geworfen und trägt noch höhere Absätze als sonst – wie eine Fellini-Figur. Über die Brüstung gebeugt, flüstert sie verführerisch: »Simone, Simone, *caro,* wann rufst du mich an? Simone, wann kommst du wieder zum Abendessen?« Man kann sich gut vorstellen, wie er von unten ihre langen Zähne sieht, während er sich in sein Auto schiebt und dabei laut aufstöhnt, weil er zuviel gegessen hat. »*Ciao, bella*«, ruft er hinauf. Sie sieht ihm gedankenvoll nach, den schweren Busen nach oben gepreßt. Eine traurige Vorstellung, daß diese Frau von ihrem Doktor ausgenommen wird. Doch wie Rita dazu bemerkt, hat sie wahrscheinlich in den guten alten Zeiten der Reinigungsfirma keinen Pfennig Steuern gezahlt, so daß sich letztlich alles wieder ausgleicht.

Die nächsten Wochen erprobe ich *discreto, valido* und *relativo* bei jedem erdenklichen Thema, das zur Sprache kommt.

16

# Una bustarella

General Dalla Chiesa war erschossen worden, der Mann, der den Terrorismus besiegt hatte und der von der Regierung zum Kampf gegen die Mafia eingesetzt worden war. Etwa zur gleichen Zeit zahlte ein enger Freund von mir erstmals Schmiergeld an einen Staatsbediensteten. Und diese beiden Tatsachen sind wohl nicht ganz unabhängig voneinander zu betrachten.

Es ist eine komplizierte Geschichte, vielleicht muß ich ein bißchen abschweifen, aber ich möchte sie trotzdem erzählen, weil sie zeigt, wie selbst der naive Ausländer, den es mehr oder weniger zufällig hierher verschlägt, oft sehr leicht mit der dunklen Seite Italiens konfrontiert werden kann.

Es geht um einen meiner engsten Freunde. Wie ich war er vor einiger Zeit nach Italien gekommen, wie ich lebte er in einem kleinen Dorf unweit einer größeren Stadt, wie ich hatte er sich eine Zeitlang mit Privatstunden und Wirtschaftsübersetzungen durchgeschlagen, bis er eines Tages das Glück hatte, eine der heißbegehrten Dozentenstellen für Anglistik an der Universität zu bekommen, eine Position, die ihm ein angemessenes, regelmäßiges Einkommen für eine Arbeit garantierte, die Spaß macht und nicht besonders hoch besteuert wird. Er war äußerst erfreut darüber. Jetzt konnte er sich ein bißchen entspannen. Er mußte nicht mehr atemlos von einer Unterrichtsstunde zur nächsten hetzen, nur um dann festzustellen, daß der Schüler abgesagt hatte. Er geriet nicht mehr in die Verlegenheit, gegenüber steinreichen Leuten darauf bestehen zu müssen, daß sie ihn gefälligst mit einer gewissen Regelmäßigkeit entlohnten. Und er mußte nicht mehr den Tipp-Ex-Geruch ertragen, wenn er in den frühen Morgenstunden über einer Übersetzung schwitzte, die das Recycling von Klärschlamm in Marmorsägewerken, der unübertroffenen Touristenattraktion der nahegelegenen Stadt, zum Thema hatte. Er hatte sein Schäfchen ins Trockene gebracht. Aber der Vertrag, den ihn die Universität unterzeichnen ließ, war seltsam. Obwohl er in jeder Hinsicht ein Angestellter war – mit Stundenplan und verschiedenen fest umrissenen Pflichten –, war er offiziell freiberuflich tätig; die Universität behielt von seinem Einkommen achtzehn Prozent Steuern ein (hätte er nicht die *residenza* gehabt, wären es zwanzig Prozent gewesen), entrichtete aber keine Sozialabgaben und verlangte von ihm, seinen Verdienst als Freiberufler zu versteuern.

Da mein Freund über eine Umsatzsteuernummer verfügte, die er für seine Übersetzungshonorare verwendete, erkundigte er sich bei der Buchhaltung der Universität nach seiner tatsächlichen Steuersituation. Kompliziert, sagte man ihm und setzte zu langatmigen Erklärungen an. Die er nicht ganz verstand. Die italienischen Steuergesetze durchblickt der Durchschnittsbürger so wenig, daß sie ebensogut in Hieroglyphen geschrieben sein könnten. Ganz zu schweigen ein Ausländer. Es scheint nicht so sehr auf das tatsächliche Einkommen anzukommen als vielmehr auf die Berufssparte, der man angehört (Kunsthandwerker, Rechtsanwalt, Arzt, Klempner, Bauer, Kaufmann ...), und die Form, in der man seine Arbeit leistet (Festanstellung, Nebenerwerb, Gelegenheitsarbeit, für einen Kunden oder für mehrere und so weiter). Für jede Kategorie gibt es eigene Regelungen, eigene Steuergruppen, eigene Abzüge, unterschiedliche Versicherungssätze und so weiter und so fort. So daß mein vernünftiger Freund am Ende dieser Erklärungen, die man auch mit dem häufig benutzten italienischen Substantiv *mistificazione* umschreiben könnte, die Gretchenfrage stellte: Konnte er seine Umsatzsteuernummer behalten, ein paar Übersetzungen machen und an der Universität arbeiten, ohne für sein Gehalt Umsatzsteuer zu entrichten?

Diese Frage wurde bejaht. Man ließ ihn ein Formular unterschreiben. Das übliche *documento*. Des weiteren sagte man ihm, falls er für seine Arbeit Mehrwertsteuer verlangen wolle, so würde man sie nicht bezahlen, aber von seinem Gehalt abziehen.
Ob sich einer der ungefähr dreißig *lettori* für diese Möglichkeit entschieden habe, wollte er wissen.
Nein, sagte man ihm. Weil es nicht notwendig sei.
Aber da mein Freund vorsichtig ist, hatte er auch einen Steuerberater. Und ging zu ihm. Um die Sachlage zu klären. Der Steuerberater war jedoch nicht in der Lage, ihm mehr zu geben als eine weitere mystische »Erklärung«, die vollkommen unverständlich war – vielleicht weil, wie der Steuerberater bereitwillig einräumte, das Gesetz in vielen Bereichen nicht nur unklar, sondern schlicht widersprüchlich war. Außerdem änderte es sich ausgesprochen häufig, und oft wurden Regierungsdekrete, die rechtsgültig waren, vom Parlament nicht ratifiziert und verloren damit nicht nur ihren Gesetzesstatus, sondern wurden so betrachtet, als seien sie niemals in Kraft getreten. Im Grunde könne mein Freund tun, was er wolle. Da alle anderen Beschäftigten an der Universität genau nach diesem Motto handelten, nahm sich mein Freund den klugen Rat des Steuerexperten zu Herzen. Er arbeitete, er wurde bezahlt, und war, zumindest in dieser Hinsicht, glücklich.
Vier Jahre später fand er eine kleine weiße Karte in seinem Briefkasten. Von der Umsatzsteuerbehörde. Er wurde gebeten, schnellstens dort vorstellig zu werden – zu einem Termin, der bereits verstrichen war, denn die gedruckte Karte hatte für die sechs Kilometer vom Stadtzentrum bis in seine bescheidene Wohnung am Stadtrand mehr als eine Woche gebraucht.
Er schwang sich auf sein Moped und raste ins Zentrum, fand die Umsatzsteuerbehörde, zeigte an der Pforte seine Karte vor und wurde durch ein Labyrinth von Korridoren in ein

großes Büro geschickt, wo sämtliche Wände vom Boden bis zur Decke, von Tür zu Tür, mit Aktenschränken zugestellt waren, die vor Steuererklärungen aus allen Nähten platzten. Schnell wurde klar, daß die vier schnauzbärtigen Männer an den vier Metallschreibtischen vier Jahre alte Umsatzsteuererklärungen durchforsteten.

Mein Freund atmete schwer, weil er es gerade noch rechtzeitig geschafft hatte. Wie die meisten Ämter in Italien war auch dieses nur vormittags geöffnet, da die staatlich Bediensteten anders als die Angestellten in der Privatwirtschaft eine 36-Stunden-Woche haben, sechs Vormittage, sechs Stunden pro Tag. Es war jetzt genau zehn vor eins.

Er händigte einem älteren, mürrisch dreinblickenden und etwas verstaubt wirkenden Mann mit Brille, der hinter einem riesigen, staubigen Papierstapel in den Formularfarben knallrosa und gelb saß, seine Karte aus. Nebenbei gesagt finde ich es seltsam, daß Formulare überhaupt nicht reizvoller werden, auch wenn sie noch so schön eingefärbt sind. Im Gegenteil, man bekommt eher Angst vor bestimmten Farben, weil sie unangenehme Assoziationen wecken. Dieses Papiertaschentuch-Blau, diese verwaschenen Lilatöne.

Mein Freund entschuldigte sich für die Verspätung, aber die Post habe zu lange gebraucht. Der Mann sagte, das Datum sei reine Formsache und habe keinerlei Bedeutung. Dann begann er unter den Tausenden, vielleicht Hunderttausenden von Umsatzsteuererklärungen, die sich nicht nur an den Wänden, sondern auch in Aktenschränken zwischen den Schreibtischen stapelten, die des Englischlehrers zu suchen.

Als er das Dokument endlich fand, stellte sich heraus, daß mein Freund zwar klug genug gewesen war, sich einen Steuerberater zu suchen, seine Wahl jedoch nicht besonders glücklich ausgefallen war. Denn dem Steuerberater war ein Fehler unterlaufen. In der besagten Erklärung hatte er das Einkommen angegeben, das mein Freund von der Universität bezog, und angemerkt, daß es von der Umsatzsteuer ausgenommen

sei; er hatte jedoch versäumt, die Kennziffer anzugeben, die diese Freistellung erklärt hätte. Der eingestaubte alte Mann wollte nun von meinem Freund wissen, um welche Kennziffer es sich handelte, damit er sie eintragen und das fertig ausgefüllte Formular ablegen und vergessen konnte.
Nebenbei ist erwähnenswert, daß es höchstwahrscheinlich keine Probleme gegeben hätte, wenn der Steuerberater einfach irgendeine Nummer, selbst eine fiktive, eingetragen hätte. Denn italienische Steuerprüfer beschäftigen sich anscheinend in erster Linie damit, Widersprüche in abgegebenen Erklärungen aufzuspüren. Nur sehr selten verläßt ein Inspektor sein Büro, um herauszufinden, ob der Lebensstil des Steuerzahlers überhaupt mit seiner Erklärung in Einklang steht. Und so ist es eine häufig (beispielsweise in den Bars von Montecchio) zitierte Binsenwahrheit, daß es weitaus besser ist, gar keine Stuererklärung abzugeben als eine unvollständige oder auch nur geringfügig inkorrekte. Eine Strategie, die dadurch noch an Reiz gewinnt, daß man sich in diesem Falle auch nicht mit einem Steuerberater herumzuschlagen braucht. Als der Unternehmer und Millionär Francesco Pazienza in Zusammenhang mit dem Konkurs der Banco Ambrosiano und dem Tod des Direktors Roberto Calvi (der unter der Blackfriars Bridge erhängt aufgefunden wurde) verhaftet wurde, stellte sich heraus, daß er in seinem Leben keine einzige Steuererklärung abgegeben, ja sich nicht einmal um eine Steuernummer gekümmert hatte. Auf diese Weise war er nie mit Problemen konfrontiert worden, wie sie sich jetzt vor meinem Freund auftürmten. Und das gleiche gilt für ein oder zwei Leute in der unmittelbaren Nachbarschaft der Via Colombare.
Aber die folgende Geschichte wird diese scheinbar so unsoziale Verhaltensweise in gewissem Sinne rechtfertigen.
Denn jetzt beging mein Freund einen schrecklichen Fehler. Angesichts der sanften Harmlosigkeit dieses Mannes mit Staub in den Augenwinkeln, auf dem Brillengestell und in

dem ohnehin schon grauen Schnauzbart wiegte er sich in falscher Sicherheit und erklärte wahrheitsgemäß, daß er nicht wisse, um was für eine Kennziffer es sich handeln könnte. Der Mann schlug freundlich vor, er solle seinen Steuerberater fragen und in ein oder zwei Wochen wiederkommen. Aber der junge Ausländer war auf geradezu sträfliche Weise naiv, das geborene Opfer. Er wolle, so sagte er, nicht wegen einer solchen Lappalie wiederkommen müssen und habe auch keine Lust, deswegen seinen Steuerberater aufzusuchen. Es koste ihn immer mindestens eine halbe Stunde, in die Stadt zu kommen. Sicher könne der alte Mann selbst die Kennziffer herausfinden, wenn er ihm sagte, welcher Arbeit er nachgehe; dann könnten sie sie gleich eintragen, und die Sache wäre erledigt.
Auf dem Tisch befand sich ein kleines Karussell mit Stempeln in allen Größen und Formen, einige verstellbar, andere nicht. Der alte Mann stieß das Ding mit dem Finger an, und es begann sich, leise quietschend, zu drehen. Vielleicht war das als Warnung zu verstehen.
Die unbeachtet blieb. Mein Freund erklärte ihm, welche Art von Arbeit er verrichtete. Beschrieb ihm seine Tätigkeit im Detail. Wie ein Mensch, der Kontrollen und Behörden nicht zu fürchten braucht.
Der ältere Mann zeigte zunehmend Interesse, leckte sich den Staub von den Lippen, erwiderte, er könne nicht aus dem Stegreif sagen, welche Kennziffer das sein könnte; sie würden mit einem Kollegen sprechen müssen.
Wieder das Labyrinth von Gängen, graue Teppiche, Neonlicht. Abgesehen von einem gelegentlichen Kruzifix unter den Heizungsrohren knapp unter der Decke hätte dies genausogut ein Finanzamt in Wapping oder Huntington sein können. War es aber nicht.
In einem anderen düsteren, aber etwas persönlicheren Büro sitzt der Kollege, der einem ganz anderen Schlag angehört. Er ist jung, energisch, kurz angebunden und staubfrei, trotz der dicken Bücher und Akten auf dem Schreibtisch.

Eine solche Erwerbstätigkeit, verkündet er, nachdem er sich die Geschichte angehört hat, sei nicht umsatzsteuerfrei. Das Problem sei in diesem Falle nicht die Kennziffer.
Aber mein Freund hat eine Bescheinigung der Universitätsbuchhaltung, die er zu genau dieser Frage konsultiert hat.
Jetzt beginnt ihm bereits klarzuwerden, was für einen schwerwiegenden Fehler er begangen hat. Aber es ist zu spät.
Eine Bescheinigung von der Universität? Der junge Mann lächelt spöttisch. Kein Steuerberater, der sein Geld wert ist, würde an der Universität arbeiten, wo er nur eineinhalb Millionen im Monat verdient. Oder? Wie könnten die ihn beraten? Auf jeden Fall sei mein Freund als Bürger und Steuerzahler persönlich für seine Steuerzahlungen verantwortlich, unabhängig von Ratschlägen, die man ihm gebe – sogar dann, fügt der Mann triumphierend hinzu, wenn dieser inkorrekte Rat aus seinem eigenen Büro stamme.
Der alte Mann hört zu. Er wärmt sich die Hände über der Heizung und sieht aus dem Fenster auf ein Gebäude, das demjenigen, in dem sich die drei befinden, aufs Haar gleicht: fünf oder sechs Stockwerke, weißer Beton, quadratische Fenster in regelmäßigen Abständen. Die Schreibmaschinen in jedem Raum sind von Olivetti – so, wie es sich gehört.
»Und Sie arbeiten immer noch an der Universität?« Der energische Mann blafft jetzt wie bei einem Verhör.
Ja.
Dies geht also jetzt schon vier Jahre so?
Ja.
Wieviel haben Sie in diesem Zeitraum verdient?
Mein Freund sagt es ihm. Die Finger des Mannes bedienen mit außerordentlicher Geschwindigkeit die Tastatur einer Rechenmaschine. »Sie haben Umsatzsteuern in Höhe von neun Millionen Lire hinterzogen«, sagt er.
Doch als der Englischlehrer nach Luft schnappt und protestieren will, wird der Inspektor plötzlich freundlich. »Trotz-

dem könnten wir uns die von Ihnen erwähnte Bescheinigung und Ihren Vertrag ja einmal ansehen, bevor wir uns genauer mit der Sache befassen. Warum bringen Sie die Papiere nicht vorbei?«

Er lächelt und geht seinen Mantel holen. Tut er das, weil er gemerkt hat, daß es Zeit ist, zum Mittagessen nach Hause zu gehen? Oder gibt es einen anderen Grund?

»Wann?«

»Ach, wann Sie wollen. Aber vergessen Sie es nicht.«

Als er das Gebäude verläßt, denkt mein Freund darüber nach, daß diese Unbestimmtheit eher beunruhigend ist als tröstlich. Ebenso wie das unerwartet kumpelhafte Lächeln auf dem vorher so strengen Gesicht des jungen Mannes. Er ist äußerst beunruhigt und will die Angelegenheit am liebsten sofort regeln, damit sie nicht länger wie ein Damoklesschwert über seinem Kopf schwebt. Darum handelt er überstürzt. Wo es vielleicht klüger gewesen wäre zu tun, was Orietta zweifellos geraten hätte: den Blutdruck überprüfen zu lassen und zu warten, bis er gefallen war.

Jedenfalls ruft er von einer Telefonzelle vor dem Finanzamt sofort seinen Steuerberater an und erzählt ihm die Geschichte. Der Steuerberater denkt gar nicht daran, sich für den von ihm begangenen ursprünglichen Fehler zu entschuldigen. Wenn sein Klient es wünsche, so sagt er, werde er hingehen und selbst mit dem Beamten sprechen, aber vielleicht sei es besser, wenn mein Freund den Inspektoren zuerst das fragliche Dokument und den Vertrag vorlege und dabei seine Unkenntnis und seinen guten Willen beteuere. Schließlich habe er nicht Umsatzsteuer eingestrichen und sie dann nicht an den Staat abgeführt, wie das vielleicht ein Geschäftsinhaber tun würde. Er habe nur darauf verzichtet, dem Kunden zusätzlich zum Honorar Umsatzsteuer zu berechnen, immer in der Annahme, es sei so richtig. Er habe also aus der Situation keinerlei Profit geschlagen. Auch der Staat habe dadurch keinerlei Einbußen erlitten, weil ja die Universität von ihrer

eigenen Umsatzsteuer nichts abgezogen und nichts an ihn gezahlt habe.
Mein Freund aber verliert die Nerven. Er stellt seine Besorgnis geradezu zur Schau, indem er gleich am nächsten Tag mit seinen Dokumenten wieder bei der Steuerbehörde vorspricht. Zuerst ist da wieder der staubige Mann, dann der energische Mann; der eine trocken-höflich, entschuldigend, offensichtlich ungefährlich, der andere unangenehmer und abweisend; er nimmt sofort die Haltung eines Menschen an, der keine Lust mehr hat, sich irgendwelche Ammenmärchen auftischen zu lassen.
*Allora?*
Hier ist die Bescheinigung.
Der jüngere Mann sieht sie sich an; der ältere starrt wieder zum Fenster hinaus. Das Dokument zitiert drei oder vier verschiedene Gesetze, Absätze, Paragraphen, Ergänzungen – überzeugende Wichtigtuerei.
»*Incompetenti*«, lautet der Kommentar, und der Umsatzsteuermann schlägt einen dicken Wälzer auf, sucht eine bestimmte Seite und beginnt schnell und laut aus einem der genannten Gesetze vorzulesen. Mein Freund, der die Übersetzung komplexer wirtschaftlicher Versicherungsdokumente aus dem Effeff beherrscht, kann nicht ganz folgen. Auf undurchschaubare Weise scheint alles davon abzuhängen, ob seine Erwerbstätigkeiten außerhalb der Universität ihrer Natur nach *continuativi* (regelmäßig) oder *saltuari* (sporadisch) sind. Er verdiene, so sagt er, etwa zehn Millionen im Jahr an Übersetzungen, die er für verschiedene Kunden anfertige, neue und alte, aber es wäre schwer zu sagen, ob das im Endeffekt als *continuativo* oder als *saltuario* zu bezeichnen wäre. Diese Begriffe müßten zweifellos ein wenig genauer definiert werden.
Der energische Mann ändert wieder einmal auf rätselhafte Weise sein Verhalten. Er lächelt, wirkt entspannt. »*Sì, sì, sono d'accordo*«, stimmt er zu. Und fährt fort: »Fünf von zehn Leuten wären wahrscheinlich der Meinung, Sie seien im Recht.«

»Immerhin habe ich keinerlei Gewinn daraus geschlagen, und niemand kann mir vorwerfen, nicht im guten Glauben gehandelt zu haben.«

*»D'accordo, d'accordo.«*

Der eingestaubte Mann wendet sich vom Fenster ab und blickt die beiden an. Mein Freund lächelt, er sieht Licht am Ende des Tunnels. Der Steuerberater scheint ihn gut beraten zu haben.

Da hebt der jüngere Mann die Hand, berührt seine Wange und sagt sehr höflich: »Aber guter Glaube allein ist keine Entschuldigung vor dem Gesetz, lediglich ein mildernder Umstand.«

»Aber ...«

»Und ich bin nach wie vor der Meinung, daß Sie Umsatzsteuer hätten zahlen müssen, daß Sie Umsatzsteuer in Höhe von etwa neun Millionen Lire hinterzogen haben und daß Sie folglich diese Summe nachzahlen und zusätzlich eine Strafe entrichten müssen.«

Meinem Freund bleibt die Spucke weg, und er kann gerade noch stammeln: »Wieviel?«

»Die Strafe wird normalerweise in Höhe der hinterzogenen Summe festgesetzt. Weitere neun Millionen, wobei bei sofortiger Zahlung ein Nachlaß gewährt wird.«

Insgesamt achtzehn Millionen Lire, also etwa achttausend Pfund. Der ältere Mann, der jetzt mit dem Rücken zum Fenster steht, zuckt nicht mit der staubigen Wimper.

»Aber gerade haben Sie noch gesagt, beide Interpretationen seien möglich.«

»Natürlich können Sie Widerspruch einlegen, und das Urteil könnte tatsächlich so oder so aussehen. Und das Gesetz würde in diesem Punkt ein bißchen klarer, was bei weiteren Fällen dieser Art sehr nützlich sein könnte. Vorerst müßten Sie jedoch dreiunddreißig Prozent Ihrer Schulden als erste Rate bezahlen. Sie würden damit auch jeden Anspruch auf einen Nachlaß für sofortige Zahlung verlieren.«

Mein Freund und der Inspektor sind etwa im gleichen Alter und von gleicher Statur. Sie starren einander über den Schreibtisch hinweg an. Der eine ungläubig, der andere fast spöttisch. Und schließlich macht mein Freund seinen ersten geschickten Schachzug, wenn auch zunächst nur, um Zeit zu schinden. Er erklärt, daß einige seiner Kollegen vor kurzem einen Prozeß geführt und gewonnen haben, um als Angestellte der Universität und nicht als Freiberufler zu gelten – das heißt, daß diese Tätigkeit keinesfalls der Umsatzsteuer unterliegen könne. Und das Gerichtsurteil gelte rückwirkend. Es würde also den fraglichen Zeitraum einschließen.
Der energische Mann streicht sich über das Kinn und kneift die Augen zusammen. Er erinnert meinen Freund daran, daß in Italien die Entscheidung eines Gerichts nicht als Präzedenzfall gilt. Sie stellt lediglich eine mögliche Interpretation des bestehenden Gesetzes dar. Das Urteil zugunsten seiner Kollegen – wenn es denn ein solches Urteil gebe – beziehe sich lediglich auf die Personen, die den Prozeß geführt haben, jedoch nicht auf ihn. Ein anderer Richter könnte im gleichen Fall durchaus anders entscheiden. Sein Status bleibe also bestehen, und was ihn, den Inspektor angehe, so sei er der Meinung, daß Umsatzsteuer in Höhe von neun Millionen hinterzogen worden sei. Und als Staatsbediensteter sei er verpflichtet, hinterzogene Steuern einzutreiben und diejenigen zu bestrafen, die sie hinterziehen.
Zum ersten Mal lügt mein Freund, und das ist ein weiterer Schritt in die richtige Richtung. Aber ich habe selbst auch schon ein Verfahren eingeleitet«, sagt er. Er zittert.
»Ach?«
»Das heißt, im Moment ist sozusagen alles *sub judice.*«
Es entsteht eine lange, drückende Pause, Blicke versenken sich tief in Augenpaare. Der staubige Mann schürzt die Lippen, hustet trocken. Schließlich bittet der jüngere Inspektor meinen Freund höflich, noch einmal wiederzukommen, diesmal mit Kopien sowohl des Urteils zugunsten seiner Kolle-

gen als auch der Darlegung seines eigenen Falles vor dem *Tribunale del Lavoro*, ausgeführt durch seinen Rechtsanwalt. Die er natürlich nicht hat. Als er – wieder draußen – auf das Gebäude zurückblickt, fühlt sich mein Freund an Kafkas *Das Schloß* erinnert, an die Gerichtsräume in *Der Prozeß*. Er ruft sofort seinen Steuerberater an. Der onkelhafte Mann, der ebenfalls in einem vollgestopften Büro, komplett mit Kruzifix, sitzt, ist freundlich und ernsthaft besorgt. Er wollte ursprünglich nicht selbst mit den Finanzbeamten sprechen, denn »*Finora io e te abbioamo sempre collaborato in modo amichevole*«, das heißt: »Bisher haben Sie mich unter der Hand bezahlt, und ich habe Ihnen keine Quittung über meine Dienste ausgestellt und auch nicht in meinen Büchern vermerkt, daß Sie mein Klient sind.« Jetzt aber stimmt er zu, es sei an der Zeit, hinzugehen und mit diesen Leuten zu sprechen. Ja, er wisse, um wen es sich wohl handle.

Eine aufreibende Woche. In der mein Freund, einerseits um die Zeit totzuschlagen, andererseits, weil man einfach kratzen muß, wenn es juckt, noch einmal in die Universitätsbuchhaltung geht und sich nach seiner steuerrechtlichen Situation erkundigt, als wolle er sich bloß vergewissern. Wie auch vor vier Jahren bekommt er zur Antwort, daß er auf sein Einkommen an der Universität keine Umsatzsteuern zu entrichten brauche. Dann sagt er dem Buchhalter, einem vierzigjährigen Mann, der sich kleidet wie einer, der entschlossen ist, jung zu bleiben – eine teure Mischung aus Armani, Gianfranco Ferrè und Benetton –, daß die Umsatzsteuerbehörde da anderer Meinung sei und gerade eine hohe Geldstrafe von ihm fordere. Woraufhin der andere prompt erwidert, daß er in keiner Weise für seine Ratschläge zur Rechenschaft gezogen werden könne. Es folgt ein kurzes, heftiges Wortgefecht, da mein Freund das Gefühl hat, einem Menschen gegenüberzustehen, bei dem er sein sorgenvolles Gemüt gefahrlos erleichtern kann. Wie immer blickt Christus von seinem eigenen speziellen Kreuz herab. Plastik in diesem Fall.

Schließlich ruft der Steuerberater ihn an. Er habe mit den Finanzbeamten gesprochen. Ob mein Freund in sein Büro kommen könne. Sie könnten nicht am Telefon darüber reden.
Und in seinem Büro sagt er: »Sie möchten ein Weihnachtsgeschenk.«
»Prego?«
»*Una bustarella.*« Einen kleinen Umschlag. Ein Bestechungsgeld.
»Haben sie das gesagt?«
»Gott bewahre.«
Woher also weiß er das?
Er weiß es eben. Und dann beginnt dieser stämmige Steuerberater mit den dicken, buschigen Augenbrauen schwärmerisch davon zu erzählen, wie er zum ersten Mal ein Bestechungsgeld gezahlt hat. Vor zwanzig Jahren. Der Starrsinn des Beamten, mit dem er es zu tun hatte, habe ihn einfach zur Verzweiflung getrieben, so daß er gesagt habe: »In Ordnung, wieviel wollen Sie?« und dann verstummt sei, erschrocken über seine Unbesonnenheit. Was war, wenn er die Signale falsch gedeutet hatte? Aber das war nicht der Fall.
Später hatte er gelernt, wie man unauffällig einen Umschlag zu Boden fallen läßt und den anderen fragt, ob er ihn vielleicht verloren habe. Ein weiteres wichtiges Indiz sei, wenn einen der Beamte zu einem Kaffee in die Bar einlädt.
Jetzt, während ich dies schreibe, fällt mir auf, daß dieser atemberaubende Akt des Sich-Preisgebens – das Fallenlassen des Umschlags, die Einladung zum Kaffee – auf gewisse Weise der Situation ähnelt, wenn man einem bislang heimlich begehrten Menschen zum ersten Mal seine Zuneigung gesteht; eine plötzliche Intimität und ein Sich-Öffnen. Man spürt Erleichterung.
Und, so sagt mir mein Freund, sein Steuerberater war tatsächlich erleichtert. In diesem Fall, so begann der Steuerberater zu erklären, habe er erkannt, daß sie ein Bestechungsgeld wollten, weil sie sonst bereits das Dokument ausgefüllt

hätten, mit dem er aufgefordert werden sollte, die Strafe zu bezahlen. Denn das ließe sich nicht mehr rückgängig machen, der Fall wäre dann offiziell registriert. Und wenn mein Freund wirklich so viel Umsatzsteuer hinterzogen hätte, so hätten sie den Fall mit ziemlicher Sicherheit weiter bearbeitet und ihn darauf festgenagelt. Da er aber offensichtlich nur ein Opfer der Umstände sei, seien sie geneigt, ihm gegen ein kleines Weihnachtsgeschenk aus der Patsche zu helfen ...

»Wieviel?«

Zwei Tage später ruft der Steuerberater an, um ihn zu sagen, daß besagte Angelegenheit 800 000 Lire kosten würde. Mein Freund solle in ein paar Tagen in sein Büro kommen und ihm mitteilen, ob er zu zahlen beabsichtige.

Mein Freund ist immer noch sehr britisch. Wenn auch ein bißchen weniger als noch vor einem Monat. In der vergangenen Woche hat er sich einer Gruppe von Kollegen angeschlossen, die gegen die Universität prozessieren, um als Angestellte anerkannt zu werden. Er hat jetzt also eine Rechtsanwältin. Eine attraktive junge Frau, die im sechsten Monat schwanger ist. Und da er den Gedanken, Schmiergeld zu bezahlen, irgendwie anstößig findet – eine Art schrecklicher Aufnahmeritus in einen anderen Lebensstil, einen anderen Geisteszustand, in dem auch Diebstahl und Ehebruch möglich werden –, ruft er seine Rechtsanwältin an, um das Problem mit ihr zu erörtern. Höflich und geduldig hört sie sich die komplizierte Geschichte an, bis er zum Kern der Sache, zu dem kleinen Umschlag, kommt. Hier gerät sie plötzlich außer sich. »*Per l'amore di Dio,* wir sind hier am Telefon.« Jedenfalls verspricht sie, mit ihrem Steuerberater zu sprechen und zurückzurufen.

Was sie auch pflichtschuldigst tut. Es ist überhaupt erstaunlich, wie freundlich, hilfsbereit und zivilisiert sich alle verhalten. Am Telefon gibt sie sich ruhig und sachlich: »Die Verfahrensweise«, sagt sie – und mein Freund hat ihre blumigen Ausführungen aufgeschrieben, weil er sie so amüsant fand –, »in der Ihr Steuerberater die Probleme zu lösen gedenkt, in

die Sie, wenn auch ohne Ihr eigenes Verschulden, geraten sind, ist vorderhand zwar nicht sehr verlockend – wie ich Ihnen durchaus nachfühlen kann –, doch sie ist auch nicht so unangebracht, wie Sie vielleicht glauben. Wenn Sie seinen Anweisungen genauestens Folge leisten, werden Sie, davon bin ich überzeugt, auch ohne meine Hilfe zu einer *soluzione felice* gelangen.«
Eine weitere ruhelose Woche hat meinen Freund eindeutig noch ein bißchen italienischer gemacht. Denn statt einfach die 800 000 zu blechen, wie er es jetzt wohl wird tun müssen, weist er seinen Steuerberater darauf hin, daß sich die Beanstandung der Umsatzsteuerbehörde nur auf die eine vier Jahre alte Steuererklärung bezieht; sie könnten also ganz einfach die nächsten Erklärungen eine nach der anderen, Jahr für Jahr, herausziehen und ihm jedesmal die gleiche Summe abverlangen.
Das sieht der Steuerberater ein. Man kommt überein, daß die 800 000 nur dann bezahlt werden, wenn das Finanzamt die anderen Erklärungen herausrückt und dem Steuerberater erlaubt, sie zu ändern – ansonsten müßte über die Summe neu verhandelt werden. Die Steuerbeamten, die mein Freund nie wieder gesehen hat und deren Namen er nicht kennt, sind ebenso vernünftig. Nein, sie können die anderen Erklärungen nicht ausfindig machen, ja, sie sehen das Problem, und sie schrauben ihre Forderung auf 400 000 herunter.
Seinem Stolz ist Genüge getan, mein Freund bezahlt.
»Und 100 000 für mich, weil ich das Ganze ausgehandelt habe«, sagt der Steuerberater, der sich noch immer nicht für seinen anfänglichen Fehler entschuldigt hat. Und keine Quittung.
Bevor er das Büro verläßt, fragt mein Freund – in jenem Zustand der Erleichterung, der auf jede Initiation, jeden Akt der freiwilligen Unterwerfung folgt – seinen Steuerberater: »Aber es ist so wenig. Warum wird jemand wegen einer so geringen Summe korrupt?«

»Kein Steuerberater, der sein Geld wert ist«, erklärt der stämmige Mann, «würde bei der Umsatzsteuerbehörde arbeiten. Wieviel verdient man dort schon, vielleicht zwei Millionen im Monat? Sie müssen ihr Gehalt aufbessern. 100 000 von dem einen, eine halbe Million von dem anderen, da kommt schon was zusammen. Und diese Regeln sind sehr viel einfacher als die geschriebenen Gesetze.« Nachdenklich, als wäre ihm das gerade erst jetzt eingefallen, fügt er hinzu: »Ich kenne nur einen einzigen Menschen bei der Umsatzsteuerbehörde, der niemals etwas annehmen würde. Sie haben Glück, daß nicht er es war, der Ihren Fall bearbeitet hat.«
Mein Freund geht hinaus auf die sonnige Straße, mit dem Gefühl, aus einem Alptraum erwacht zu sein. Schließlich sind es nur etwa zweihundertfünfzig Pfund. Nicht viel Geld für eine so wertvolle Erfahrung.

# 17
# Una scampagnata

Wenn man aus solchen gelegentlichen Alpträumen erwacht, das Fernsehgerät mit seinen Bildern von kugeldurchlöcherten Autos und unwirklichen Leichen (acht allein heute morgen in einem einzigen sizilianischen Dorf) abschaltet, wenn man die Zeitungen zuschlägt und nichts mehr von den verworrenen Politikskandalen wissen will, die sich landauf, landab zutragen, dann könnte man oft meinen, man lebte mitten im Paradies.

Auf dem Balkon riecht es an diesem Morgen in Montecchio nach gar nichts. Vielleicht, weil Sonntag ist. Die Luft dieses späten Oktobertags ist so klar wie Wasser im Weinglas, man erwartet, jenseits der Balkontür eine Zauberwelt zu finden. Und wirklich – sie ist wie verzaubert. Die Amsel des alten Marini zwitschert glockenhell, vielleicht erinnert sie sich daran, wie schön die Bäume in solch betörenden Morgenstunden waren; die scharfe Silhouette der Hügel und die vornehm gestutzten Zypressen heben sich dunkel vom strahlenden Gold der herbstlichen Kirschbäume ab.

Wir warten auf der Straße darauf, daß die beiden alten Damen von der Messe zurückkehren, dann begeben wir uns mit ihnen sowie mit Orietta, Giampaolo und Lara auf eine *scampagnata*, einen ausgedehnten Spaziergang die Hügel hinauf. Wir wollen Lucillas Tochter Marisa besuchen, die gar nicht ihre Tochter ist, wie Lucilla jetzt bekennt, sondern das Kind einer Schwester, das bei einem Seitensprung gezeugt und geboren wurde, während der Ehemann im Gefängnis saß. Damit die Freilassung des Gatten nicht allzu stürmisch verlief, hatte man sie im Alter von nur wenigen Wochen Lucilla anvertraut. Lucillas einziges eigenes Kind war im Alter

von achtzehn Monaten gestorben, *poveretto.* Aus der verworrenen Geschichte, die sie uns über das Leiden dieses Kindes erzählt, schließen wir, daß Lucilla dessen Tod wahrscheinlich selbst verschuldet hat, denn sie hat den kleinen Körper mit glühendheißen Umschlägen traktiert, um eine harmlose Erkältung zu kurieren. Kurz darauf zwang sie eine Fehlgeburt im Alter von nur zwanzig Jahren zu einer *totale. La totale* ist der finstere italienische Begriff für eine Hysterektomie. Wieder einmal fällt mir auf, daß es für die Menschen im Veneto, so reserviert und steif sie normalerweise auch sein mögen, nichts, aber auch absolut nichts gibt, was sie nicht jedermann, selbst dem allerentferntesten Bekannten erzählen würden, kommt man auf ihre Gesundheit zu sprechen – egal, ob es sich dabei um Krampfadern, eine Brustamputation, eine Prostataentzündung oder um bloße Verstopfung handelt. Und tatsächlich dauert es nicht lange, bis Rita, Vittorina und Orietta über die verschiedenen Gerstenschleimsuppen und Kräutersäfte diskutieren, die angeblich für regelmäßigen Stuhlgang sorgen. Vittorina hat einen Plastikbeutel dabei, um während des Spaziergangs Kamille zu sammeln. Und neben dem Laden von Bepi hat anscheinend ein neues Geschäft eröffnet, das Mädchen soll ja eine wahre Kräuterspezialistin sein. Sie hat sogar eine Mischung gegen Blähungen.
Ich erinnere mich noch, wie rigoros meine Eltern jegliches Gespräch über solche Beschwerden vermieden. Vielleicht lag es an der englischen *omertà,* unserer spezifischen Form der Geheimniskrämerei. Orietta hingegen durchlebt gerade eine Phase des Überschwangs. Sie redet wie ein Wasserfall.
Um Giampaolos Einstellung zu diesem Thema zu erfahren, erwähne ich, daß uns gerade gestern die Mutter eines Freundes bei unserer allerersten Begegnung erzählte, ihr Mann habe nur noch einen Hoden. Doch Giampaolo lacht nicht, und er zuckt auch mit keiner Wimper. Statt dessen erkundigt er sich höflich interessiert: »Tuberkulose oder eine Kriegsverletzung?«

Wir gehen an der Madonnina am Ende der Straße vorbei, die den toten Christus auf dem Schoß hält, dann an einer zweiten winzigen Madonna hinter Glas bei der Abzweigung zur Dorfstraße. *O Gesù salvaci!* – jemand hat diesen beliebten Aufkleber direkt darüber an die Wand geklebt. Und wie gütig sie sind, diese gipsernen Wächter an gefährlichen Kreuzungen, mit ihren verblichenen blauen Gewändern und den staubigen Heiligenscheinen, die eine Hand obligat zum Segen erhoben. Das Glas ist frisch geputzt. Die Madonna dahinter gelassen, wehmütig. Hundert Meter weiter stellt jemand noch immer Chrysanthemen in eine steinerne Vase, um die Stelle zu markieren, wo im Sommer ein Junge auf seinem *motorino* tödlich verunglückt ist.

Wir klettern den steilen Pfad von Montecchio nach Olivè hinauf, wohin so viele Eltern ihre Kinder schicken – in die Klosterschule, weil dort nie gestreikt wird und die Kirche effizienter arbeitet als der Staat. Wo vor kurzem noch ein Obstgarten war, wird rege gebaut, aber am Sonntag stehen die Betonmischer still. Ein hübsches altes Bauernhaus zur Linken ist in einem angenehm warmen Beigeton frisch verputzt worden und schimmert honigfarben im gelben Morgenlicht. Die weißen Tische und Stühle auf der Terrasse, die praktischen, versetzbaren Koniferen und Statuen in geometrischer Anordnung liefern den letzten Beweis für städtisches Eindringen, wo einst ein Bauernhof bewirtschaftet wurde. Dahinter wird der *stile cimitero* endgültig von üppigen Gemüsebeeten verdrängt. Olivè ist durch und durch bodenständig.

Eine Frau attackiert in einem Spülbecken vor dem Haus Wäsche mit einem Seifenstück. Kein Zaun, hinter dem nicht ein grimmiger Hund kläfft. Einen Gehsteig gibt es nicht; dicht an die Hauswände geschmiegt parken vor allem billigere Fiats, daneben auch der eine oder andere Traktor. Alte Männer mit verwitterten Gesichtszügen, im Sonntagsrock und mit Filzhut, sind auf dem Weg zur zweiten Messe, unten in Montecchio, und zünden sich im Gehen eine Zigarette an.

Dann wird die Asphaltstraße zu einem Feldweg, der mit einer scharfen Linkskurve an einer vornehmen Pforte vorbei und als steile Schneise zwischen hohen Steinmauern weiterführt; eine wunderschön geschwungene, alte Brücke wölbt sich darüber. Efeu hängt schwer vom Brückengeländer, Kapernzweige entsprießen dem Mauerwerk in kräftigen Büscheln, die staubige Straße ist fast weiß und der Himmel darüber blauer denn je; die Szenerie scheint wie geschaffen für eins dieser winzigen Gemälde von Pissarro oder Sisley, die man zuweilen im Winkel eines Raums entdeckt, wo man eigentlich ein großformatiges Bild vermutet hätte – Gemälde, die einen solchen Sinn für einen einzigartigen Augenblick an einem ganz bestimmten Ort offenbaren, daß man meint, die Zeit mit Händen greifen zu können. Selbst wenn ich jetzt um diese Biegung gehe, sehe ich sie so vor mir wie an jenem Morgen. Es war ein zu schönes Bild.
Lucilla spricht wieder wortreich von *il professore*. Wie oft sie doch Spaziergänge wie diesen zu machen pflegten! Und wie kultiviert er war. Wie höflich! Vittorina schüttelt den Kopf und schürzt still die Lippen, als wolle sie uns zu verstehen geben, daß Lucilla das alles nur erfindet. Wir werden dieser Sache nie auf den Grund kommen. »In meinem Testament«, schnauft die beleibte Frau, »habe ich alles Marisa und Leone vermacht, aber nur unter der Bedingung, daß sie den Prozeß gegen Signora Marta weiterführen.« Sie schüttelt die Fäuste. Merkwürdig, denke ich, daß sie diese Frau trotz ihres Abscheus weiterhin höflich Signora Marta tituliert. Als sei sie durch deren städtische Herkunft eingeschüchtert.
Es ist ein langer Spaziergang. Wir kommen auf die Hauptstraße, die aus dem Tal bergan führt, doch da sie in mehreren engen Windungen verläuft, überqueren wir sie nur und folgen einem schmalen Pfad, der von einer Haarnadelkurve zur nächsten steil aufwärts führt. Die alten Damen beweisen erstaunliches Durchhaltevermögen. Selbst Lucilla mit ihren hohen Absätzen bewegt sich bemerkenswert sicher auf dem

kalkweißen Untergrund. Sie trägt zwar nicht ihren Pelz, dafür aber einen todschicken Mantel, darunter eine Rüschenbluse und eine Perlenkette. Ihr strahlendes Make-up, so fürchte ich, wird bald zu schmelzen beginnen.
Vittorina ist schlichter, robuster gekleidet, mit breitkrempigem Strohhut wie eine Bauersfrau. Ständig bückt sie sich nach Kamillenblüten. Orietta bildet die Nachhut, sie ist jetzt schon müde und schlapp. Sie hofft, daß sie nicht einen Anfall von Herzjagen erleidet. Giampaolo hingegen hat diesen eleganten, stolzen, aufrechten Gang eines Städters, der an italienischen Männern so bewundernswert ist. Er trägt ein modisches Jackett und gute, bequeme Schuhe. Kein einziges der römisch-schwarzen Haare auf seinem gelackten Haupt tanzt aus der Reihe. Lara plaudert über ihre Hausaufgaben. Mit ihren zwölf Jahren wurde ihr von ihrem Italienischlehrer das Aufsatzthema gestellt: »*La verità nella filosofia, nella matematica e nella fisica.*« Es will einem nicht in den Kopf. Obwohl es vielleicht weniger heikel ist als *la verità* der Umsatzsteuerbehörde des Finanzamts.
Wieder kreuzen wir eine Straßenkehre, als wir es plötzlich zischen hören, danach Grunzen und schweres Atmen. Wir drehen uns um und sehen einige junge und nicht mehr ganz so junge Männer auf den Pedalen ihrer funkelnden Rennräder stehen und eine schier unüberwindbare Steigung in Angriff nehmen. Keiner unter ihnen, der nicht vollständig ausgerüstet wäre – mit Rennradschuhen, elastischen, knielangen Radlerhosen, fluoreszierenden Sweatshirts und Käppis – allesamt in perfekter Montur. Eine mobile Liebesaffäre mit dem Sportgerät. Man kann nicht anders als vor Bewunderung nach Luft schnappen, wenn man sieht, wie entschlossen sie die Steigung bezwingen.
»Nichts für jemanden mit meinem Blutdruck.« Orietta schüttelt den Kopf.
»Oder Faulheit«, sagt ihre Tochter. Giampaolo wahrt Zurückhaltung. Im Geist rekapituliere ich: als Sport *valido*; die Kon-

struktion der Fahrräder *discreto;* doch wird die Freude getrübt und *relativo* durch die Tatsache, daß man nach seiner Rückkehr zu nichts anderem mehr in der Lage ist als zu Bad und Bett.
Plötzlich ein lauter Schrei: »*Pista, pista!*« Macht Platz! Aus dem Weg! Und aus der Kurve, um die soeben die muskulösen Hinterteile der Radler entschwunden sind, schießt ein Mädchen auf Holzski, die an den Enden kleine Räder haben. Das Mädchen schwankt unsicher, stützt sich kurz mit einem Skistock ab und entschwindet die Straße hinunter – und verschafft sich so die notwendige Übung für die kommende Saison.
In scharfem Kontrast zu diesen gesundheitsfördernden Aktivitäten und all den Gesprächen über Heilkräuter und Arzneien steht auf der kleinen Lichtung vor uns eine Zypresse, deren Stamm geradezu vor gebrauchten Spritzen starrt, die in die Rinde gerammt wurden. Uns fehlen die Worte angesichts dieser traurigen Verweigerung der üblichen gesellschaftlichen Gepflogenheiten. Die alten Damen schütteln verständnislos den Kopf. Orietta sorgt sich, daß sie sich mit AIDS infizieren könnte, wenn sich die Spitze einer ausrangierten Nadel durch ihre Schuhsohle bohren würde. Doch Giampaolo weiß, daß der Virus außerhalb eines Körpers höchstens fünfzehn Minuten überlebt. Und schon bewegt sich das Gespräch wieder auf sicherem Boden, und wir diskutieren die Verläßlichkeit der Informationen, die man uns liefert, und ob sich der Staat dem Druck aus dem Vatikan beugen oder den Menschen zum Gebrauch von Kondomen raten solle.
Wir marschieren weiter. Die Gegend ist wie die um Rivoli halbverlassen. Kunstvoll angelegte Steinterrassen, jetzt überwuchert und vernachlässigt, erinnern daran, daß diese Hügel noch vor fünfzehn, zwanzig Jahren intensiv bewirtschaftet wurden. Doch nicht einmal die großzügigen Zuwendungen aus dem EG-Fonds für Landwirtschaft haben die Bauern dazu bewegen können, hier oben weiterzuarbeiten. Heute sind allein die Olivenbäume ein produktiver Aspekt der Landschaft;

ihre phantastisch knorrigen Stämme erinnern an Märchen, und das seltsame Blattwerk, abwechselnd mattgrün und silbern schimmernd, verleiht dieser Landschaft einen weiteren Hauch zauberhafter Entrücktheit – mit dem herbstlichen Spiel kräftiger, verwundener, immergrüner südlicher Gewächse vor dem verblassenden und sich lichtenden Unterholz. Der prosaischere Aspekt dabei ist, daß über kurz oder lang, wo immer die Bodenbeschaffenheit es zuläßt, das langgestreckte, niedrige Gebäude einer Geflügelfarm aus Fertigbauteilen steht. Und beim Nähertreten eifriges Gackern das unheilvolle elektrische Summen übertönt und zu ohrenbetäubendem Lärm anschwillt – Aufregung oder vielleicht Protest? –, wenn die Vögel merken, daß jemand in der Nähe ist.

Ein paar Stunden später haben wir den Hügelkamm über dem Ort erreicht, und die ganze phantastische Landschaft in Richtung Norden breitet sich vor uns aus. Eine Hügelkette nach der anderen erhebt sich bis hin zu den blauschimmernden Bergen. Das weite, offene Panorama wirkt unglaublich erfrischend. Wir halten inne und genießen die Aussicht. Zwei kurze Gewehrsalven, auf die zwei weitere folgen, verraten uns, daß Jäger unterwegs sind, obwohl wir auf dem ganzen langen Weg hierher nicht ein einziges Wild gesehen haben und auch nichts haben rascheln hören. Peng, peng, knallen die Gewehre. Wahrscheinlich sind sie auf einige flatternde *uccelini* gerichtet. *Poveretto,* seufzt Vittorina, die sie so gerne brät. Nachdem wir das Panorama in uns aufgesogen haben, gehen wir zügig weiter auf die kleine Ortschaft Cancello zu.

Als Lucilla sich aus dem Geschäftsleben zurückzog, verkaufte sie ihre Reinigungsfirma an ein größeres Unternehmen, doch Marisa und deren Ehemann Leone arbeiten dort weiterhin als Geschäftsführer. Mit dem anständigen Einkommen, das die beiden zweifellos beziehen, haben sie sich ein Haus hoch oben in den Hügeln gebaut. Zwar hätten sie lieber näher bei Montecchio gelebt, doch ganz unüblich für Italiener haben sie das Angebot ausgeschlagen, in die Woh-

nung unter Lucilla zu ziehen. Diesem Eigensinn verdanken die Visentinis das Glück, daß sie Wohnung Nummer 2 beziehen durften.
Auf den ersten Blick sieht Marisas und Leones *villetta* aus wie ein englischer Bungalow, denn es ist in diesem Bezirk verboten, über eine gewisse Höhe hinaus zu bauen. Allerdings ist das Dachgeschoß *abitabile* – ausgebaut –, und man tritt von dort auf eine äußerst reizvolle Dachterrasse. Das Erdgeschoß ist großzügig geschnitten und luxuriös gestaltet: Fliesen, Parkett, Teppiche, zwei Bade- und drei Schlafzimmer. Doch das hat Marisa und Leone noch nicht gereicht. Und da sie nicht nach oben bauen durften, waren sie in die Tiefe gegangen. Denn die Hügel bestehen aus Kalkstein und sind leicht auszuhöhlen. So haben sie ein Souterrain in den Stein geschlagen, einschließlich einer Garage für den Mercedes und einer riesigen *taverna*, die keine Wünsche offenläßt: Fernsehapparat, eine gut sortierte Bar, eine zweite Geschirrspülmaschine und ein offener Kamin (mit Bratspieß), der in eine mittelalterliche Burg gepaßt hätte. Doch das war noch nicht alles. Denn darunter, also zwei Stockwerke unter dem Rosmarin, dem Schnittlauch und der wilden Minze der Hügel, befindet sich der eigentliche Keller. Mit nackten Steinwänden, klamm und kühl, beherbergt er verschwenderisch viele Weinflaschen mit und ohne Etikett, neben einer Auswahl an Schinken, Salami und Wurst, die an Haken von der Decke baumeln.
Der zugeknöpfte Giampaolo ist am meisten beeindruckt. *Validissimo,* diese Idee eines zweiten Kellergeschosses unter dem ersten. Die Temperatur ist einfach perfekt. Und die Weinauswahl ist zweifellos *discreto.* Wie immer das unvermeidliche *relativo* lauten mag, er beschließt, es aus Rücksicht auf unsere Gastgeber nicht zu äußern.
Wir steigen wieder hoch in die *taverna*. Im hellen, modischen Halogenlicht, das versteckt in der eingezogenen Decke über der Bar installiert ist, finde ich mich von Geweihen, Eberköpfen, ausgestopften Waldhühnern und ähnlichem umgeben.

Und beiläufig überlege ich, wonach Leute dieses Schlags wohl in England streben würden. Vielleicht nach einem Musterhaus wie jenem, welches ich letztes Jahr bei meinem Urlaub in Süd-Wales zufällig entdeckt hatte: das dem Original eines prunkvollen viktorianischen Wohnsitzes nachempfundene, aber schlichtere Fachwerkhaus; mit imitierten Möbeln, nachgemachten Laura-Ashley-Gardinen, protzigen, ledergebundenen Ausgaben von Shakespeare und Dickens (zweifellos Attrappen) hinter Glas und sehr raffinierter, anrüchiger Unterwäsche auf der dazu passenden Tagesdecke aus rosafarbener Seide im Schlafzimmer.
Doch Leone und Marisa tun nichts, um ihre bescheidene Herkunft zu kaschieren. Sie sprechen einen breiten Dialekt, den ich nicht immer verstehe. Sie haben keinerlei kulturelle Ambitionen. Wenn der Boden mit *cotto* in warmem Rot gefliest ist, dann, weil es ihnen so gefällt. Ebenso wie die Designerkacheln im Badezimmer. Zufällig gefielen sie ihnen. Sie haben das nötige Kleingeld. Und sie sind unverbesserlich fröhlich, als sie uns das übliche üppige Sonntagsmittagessen auftischen: die Pasta *(al pesto)*, mehrere gekochte Fleischscheiben und fette, rote, ganz köstliche *cotechino* mit *polenta* und Salat, dann das unvermeidliche *tiramisù*. Und Käse. Ein Stück Parmesan, um den Geschmack zu neutralisieren? Ein Stückchen reifen Piave? Oder hätten Sie gern etwas Schafskäse? Und zum Abschluß natürlich Obst: *uva moscata*, Kiwis …
Wir sitzen um einen runden Tisch, an dem gut dreißig Personen Platz hätten. An der Wand hängen Fotos von großen Partys. Doch Leones dröhnende Stimme und seine lustigen Geschichten machen die fehlende Gästeschar wett. Der Wein kommt und geht in vorgeschriebener Folge: ein Bardolino novello als *aperitivo*, herb und frisch von den Reben, ein lieblicher Barbera, um den Geschmack des Fleischs zu betonen, ein blutroter süßlicher Recioto zum Nachtisch. Und jetzt steht neben dem Kaffee ein Glas Grappa. Kichern, Vertraulichkeiten. Sogar Vittorina ist unbeschwert, obwohl sie zwi-

schendurch einmal im Flüsterton mit Marisa über eine Madonna spricht, die erst neulich in einer Kirche in Colognola Veneta vor Augenzeugen geweint haben soll. »Wie wär's mit ein paar Kastanien?« dröhnt der unverbesserliche Leone. »Kastanien, Kastanien.« Er hat sie in einem Wäldchen nördlich von hier selbst gesammelt. Italiener haben schon seit je irgend etwas für den Eigengebrauch gesammelt und gepflückt. Die Kastanien werden in einer Art Bratpfanne mit Löchern über dem Kaminfeuer geröstet, dann in ein Tuch eingeschlagen in einen Korb gelegt und herumgereicht. Ohne Salz. Das würde den Blutdruck in ungesunde Höhe schießen lassen. Aber eine weitere Flasche wird entkorkt. Es ist alles ungemein angenehm und gleichzeitig viel, viel zuviel.

»*Troppo, troppo gentile*«, sagt Lucilla an der Tür, als ob sie vergessen hätte, daß sie dieses Mädchen wie ihre Tochter großgezogen hat. *Troppo gentile.* Die dralle Marisa in ihrem Sonntagskleid zwinkert den anderen zu. Leone geht hinunter, um den Mercedes zu holen.

Doch überraschenderweise sind die siebzigjährigen Damen dafür, zu Fuß zurückzulaufen. Sie möchten nicht gefahren werden. So brechen wir nachmittags leicht benebelt und fröhlich auf, mit einer großen Portion zusätzlichem Ballast auf den Rippen.

Jetzt, da die Leute von ihrem Sonntagsmahl aus den umliegenden Trattorien zurückkehren, herrscht reger Verkehr. Doch nicht jeder fährt schnurstracks nach Verona zurück. Dort, wo unser Pfad die Straße kreuzt, sehen wir hie und da Autos, die abseits vom Asphalt in der Wildnis geparkt wurden; und während Mutter und Kinder Pilze, Blumen oder Kräuter sammeln, sitzt *papà* auf dem Fahrersitz, hört Radio und läßt die Fingergelenke knacken. Alternativ zu diesem Bild gibt es auch den *papà,* der Mutter und Kinder begleitet; in diesem Fall hält er ein winziges Transistorradio ans Ohr und schlägt mit den Knöcheln gegen die Schenkel. Ein älteres, offensichtlich sehr gut betuchtes Paar schlendert vorbei:

Vornehm, fast hochnäsig, sie hat sich sehr förmlich bei ihm eingehängt, beide tragen Mohairmäntel und klassische Hüte. Doch nichtsdestoweniger hält der Mann ein Transistorradio ans Ohr. Und beißt sich dabei auf die Lippen.
Sie lauschen der Übertragung des örtlichen Fußballspiels. Querfeldein, von hinten, von vorne, von oben, von unten – der Klang einer nasalen Stimme, die das Spiel ebenso pathetisch erläutert, wie Lara vermutlich ihren Aufsatz *»La verità nella filosofia, nella matematica e nella fisica«* anpacken soll. Ich schnappe einige Bruchstücke auf: »Die dynamische Entwicklung des Mittelfeldes mit wechselnden Positionen bei der Raumdeckung ist, aus rein taktischer Sicht betrachtet, zweifellos vernünftig, doch die gefährlich halb-vorgeschobene Position des halbrechten und halblinken Verteidigers, die diese Aufstellung zwangsläufig mit sich bringt, entspricht nicht ganz der mentalen Belastung, unter der die Spieler leider, aber verständlicherweise stehen, da ja dieses Spiel die Vorentscheidung für den Gewinn des Meistertitels sein könnte.« Es ist zutiefst verwirrend, und zumindest ich habe nicht die leiseste Ahnung, was es bedeutet. Doch die Menschen hören gebannt zu. Schließlich befinden wir uns hier in dem Land, wo die Entscheidung, welche Schiedsrichter die Spiele der nächsten Woche pfeifen, neben den politischen Skandalen und dem Anstieg der Staatsverschuldung im Fernsehen in den Hauptnachrichten bekanntgegeben wird. Die kleinen Radios zischen und krächzen zwischen den Olivenbäumen. Sonntag nachmittag. Verona ist am Verlieren. Die Gesichter sind lang und ernst.
Wir wandern weiter. Und während wir den Pfad durch die Hügel hinuntereilen, beginnt Lucilla im Dämmerlicht dieses wunderschönen Tages zu singen. Zuerst stimmt sie mit süßlicher Choralstimme an: *Tu scendi dalle stelle, o re del cie-e-elo!* Doch dann, fröhlicher, einen krächzenden alten Schlager: *Ciao ciao bambina, un bacio ancora …* Sie singt sehr laut, mit heiserer Hexenstimme, und trifft keinen einzigen Ton. Die ande-

ren stimmen mit ein, wenn auch nur, um Lucilla zu übertönen. Danach singen Rita und Giampaolo einige bekannte Lieder der Alpini, Italiens Gebirgsregiment. Sie stammen alle aus dem Ersten Weltkrieg, als dieses Regiment unter großen Verlusten einen beachtlichen Sieg errang und die Deutschen dazu zwang, sich aus den Alpen zurückzuziehen. In den Melodien liegt ebenso wie in den Worten eine gewisse lebhafte Traurigkeit, die mich an walisische Volkslieder erinnert. Und der Refrain sagt dann alles: »Dieser lange Zug in Richtung Front …«; »An der Brücke von Bassano halten wir uns bei den Händen«; »Laß Dich nicht töten, Soldat«; »Sie schießen auf Cortina«; »Ta-bumm, ta-bumm, ta-bumm«.

Italienische Freunde von mir halten diese alten Lieder für kitschig, und dennoch finde ich sie immer wieder zutiefst anrührend: Die jungen Männer marschieren ins Gebirge, schlecht ausgerüstet, Tod und Ruhm entgegen, denn solche Situationen bergen zweifellos einen gewissen traurigen Ruhm. »Doch wenn ich zwischen Blumen falle«, singen sie, »dann sterbe ich gern.« »Ta-bumm, ta-bumm, ta-bumm«, krachen die Gewehre. Es treibt mir immer Tränen in die Augen. Wahrscheinlich bin ich hoffnungslos sentimental. Und ich kann nicht weiter zuhören. Also falle ich ein paar Schritte zurück und gehe neben Orietta her, die mich ohne Zögern fragt, ob ich es klug finde, Lara so viel Volleyball spielen zu lassen. Sie ist jetzt schon so ein kräftiges Mädchen. Besteht denn nicht die Gefahr, daß sie klobige Fesseln und muskulöse Schenkel bekommt …

Die Nacht bricht an, und wir wandern immer noch; doch Montecchio ist jetzt nicht mehr fern. Die Burg zeichnet sich scharf vor dem Lichtschein Veronas ab. Die Radios sind verstummt. Zwischen den Hügeln flammen wie von Geisterhand lange, schmale Lichtstreifen auf. Für die Hühner ist immer Tag. Sie legen dann mehr. Ich nehme Lucillas Arm, während wir das letzte Stück Feldweg hinter uns bringen. Sie klemmt meine Hand fest unter ihren Ellbogen. So kommen

wir nach Hause, nach einem Tag, der als bisher erfolgreichster der Hausgemeinschaft gelten muß.
Doch dort müssen wir von einem herumlungernden Lovato durch den Gartenzaun hindurch die folgenschwere Neuigkeit erfahren, daß Maria Rosa, die Frau von *il professore*, heute gestorben ist. Während unserer *scampagnata*. Das Vorgeplänkel um die Erbschaft von Via Colombare 10, Wohnung 4, ist vorbei. Die Schlacht beginnt.

# 18
# Un panino due …

Während meiner ersten Monate in der Via Colombare kaufte ich mein Brot bei Tosi, einem Laden, der nicht viel mehr ist als ein Loch in der Wand, es aber trotzdem schafft, auf knapp zehn Quadratmetern alle nur erdenklichen Lebensmittel feilzubieten. Die Kasse befindet sich neben der Tür, die hölzernen Regale quellen förmlich über, der Boden ist aus altem Trümmergestein der billigsten Sorte, und hinter einer vollgestopften Theke im rückwärtigen Teil des Ladens schneidet der alte Tosi selbst, über dessen kahlem Haupt bedrohlich die Salamis baumeln, im Halbdunkel Pizzaquadrate und zählt Brötchen aus den Körben. Er zählt sie immer laut. *»Otto mantovane, per favore«*, sagt man, und er fängt an: »Un panino, due panini, tre panini, quattro panini …« Bevor wir seinen Namen erfahren, sprechen wir von ihm immer als *»Un panino due«*.

Nachdem er die Brötchen in eine braune Papiertüte gesteckt hat, kritzelt der gebeugte alte Mann mit dem erfahrenen Lächeln des Ladenbesitzers etwas darauf, dann geht man zu seiner Frau an der Kasse, um zu bezahlen. Sie haben keine richtige elektronische Registrierkasse, was bedeutet, daß sie nur einen sehr geringen Umsatz steuerlich deklarieren; denn seit kurzem sind Registrierkassen, die die Umsatzsteuer gesondert ausweisen, für alle Geschäfte obligatorisch, sobald sie Einnahmen in einer bestimmten, recht niedrig festgelegten Höhe erreichen. Die *signora* kommt mit den Zahlen nicht gut zurecht und gibt einem immer weniger Wechselgeld zurück, als sie sollte. Inzwischen zählt Tosi die Brötchen des nächsten Kunden ab: *»Un panino, due panini …«* Er hat vor kurzem auf einem kleinen Grundstück gegenüber der Tankstelle vier *pa-*

*lazzine* mit insgesamt sechzehn Wohnungen gebaut. Er verkauft sie für über eine Million pro Quadratmeter. Ein Vermögen. Auf dem Hügel hinter uns baut er zwei weitaus größere Villen mit kunstvollen schmiedeeisernen Zäunen für sich und seine Familie. Gerüchten zufolge hat er in den Hungerjahren des Krieges Brot für Land verkauft. Sicher ist, daß er heute im Hügelland große Grundstücke besitzt und von den ortsansässigen Bauunternehmern hofiert wird. Aber trotz all seines – wie auch immer erworbenen – Reichtums zählt der alte Tosi weiterhin die Brötchen ab: »*Un panino, due panini …*« Und man sagt zu seiner Frau: »*Mi scusi,* Signora Tosi, Sie haben mir zu wenig Wechselgeld gegeben.« »*O davvero?*« erwidert sie dann. »Das tut mir leid.«
Als Bepi seinen Gemüseladen um eine Brot- und Delikatessenabteilung erweitert, wechsle ich deshalb mit Vergnügen das Geschäft. Was bedeutet, daß ich jetzt, die Plastiktüte in der Hand, an Tosis Laden vorbeigehen muß. Vielleicht ist der alte Mann für einen Augenblick aus seiner Höhle gekommen und hat sich auf die Stufen neben dem alten blauen Emailleschild mit der Aufschrift »OLIO D'OLIVA, OLIO DI SEMI, ZUCCHERO« gestellt. Er trägt einen schmutzig weißen Kittel, wie ihn Ladeninhaber anhaben, und hält die Arme verschränkt. Und um mir zu demonstrieren, daß ihm mein Verrat nichts ausmacht, zeigt er mir sein steriles Ladenbesitzerlächeln, das sich um eine lange Hakennase herum ausbreitet. Denn seine alten Kunden werden nie Verrat an ihm üben. Der alte Marini und seine Frau werden ihn nie hintergehen, werden nie einen Laden aufsuchen, der von einem Parvenü wie Bepi geführt wird. Lucilla und Vittorina werden ihn nie im Stich lassen. Sie gehören zum Inventar. Trotz der Tatsache, daß alles teurer ist. *Troppo gentile, troppo gentile,* sagt Lucilla zu Signora Tosi, ohne an der Tür ihr Wechselgeld nachzuzählen.
Bepi sortiert Papierstapel, als er an der Kasse das Geld entgegennimmt. Massenweise lose Blätter: grüne Bogen Papier, gelbe Bogen Papier, blaue Bogen Papier, bedruckte, mit Ma-

schine beschriebene, handbeschriebene. »Was ist das?« frage ich ihn. *»Scartoffie«*, antwortet er: Müll. Und er lacht sein tief aus dem Brustkorb kommendes Lachen. In Wirklichkeit sind das alles Lieferscheine und Rechnungen seiner Lieferanten: ein Bauer, der in Öl eingelegten Ziegenkäse bringt, ein Importeur, der ihn mit schwedischem Lachs versorgt, ein Mann, der Oliven und rote Paprika – ebenfalls in Öl – mariniert. Es ist ein echter Delikatessenladen.

Hinter Bepis Ohr, in seinem dicken Haar, steckt ein stumpfer Bleistift. Ich frage ihn, ob er denn seine Buchhaltung selbst macht. Er sagt ja. Ich frage ihn, wie er es schafft, das alles unter einen Hut zu bringen: Gymnastik und Karate, seine Hunde, seine Prozesse, sein Studium der Geheimwissenschaften, das Haus, das er renoviert. Natürlich ist das unmöglich, sagt er. Aber wenn schon er es nicht schafft, dann werden *sie* es noch weniger können, nicht wahr? Wir beide wissen, wer »sie« sind. »Und wenn sie dich nicht in Ruhe lassen?« »Dann werde ich sie anzeigen«, sagt er, »wegen bewußter Schikanierung.« Und das meint er ernst.

Statt zu wenig Wechselgeld herauszugeben, rundet Bepi die Summe gewöhnlich ab. »Fünftausendzweihundertfünfzig? Ach, gib mir einfach fünftausend.« Er hat eine Registrierkasse, die er jedoch nicht jedes Mal öffnet. Immerhin bin ich ein Freund. Die Regierung, das sollte man vielleicht einmal erwähnen, vergütet den Ladenbesitzern einen bestimmten Prozentsatz der Anschaffungskosten für eine geprüfte Registrierkasse. Die zumeist von Olivetti hergestellt sind.

Mopeds sausen um die Kurve, als ich den Laden verlasse. Das eine zieht ein Fahrrad. Auf den Stufen vor Tosis Laden sitzen vier oder fünf Jugendliche hinter ihren Mopeds und essen ölige Pizzaquadrate aus dem Papier. Ich gehe zum anderen Ende des Ortes, um mir eine *Arena* zu besorgen, und vor dem Zeitungsladen sitzen andere Jugendliche auf noch mehr Mopeds. Diese hier trinken Coca-Cola und essen Chips. Moreno, der zwergenwüchsige Dorftrottel, – wie immer trägt er eine Jagdmütze mit Ohrenklappen – versucht ihnen etwas zu erzählen, und sie albern mit ihm herum. Als ich an der Kirche vorbeikomme, sehe ich, daß dort in der Grünanlage noch mehr Jugendliche mit noch mehr Mopeds herumlungern. Sie schlagen hier bis spät abends die Zeit tot, sommers wie winters. Normalerweise benehmen sie sich ordentlich, ich habe überhaupt nicht den Eindruck, daß sie gewohnheitsmäßig trinken, aber gelegentlich erleidet eine Telefonzelle, besser gesagt, *die* Telefonzelle, Schaden – oder ein Straßenschild. Und sie erkälten sich natürlich. Es ist schließlich bereits Mitte Oktober.

Auf der ersten Bürgerversammlung, die ich besuche, beschwert sich Giampaolo deswegen. Die Jugendlichen hängen überall rum, machen Sachen kaputt und holen sich kalte Füße, weil es in Montecchio keine Einrichtungen für sie gibt, keine Grünanlagen und keine Möglichkeiten zur Freizeitgestaltung. Im Augenblick macht sich Giampaolo darüber noch keine größeren Sorgen, denn bislang kommt seine Tochter immer zu einer vernünftigen Zeit heim; aber er hat gehört, daß in dem Kirschgarten hinter der Madonnina am Ende der Via Colombare nicht, wie ursprünglich im Bebauungsplan vorgesehen, ein öffentlicher Park und ein Erholungsgelände entstehen sollen, sondern eine genossenschaftliche Wohnanlage. Was bedeuten würde, daß sich der nächtliche Verkehr in unserer schmalen Straße verdreifacht.

Giampaolo drückt sich gewählt und höflich aus, nimmt aber kein Blatt vor den Mund. Ein moderner, liberaler Mann. Zwischenrufe wie *»Sì giustissimo!«* werden laut. Doch der christdemokratische Vorsitzende von Montecchio, übrigens der wieselige Postvorsteher, widerlegt ihn gelassen. An einigen Abenden werde in der Schulturnhalle Volleyball angeboten, und die Kirche organisiere ein oder zwei Mal pro Woche Treffen für junge Menschen. Der Grund, warum sich die Jugendlichen auf der Straße herumtreiben und Dinge mutwillig zerstören, liege darin, daß sie nicht in intakten, strengen Fa-

milien mit einem traditionellen christlichen Wertmuster erzogen würden (beifälliges Gemurmel der älteren Anwesenden). Und es sei eine Verleumdung zu behaupten, die Partei sei von den Bauunternehmern gekauft worden.
Das Büro der Christdemokraten von Montecchio befindet sich in einer alten Kirche im Zentrum des Ortes. Sie erhalten bei Wahlen um die siebzig Prozent der Stimmen. Überhaupt haben die Christdemokraten im Veneto einen größeren Wählerstamm als irgendwo sonst in Italien, Sizilien eingeschlossen. Auf dem schadhaften Dach der alten Kirche wächst ein kleiner Baum. Darunter hat jemand auf die graue Mauer des Hochwassergrabens, der daneben verläuft, gesprüht: »AUSLÄNDER RAUS AUS DEM VENETO«.
Kaum zweihundert Meter entfernt hat die kommunistische Partei ihr Büro, in einem dunklen, verwinkelten Gebäude auf der Hauptstraße gegenüber der Pasticceria Maggia. Hammer und Sichel auf dem handbemalten Holzschild über der Tür sind verblaßt. Durchs Fenster hindurch kann man einen Blick auf alte Männer erhaschen, die an einem nackten Holztisch sitzen; vor ihnen steht eine Zwei-Liter-Flasche Wein ohne Etikett.
Dieselben Männer, die – mit Strohhut auf dem Kopf – zuweilen morgens auf einer abgewetzten Couch unter einem Feigenbaum hocken, neben dem altersschwachen Drahtzaun, der ihre Parzellen umschließt. Über eine frisch angebrochene Zwei-Liter-Flasche hinweg blicken sie auf Reihen von riesigen Kohlköpfen. Jugendliche röhren auf ihren Mopeds vorbei und sammeln sich an Straßenecken zu plaudernden Grüppchen. Nach Einbruch der Dunkelheit, wenn ihre Eltern sie nicht einmal dann erkennen könnten, wenn sie direkt an ihnen vorbeifahren würden, küssen sie sich.
Eine kleine Schar unverheirateter Mütter spaziert mit ihren Kinderwagen durch die Straßen, im Gefühl, daß die meisten Leute Mitleid mit ihnen haben.
Die äußerst attraktive *barista* in der Pasticceria Maggia ist ein

solcher Fall. Ihr Kind ist acht Jahre alt und heißt, vielleicht zu Recht, Luna. Die *barista* bedient die Leute, die aus der Kirche kommen. Raus aus der Kirche und rein in die Bar, im Sonntagsstaat – die Frauen jetzt, da die kühlere Witterung eine Ausrede bietet, im Pelz. Man hat beinahe das Gefühl, einer Parade zuzusehen. Von einer Institution zur nächsten: erst die Hostie, dann das *brioche*.

Die Kirche verfügt über den größten Parkplatz des Ortes, abgesehen von dem des Supermarkts, den niemand benutzt. Er bietet etwa hundert Fahrzeugen Platz. Am Samstag abend ist er vollgeparkt mit den Autos derer, die die Abendmesse besuchen, weil sie am Sonntag morgen in aller Frühe zum Skifahren aufbrechen wollen oder weil sie nachts so lange in der Diskothek zu bleiben gedenken, daß sie es morgen früh wohl kaum schaffen werden. Und während der sonntäglichen Morgenmesse steht er wieder voll, mit den Autos derer, die ihre schicke Kleidung und ihre herausgeputzten Kinder vorführen wollen, hinterher in der Bar einen *cappuccino* trinken und hübsch verpacktes Gebäck für Verwandtenbesuche kaufen. Einige dieser Leute kommen mit dem Auto, obwohl sie nur drei- oder vierhundert Meter entfernt wohnen.

Auch bei Begräbnissen und Hochzeiten ist der Parkplatz der Kirche vollgestellt. Ein Brautpaar kommt heraus. Sie haben mit Ende zwanzig geheiratet, nachdem sie seit der Pubertät miteinander befreundet waren. Ein Fotograf wartet auf den Stufen. Aber der Bräutigam zündet sich gleich als erstes eine Zigarette an. Egal, denn die offiziellen Fotos werden erst später in einem dekorativen Park auf der anderen Seite von Verona aufgenommen, wo es einen See und steinerne Nymphen gibt. Der Fotograf wird vor dem Hintergrund des vorbereiteten Vollmonds, der sich im Wasser spiegelt, ein Gesicht über das andere belichten. Vorerst eilen alle aus der Kirche und versuchen, ihre Autos vom Parkplatz zu fahren, bevor das große Gedränge entsteht. Weil es sich um eine Hochzeit handelt, hupen alle.

Ja, es war sicher klug von dem Stadtrat, mitten im Ort einen so geräumigen Parkplatz, eine so große asphaltierte Fläche zur Verfügung zu stellen. Doch wenn Erstkommunion gefeiert wird, reicht nicht einmal dieses Areal aus, um die Fluten des Verkehrs und der Begeisterung aufzunehmen. Die Autos parken neben dem Hochwassergraben und entlang dem Damm bis hin zum Supermarkt. Die todschick gekleideten Verwandten steigen aus schwarzen BMWs. Sauber, *per bene,* wie sie zu sagen pflegen: gesunde, reiche Menschen mit der richtigen Einstellung. Die allzu vornehm herausgeputzten Kinder und ihre aufgeregten Mütter haben etwas fast Viktorianisches. Zweifellos kennen sie alle ihren Katechismus in- und auswendig, denn ein Kind nach dem anderen wird in die religiöse Gemeinschaft aufgenommen. Und wenn die Zeremonie vorüber ist, fährt man zu einem Restaurant, in dem man einen Tisch für zwanzig Personen reserviert hat. Die teuren Feierlichkeiten werden den ganzen Nachmittag andauern, und die Kinder werden ihre goldenen Kettchen, Kruzifixe und gravierte Ringe bekommen.
Für sein Wahlplakat verwendet der hiesige christdemokratische Kandidat ein Bild, auf dem er und seine Frau zusammen mit Familienangehörigen und Freunden um einen schön gedeckten Tisch mit weißer, bestickter Decke, hohen Sektkelchen und großen Scheiben *panettone* herumstehen. Eine Wahlaussage oder ein Motto steht nicht dabei, lediglich der Name des Kandidaten; aber wir können ziemlich sicher sein, daß dieser Mann die höchsten hier geltenden Tugenden in sich vereint, vielleicht sogar die Avantgarde der Bourgeoisie verkörpert.
Das jährlich stattfindende Fest der Christdemokraten heißt *La festa dell' amicizia,* das Fest der Freundschaft: gute Freunde, gute Kontakte, eine Aura universeller Liebe und Frömmigkeit. Bei den Kommunisten liegt die Betonung nur ein wenig anders, sie nennen ihr Fest *La festa dell' unità,* das Fest der Einheit. Und beschwören damit Bilder eines kümmerlichen Re-

stes von Solidarität, einer letzten fest geschlossenen Reihe herauf. Jedenfalls gibt es auf beiden Festen Gegrilltes und Wein, Tanz zur Musik einer lärmenden Band (höchstwahrscheinlich sogar derselben) und Stände, an denen alltägliche Fertigkeiten mit Stofftieren belohnt werden. Wenn man bei dem einen Fest war, kann man ruhig auch zu dem anderen gehen. Das tut nämlich jeder. Weil man bei beiden eine Menge Spaß hat.

Meine Frau besucht den Priester, der Woche für Woche den Gläubigen predigt; Don Guido, der kleine, bebrillte und ein bißchen schielende Mensch, der in Bepis Laden etwas Verfaultes zu riechen meinte. Er sitzt hinter seinem großen Schreibtisch, in seiner modernen *canonica* neben der neuen Kirche aus roten Ziegeln, die er selbst mitgebaut hat.

Wie kann er ihr behilflich sein?

Rita übersetzt (büßt sie damit vielleicht für ihre Sünden?) ein amerikanisches Buch über das Papsttum ins Italienische. In dem Werk werden lange Passagen aus verschiedenen Enzykliken auf englisch zitiert. Ob Don Guido zufällig Kopien dieser Enzykliken in italienisch habe? Es ist sinnvoller, die Originale zu verwenden, als sie selbst rückzuübersetzen. Und sie weiß, daß Enzykliken automatisch an alle Priester geschickt werden.

Don Guido trägt seine schwarze Soutane, sie hängt ihm lose um die Schultern und spannt über dem Bauch. Er macht eine zugleich pfiffige und resignierte Geste, indem er die Hände mit der Innenfläche nach oben hebt. Ja, er bekommt alle Enzykliken. Und wenn sie eingetroffen sind, legt er sie ab – in den Papierkorb. Er lächelt. So ist das eben. Ein moderner Priester hat keine Zeit für Enzykliken, er muß sich mit dem wirklichen Leben befassen, so, wie es ist.

Während er noch lächelt, bemerkt Rita etwas Seltsames auf seinem Schreibtisch. Unter der Glasplatte, von der er gerade die Hände gehoben hat, um seine ironische Gebärde zu vollführen, sind kleine Fotografien aufgereiht. Aufnahmen von

Gesichtern. In Paßbildgröße. Und sie sind nicht so hingelegt, daß sie denjenigen anblicken, der normalerweise an diesem Tisch sitzt, sondern andersherum, zum Bittsteller, zum Befragten hin. Rita erkennt ein Gesicht und holt tief Luft. Es sind Montecchios erst kürzlich Verstorbene, die sie vom Glastisch des Priesters her anstarren. »*Riflettete*«, heißt es auf einem kleinen Stück Karton, das er aufgestellt hat: »Denkt darüber nach.«

Als sie sich umdreht, um zu gehen, entdeckt sie in einer Ecke ein Fotokopiergerät. Auf einem Zettel steht: «Kopien sind umsonst, aber Spenden werden nicht zurückgewiesen.«

Eine beliebte private Hebamme im Ort arbeitet nach dem gleichen Prinzip: Ihre pränatalen Untersuchungen sind umsonst, aber wenn man ihr etwas geben möchte … Eine Frau fragt die andere, wieviel sie ihr wohl geben soll. Nicht weniger als 50 000 pro Untersuchung.

Es ist vielleicht unvermeidlich, daß die Gestalt des Priesters allen möglichen Geschichten Nahrung gibt, von denen einige wahrscheinlich nicht der Wahrheit entsprechen, andere wohl schon. Don Guido ist für seine verwegene Fahrweise bekannt, und man erzählt sich, daß er eines Nachts einen Bauern gerufen habe, damit er ihn mit dem Traktor aus einem Graben ziehe. Und in seinem Wagen habe ein Jugendlicher gesessen, der keinen Grund gehabt habe, dort zu sein. Andere Leute behaupten, er habe im Umkreis des Dorfes mehr als nur ein Mädchen. Und vor kurzem war die *canonica* gestohlen und der arme Don Guido gefesselt, geschlagen und geknebelt worden. Trotzdem meldete er den Zwischenfall nicht der Polizei. Warum wohl nicht? Weil sein Sohn daran beteiligt war, oder etwa nicht …

Soweit die Gerüchteküche. Doch man bekommt bald den Eindruck, daß dies einfach die Dinge sind, die Leute gern über einen Dorfpfarrer erzählen. Die Kombination von Zölibat und gesellschaftlicher Stellung ist für Klatschmäuler ein gefundenes Fressen. Außerdem ist es für die Gemeinde wichtig, daß

der Priester wie sie selbst ein ganz normaler Sünder ist. So wie es für sie eben auch wichtig ist, daß die Männer beim Finanzamt Bestechungsgelder nehmen ... Ich habe jedenfalls nie jemanden kennengelernt, der so getan hat, als sei er schockiert.
Eines Abends in der Via Colombare fügt Giampaolo der Akte Don Guidos eine neue Seite hinzu: Er berichtet, daß Don Guido es sich zur Aufgabe gemacht habe, den Prostituierten zu predigen, die in der Nähe des Bahnhofs von Verona auf den mit Schaffell bezogenen Sitzen ihrer weißen Mercedesse herumhängen. Giampaolo bewundert ihn deswegen und meint, er sei *valido* als Priester und *discreto* als Prediger. *Relativo in* diesem Fall ist lediglich die Tatsache, daß für Giampaolo die Kirche eines der konservativen Elemente ist und somit verantwortlich für die hiesige provinzielle Mentalität. »Schließlich haben Prostituierte eine soziale Funktion«, meint er sehr ernsthaft.
Die prosaischere Seite ist, daß Don Guido hinter der Kirche Kaninchen (auch weiße und langhaarige) hält, außerdem Hühner und Enten. Wenn er auf der Straße Kindern begegnet, zieht er Süßigkeiten aus der Tasche und fährt ihnen durchs Haar. Dann lädt er sie ein, sich seine Kaninchen anzusehen.
Für Lucilla ist Don Guido ein großartiger religiöser Intellektueller und ein freundlicher, gebefreudiger Mann, wieder einmal jemand, den sie unentwegt *troppo gentile* nennen kann. Besonders jetzt, wo er eingewilligt hat zu bezeugen, wie aufopfernd sie Maria Rosa in den Monaten nach dem Tod von *il professore* gepflegt hat. Ein wichtiger Punkt zu ihren Gunsten, wenn es daran geht, das hingekritzelte Testament für rechtsgültig erklären zu lassen.
Vittorina bezahlt Don Guido dafür, daß er Messen für ihren toten Gatten liest. Sie zündet gern im Dämmerlicht Kerzen an und murmelt ihren Rosenkranz in der schweren, wachsgeschwängerten Luft. Auch kauft sie jede Nummer der frommen Blättchen, die neben der Tür ausgelegt sind. Wunder über Wunder der Heiligen.

Orietta ist Don Guido dankbar, weil er ihr, als sie bei der Beichte gestand, daß sie Verhütungsmittel verwendet, sagte, sie solle ihrem Gewissen gemäß handeln. Das ginge nur sie und Gott etwas an. Besorgnis und ungläubiges Staunen sind die Folge, als ich bei einer weiteren Flasche von Giampaolos exzellentem *prosecco* erkläre, daß dies eine der grundlegenden Lehren des Protestantismus sei.

Aber Don Guido ist ein bißchen weniger protestantisch, wenn er mit Maria Grazia spricht, der vollbusigen Kräuterspezialistin neben Bepis Laden, die einem so wirkungsvolle Kräutertees empfehlen kann. Ihr Laden ist offiziell eine *sanitaria*, eine Art Drogerie, aber ohne den pharmazeutischen Bereich. Sie verkauft Babysachen, die wichtigsten orthopädischen Artikel, Stützstrümpfe, Korsetts, Still-BHs, Bandagen, Elastoplast ... und Kondome. Don Guido klagt, daß eine brave Kirchengängerin wie sie keine Verhütungsmittel verkaufen sollte. Maria Grazia hat also ein Problem, um das sie nicht zu beneiden ist: Sie muß ihre echte religiöse Hingabe mit ihrem sozialen Bewußtsein und dem kommerziellen Aspekt unter einen Hut bringen. Sie verkauft weiterhin ihre Kondome. Mehr noch, sie verkauft sie unter dem empfohlenen Richtpreis. Als der Vertreter vorbeikommt, berichtet er ihr, der ortsansässige Apotheker habe sich beschwert. Er weiß, daß sie ihn unterbietet. Er hat einen Spion geschickt, der Kondome gekauft hat. Der Vertreter sagt, sie werde sich an den Listenpreis halten müssen oder er werde sie nicht mehr beliefern. Aber Maria Grazia verkauft weiter billiger an Leute, die sie kennt. Weil es lächerlich ist, daß Kondome in Italien zwei bis drei Mal soviel kosten sollen wie in anderen Ländern Europas.

Haben Don Guidos Klagen mit dem rigiden päpstlichen Verbot von Verhütungsmitteln zu tun? Oder ist er mit dem Apotheker befreundet? Jedenfalls erfahren wir, daß Maria Grazia wegen einer ungewollten Schwangerschaft heiraten mußte. Eigentlich hatte sie Ärztin werden wollen.

Auch der Vertreter für Scholl-Sandalen erzählt Maria Grazia, daß der Apotheker sich beschwert habe, weil sie ihn unterbietet. Das sei *concurrenza sleale,* unlauterer Wettbewerb. Sie müsse sich an die Preise halten.
Der *Corriere della Sera* berichtet in einem Artikel, daß italienische Ladeninhaber die höchste Gewinnspanne in Europa erzielen.
Maria Grazia erzählt uns, daß sie, als sie ihr Geschäft – die erste *sanitaria* in Montecchio – eröffnete, nicht verstehen konnte, warum so viele alte Frauen große, sterilisierte Gummihandschuhe für die rechte Hand verlangten. Später fand sie heraus, daß diese Damen sich nicht »dort« berühren wollten, wenn sie sich im Bidet wuschen.
Wenn ein Steuerfahnder kommt, um zu prüfen, ob Maria Grazia ihre Registrierkasse benutzt und Kassenzettel aushändigt, die mit dem bezahlten Preis übereinstimmen, so merke sie das immer, sagt sie; denn diese Leute stehen ein paar Minuten lang herum, schauen ein bißchen verloren und wählen dann den billigsten Artikel im Laden, zum Beispiel den Kräuterkaugummi, den sie auf der Theke stehen hat. Sie gibt dem Mann dann seinen Kassenzettel und ruft sofort ein paar andere Ladenbesitzer an, um sie zu warnen. Wenn sie nicht bereits vorher von ihnen angerufen wurde. Aber nicht den Apotheker. Der gerade seine eigene Kräuterabteilung eröffnet.
Dann zieht der Inspektor weiter zu *Un panino due* und verlangt das *pane comune,* dessen Preis gesetzlich festliegt und an dem die Inflationsrate gemessen wird. Jeder Bäcker ist per Gesetz verpflichtet, dieses Brot vorrätig zu haben. Also zieht der alte Mann die eine Tüte von diesem Brot heraus, die er täglich ausschließlich für den Fall bäckt, daß der Inspektor vorbeikommt. Die Regierung hat den Preis zu niedrig festgesetzt, und außerdem will das Zeug sowieso niemand haben. Maria Grazia sagt, es enthält keine Weizenkleie und führt zu Verstopfung.
Als wir über Gesundheit sprechen, frage ich Giampaolo im Scherz, ob er nicht auch an Herzjagen leide wie seine Frau. Er

trinke so viel Kaffee. Mit unbewegter Pokermiene antwortet er, nein, er leide an *extra systole*. Er läßt im Krankenhaus gerade verschiedene Untersuchungen vornehmen. Ich muß später im Lexikon nachschlagen, um festzustellen, daß er einfach meint, sein Herz schlage unregelmäßig.
Bei Orietta hingegen hat es in der letzten Zeit mehr als unregelmäßig geschlagen, weil ein neues Müllabfuhrsystem eingeführt worden ist. In der Vergangenheit war ein Mann die Via Colombare auf einem Fahrrad mit einer großen Mülltonne davor abgefahren. Er hatte den Müll in seine Tonne geleert und war dann weitergestrampelt, um das Ganze in ein Müllauto zu kippen. Die Aktion erinnerte mich stark an die Geschichten von Dickens. Jetzt aber hatten sie den *cassonetto* eingeführt, einen sehr großen Fiberglascontainer auf Rädern mit Deckeln und fluoreszierenden Reflektoren an der Seite. Etwa einen pro zwanzig Häuser. Man trägt seinen Abfall hinaus, und am nächsten Tag kommt der Müllwagen vorbei, hebt mit automatischen Schwenkarmen den Container empor und kippt den Inhalt in seine Presse. Ein Strom heißen Wassers reinigt das Fiberglas von innen, dann wird der Container wieder auf seinen Platz herabgelassen.
Was mir wundervoll effektiv erscheint. Das beste Müllabfuhrsystem, das ich je gesehen habe. Die Müllwagen kommen regelmäßig dreimal pro Woche vorbei.
Aber die Frau in Nummer 8, jammert Orietta, schiebt den *cassonetto* auf seinen Rollen immer genau vor ihre Wohnung. Und wenn er voll ist, läßt sich der Deckel nicht mehr schließen. Der Gestank könne Keime, Krankheit und Tod bringen!
Wenn sie ihren eigenen Abfall hinausträgt, transportiert Orietta den schweren Container mit gummibehandschuhten Händen deshalb zurück vor Nummer 8. Sobald jedoch die mongoloid aussehende Frau von Nummer 8 ihren Müll ausleert, rollt sie den Behälter wieder vor Nummer 10. Hin und zurück. Hin und zurück.

Don Guido kommt in seinem verbeulten Auto angefahren, um ein ohne Baugenehmigung renoviertes Haus zu segnen. Er führt auch Exorzismen und Desinfektionen durch. Und am Festtag des Heiligen Biagio segnet er die Dorfkinder, damit sie kein Halsweh bekommen. In der gleichen Woche hat er die ersten beiden Schwarzen, die je nach Montecchio gekommen sind, in eine der beiden Wohnungen aufgenommen, die die Kirche für die Armen bereithält. Eine Geste wahrer Nächstenliebe im rassistischen Veneto.

»WIR SAGEN NEIN ZU EINER DURCHRASSTEN GESELLSCHAFT« steht eines Tages auf einer Mauer am Laghetto Squarà in der Nähe dieser Wohnung. Andere Graffiti beschweren sich über die Umweltverschmutzung durch Geflügelfarmen. Ein Lastwagen aus Deutschland hat dahinter geparkt; er soll das stinkende Zeug aus der chemischen Fabrik abholen, die einem prominenten Mitglied von Don Guidos Gemeinde gehört ...

Und so könnte man endlos weitermachen. Indem man Montecchio vom einen bis zum anderen Ende abläuft und dabei den schnellen Autos und schwankenden Fahrrädern ausweicht. Denn alles hängt miteinander zusammen: der Priester, die *sanitaria*, Bepi, die politischen Parteien, der *cassonetto*, die Mopeds und die Gruppen von Jugendlichen in der Nacht ...

Es gibt keine herausragende Eigenschaft, die Montecchio zu Montecchio, Italien zu Italien oder die Italiener zu Italienern macht. Und doch bildet, wie an anderen Orten auch, die allmähliche Ansammlung von Einzelheiten schrittweise eine Art Geflecht oder Struktur. Alles ist mit allem verknüpft, wie beim Weben eines Teppichs oder eines Netzes. Und je verschlungener und enger verbunden alles ist, desto unvermeidlicher wirkt es irgendwann. Es gewinnt das Gewicht, die Undurchdringlichkeit eines dichtgewebten Systems von Abhängigkeiten. Ja, so sagt man eines Tages zu sich selbst, so muß es sein, denn genauso ist dieser Ort. Der Friseur hält sich für einen Wunderheiler, gibt Ihnen jedoch nie eine Quittung. Sie eröffnen ein Konto bei der Bank und fragen nach dem Zinssatz, aber anstatt Ihnen Auskunft zu geben, fragt man Sie, welchen Zinssatz Sie gern hätten, was Sie arbeiten, wer Ihr Arbeitgeber ist. Gesundheit ist wahnsinnig, wahnsinnig wichtig, aber die Luft ist jeden Morgen von Industrieabgasen verpestet. Jeder liebt den Papst, doch der Rassismus blüht. Aber natürlich. Was haben Sie denn erwartet? Wir sind hier in Montecchio. Und ob Sie sich eingelebt haben, läßt sich vielleicht am besten daran überprüfen, wie Sie reagieren, wenn Sie mit einem neuen Element konfrontiert werden: Haben Sie sofort das Gefühl, daß es hierher gehört, daß es bloß eine neue Erscheinungsform des immergleichen Musters ist, oder erscheint es Ihnen erneut als etwas Befremdliches, als eine weitere Überraschung?

An einem milden Herbstmorgen sehen Sie eine junge Frau im Seehundspelz aus einem himmelblauen Panda klettern und mit ihrer Fernbedienung für das Einfahrtstor kämpfen, das sich partout nicht öffnen will. Und Sie verstehen, warum sie einen Pelz trägt, warum sie einen Panda fährt und warum sie für ihren Mantel mehr bezahlt hat als für ihr Auto. Sie verstehen auch, warum sie ein riesiges, eisernes, aus der Entfernung zu bedienendes Tor vor ihrem schlichten Haus hat. Sie wissen sogar ziemlich genau, warum sie nicht arbeitet. Sie grüßt Sie mit einem freundlichen Lächeln. Sie ist nett. Sie helfen ihr. Sie flucht im Dialekt. Schließlich beginnt das Ding sich zu bewegen, und sie fährt die paar hundert Meter bis zur Kirche.

Dann, gegen Ende Oktober, wenn sich *i morti*, Allerheiligen, nähert, tauchen in einer Seitenstraße des Dorfes an einer kleinen, in die Mauer eingelassenen Steintafel, hinter der ein Kettenhund Wasser aus einem alten Bidet schlabbert, Blumen auf. Sie hatten die Tafel erst bemerkt, als die Blumen da standen. Auf der Tafel ist zu lesen: »*Qui, sotto piombo nemico, caddero due patrioti*«. »Hier sind zwei Patrioten gefallen, durchlöchert von feindlichem Blei«. Und Sie denken an die alten Männer im Büro der kommunistischen Partei hinter ihren Zwei-Liter-Flaschen, an Lucilla, die in den Straßen von Vicenza gebettelt hat, und an Tosi, der seine Brötchen im Tausch für Land abzählte: »*Un panino, due ...*«

# 19
# I morti

Um das Auto in der Garage unter der Via Colombare 10 zu parken, muß man sich zuerst den wackeligen Plattenweg entlangquälen, der längs der *palazzina*, auf der anderen Seite der Gartenmauer, verläuft, dann eine steile Rampe hinter dem Haus hinunterfahren und ganz scharf links in die Garage einbiegen. Während ich in den frühen Morgenstunden an meinem Schreibtisch sitze und Verkaufsprognosen für Marmorgranulat übersetze, dringt zwischen den vielen anderen, normalen Geräuschen das Dröhnen eines kleinen Motors an mein Ohr, der von der Garage aus die Rampe attackiert. Plötzlich erstirbt das Geräusch; statt dessen hört man einen durchdringenden Heulton, dann ein Scheppern fast direkt unter meinem Fenster, bis sich das ganze lärmende Geschehen wiederholt.

Normalerweise gehe ich nicht auf den hinteren Balkon direkt über der Rampe hinaus. Das vermeide ich deshalb, weil genau gegenüber, hinter Negrettis Garten, wo Vega an der Kette zerrt, ein kleines, schmales, halbverfallenes Häuschen wie aus einem Märchenbuch steht: das Hexenhaus. Der Putz bröckelt, die Fensterläden sind arg lädiert, die schmuddeligen Spitzengardinen hängen schief. Und aus einem Fenster genau auf meiner Höhe starrt ständig eine uralte Frau mit langem Gesicht und eingeschrumpelten Wangen, einen schwarzen Schal fest um den Kopf gebunden. Und jedesmal, wenn ich auf den Balkon trete, kreuzen sich unvermeidlich unsere Blicke. Woraufhin sich die Andeutung, aber wirklich nur die leise Andeutung eines Lächelns auf ihrem Gesicht zeigt. Mein Gruß ist nur scheinbar herzlich. Denn diese Begegnung gleicht jener mit den Fotografien der jüngst Verstorbenen auf Don Guidos

Schreibtisch. Und dann ist heute auch noch tatsächlich Allerheiligen, oder wie die Italiener es normalerweise nennen: *I morti*, die Toten.
Doch die ungewöhnlichen Geräusche von diesem Wagen – Dröhnen, Heulen, Scheppern, Scheppern, Scheppern, Dröhnen, Heulen, Scheppern, Scheppern, Scheppern – wecken meine Neugier, und so trete ich auf den Balkon hinaus, wobei ich geflissentlich besagtem Blick ausweiche.
Zum ersten Mal in den vier Monaten, die wir hier in der Via Colombare wohnen, fährt Lucilla ihren Wagen heraus. Ich kann von oben sehen, daß der Rücksitz des winzigen Fiats mit Blumen vollgepackt ist. Sie hat heute etlichen Friedhöfen einen Besuch abzustatten.
Wenn sie es schafft, den Wagen die Rampe hochzubugsieren. Unten, auf dem ebenen Fleckchen vor der Garage, jagt sie wütend den Motor hoch. Sie hat den Choke ganz herausgezogen, und die Luft färbt sich Fiatblau. Der Motor dröhnt. Sie läßt die Kupplung springen. Der Wagen schießt die Rampe hoch. Doch sie muß oben scharf rechts einschlagen, um in die schmale Schlucht zwischen Haus und Zaun einzubiegen. Da sie so schnell fährt, verliert sie die Nerven und tritt voll auf die Bremse. Der Motor stirbt ab, und das Auto rollt mit einem Heulton die Rampe hinunter und schlittert dabei gefährlich nahe an der Gartenmauer vorbei. Auf dem ebenen Fleckchen unten bleibt der Wagen schräg stehen. Sofort startet sie erneut den Motor, es scheppert wieder, und sie sammelt frischen Mut für die nächste Attacke.
Nachdem ich dieses Schauspiel noch zwei oder drei Mal beobachtet habe, gehe ich hinunter, um zu helfen. Der Motor ist nicht warm genug, erklärt sie. Ich nicke zustimmend. Ob sie es mich vielleicht einmal versuchen lassen möchte? *Troppo gentile, Signor Tino, troppo gentile.* Obwohl der Wagen noch nicht alt ist, ist sein weißer Lack stumpf und rissig. Das liegt, wie Giampaolo mir erklärt hat, daran, daß sie irgendein altes synthetisches Reinigungsmittel zum Waschen benutzt. Denn

Lucilla putzt entweder gar nicht oder gründlich. Erst vor ein paar Tagen haben wir beobachtet, wie sie den Kanarienvogelkäfig einfach unter den Wasserhahn im Garten gehalten hat. Mit dem Vogel darin. Der erschreckt herumflatterte.
Der Fiat 126 ist ein winziges Wägelchen. Lucilla hat das Problem, daß sie darin kurze Beine und eine große Oberweite unterbringen muß. Wenn sie den Sitz zu weit zurückschiebt, erreicht sie die Pedale nicht. Schiebt sie ihn aber zu weit nach vorne, wird sie gegen das Lenkrad gepreßt. Ich klappe mich zu meiner halben Größe zusammen und klettere hinein. Frischer Chrysanthemenduft empfängt mich: ein Bukett für ihren toten Gatten, ein Bukett für ihr totes Kind, ein Bukett für ihren toten Bruder, ebenso wie für Vittorinas Gatten, für *il professore* und für Maria Rosa. Ich lege den Gang ein. In die Lenkradnabe hat sie ein Kreuz gesteckt, der Tachometer wird vollständig von einer Madonna verdeckt.
Nachdem ich das Ding draußen auf der Straße habe, bemerkt sie wie eine Lehrerin, die einen braven Jungen belohnen will, daß sie mir noch etwas habe sagen wollen. Wenn ich möchte, könne ich ab jetzt ruhig den Garagenplatz von *il professore* benutzen; ja, ich darf mich zwischen den Holzstapel für die *taverna*-Abende und die Pfeiler mit den Andenken an die Verstorbenen zwängen. Ich zeige mich gebührend dankbar. Vittorina erscheint, in einem sehr düsteren schwarzen Mantel mit samtenen Troddeln, und die beiden Frauen begeben sich auf ihre Trauerfahrt.
Wie die Italiener doch ihre Toten lieben. *I cari morticelli,* die lieben Verblichenen. Kurz nach dem Mittagessen schlendern wir aus reiner Neugier zum Friedhof, der an das Industriegebiet grenzt. Der kleine Parkplatz ist überfüllt wie der bei der Kirche anläßlich einer Erstkommunion; scharenweise sind die Autos zu den Villen und Fabrikgebäuden hin ausgewichen, sogar bis hinauf zur Hauptstraße nach Mizzole. Es ist allgemeiner Feiertag. Und einige Autos haben sogar Nummernschilder aus der Toskana und Piemont. Denn es ist

wichtig, seine Toten zu besuchen, egal, wie fern sie auch begraben liegen. Und es ist wichtig, dies heute, am Tag der Toten, zu tun. Man zeigt damit ein Gefühl für besondere Anlässe, für formelle Gesten, für bestimmte Daten. November ist die Totenzeit des Jahres; die Blätter fallen, der Boden ist kalt und nackt; man besucht seine Toten. Giampaolo beispielsweise hat seine Doppelvergaser-Giulietta bis nach Venedig chauffiert, um dann per Schiff auf die Friedhofsinsel überzusetzen, wo sein Vater begraben liegt. Lucilla terrorisiert gerade in diesem Augenblick die übrigen Verkehrsteilnehmer auf der Straße nach Vicenza, während Vittorina neben ihr den Rosenkranz betet. Man erfüllt damit eine Pflicht, die aber selbstverständlich ist und nicht etwa eine Last; und danach ist es auch wieder vorbei. Die Tatsache, daß jedermann genau das gleiche zum selben Zeitpunkt tut, verleiht der Angelegenheit zweifellos zusätzlichen Reiz.

Der Friedhof ist rechteckig und wie eine kleine Zitadelle von einer etwa sechs Meter hohen Mauer umgeben. Vom Parkplatz, von der Hauptstraße, vom Fußweg neben der Zypressenallee her strömt die Menge durch das große Hauptportal. Drinnen weiß gepflasterte Wege und noch mehr Zypressen. Die kommunalen Behörden haben alles dem Ereignis entsprechend herrichten lassen. Sie haben erkannt, daß zu derlei Arbeiten auch Immigranten taugen. Die Säulengänge entlang der Außenmauer sind gründlich gefegt. Der Marmor ist blitzblank. Auf dem Weg zu den Grabstätten ihrer Lieben sind die Menschen mehr oder weniger ebenso gekleidet wie bei einer Erstkommunion, einer Hochzeit oder einer Beerdigung; eher festlich als in Trauer. Und sie alle halten Chrysanthemen in Händen. Die in dieser Woche doppelt so teuer geworden sind.

Wenn die Engländer ihre Toten beerdigt oder verbrannt haben, sind diese größtenteils vergessen, zumindest nach ein paar Jahren. Wichtig ist vor allem, daß ihnen nun kein Leid mehr geschieht. Die Italiener jedoch, und ich nehme an, auch

die Angehörigen jeder anderen katholischen Nation, verhalten sich da grundlegend anders. Als ich Orietta erzähle, daß mein Vater verbrannt und seine Asche in die Themse gestreut worden ist, und das aus einem Plastikbehälter, in dem man Aussehen und Farbe nach eher Eiskrem vermutet hätte, ist sie entsetzt, als ob irgendeine gräßliche Schändung stattgefunden hätte. Nun ja, schließlich war er ein protestantischer Geistlicher.
Tatsache ist, daß die Italiener versuchen, mit ihren Toten noch lange Zeit auf vertrautem Fuß zu leben und sich an sie nicht nur mittels gerahmter Fotografien auf dem Kaminsims oder der Anrichte als ihre Lieben, die sie zweifellos waren, zu erinnern. Nein, sie wollen an ihren Gräbern sitzen und wissen, daß unter ihnen ein echter, vollständiger Körper liegt, mit dem sie auf gewisse Art kommunizieren können. In einer modernen, geschäftigen Welt, in der Platz ebenso wie Gesundheit rar und teuer geworden ist, für die entsprechende, privilegierte Umgebung zu sorgen erfordert natürlich eine umsichtige Organisation, wie einem beim Betreten eines Friedhofs auch gleich ins Auge fällt.
Hierbei ist interessant, wie Andacht und Bürokratie doch Hand in Hand gehen. Man tritt unter der vertrauensvoll eingemeißelten Inschrift *RESURRECTURIS* und an kapuzenbewehrten Statuen vorbei durch das düstere Eisentor und findet sich auf einem kleinen Platz mit Gräbern vor sich wieder – und umgeben von Gräbern beziehungsweise Grabnischen in den Mauern um sich herum. Es sind jeweils sechs Nischen übereinander plaziert, die Särge werden wie Kommodenschubladen in die wabenartig durchbrochene Mauer geschoben. Und auch die Bodengräber unterscheiden sich von denen in England. Hier gibt es keine schiefen Grabsteine, keine Büsche, hier versinken Felsbrocken nicht gespenstisch und geheimnisvoll romantisch mit Schlagseite im Lehm. Ganz im Gegenteil. Alles hier ist ordentlich, ausgesprochen rechtwinklig und sauber geschrubbt; die Atmosphäre ähnelt

der eines abgeschlossenen, in Ordnung gehaltenen Innenhofs einer Behörde außerhalb der Öffnungszeiten.
Fast auf den ersten Blick stellt man fest, daß es zwei unterschiedliche Arten von Bodengräbern gibt: Manchmal ist die Grabsteinplatte so groß wie ein Sarg oder noch größer, bei anderen ist sie erheblich kleiner. Unter den großen Grabsteinplatten befindet sich nicht nur ein Einzelgrab mit einem einzigen Sarg zwei Meter tief unter der Erde, sondern eine Betongruft, in der direkt unter der Erdoberfläche bis zu vier Särge in Fächern übereinandergestapelt sind und die dann mit einer Betonplatte versiegelt wurde. So eine Gruft gehört normalerweise einer Familie. Wenn man mehr Platz benötigt, kann nach dreißig Jahren ein Sarg samt Gebein entfernt werden und ein neuer Sarg mit einem frischen Leichnam dessen Platz einnehmen. Bestimmt sorgt so etwas für Familienintrigen.
Bei den kleineren Grabsteinen finden wir mehr Parallelen zu der angelsächsischen Tradition: Ein Sarg liegt in der kühlen Erde. Aber auch hier unterscheidet sich die Organisation gewaltig. Denn die Gräber werden nicht auf einzelne Anforderung hin ausgehoben. Mit Hilfe eines Baggers wird zuerst ein langer Graben gezogen. Und dann wird, an einem Ende beginnend, ein Sarg nach dem anderen heruntergelassen und mit Erde bedeckt. Die Erde muß mit Planken abgestützt werden, damit sie nicht in den Graben hineinrutscht, der auf den nächsten Aspiranten wartet. So verfährt man Sarg für Sarg, was dem Vorgang die Note einer Fließbandtätigkeit verleiht. Doch da die Italiener, wenn es um den Tod geht, eher an Ritualen hängen als romantische Gefühle hegen, macht das nichts. Rituale und Technik sind einander schließlich wesensverwandt.
Der Graben füllt sich. Wenn die Särge dann alle mindestens zehn Jahre dort gelegen haben, werden sie zusammen ausgegraben, die Knochen werden weggebracht, und der Platz steht den neuen Toten zur Verfügung. Das bietet gegenüber dem angelsächsischen System, die Toten mehr oder weniger

auf ewig in der Erde ruhen zu lassen, zweifellos enorme Vorteile. Außerdem legt es nahe, daß ein Grab eben so lange vorhanden ist, wie es sich für die Lebenden ziemt, hinzugehen und es zu besuchen, und nicht Zeichen eines ewig währenden Respekts vor den Überbleibseln der Toten ist. Friedhöfe sind ein soziales Phänomen.
Dennoch ist die praktische Seite komplizierter, als es aussieht, und die Verwaltungsbehörden müssen sehr umsichtig vorgehen. Denn wenn man immer wieder die gleiche Erde benutzt, wird diese fett und überdüngt; eine Folge davon ist, daß das Regenwasser nicht mehr richtig abfließen kann und so die dritte oder vierte Leichenschicht nicht genug Luft abbekommt, um rechtzeitig zu verwesen. Man kann sich vorstellen, daß dies ihre schließliche Exhumierung höchst unangenehm, wenn nicht geradezu gesundheitsschädlich macht. Um selbiges zu vermeiden, setzt man dem recycelten Boden ständig Kies und Sand zu, damit sich Luft und Würmer ihren Weg bahnen können. Wenn Sie an dem Thema interessiert sind, die *Arena* informiert sie stets über den aktuellen Stand.
Die Betongruft ist kostspielig. Sie befindet sich im Besitz einer Familie, und so ist auch die erneute Platznutzung unter Familienkontrolle. Im Gegensatz dazu sind die Bodengräber kostenlos und werden als minderwertig erachtet, schon weil sich daraus schließen läßt, daß die Familie nicht über genug Geld oder Ehrerbietung verfügt, um die Betonversion zu erwerben. Auf einem solchen Grab finden wir einen Grabstein, der eindeutig dazu bestimmt ist, die Beschwerden empörter weitläufiger Verwandter abzuwehren. »Er wollte in der Erde begraben sein«, ließ die Gattin in weißen Marmor meißeln, »und ich tat, worum er mich bat.«
Selbstverständlich haben die Familien der in diesen Gräbern ruhenden Toten, da ja nichts bezahlt wurde, auch keinerlei Kontrolle über die weitere Nutzung. Die Behörden informieren die Verwandten lediglich einige Monate, bevor sie pla-

nen, die Grube erneut auszuheben. Dann haben die Familien die Möglichkeit, die Knochen zusammenzupacken und gegen ein geringes Entgelt in eine sehr kleine Grabnische setzen zu lassen; oder sie können sich für die allgemeine Friedhofsgebeinstätte entscheiden. Ist die Familie verzogen, verstorben oder anderweitig nicht auffindbar, landen die Knochen ebenfalls dort.

Und so bietet Allerheiligen manchen Menschen eine böse Überraschung. Sie kommen zu ihren Lieben und müssen feststellen, daß ihr Grab nicht mehr existiert. Der entsprechende Brief ist niemals angekommen. Vielleicht ging er in der Post verloren. Bürokratie bleibt schließlich Bürokratie. Es kann eben mal was schiefgehen. Verstört hasten sie erst diesen, dann jenen Weg über den Friedhof und fragen sich dabei, ob sie vielleicht vergessen haben, wo Vater liegt: dann Tränen, Empörung und die Suche nach einem Schuldigen.

Ein ähnliches Problem stellt sich den sehr Reichen, wenn die Überreste ihrer lieben Dahingeschiedenen aus der teuren Familiengruft gestohlen werden. Ein paar Tage später kommt die Forderung nach einem Lösegeld. Gelegentlich passiert so etwas. Die Reichen hier sind eifrige Kirchgänger. Ja, es ist ein beliebtes Gesellschaftsspiel, nach einer reichen, berühmten Persönlichkeit zu fragen, die nicht praktizierender Katholik ist. Als sich das Familienoberhaupt der Ferruzzis weigerte, mehrere Milliarden Lire für den Leichnam des toten Schwiegervaters zu zahlen, sandten die Kidnapper eine Mitteilung an alle Zeitungen, in der sie die Industriellenfamilie eines erbärmlichen Mangels an Ehrerbietung bezichtigten.

Ein wesentlich prosaischeres Ärgernis an Allerheiligen im Friedhof von Montecchio jedoch hat mit den *loculi*, den Sargnischen in der Mauer, zu tun. Umgangssprachlich werden sie *fornetti*, kleine Öfen, genannt, denn da keine Erde die Särge hier bedeckt, müssen sie mit Metall ausgeschlagen und luftdicht versiegelt sein. So verbrennen sich die Körper durch ihre eigenen Gase selbst.

Das immer gleiche Ärgernis hängt mit den Blumen zusammen. Vor jedem *loculo* ist ein kleiner Metallring für eine Vase angebracht. Man zieht die Vase heraus, wirft die alten Blumen weg, stellt die frischen hinein und die Vase zurück. Um auch die oberen Reihen der *loculi* zu erreichen, braucht man eine kleine Trittleiter. Trittleitern stehen zur Verfügung, zuweilen muß man sich allerdings gedulden, bis man an der Reihe ist. Doch was schlimmer ist, man stellt – vor allem an Allerheiligen – fest, daß die Besucher der unteren *loculi*-Reihen (offenkundig die besser Betuchten) den Platz am Boden mit Blumen wahrhaft überflutet haben. Was heißt, daß es schwierig ist, die Leiter aufzustellen. Sie schieben also die Blumen beiseite. Derjenige, der sie hingelegt hat, schiebt sie zurück und beschwert sich. Nicht selten sind lautstarke Auseinandersetzungen die Folge. Stimmen hallen an den Steinmauern wider. In der *Arena* war neulich ein Artikel über eine Gruppe alter Männer abgedruckt, die in Veronas *cimitero monumentale* handgreiflich geworden sind.
»*Non fortuna, sed labor*«, behaupten pompöse Goldlettern auf schwarzem Marmor und erinnern an die Ausbeutung durch einen ortsansässigen Unternehmer. Wie bei den Bodengräbern gibt es auch bei den *loculi* eine Hierarchie. Man kann die billigere Ausführung wählen, wo man mit Füßen voran in eine lange, tiefe Nische geschoben wird; bei der teureren Version wird man seitwärts hineingeschoben und nimmt so zwei Meter der Fassade ein. Was die Möglichkeit gibt, Erklärungen seiner unsterblichen Liebe, endlose Aufzählungen von Heldentaten oder hochtrabende Ausrufe darauf zu verewigen: *Industria ed onestà*, prahlt eine Marmorplatte. Also die eher der Lächerlichkeit preisgegebenen Toten. Aber meist sind die Steine schlicht beschriftet: mit Namen, Geburts- und Todesdaten, einer Fotografie und einem winzigen roten Licht, dem *lumino*. Ursprünglich waren diese Lichter Kerzen, doch jetzt werden sie elektrisch betrieben. Alle *loculi* und sogar die Gräber haben Stromanschluß. Er ist im Preis inbegriffen. Die

Elektrizitätswerke schicken Rechnungen und Mahnungen, bevor sie den Strom sperren.
Wir wandern umher. Gedämpfte Stimmen, das Klappern von Absätzen unter den Säulengängen mit ihrer Blumenfülle, das Scharren von Trittleitern. Ein unterdrücktes Gemurmel wird von den hohen Mauern und Gräbern zurückgeworfen. Gelegentlich schnappt man das Wort *»poveretto«* auf. Es klingt sehr kultiviert. Ernst, aber nicht schwermütig. Hie und da ein Lächeln, ein Ausruf, vielleicht ein paar Tränen, wo eine Gruppe von gutgekleideten Menschen die erst kürzlich Verstorbenen aufsucht. Der Tag ist schön, die Blumen leuchten, wie auch die Sonne und die sauberen Steine. Menschen kommen, erweisen den Toten die Ehre und gehen. Alte Bindungen werden plötzlich bekannt, lösen sich, bekommen Struktur. Über allem liegt eine heitere Gelassenheit, die auf ihre Art anziehend wirkt.
Wir finden den *loculo* von *il professore:* Umberto Patuzzi. Man kann ihn auf der Fotografie erkennen, obwohl man im Grunde insgeheim erwartet hat, ihn neben einem Straßenschild stehen zu sehen – mit welcher Aufschrift? Fegefeuer? Paradies? Mit seinem kleinen Rucksack. Statt dessen trägt er eine Krawatte wie die Menschen, die auf den Kiespfaden um ihn herum ihrer Wege gehen. Er, oder vielleicht Maria Rosa, hat der Versuchung widerstanden, ein Foto sehr viel älteren Datums anzubringen. Er sieht aus wie über sechzig. Wohingegen Lucilla ihr Grabbild bereits ausgesucht und uns gezeigt hat: die Aufnahme einer gut gebauten, koketten jungen Frau aus der Zeit vor dreißig Jahren. »Man hat dann mehr Mitleid«, erklärte sie.
Neben dem schmalen Grabstein von *il professore* befindet sich ein Viereck aus blankem Beton: Die frisch bestattete Maria Rosa hat noch immer keinen Stein. Es ist widerlich, erzählt uns Lucilla an diesem Abend, daß Signora Marta, die doch die Nichte und nächste Verwandte ist, nach wie vor keinen Stein bestellt hat. Und es zeigt nur noch deutlicher, daß sie

sich niemals wirklich um die Frau geschert hat, es ging ihr einzig und allein bloß ums Geld. Nun denn, sie würde es niemals bekommen. Nicht die Wohnung. Nie, nie, nie! Nachdem sie den Tag damit verbracht hat, pflichtgemäß überall Blumen zu hinterlegen, ist Lucilla wieder zornentflammt. »Denn die Wohnung gehört mir, mir, mir!« kreischt sie und überreicht mir dabei schließlich den Schlüssel zur Garage.
Tatsächlich scheint unser Verweilen in der Via Colombare allmählich auf tönernen Füßen zu stehen. Denn nach Maria Rosas Tod hat Signora Marta ein Testament hervorgezaubert, das die alte Frau scheinbar in ihren letzten Tagen verfaßt hat. Darin hinterläßt sie alle Besitztümer Signora Marta, die wild erpicht darauf ist, die Wohnung zu verkaufen, sobald die Eigentumsurkunde auf sie überschrieben ist. Glücklicherweise hat Lucilla nun ebenfalls ihr Testament herausgesucht und das von Marta angefochten – mit der Begründung, daß jemand Maria Rosa bei der Unterschrift geholfen haben müsse und diese somit ungültig sei. Ja, sie bezichtigt Marta jetzt korrupter Methoden und des Betrugs; ihr Anwalt lotet gerade die Möglichkeit aus, einen Schriftsachverständigen hinzuzuziehen. Doch auch Lucilla will verkaufen, wenn sie gewinnt. So oder so, wir werden verlieren.
Und wir erhalten bereits Telefonanrufe. Die Frau mit dem Reisigbesen und dem Garagenanbau will ja nicht neugierig sein, aber steht die Wohnung nicht zum Verkauf? Und wem genau gehört sie eigentlich? Ihr Neffe wird bald sein Studium abgeschlossen haben, und ... Mehrere Wochen lang erhalten wir ein oder sogar zwei solcher Anrufe pro Tag. Dieser oder jener hat diesem oder jenem gegenüber erwähnt, daß Wohnung Nummer 4 in der Via Colombare 10 vielleicht zu verkaufen ist, und da die Tochter demnächst heiraten wird ...
Über die Mauer hinweg belauert uns Lovato, der seinen Boden umgräbt, um den Frost hineinzulassen. Er trödelt herum, und als ich hinausgehe, um irgendeine meiner Pflichten als Hausbewohner zu erfüllen, bewegt er sich auf mich

zu, als Zeichen, daß er mit mir zu sprechen wünscht. Steht die Wohnung zum Verkauf? Seine Tochter und sein Schwiegersohn fühlen sich in seinem Haus allzu beengt. Schließlich gibt es nur eine Garage für zwei Familien, und falls ...
Da wird mir mit einem Schlag schließlich doch noch klar, warum all diese Menschen am Tag unserer Ankunft hinausgeströmt sind; sie wollten nicht nur das Schauspiel einer wutentbrannten Lucilla miterleben. Nein, sie alle haben Pläne mit unserer Wohnung. Buchstäblich jede Familie in dieser Straße. Sollte selbige zu erstehen sein, wollten sie sie liebend gern kaufen. Denn Traum so vieler Menschen hier ist nicht nur, in der Heimat zu bleiben, sondern auch die Kinder und Kindeskinder in der Heimat zu wissen. Sie würden alles tun, um vom Tage ihrer Geburt an bis zum Tod am gleichen Ort verweilen zu dürfen, und natürlich so nah wie nur möglich bei sämtlichen ihrer Verwandten; und auch später noch, denn genau diese Nähe macht die Attraktivität der Gruft gegenüber dem Bodengrab aus: *Papà* ganz unten, dann *Mamma,* die Brüder, die Schwestern, die Kinder und immer wieder die gleiche allmähliche Erneuerung der Särge.
Den meisten scheint es zu gelingen, nicht von der Heimat zu lassen. Die Lokalzeitung teilt uns mit, daß siebzig Prozent der Einwohner von Montecchio hier geboren und aufgewachsen sind (diese Zahl kommt dem Wahlergebnis der Democrazia Cristiana verdächtig nahe). Ich kann nie mit Sicherheit sagen, ob das nun ein trauriges Anzeichen für jeglichen Mangel an Abenteuerlust ist oder der Weisheit letzter Schluß. Ebenso wie ich nicht entscheiden kann, ob der formelle Akt eines alljährlichen Friedhofsbesuchs nun das Nonplusultra an Zivilisation darstellt oder lediglich das Gesetz von der Trägheit der Masse beweist. Auf jeden Fall läßt sich die Wirkung auf die Immobilienpreise ermessen, in einer Gegend, wo der Bevölkerungszuwachs den Wohnungsbau weit überholt.
Lucillas Rechtsanwalt ist optimistisch. Daher fragt Lucilla an, ob wir etwas dagegen hätten, wenn potentielle Käufer die

Wohnung besichtigen kämen. So kann sie einen Kaufvertrag aufsetzen lassen, noch bevor ihr die Wohnung tatsächlich gehört. Das ist nervenaufreibend, und deshalb schlagen wir vor, doch lieber ihre Wohnung herzuzeigen, die schließlich ein Spiegelbild der unseren sei und, frank und frei heraus gesagt, auch wesentlich besser möbliert. Solche Schmeicheleien verhallen nicht ungehört. *Troppo gentile, Signor Tino.* Schon hört man Leute, die in die Wohnung gebeten werden, am oberen Treppenabsatz aufgeregt schnattern. Lucillas Stimme ist immer die lauteste. Man hört die Worte *valido* und *discreto* heraus, vielleicht imitiert sie unbewußt Giampaolo. Interessenten begutachten die Klinken, erfahrene Hände schwingen die Eingangstür hin und her und prüfen so ihr Gewicht. Natürlich wird man sie verstärken müssen, ein neues Sicherheitsschloß vielleicht, doch im großen und ganzen ...

Ich weise Lucilla darauf hin, daß wir die Wohnung vielleicht selbst kaufen wollen und sie einst gesagt hat, sie wäre glücklich, wenn sich die Dinge entsprechend entwickeln würden. Und sicher hätten wir als gegenwärtige Mieter juristisch gesehen eine Art Vorkaufsrecht. Sie reagiert höflich, fühlt sich aber nicht wohl in ihrer Haut. Denn Verkaufen bedeutet auch, einer bestimmten Person beziehungsweise einer bestimmten Familie einen Gefallen zu tun. Doch ja, gibt sie sich einen Ruck, wenn wir tatsächlich interessiert seien, könnten wir sie haben. Nach anfänglichem Zögern nennt sie uns einen Preis, wie er uns schon einmal vertrieben hat – aus London.

Marta ruft uns an und fragt ziemlich unverblümt nach, ob Lucilla irgendwelche Krankheitssymptome zeige. Bei ihrem Übergewicht und der ständigen Aufregung müsse sie doch einen gefährlich hohen Blutdruck haben. Und daß die Sache jetzt zu einer kriminellen Betrugsaffäre aufgebauscht werde, sei doch verrückt und ziemlich ekelhaft. Nichts weiter als eine Gelegenheit für Winkeladvokaten, sich eine goldene Nase zu verdienen. Ob uns klar sei, daß unsere Miete nicht einmal ihre Anwaltskosten decke? *Mi scusi?* Ach ja, falls übrigens sie, Marta, gewinnen sollte, würde sie vielleicht an uns verkaufen, obwohl sie eigentlich gerade dabei sei, ihre Meinung zu ändern und wahrscheinlich überhaupt nicht verkaufen wird. Denn die Tochter ihrer Schwester hat jetzt einen Freund, und sie planen, in drei oder vier Jahren zu heiraten, und ...

In drei oder vier Jahren ... Ich bin entgeistert, wie weit diese Italiener ihr Liebesleben vorausplanen können. Und dann grüble ich darüber nach, daß es eine geheime Verbindung geben muß zwischen der Fähigkeit, sein Grabfoto auszusuchen, bevor man auch nur erkrankt ist, oder zu entscheiden, welcher Angehörige in der Familiengruft von dem eigenen Leichnam verdrängt werden soll, und dieser Fähigkeit, eine Hochzeit für ein Datum zu planen, das in meinen Ohren nach reiner Science-fiction klingt. Das Leben verläuft hier im Veneto in streng kontrollierten Bahnen, die angenehm verpackt sind: *cappuccino* bis zehn, dann *espresso; aperitivo* nach zwölf; *pasta,* Fleisch, *dolce* – immer in greller Verpackung; leichter Weißwein, schwerer Rotwein, *prosecco;* Taufe, Kommunion, Hochzeit, Beerdigung; *loculo, lumino*, Exhumierung.

Wenn man am Abend zu einer Trattoria hinauf in die Hügel fährt und einen Blick zurück ins Tal wirft, sieht man den Friedhof: ein ordentliches Rechteck mit in der Nacht rot leuchtenden Pünktchen – die Elektrizitätswerke sorgen dafür, daß die ewigen Lichter ständig brennen. Oder zumindest, bis deine zehn Jahre um sind.

# 20
# Statali, dipendenti, autonomi

Eine andere Methode, sein Leben in Italien zu einem glücklichen Ende zu führen, ist, ein *statale*, ein Staatsbediensteter, ein Beamter, zu werden. Natürlich hat jede Nation ihre eigene Art, sich zu spalten. Die Engländer haben ihre Schichten, die Iren ihre Konfessionen, die Amerikaner ihre Rassenzugehörigkeit: Weiße angelsächsische Protestanten, Latinos und so weiter. In Italien ist eine der wichtigsten Unterteilungen – neben dem drastischen Nord-Süd-Gefälle – diejenige in *statali* und *non-statali:* in die Regierungsangestellten und den Rest. In den Augen der übrigen Bevölkerung genießen die *statali* vor allem eine Reihe von Privilegien, die so phantastisch und umfassend sind, daß sie diese zu einer eigenen Klasse machen – nicht unähnlich dem »Apparatschik-Status«, wie er bis vor nicht allzu langer Zeit im Ostblock üblich war. Um Ihren Nachbarn wirklich zu verstehen, müssen Sie also seine Stellung zu diesem Konflikt richtig einschätzen.

Als Privilegien der *statali* (natürlich aus der Sicht der *non-statali*) könnten folgende aufgeführt werden: Sie brauchen nicht zu arbeiten; sie sind nicht einmal verpflichtet, an ihrem Arbeitsplatz öfter als mit symbolischer Häufigkeit aufzutauchen; morgens und nachmittags können sie sich in der nächstgelegenen Bar eine lange Kaffeepause gönnen und diese mit einem Einkaufsbummel oder dem Ausfüllen der Lottoscheine in ihrer bevorzugten *tabaccheria* verbinden; sie haben kürzere Arbeitszeiten als Beschäftigte in der Privatwirtschaft und folglich mehr Zeit für Schwarzarbeit; sie können in ausschließlich für sie reservierten Hotels und Ferienanlagen billig Urlaub machen; sie können direkt bei ihren Arbeitgebern sehr niedrig verzinste Hypotheken aufnehmen, während ihre Ersparnisse bei der Bank höher verzinst werden; ihnen werden schier unglaubliche Mutterschafts- und Vaterschaftsrechte eingeräumt; sie haben eine bessere Krankenversicherung; sie genießen das (für einen Italiener so wichtige) Recht, sich nach einer bestimmten Anzahl von Arbeitsjahren in ihre Heimatregion zurückversetzen zu lassen; ihnen werden die außergewöhnlichsten Pensionsregelungen zugestanden, die es ihnen oftmals erlauben, sich bereits mit Vierzig aus dem Arbeitsleben zurückzuziehen und dabei ein beträchtliches Einkommen zu beziehen, das der Inflationsrate angepaßt wird; vor allem aber, und das ist sehr oft mehr wert als alles andere zusammen, sind sie absolut unkündbar, was immer sie auch tun mögen, wo immer, wann immer und wie oft sie es tun, es spielt keine Rolle, sie können einfach nicht gefeuert werden. Sie haben es geschafft.

In der Glasglockenwelt, in der sie leben, sind einige *statali* dafür ziemlich berühmt geworden, daß sie diese Vorrechte weidlich ausgenutzt haben. Da die Führungskräfte in Ämtern und Behörden meist unfähig oder nicht gewillt sind, ihre Mitarbeiter zu disziplinieren, kommt, wenn die Dinge außer Kontrolle geraten, alle Jubeljahre einmal ein Trupp Polizisten oder *carabinieri* vorbei, um festzustellen, wer da ist und wer nicht, und vielleicht ein paar Dutzend Abwesende strafrechtlich zu verfolgen. So berichtet beispielsweise die *Arena,* daß den *carabinieri* im Büro einer Behörde ein teurer Pelzmantel auffiel, der über der Lehne eines Stuhls hing, auf dem niemand saß. Die fragliche Angestellte hatte wie jeden Morgen ihre Stempelkarte gedrückt und war dann verschwunden; nachmittags kam sie kurz zurück, um auszustempeln. Am nächsten Morgen folgten ihr die *carabinieri* und entdeckten, daß sie in einer Wohnung direkt gegenüber von ihrem Büro als Callgirl arbeitete.

Geschichten wie diese hinterlassen einen sehr langen Nachhall. Natürlich ist die erste Reaktion geprägt von Abscheu und Selbstgerechtigkeit. »*Maria Santissima*«, Lucilla klatscht in die Hände, »wenn Sie daran denken, wie hart ich mein ganzes Leben lang gearbeitet habe, Signor Tino.« Aber es schwingt auch ungeheure Bewunderung mit. Sie muß ganz schön gerissen sein, wenn sie den Staat so viele Jahre lang hinters Licht geführt hat! Und sie ist nicht mal ins Gefängnis gekommen oder so etwas. Wie *furba* (schlau, gerissen) sie gewesen ist. Und der Pelzmantel, den sie über ihren Stuhl gehängt hat. »Echter Zobel, Signor Tino!« Was für ein Schlag ins Gesicht das gewesen ist. Und guter Geschmack außerdem. Vielleicht hätte ich auch ein *statale* werden sollen.

Und ganz insgeheim denken die Leute folgendermaßen: Wenn der Staat sein Geld derart vergeudet, so eine Mißwirtschaft betreibt, warum soll ich dann Steuern zahlen? Ja, jeder *non-statale* braucht den *statale* für sein psychisches Gleichgewicht. Es sind die beiden Seiten einer Münze, die hier gängige Währung ist. Denn genau wie das Chaos und die Korruption im Süden die kleinen Sünden des Nordens rechtfertigen, so entschuldigt der faule, abwesende *statale* (der natürlich immer aus dem Süden kommt – zumindest werden die Leute aus dem Norden Ihnen das erzählen) die Steuerhinterziehung des *non-statale*.

Immer angenommen, er ist überhaupt in der Lage, Steuern zu hinterziehen. Denn obwohl die *non-statali*, die Arbeitnehmer in der Privatwirtschaft, in ihrer Verachtung den *statali* gegenüber eine geschlossene Front bilden, so spalten sie sich wiederum in ganz unterschiedliche Fraktionen, wenn es um die Steuern geht. Grob gesagt teilen sich die *non-statali* in zwei Hauptgruppen: in die *dipendenti*, das heißt die abhängig Beschäftigten, und die *autonomi*, die Selbständigen; und auch zwischen ihnen herrscht große Feindseligkeit, wenn nicht sogar noch mehr als zwischen den *non-statali* und den *statali*. Denn *dipendenti* und *statali*, denen die Steuern gleich vom Lohn abgezogen werden, machen auch häufig gemeinsame Front gegen die *autonomi*, weil sie überzeugt sind – und das nicht ohne guten Grund –, daß der *autonomo* so gut wie kei-

nen Pfennig Steuern zahlt, und, was noch schlimmer ist, wesentlich mehr verdient als diese beiden Gruppen. Überall ist Neid das Schlüsselwort.
Daraus ergeben sich drei klassische Gesprächsmuster. Der *autonomo* (vielleicht unser Ladenbesitzer Bepi) trifft den *dipendente* (sagen wir, den Büroangestellten Giampaolo), und sie beschweren sich über den *statale* (zum Beispiel jemanden im Postamt), über seine Privilegien, seine sprichwörtliche Faulheit und Unhöflichkeit, seine ständige Anwesenheit in der *pasticceria*, seinen zwanzigtägigen Krankenurlaub wegen eines wehen Daumens, und klagen über Italiens hoffnungslose Ineffizienz im öffentlichen Dienst, die verhindert, daß Italien in Europa eine wirklich bedeutende Rolle spielt, und so weiter, und so weiter.
Oder der *statale* (Lovatos Schwiegersohn zum Beispiel mit seinem Prisma in der illegal errichteten Fertiggarage) trifft den *dipendente* (wieder Giampaolo), und sie beklagen sich über die fast schon unverschämte Gewinnsucht des *autonomo:* Nie bekommt man eine Quittung, wenn man seinen *cappuccino* bezahlt, den Klempner kommen läßt, wegen der *extra systole* den Herzspezialisten aufsuchen muß. Sie bestehlen die Gemeinschaft. Wir alle müssen mehr zahlen, weil sie so wenig zahlen. Das muß aufhören.
Und wenn der *statale* den *autonomo* trifft? Nun, dann ist man natürlich vorsichtig, aber auch respcktvoll dem anderen gegenüber, gewissermaßen gratuliert man einander, wie zwei Menschen, die im Leben die richtige Entscheidung getroffen haben. Und warum beklagen sich dann diese armseligen *dipendenti* die ganze Zeit? Wenn sie nicht zufrieden sind, sollen sie sich doch einen anderen Job suchen. Oder es wird, wenn der Name eines gemeinsamen Freundes fällt, vielleicht das Wort *poveretto* fallen, für jemanden, der verloren ist, für den es keine Hoffnung mehr gibt. Denn man stimmt allgemein darin überein, daß der *dipendente* eines privaten Unternehmens es am schwersten hat. Mit seinen festen Arbeitszeiten,

seinen begrenzten Möglichkeiten der Schwarzarbeit, seinen Schwierigkeiten krankzufeiern ist er ein Sklave der Marktwirtschaft, dessen Steuern zudem direkt von seinem vergleichsweise niedrigen Einkommen abgezogen werden; der *dipendente* ist fraglos der Verlierer.

Daher haben Leute wie der *dipendente* Giampaolo kaum eine andere Wahl, als sich auf einen ziemlich steinigen, hochmoralischen Standpunkt zu stellen und über den Bürger der Zukunft und eine Gesellschaft zu philosophieren, in der es keinem mehr an Bürgersinn fehlen wird. Dies tut Giampaolo mit von Mißgunst gespeister Regelmäßigkeit. Und England zum Beispiel bewundert er deshalb so sehr, weil dort der Sozialvertrag zwischen Regierung und Volk wirklich *valido* und das Maß an Steuerehrlichkeit (ja, so sprechen die Italiener) *discreto* ist, selbst wenn das trübe Wetter, das schlechte Essen und der generell herrschende schlechte Geschmack das ganze *relativo* machen. Nie gibt sich Giampaolo mehr Mühe, sich von den provinziellen, engstirnigen Seiten Italiens zu distanzieren, als wenn wir über *dipendenti, autonomi* und *evasione* sprechen, als stünden seine eigenen, voll bezahlten Steuern für ein avantgardistisches, internationalistisches Credo, für ein gewisses Maß an Moral und nicht einfach bloß für Pech. Trotzdem erleben wir eines Abends um Weihnachten herum in der *taverna*, wo wir Forellen aus Montecchios Fischteichen grillen und er um einiges mehr trinkt als gewöhnlich (weil der *novello* im neuen Jahr nicht mehr genießbar ist), wie Giampaolo sich mit offensichtlich nostalgischen Gefühlen an die gute alte Zeit zurückerinnert, bevor (Mitte der siebziger Jahre) das Steuersystem eingeführt wurde, bei dem die Lohnsteuer direkt einbehalten wird, an die Zeiten, in denen man so gut wie nichts angab und niemand etwas dagegen tun konnte. So wirft denn, in der Zeitmaschine der *taverna*, der *dipendente* aus der Wohnanlage einen wehmütigen, weinfeuchten Blick zurück auf das Paradies. Das so viel amüsanter war und für andere noch zugänglich ist.

An diesem Punkt fühle ich mich versucht, längere Betrachtungen darüber anzustellen, daß also, wie die Engländer ihre Ober-, Mittel- und Unterschicht, die Italiener wiederum ihre *dipendenti*, ihre *statali* und ihre *autonomi* haben; so tief empfindet man hier diese Unterschiede, so bitter sind die Ressentiments, so süß die kleinen Triumphe. Aber eine solche Analogie kann nur oberflächlich sein. Denn hier handelt es sich weder um ein Erbfolgesystem (ein Antrag der Eisenbahngewerkschaft, Arbeitsplätze erblich zu machen, ist vor kurzem abgelehnt worden) noch um Familienangelegenheiten. Im Gegenteil, Vater und Sohn lassen sich oft allzuleicht gegeneinander ausspielen. Der alte Bauer Lovato zum Beispiel, der jahrelang im Schweiße seines Angesichts selbständig (wenngleich fast ohne Steuern zu entrichten) den Boden bestellt hat, empfindet nicht wenig Verachtung für seinen Versager von Schwiegersohn, der sich trotz seiner bäuerlichen Herkunft einen *statale*-Job als Koch in einem Kindergarten geangelt hat: nur fünf Vormittage pro Woche, plus die ganzen Schulferien und all die unzähligen Vergünstigungen: ein Tag frei zum Blutspenden, ein Tag frei für eine Gewerkschaftssitzung, ein Tag frei für eine Urinuntersuchung … Der junge *statale* holt den Prisma aus der Garage und wäscht ihn Zentimeter für Zentimeter neben dem mühsam bestellten Kohlfeld des Schwiegervaters. Oder er sitzt gegenüber unserem Wohnzimmer im Fenster und bastelt eine kunstvolle Weihnachtskrippe, die einen Monat später den Windfang der Kirche schmücken soll. Während der alte Lovato gräbt und gräbt und zu unserer Wohnung hinüberschielt …

Immerhin gibt es zwischen diesen Gruppen eine höhere Durchlässigkeit, als man sie in einem Klassensystem erwarten würde. Ein *dipendente*, dem sich die Gelegenheit bietet, oder ein *autonomo*, dessen Geschäfte schlecht gehen, kann durchaus beschließen, ein *statale* zu werden. Und ein *statale*, der sich zu einem grotesk frühen Zeitpunkt pensionieren läßt (*»i pensionati baby«* werden diese Leute genannt) kann sehr wohl ein *autonomo* werden, obgleich er wahrscheinlich kaum – das sollte ich wohl noch einmal betonen – ein *dipendente* zu werden wünscht.

Orietta zum Beispiel, eine Frau, die die ständige Besorgnis zur Kunstform erhoben hat, die zittert, wenn in Kalabrien die Erde bebt, friert, wenn es im Val d'Aosta schneit, hätte absolut nichts dagegen, wenn Giampaolo ein *statale* werden würde, denn dieser Arbeitsplatz wäre, unabhängig von allen Konjunktur- und Wirtschaftslagen, auf ewig sicher, und sie könnte sich auf die mittleren und späten Lebensjahre wirklich freuen, weil sie wüßte, daß die Familie in der Lage wäre, am Ende ihrer Tage ein schön gelegenes *loculo* zu bezahlen. Und Orietta ist keineswegs die einzige Frau, die ihren Mann in diese Richtung zu beeinflussen versucht. Das Sicherheitsbedürfnis ist hier meiner Erfahrung nach sehr viel größer als sonstwo in England oder den Vereinigten Staaten. Ich nehme an, das hängt mit der Unsicherheit nach dem Krieg zusammen, mit dem rasend schnellen wirtschaftlichen Wandel, dem Überlebenskampf einer Agrargesellschaft, die fortwährend Schutz vor dem schlechten Wetter suchen mußte. Es ist anzunehmen, daß auch die häufigen Besuche im Krankenhaus zum Zwecke von Blut- und Urinuntersuchungen damit zusammenhängen, und auf eine andere Weise auch der tief verwurzelte Konservatismus, der alle lokalen Sitten und Bräuche hier umfängt. Was durchaus seinen Reiz hat. Jedenfalls scheinen sich die Leute, je mehr sie den Staat verachten, dennoch um so mehr zu wünschen, von ihm abhängig zu sein, *statali* zu werden. Wie ein lieber Süditaliener, Pasquale, erklärter Anarchist und Abendschullehrer, mir einmal versicherte: »Während des Jahres verwöhnt uns der Staat, und in den Sommerferien wiegt er uns einfach in den Schlaf.«

## 21
# Concorsi

Doch wie kann Giampaolo ein *statale* werden? Indem er an einem *concorso* teilnimmt. Ich sehe ein, daß der Leser der vielen italienischen Begriffe allmählich überdrüssig wird, aber dieser läßt sich definitiv nicht mit einem Wort übersetzen. Mein Wörterbuch bietet eine große Bandbreite möglicher Bedeutungen an: »eine Menschenmenge«, »ein (zufälliges) Zusammentreffen«, »ein Ausscheidungsexamen«, »Beihilfe zum Verbrechen«. Und alle davon treffen, so fürchte ich, auf die ein oder andere Weise zu.

Der Grundgedanke ist folgender: Die Arbeit eines *statale* ist das reinste Kinderspiel und ernährt selbigen sein Leben lang. Das wird vom Staat stillschweigend eingeräumt. Ja, man hat bewußt zugelassen, daß sich die Dinge entsprechend entwickelt haben, um sich bei der Bevölkerung einzuschmeicheln. Und da die Sache nun einmal den Haken hat, daß leider nicht jeder einen dieser Posten bekommen kann, ist es absolut unerläßlich, daß ihre Besetzung irgendwie gerecht erscheint. Es darf dabei keine Günstlingswirtschaft geben. Nur die Befähigung darf eine Rolle spielen. Allein die Befähigung.

Daher kann die hiesige Bahnhofsleitung beispielsweise nicht einfach ein Stellenangebot im Arbeitsamt aushängen, daß drei Putzfrauen gebraucht werden, und dann die ersten Bewerberinnen, die sich vorstellen, nehmen, nach dem Motto: Wer zuerst kommt, mahlt zuerst. Denn dann könnte der Bahnhofsleiter Freunde einstellen, oder Freunde von Freunden – als eine Gefälligkeit. Oder noch schlimmer, im Süden brächte die Mafia die Stellenvergabe unter ihre Kontrolle. So nicht, also muß die Eisenbahngesellschaft einen *concorso*, ein allgemein zugängliches Ausscheidungsexamen, ausschreiben, und das landesweit. Denn sonst wiederum wären die Leute aus dem Süden ungerechterweise von der Bewerbung ausgeschlossen, auch wenn diese selbstverständlich nach ein paar Jahren eine Versetzung in ihre Heimat beantragen werden, woraufhin sie dort zur personellen Überbesetzung beitragen, im Norden aber erneut eine Stelle vakant ist ...

Unsere »Ausscheidung« wird also in den Zeitungen und auf Plakaten in und vor öffentlichen Gebäuden angekündigt. Die »Menschenmenge« bewirbt sich. Vielleicht in einer Größenordnung von tausend. Manchmal auch zwanzigtausend. Einfach jeder will Hausmeister oder Empfangsdame werden. »Fünfzig Mitarbeiter eingestellt, um Bewerbungsverfahren für Müllmänner abzuwickeln«, könnte die typische Überschrift eines kleineren Artikels im *Corriere della Sera* lauten. Es wird niemals ganz klar, nach welchen Kriterien eigentlich die Mitglieder solcher Kommissionen ausgewählt werden, ob es dafür eine Art *pre-concorso* oder ähnliches gibt. Wahrscheinlich ist es besser, so vermutet man, nicht allzu genau nachzuforschen.

Doch was qualifiziert einen Menschen, bei der Müllabfuhr zu arbeiten? Nun ja, man braucht eine gewisse Intelligenz, eine bestimmte Geisteshaltung, also eine schriftliche Prüfung. Außerdem eine gewisse Zuverlässigkeit, eine bestimmte Persönlichkeit, also eine mündliche Prüfung. Und zudem natürlich eine robuste Gesundheit, also eine medizinische ...

Womit wir an dem Punkt angelangt sind, an dem der *concorso* ein »zufälliges Zusammentreffen« oder »Beihilfe zum Verbrechen« wird, oder gar beides.

Die Geschichte, an die ich dabei denke, hat Giampaolo erzählt; ein wunderbares italienisches Märchen, das meiner Meinung nach mehr oder weniger all das zusammenfaßt, was zu *dipendenti, statali* und *concorsi* gesagt werden kann. In einer Abteilung von Giampaolos Firma arbeitet ein hochbegabter junger Techniker, der in seinem Beruf einiges draufhat. Er ist so gut, daß ihm die Firma unter der Hand mehr bezahlt als seinen Kollegen, um ihn zu behalten. Der Vater des Burschen ist in der Democrazia Cristiana, er hat sein Mitgliedsbuch immer in Ehren gehalten, und auch sein Sohn ist Parteimitglied und unterstützt die Partei bei ihren Aktivitäten in technischen Fragen, so baut er zum Beispiel bei der *Festa dell'amicizia* das Podium auf und dergleichen.

Nachdem der junge Techniker ein paar Jahre bei der Firma gearbeitet hat, heiratet er. Und sowohl seine Familie wie auch die Angehörigen seiner Frau finden, daß das Paar sehr viel besser abgesichert wäre, hätte er eine Stellung als *statale*. Denn schließlich droht eine Rezession. Und der Staat ist der einzige Arbeitgeber, der einen niemals entläßt. Selbst wenn man dafür weniger Gehalt in Kauf nehmen muß, wiegen doch Sicherheit und Seelenfrieden den finanziellen Verlust bei weitem auf. Außerdem bekommt man einen mehrmonatigen bezahlten Vaterschaftsurlaub, wenn sich Nachwuchs einstellt.

Also entschließt sich der begabte junge Mann, an einem *concorso* um die Stelle eines Busfahrers teilzunehmen. Und er begleitet seinen Vater zu einem Gespräch mit einem Stadtrat der Democrazia Cristiana. Es ist schließlich an der Zeit, daß der Stadtrat nun auch einmal etwas für eine Familie tut, die immer die Partei gewählt und sich auch nie gedrückt hat, wenn einmal Not am Mann war. Was für einen Grund gibt es schließlich sonst, in der Partei zu sein? *D'accordo*, stimmt der Stadtrat zu, *va bene*. Was soviel heißt wie: Ich werde dafür sorgen.

Doch unser junger Techniker ist ein redlicher und gewissenhafter Mann, und zudem loyal. Er geht hin und warnt seinen Vorgesetzten, daß er die Firma in etwa sechs Monaten verlassen wird, damit dieser genug Zeit hat, einen Ersatz einzuarbeiten. Denn er hat sich als Busfahrer beworben, so erklärt er. Und ja, er weiß, daß Hunderte sich beworben haben, aber er ist sicher, daß er die Stelle bekommen wird, weil er mit einem

gewissen Stadtrat von der Democrazia Cristiana gesprochen hat, der wiederum jemanden kennt, der in der Auswahlkommission sitzt.
Prompt informiert der Vorgesetzte den Geschäftsführer. Der junge Mann ist der gewiefteste und tüchtigste, den wir jemals hatten, wenn wir ihn verlieren, erleiden wir einen schweren Rückschlag. Daraufhin ruft der Geschäftsführer, der ebenfalls in der Democrazia Cristiana und ein Freund des besagten Stadtrats ist (hier nun *concorso* als »zufälliges Zusammentreffen«, wobei so zufällig nun auch wieder nicht), diesen an. »Was sind denn das für Methoden, uns unsere Mitarbeiter zu stehlen? Es dauert Jahre, jemanden so gut auszubilden. Wie kann ein privates Unternehmen unter solchen Umständen auch nur erwägen, gegen den Staatsdienst mit all seinen lächerlichen Privilegien zu konkurrieren? Tut mir leid, aber das kommt nicht in Frage. Sie müssen seine Bewerbung ablehnen.«
Das bringt den Stadtrat in eine heikle Lage. Denn sowohl die schriftliche wie auch die mündliche Prüfung sind bereits vorbei, erklärt er. Und der junge Mann hat beides bestanden. »Ich kann leider nichts daran ändern«, entschuldigt er sich. »Wenn ich doch nur etwas geahnt hätte.« Doch im letzten Moment hat er einen Geistesblitz. »Halt, es gibt ja noch die medizinische Untersuchung.«
Und hier sind wir nun bei der »Beihilfe zum Verbrechen« angelangt.
Der Arzt untersucht eine Röntgenaufnahme. »Haben Sie nicht manchmal Schmerzen, direkt über dem Becken?« Der selbstsichere junge Mann verneint, nein, nie. »Wirklich nicht? Versuchen Sie sich zu erinnern. Im Kreuz. Ein dumpfes Ziehen?« »Nein, nie.« Der Arzt runzelt die Stirn und hängt das Röntgenbild an die Leuchttafel. »Kommen Sie, und sehen Sie sich das an. Hier, zwischen den unteren Wirbeln, ist zuviel Spielraum. Eine weit verbreitete Mißbildung, normalerweise kein Grund zur Sorge.« Er schüttelt den Kopf. »Wenn Sie al-

lerdings sechs Stunden pro Tag Bus fahren, fürchte ich, werden Sie bald einen Bandscheibenvorfall erleiden.«

Und unglaublicherweise ist jeder glücklich: der Doktor, denn er hat dem Stadtrat einen Gefallen getan, der ihm nun seinerseits etwas schuldet, er hat also einen Trumpf in der Hand, den er in Zukunft ausspielen kann; der Stadtrat, denn er hat sowohl den jungen Techniker wie auch den Geschäftsführer zufriedengestellt, sie werden ihn beide als den richtigen Mann am richtigen Platz, ihren persönlichen Zugang zur Macht ansehen und wieder für ihn stimmen; der Geschäftsführer, weil er seinen Angestellten behält und gezeigt hat, daß er es versteht, seinen Einfluß geltend zu machen; und sogar der begabte junge Mann ist glücklich, weil er eigentlich nie wirklich hatte Busfahrer werden wollen.

Lediglich die beiden Familien des jungen Paares empfinden ein leises Bedauern und denken wehmütig an den sicheren Hafen. Denn man beneidet einen *dipendente* nicht um sein Leben, er ist wortwörtlich abhängig – von den Launen des Marktes wie von denen seines Arbeitgebers –, und sie hatten für ihre Kinder ja nur das Beste gewollt.

Jedesmal, wenn Giampaolo oder ich diese Geschichte zum besten geben, brechen die Zuhörer in schallendes Gelächter aus. In die Art von Gelächter, mit der auch eine Karikatur bedacht wird. Ach, wie genießen sie diesen harmlosen Bruch der *omertà*. Und wie könnte man zu so einer Geschichte kommen, wenn alles auf offene, ehrliche Weise zustande käme? Allein aufgrund der Befähigung? Nicht einmal, wenn alles direkt und allgemein bekannt durch Günstlings- und Vetternwirtschaft geregelt wäre, wüßte man solche Anekdoten zu erzählen. Nein, allein das Primat der Bürokratie und des augenscheinlich Gerechten über das Private und entschieden Ungerechte, man könnte also sagen, die Gewalt der öffentlichen Hand über persönliche Intrigen, gebiert so viele solcher Geschichten und sorgt auch für diese köstliche Spannung in so vielen Bereichen des italienischen Lebens. Die Spielregeln sind nur Fassade, wie die Enzykliken des Papstes oder der Katechismus – nichts weiter als eine dünn aufgetragene Schicht Farbe, während in dem morschen alten Holz darunter die Würmer im Dunkeln in fröhliches Lotterleben führen. Geschäftig und höchst lebendig.

Merkwürdig genug erfuhr Giampaolos Geschichte eine Bestätigung, als ich an einem Dezemberabend mit dem Bus aus der Stadt nach Hause fuhr. Es war gegen Geschäftsschluß, und der Bus war gesteckt voll, so daß ich nach vorne ging und mich direkt hinter den Busfahrer stellte; die dunkle Landschaft flog an mir vorbei, die kahlen Rebstöcke bildeten starre, verschlungene Silhouetten vor dem Dämmerlicht, Lichtpünktchen blitzten nordwärts in den Hügeln auf. In Borgo Venezia stieg ein weiterer Fahrer zu und stellte sich neben seinen Kollegen. Kaum dreißig Zentimeter von mir entfernt unterhielten sie sich über den jüngsten *concorso*, man suchte Leute für Wartungsarbeiten in einem Fuhrpark. Der neu Hinzugestiegene hatte von jemandem, der es wissen mußte, gehört, daß die Stellen proporzmäßig aufgeteilt würden; drei besetze die Democrazia Cristiana, eine die Sozialistische Partei, eine die Kommunisten ... Weshalb ein Freund von ihm wohl keine Chance hätte.

Der Sprecher unternahm keinen Versuch, seine Stimme zu dämpfen und so zu verhindern, daß ich mithörte. Auch zeigte er keinerlei Anzeichen von Empörung oder auch nur Unbehagen darüber, daß bei diesem *concorso* Komplizentum und nicht Prüfungsergebnisse zählten. Er hätte ebensogut über schlechtes Wetter reden können oder über die Schwierigkeit, am späten Nachmittag frische *tortellini* aufzutreiben, oder sonst eine unangenehme Nebensächlichkeit. Sein Kollege am Steuer fuhr mit hoher Geschwindigkeit zwischen den Betonmauern neben den Wassergräben durch und trat energisch auf Bremse und Gas, als wir die enge Stelle passierten, an der einem ein entgegenkommender Bus oder Lastwagen den Weg versperren konnte.

Ich schob mich nach hinten in Richtung Tür. Zwei alte Frauen verglichen kenntnisreich die Werte ihrer Blutsenkung, wie sie auf dem bekannten Formular der Gesundheitsbehörde dargestellt waren. Eine Gruppe von Vierzehnjährigen diskutierte, ob Pferdefleisch leckerer als Rindfleisch sei und ob *polenta* mit geschmolzenem Käse besser schmecke als ohne. Dann stritten sie darüber, was für ein Auto Ruud Gullit fährt. Ich stieg aus. Ein Bulldozer hatte sich an der alten Fabrik am Ende der Via Colombare zu schaffen gemacht. Auf einer Tafel wurde bekanntgegeben, daß hier ein Wohn- und Geschäftsgebäude entstehen soll. Beruhigenderweise stand die Madonnina noch immer auf ihrem Platz am anderen Straßenende und versprach, uns zu beschützen. Elektrisches Licht spiegelte sich auf der fühlbaren Sicherheit der Eisengeländer. Vor Nummer 10 stand Simones Wagen, der zu einem üppigen Mahl vorbeigekommen war: *baccalà, polenta,* Valpolicella. Im Briefkasten lag eine an Patuzzi adressierte Rechnung der Elektrizitätswerke. Der *cassonetto* war vor Nummer 8 geschoben worden. Vega kläffte, die Fernseher plärrten, und alles auf der Welt war offenbar in bester Ordnung.

# 22
# Mussulmani

Eines der klarsten Bilder, die der Winter hierzulande heraufbeschwört, ist das von trockenen Zweigen. Es mag vielleicht schwer sein, die Schönheit trockener Zweige zu preisen, doch ich werde es versuchen.

Als erstes ist es wohl der Erwähnung wert, daß man diese Zweige gegen einen blauen Himmel sieht. Denn nach den Herbstregen ist der größte Teil des Winters im Veneto trocken, hell und strahlend blau: krustiges, farbloses, kaltes Erdreich, gebadet in gleißendem Sonnenlicht.

Die Blätter fallen Ende November. Sie fallen von den Weinstöcken und enthüllen kräftige, knorrige Formen. Sie fallen von den Obstbäumen in den Pfirsich- und Kirschgärten. Es ist windstill, und die dicken, dunklen Äste ragen reglos gen Himmel, ihre glatte Rinde schimmert so schwarz, als wäre sie poliert. In vielen Geästen baumeln Blechdosen und Plastikstreifen zwischen den Zweigen, um die Vögel von den Früchten fernzuhalten. Jetzt sehen sie aus wie die Dekoration auf einem Lumpensammlerball. Die Ränder der Felder, Gräben und Wasserläufe werden von stark zurückgeschnittenen Platanen gesäumt, die jetzt so verzweifelt monumental wirken wie die letzten erhaltenen Säulen eines verfallenen Portikus.

In den kleineren Höfen an den Hängen über uns werden die Weinstöcke oft von Kirschbäumen abgestützt. An dem Baum ist eine horizontale Holzlatte befestigt; vier oder fünf Drähte spannen sich zwischen einer Latte und der nächsten, zwischen einem Baum und dem nächsten, und die gewundenen, splitterigen Rebstöcke klammern sich daran fest. Wenn nun der Winter kommt und das üppige sommerliche Blattwerk von Weinstöcken und Kirschbäumen verschwunden ist, ragt die von bäuerlichen Händen grob gefertigte Konstruktion aus Latten und Drähten in den hellen Himmel wie die verhedderte Takelage eines gestrandeten Segelschiffs. Die komplizierten Drehungen und Windungen, die die Natur hervorgebracht hat, Äste und Zweige, die sich zueinander biegen, dazwischen die scharfen, von Menschenhand gesägten Winkel aus Holz und die anmutig schlaffen Drähte von Latte zu Latte, die in kleinen, ungenutzten Spiralen um den letzten Kirschzweig auslaufen. All das sieht man, blickt man die Hügelterrassen hinauf, und von weiter oben schimmert das silbrige Grün der Olivenbäume und das strenge vertikale Dunkel der Zypressen.

Überall schneiden die *contadini* Zweige. Sie stutzen die Weinstöcke, gehen langsam durch die Reihen, die Hände, in denen sie Messer und Baumschere halten, sind immer erhoben. Es muß eine ermüdende Arbeit sein. Sie entfernen die jetzt rotbraunen Ranken des Jahres, die hart werden wie Stöcke, und verbrennen sie in niedrigen Feuern auf den Feldern. Am Fuße des Hügels, entlang den Gräben, schneiden sie die jungen Äste von den knubbeligen Köpfen der Platanen, schnüren sie zu Bündeln, wie sie die alten Frauen im Märchen tragen, und weichen sie in Wasserläufen oder großen, in die Erde eingelassenen Tanks ein. Wenn man sie biegsam hält, lassen sich im nächsten Jahr die Weintriebe damit hochbinden.

Dann beschneiden sie die Obst- und Olivenbäume, sägen ganze Äste ab, laden auf die Anhänger ihrer Traktoren riesige Stapel Holz, das daheim auf dem Hof mit der Kreissäge zu Feuerholz verarbeitet wird. Unseren Spaziergang begleitet das Echo des monotonen Kreischens von Sägeblättern, die sich durch Holz fressen. Es liegt etwas Trauriges darin, es ist ein Wehgesang auf den dahingegangenen Sommer, auf das Reifen des vergangenen Jahres.

Von Pappeln und Birken schneiden sie längere Äste ab, Stangen von etwa drei Metern Länge, die sie von den Zweigen be-

freien und vor dem Bauernhof aufhäufen, um sie später als Zaunpfosten und Geländer, als Stützen für die Weinreben oder als Stiele für Mistgabel und Schaufel zu verwenden. Die schlanken Birkenäste, an eine Scheunenecke gelehnt, deren beide Stützbalken wiederum auf den gespaltenen Ästen zweier alter Kirschbäume ruhen, schimmern blaugrau in der Wintersonne. Die Wände der Scheune bestehen aus alten Kisten, Brettern, Wellblechstreifen, einem Sortiment von Planken, die einst anderen Zwecken gedient haben, einem Stück rosa Plastik, einer Eisenstange. An der anderen Seite des Gebäudes ist zwischen dem Teerdach und einem in dem Hügel verankerten Betonpfosten ein Kabel gespannt. Anders als auf dem penibel gepflegten Friedhof wurde hier wenig Wert auf Dinge wie rechte Winkel gelegt. Warum bricht das Ganze nicht zusammen, fragt man sich. Warum wird es nicht einfach weggeweht? Ich stehe da und schaue: die winterlichen Äste, die Stöcke und abgeschnittenen Zweige, die in den Himmel ragen, die Balken, die auf dem Kirschbaum ruhen, das Flechtwerk kreuz und quer verlaufender Drähte; ein solcher Wirrwarr von Mensch und Natur, von Althergebrachtem und Provisorischem, von alten, jahreszeitlich bestimmten Rhythmen und schamlosen Notlösungen. Wenn die Blätter gefallen sind, wird es so überdeutlich.
Wir befinden uns auf dem nahe der Via Colombare gelegenen Bauernhof, wo wir immer unsere Eier holen. Ein großer deutscher Schäferhund zerrt an seiner Kette, die an einem zwischen Scheune und Kuhstall gespannten Draht entlangläuft. Die Bauersfrau, gut sechzig Jahre alt, trägt Hausschuhe und dunkle Wollstrümpfe. Sie spricht ein gutes Italienisch und ist fröhlich und immer für einen Spaß zu haben. Ihr Mann sei im Büro, lacht sie und weist mit dem Daumen zum Kuhstall, der eine Seite des L-förmig gebauten Hauses bildet. Wir gehen auf einen kurzen Plausch hinein. Es gibt hier sogar zwei Bauern, Brüder, die beide an die siebzig sind. Ihr Pachtvertrag läuft in ein paar Jahren aus, und danach wird das

Land wahrscheinlich nicht mehr landwirtschaftlich genutzt werden; dann werden die Bauarbeiter kommen. Vor einigen Jahren hat ein Bauunternehmer das Gelände gekauft, und er setzt alle Hebel in Bewegung, um sich die Genehmigung für die Errichtung von Wohnhäusern zu verschaffen. Früher oder später wird sich irgendein Kontakt, den er pflegt, irgendein Gefallen, die er einem Priester oder Politiker erwiesen hat, als der entscheidende Trumpf auszahlen. Denn obwohl der Bebauungsplan dieses Land »für alle Zeiten« als landwirtschaftliche Nutzfläche vorsieht, macht sich keiner Illusionen. Immerhin sind die Landvermesser bereits mit dem Kirschgarten am unteren Ende der Via Colombare befaßt.

Der Kuhstall ist alt und düster, im Gebälk nisten Schwalben, an Eisenringe in der Steinwand sind schmutzige Seile geknotet, Plastikplanen ersetzen das Fensterglas. Der Gestank von acht Kühen, die in ihrem Stroh und ihrem Kot stehen, ist nicht zu ertragen. Die Tiere stehen und liegen hier das ganze Jahr über. Sie kommen nie hinaus. Das terrassierte Land mit den Obstbäumen, den Weinstöcken und den Weizen- und Maisfeldern eignet sich nicht als Viehweide. Im Sommer gehen die Männer hinaus und mähen Gras als Futter, und im Winter bekommen die Tiere das Heu aus dem windschiefen Schuppen. Die Bauern haben eine Melkmaschine; und die beiden großen Milchkannen, die sie füllen, stehen in einem kleinen Bach hinter der Scheune und warten auf ihre Abholung. Vielleicht erklärt diese Methode, warum hier die Milch im Sommer manchmal unmittelbar nach dem Kauf sauer wird.

Giuliano und Girolamo heißen sie. Sie tragen schmutzige blaue Arbeitsanzüge und braune Filzhüte. Sie sprechen nur Dialekt und nuscheln dermaßen, daß es schwierig ist, überhaupt nur ein Wort mitzukriegen. Man muß aus dem Gesamteindruck schließen, was gesagt worden ist. Wobei man mit seiner Interpretation durchaus falsch liegen kann. Girolamo, der jüngere Bruder und offenbar der Chef, ist forsch und sarkastisch. Er macht sich über unsere Stadtkleidung und unser leichtes Leben lustig. Er kratzt sich hinterm Ohr, gibt einer Kuh einen Klaps auf den Hintern und grinst wie ein alter Fuchs. Der kranke und arg gebeugte Giuliano ist von freundlicherem Naturell, wenn auch fast vollkommen zahnlos. Ihm ist vor kurzem die Prostata entfernt worden – seine *»prospera«*, sagt er verschmitzt –, und so werden die üblichen Fragen nach dem gesundheitlichen Befinden gestellt, insbesondere da ihm Rita vor der Operation empfohlen hat, ihren Bruder zu konsultieren, der am Krankenhaus als Urologe arbeitet. Obgleich ihr Rat Giulianos Schicksal nicht wesentlich erleichtern konnte, wird diese Art von menschlicher Anteilnahme doch als sehr wichtig angesehen. Es war ein Zeichen von Hilfsbereitschaft, die wir ihnen erwiesen haben. Vielleicht haben sie darum eingewilligt, uns ihre Eier zu verkaufen, obwohl sie gemäß einer Vereinbarung mit einem der hiesigen Läden sämtliche Eier dorthin liefern müßten. Oder vielleicht erzählen sie das auch jedem.

Giuliano trägt oft einen Spaten, eine Hacke oder auch nur einen Stock mit sich herum, um sich im Bedarfsfall darauf stützen zu können. Er freut sich, daß ich Engländer bin, weil er so die Gelegenheit bekommt, sich an seine Jahre als Kriegsgefangener in Schottland und Wales zu erinnern, die für ihn anscheinend sehr glücklich waren. Er wohnte bei dort ansässigen Bauern, und sie schickten ihn jeden Tag aufs Feld hinaus; dort machte er mehr oder weniger das gleiche wie hier: in den Gemüsebeeten Unkraut jäten und Gras mähen. Er gewöhnte sich gut ein. Aber als der Krieg vorüber war, gaben sie ihm nur vierundzwanzig Stunden Bedenkzeit, um sich zu entscheiden, ob er bleiben oder nach Hause zurückkehren wollte. Und er wäre geblieben, wenn ihn nicht die Pasta gelockt hätte. Der Gedanke an einen Teller Pasta zog ihn auf das Schiff zurück nach Italien. Ich frage mich, ob sein zahnloses Grinsen zeigen soll, daß er weiß, was für eine Karikatur er damit bietet. Girolamo hingegen kam halbverhungert aus der Zwangsarbeit in

einer deutschen Fabrik zurück. Da hätte ihn schon ein Teller schottischer Kartoffeln glücklich gemacht. Er spottet über die Sentimentalität seines Bruders.
Denn jetzt beschwert sich Giuliano, daß das Verteidigungsministerium ihm keine Weihnachtskarte mehr schickt. Seit Kriegsende hat er jedes Jahr von der britischen Regierung eine Weihnachtskarte bekommen. Bis diese »Tetschär« an die Macht gekommen ist. Sie hat dem ein Ende gesetzt. So werden also Margarets Sparmaßnahmen überall auf dem Kontinent als schwerer Schlag empfunden. Aber es wäre nicht nett, meinen wir, laut darüber nachzudenken, was mit einem Hof wie diesem geschehen wäre, wenn sie bei der EG-Agrarpolitik ihren Kopf durchgesetzt hätte.
Es ist schon komisch. Diese alten Bauersleute scheinen uns einerseits nicht ganz über den Weg zu trauen, andererseits jedoch geradezu darauf gewartet zu haben, eine Pause einlegen und ein bißchen schwatzen zu können. Schließlich laden sie uns sogar noch auf ein Gläschen ein. Die große Flasche ohne Etikett mit dem starken, trockenen Wein steht mitten auf einem langen, sauber geschrubbten Holztisch. Der Boden ist aus nacktem Stein, die Wände weiß gekalkt. Die Stühle haben gerade Lehnen; einen Sessel oder ein Sofa gibt es nicht, dafür steht in einer Ecke ein riesiger Farbfernseher, vor dem zwei Enkelkinder sitzen. Es ist erstaunlich, wie wenig der römische Akzent all dieser Nachrichtensprecher und Moderatoren auf die Leute hier abfärbt.
Weil Sonntag ist, kommen wir – nicht auf mein Drängen hin, das kann ich Ihnen versichern – auf die Religion zu sprechen. Rita erklärt, daß wir nicht zur Kirche gehen. Die Frau des Bauern erwidert freundlich, daß auch ihr Schwiegersohn nicht gehe, er aber kein Jude sei. Diese Äußerung finden wir etwas verwirrend, bis wir begreifen, daß sie damit nur ausdrücken will, er sei sehr wohl gläubig, besuche aber eben nicht regelmäßig die Messe, nur an Ostern und Weihnachten; das heißt, daß in ihrem Universum außer den Juden keine

Nichtgläubigen existieren, und zu denen gehört ihr Schwiegersohn eben nicht. Und wir – davon geht sie offensichtlich aus – auch nicht. Aus ihrem warmherzigen Lächeln spricht Nachsicht: Ihr jungen Leute seid verständlicherweise ein bißchen faul und selbstsüchtig, aber später werdet auch Ihr jede Woche zur Messe gehen, genau wie wir.

Rita jedoch hat die äußerst ärgerliche Angewohnheit, bei Gesprächen dieser Art aufrichtig zu sein. »Ganz so verhält es sich nicht«, sagt sie.

»Dann müßt Ihr Protestanten sein«, meint der weitgereiste Giuliano; vielleicht erinnert er sich an schmucklose presbyterianische Kirchenbänke in dem von Kriegswirren erfaßten Galoway, an Kameraden, die ein Bildnis der Madonna schnitzten.

»Nicht ganz«, erwidert Rita.

»Was denn dann?« Girolamo kratzt sich heftig hinter dem Ohr und setzt sein spöttisches Fuchslächeln auf. Jeden Sonntag morgen auf dem Weg in die *pasticceria* begegnen wir ihm und Giuliano, wenn sie gerade zur Messe gehen; sie wirken linkisch in ihren alten rauchblauen Anzügen und dunklen Krawatten.

»Nichts«, mische ich mich schließlich ein. »Wir sind nichts. Wir gehen nicht in die Kirche, und das ist alles.«

»Aber irgend was müßt ihr doch sein. Jeder hat irgendeine Religion.«

Wir stellen fest, daß Girolamo in seinem Gesprächsgebaren eine gewisse Ähnlichkeit mit seinem deutschen Schäferhund aufweist, der drohend an seiner Kette zerrt, während er hin- und herläuft. Er will uns in die Enge treiben. Jeder habe einen Gott, selbst wenn es nur das Geld sei. Wofür ich dann lebe? Ich müßte doch irgendeinen Sinn im Leben sehen, und das sei eben meine Religion. Also, was ist es? Seine Worte klingen für mich so beunruhigend wie die Predigten, die ich vor fünfundzwanzig Jahren hörte. Aber es wäre ungehobelt und vor allem zwecklos, einen Streit vom Zaun zu brechen. Denn

natürlich sind wir beide mit der Welt vertraut, die wir kennen: er mit seiner Welt der Äste und beschnittenen Bäume, ich mit meiner der Stadt und der Übersetzungen.
»Ihr müßt eine Religion haben«, beharrt er, als habe er sein Opfer in die Enge getrieben. Und leert kämpferisch sein Glas Wein.
Ich weiß nicht, was ich sagen soll.
»Wir sind *mussulmani*, Moslems«, bricht Rita das verlegene Schweigen und erntet Gelächter von allen Seiten. Nur Girolamo sieht uns weiterhin mißtrauisch an. Als wir wieder hinausgehen auf den Hof, versuche ich das Thema zu wechseln, ich frage ihn, ob er den Hund jemals von der Kette läßt. Woraufhin der alte Man gleichgültig mit einer gängigen Redensart antwortet: *«Non è mica un cristiano.«* Er sei schließlich kein Christenmensch, oder? So wie man auch zu einem unartigen Kind, das man ausschimpft, sagen kann: »Bist du denn ein Christenmensch oder ein Tier?« Denn das sind die beiden einzigen Kategorien, die die überlieferte Sprache für die Einteilung von Lebewesen vorsieht: Christenmenschen und Tiere. Abgesehen von den Juden natürlich. Die hätte ich fast vergessen.
Und wenn der Zustand der Welt sich stets noch weiter verschlechtert, kann man sagen: *»Non c'è più religione.«* Es gibt eben keine Religion mehr. Als wäre das das Problem. Und man wiederholt es kopfschüttelnd: *»Non c'è più religione.«* Ein Satz, den Lucilla, mit all ihren Madonnen und Kruzifixen und heiligen Herzen, in letzter Zeit oft wiederholt hat. Denn Martas Rechtsanwalt hat erreicht, daß die Anhörung wegen des angeblich gefälschten Testaments um weitere drei Monate hinausgeschoben wurde. Fürs erste scheinen die Dinge für uns frischgebackene *mussulmani* bestens zu laufen.

## 23

# La tredicesima

Winter in Verona heißt: in Kohlepfannen geröstete Kastanien an der Piazza Erbe; der überlaufene Santa-Lucia-Markt, wo verdächtig aussehende Zigeuner alle möglichen Bonbons, Nougat und getrocknete Früchte aus grell bemalten Wohnwagen heraus verkaufen. In Geschäften und Supermärkten stapeln sich riesige, fröhlich bunt verpackte *panettoni;* Johnnie Walker und hiesige Schnäpse gibt es im Sonderangebot.

In Montecchio heißt Winter, daß die Fenster der *pasticcheria* beschlagen und die Wasserläufe angeschwollen sind, während an frostigen Morgen Nebelschwaden vom Laghetto Squarà aufsteigen, Plastikhüllen über Oleanderbüsche und Zitronenbäume gestülpt werden und die große Zeder auf dem Hauptplatz im Weihnachtsschmuck erstrahlt.

In der Via Colombare heißt Winter, daß die stämmige Frau mit dem Reisigbesen die Blätter wegfegt, kaum daß sie gefallen sind; und daß der alte Lovato seinen handtuchgroßen Gemüsegarten beinahe einen Meter tief umgräbt, um den Frost richtig hineinzulassen. Winter fördert den echten Nerz der Frau zutage, deren Gatte den Alfa 75 fährt, ebenso wie den falschen Nerz der mongoloid wirkenden Frau gegenüber, die in der Stadt Büros putzt.

In Nummer 10 heißt Winter, daß die Treppen mit ebenso eintöniger Regelmäßigkeit gekehrt und gewischt werden, wie im Sommer der Garten bewässert wird. Daß man sich fast zu Tode friert, weil der Schurke, der das Haus gebaut hat, nur winzige, leistungsschwache Heizkörper installieren ließ. Und daß auf dem ersten Treppenabsatz ein Plastikweihnachtsbaum auftaucht und die seidenmatt lackierten, hölzernen

Eingangstüren mit rotgoldenem Talmi beklebt werden. In der Nacht heult Vega die kalten Sterne an, während sie draußen auf dem gefrorenen Boden hin und her streunt, und die Pumpe von Lucillas Heizung wimmert ständig und immerzu.

Obwohl jeder Haushalt sein eigenes Heizungssystem hat, sind die Thermen nicht in den Wohnungen untergebracht, sondern alle gemeinsam in einem winzigen Kellerraum; und Lucillas Therme wurde an die Außenwand montiert, an einen dieser tragenden Betonpfeiler. Daher beginnt das Gebäude jedesmal, wenn sich ihre Heizung einschaltet, zu summen. Und die Heizung läuft die ganze Nacht.

Giampaolo geht hoch, um sich zu beschweren. Wie alles andere in Italien ist auch gesetzlich geregelt, wann man die Heizung anschalten darf und wann nicht. Das Gesetz wurde nach einer dieser Ölkrisen verabschiedet. Man darf sie nicht vor dem 1. November in Betrieb nehmen und höchstens bis Ende März laufen lassen. Nachts zwischen elf Uhr abends und sechs Uhr morgens darf sie ebenfalls nicht eingeschaltet sein; in den Stunden zwischen sechs Uhr morgens und elf Uhr abends darf sie insgesamt höchstens zwölf Stunden lang brennen.

Selbstverständlich wird dieses Gesetz ebenso wie die Notstandsverordnung zur Bewässerung der Gärten normalerweise ignoriert, außer vielleicht von den knickerigen Eigentümern großer Wohnblocks, wo im Mietbetrag die Heizkosten inbegriffen sind. Doch Giampaolo hofft, mit dieser Vorschrift Lucillas Furcht vor der Obrigkeit zu wecken und sie so davon abzuhalten, uns allnächtlich mit dem Dröhnen ihrer Pumpe zu stören.

Es ist vielleicht typisch für einen *dipendente*, einen Lexikonleser und modernen Mann, sich auf das Gesetz zu berufen. Und Giampaolo scheint jeden Paragraphen zu kennen und zu wissen, ob er *valido* und inwieweit sein Wert *relativo* ist. Ich kann hören, wie er an der Tür, direkt gegenüber der unseren, höflich und überzeugend mit ihr spricht. Doch diesmal läßt sich Lucilla nicht einschüchtern. Weil ihre Gesundheit auf dem Spiel steht. Sie muß viel husten. Und dann macht sie noch eine Diät, weshalb sie friert und an Verstopfung leidet, trotz all der Kräutertees, die sie ausprobiert. Als Giampaolo, höflich wie immer, einen Rückzieher macht, nennt sie ihn *troppo gentile* und fragt, ob er nicht hereinkommen und einen Schluck mit ihr trinken möchte. Sie hat Probleme, mit ihrem Fernsehgerät Telepace, den Vatikansender, zu empfangen …

Winter. Ich sitze an Patuzzis großem Schreibtisch, wo er an ähnlich trüben Tagen ach so viele sonnendurchflutete Prospekte angeschaut haben muß und sich in der Phantasie neben den immer exotischer klingenden Straßenschildern stehen sah. Die Temperatur ist einiges unter Null, doch beschlägt der Atem der ausgezehrten Frau gegenüber kaum die Fensterscheiben, während sie mit unerschütterlicher Geduld weiter hinausstarrt. Zwischen ihrem Haus und dem unseren recken sich auf einer Seite mehrere Äste gen Himmel. Der dazugehörige Baum ist der einzige in Negrettis Garten. Und an ebendiesen Ästen hängen üppig, was ich in meiner Unkenntnis zuerst für Orangen hielt: wunderschöne, runde, pralle Früchte, mit unsichtbaren Fäden von einem Flechtwerk blattloser schwarzer Zweige darüber gehalten. Im Abendrot beginnen sie zu glühen und erinnern an die Strophen von Marvell: »Er hängt sie in den Schatten, die leuchtenden Orangen, wie güldene Lampen in grünschwarzer Nacht.«

Doch wir befinden uns nicht auf den Bermudas, auch wenn Patuzzis Geist hier herumspukt. Und der Abend ist auch nicht grünschwarz, sondern grau – rauchblau-grau. Und natürlich handelt es sich auch nicht um Orangen, sondern um *cachi*, sehr weiche Früchte mit einer Schale wie Pflaumen, nur etwas dicker, und mit saftigem Fruchtfleisch von ungemein sinnlicher Struktur und klebriger Süße. Es sind, soweit ich mich entsinne, die einzigen Früchte, die ich noch nie auf einem Londoner Obst- und Gemüsemarkt gesehen habe. Sie sind zu empfindlich, um sie zu exportieren. Selbst Bepi hat sie nicht gern auf Lager, weil sie so leicht verderben. Negretti läßt die meisten einfach auf den Boden fallen, wo sie über trockenem Laub einen orangeschwarzen Brei bilden, bevor er seine Söhne beauftragt, die wenigen restlichen zu pflücken. Dann beschneidet er, einarmig, wie er ist, den Baum mit einer Kettensäge. Zweige und Äste fliegen herum. Die alte Frau mit dem Schal beobachtet ihn ungerührt, bis der Abend anbricht. Dann lehnt sie sich heraus und zieht die klapperigen Fensterläden vor, wobei sie sich umdreht, um mich mit einem letzten schwachen Lächeln zu bedenken, bevor sie die Läden schließt. Unwahrscheinlich, daß ihr Haus überhaupt eine Heizung hat.

Vittorina tritt aus ihrer weihnachtlich geschmückten Tür und sieht, wie ich die Treppe wische. Denn wir sind dran. Sie ist offensichtlich erschüttert, daß ich – und nicht meine Gattin – diese niedrige Arbeit verrichte. Ist Rita krank? Wenn ich etwas gesagt hätte, hätte sie unsere Schicht übernommen. »Nein, nein, es geht ihr gut, aber sie hat einen eiligen Übersetzungsauftrag«, erkläre ich. Anscheinend reicht diese Erklärung nicht aus. Vittorina blickt verstört; Treppenwischen ist nun einmal keine Männerarbeit. Ihr Gatte Giosuè beispielsweise, dessen Grab sie gerade besuchen will, hat nie eine Treppe gewischt. Ich gestehe ihr, wie oft ich mir wünsche, in einer Welt zu leben, in der die Wertmaßstäbe aus der Zeit vor fünfzig Jahren noch gültig wären. Sie nimmt das vollkommen ernst. Und vielleicht liegt ja auch eine Spur Wahrheit darin. Denn wenn ich eins hasse, dann diese Marmorstufen zu wischen, in dem Wissen, wie sorgfältig Orietta und Giampaolo sie danach begutachten werden, wie sie prüfen werden, ob auch in den Ecken gewischt und ob der Dreck etwa einfach unter die Türmatten gefegt wurde. Ich habe gehört, wie sie Vittorinas Putzleistung kritisierten. Mich erinnert besessenes Putzen irgendwie an den Tod. Der Friedhof ist blitzsauber. Kann es sein, daß wir Engländer die Friedhöfe

verwildern lassen, damit sie uns nicht so sehr an den Tod gemahnen?
Giampaolo kommt mit einem Schreiner herein, der ein großes lackiertes Brett von etwa zweieinhalb Meter Länge und acht Zentimeter Dicke trägt. Sie entschuldigen sich, daß sie die frischgeputzte Treppe gleich wieder schmutzig machen, aber Giampaolo zahlt den Schreiner nach Stunden. Da kommt Lucilla an den oberen Treppenabsatz. »Rina, Rina!« ruft sie. Ich sage ihr, daß Vittorina gerade Blumen an Giosuès Grab bringt. Ob dann vielleicht ich zu ihr in die Wohnung kommen und ihr mit den Gelben Seiten helfen könne, fragt Lucilla. Denn sie kann sich einfach nicht an den Namen ihrer Schneiderin erinnern, ob ich ihr vielleicht die, die im Telefonbuch stehen, vorlesen könnte? Ich stelle meinen Schrubber beiseite.
Aus irgendeinem Grund läßt sich jeder etwas anfertigen. Vielleicht, weil die Welt draußen so klamm und eisig und der Winter daher naturgemäß die Jahreszeit für häusliche Aus- und Umbauten ist. Giampaolo verändert den Mittelpunkt seines Wohnzimmers, den Platz seines Fernsehapparats. Dieser stand bisher auf einer erhöhten Plattform in der Ecke, doch jetzt hat Giampaolo denselben Schreiner, der auch die frühere Lösung fertigte, gebeten, das imposante Gerät neben einer Reihe nicht weniger eindrucksvoller Enzyklopädiebände auf einem von zwei großen, speziell angefertigten Borden unterzubringen, die ohne sichtbare Halterung in der Wand verankert werden. Der Plan wird mit größtmöglicher Sorgfalt ausgeführt. Direkt hinter dem Fernsehapparat wird eine Steckdose gesetzt, damit keine Kabel zu sehen sind.
Gleichzeitig beschäftigt Vittorina in der Wohnung gegenüber einen anderen Schreiner aus dem Ort damit, ihre Küche zu erneuern. Es gibt lange Beratungen über Höhe und Tiefe der Schränke, die richtige Positionierung des Lichts und die Notwendigkeit, auch den Kühlschrank zu ersetzen, damit er die richtige Breite für die neuen Schränke hat, und so weiter, und

so weiter. Den Menschen hier scheint das soviel mehr Spaß zu machen, als einfach in einen Laden zu gehen und die Sachen fertig zu kaufen. Im Lauf der Jahre entsteht eine persönliche Beziehung zu ihrem Schreiner, und dann prahlen sie bei einer Einladung zum Abendessen oder einem *taverna*-Gespräch damit, daß er der beste in der ganzen *provincia* sei, und sie würden einem ja gern Name und Telefonnummer geben, wenn er nur nicht immer so beschäftigt wäre, daß er nie Zeit für einen neuen Kunden hat. Sie sprechen von *il mio falegname di fiducia* (der Schreiner meines Vertrauens); und ziemlich sicher haben sie auch einen Elektriker *di fiducia,* einen Maurer *di fiducia*, einen Schneider *di fiducia* und ganz zweifellos einen ebensolchen Metzger. Im Ernst, nur selten scheinen die Veroneser glücklicher zu sein, als wenn sie über ihren Soundso *di fiducia* sprechen. Damit geht ein sozialer Status einher, es umgibt einen der Nimbus einer Person, die nicht einfach nur kauft, was der Markt anbietet, oder wie es der Engländer vielleicht täte, mit gekrümmtem Rücken im Baumarkt stöbert; nein, man ist jemand, der debattiert und etwas zusammen mit seinem Handwerker entwirft. Man erlangt beinahe den Status eines Mäzens.

Doch wie in jeder Beziehung gibt es auch hier Schattenseiten. Eine der häufigsten ist, daß der Jemand *di fiducia* zu beschäftigt ist. Und der Grund, warum er zu beschäftigt ist, liegt nicht allein in der enormen Nachfrage, die hier herrscht, wo alles privat angefertigt wird, sondern in der Tatsache, daß der Jemand *di fiducia* eigentlich ein *statale* ist, der in seiner knappen Freizeit ein bißchen was nebenher verdient. Unser Briefträger beispielsweise wird häufig im Ort gesehen, wie er emsig und schwarz Maurerarbeiten ausführt oder Pforten und Garagentore mit Fernbedienung einbaut. Ein Angestellter des Krankenhauses trägt mit der Kelle Putz auf. Diese Situation kann zu der reichlich schizophrenen Haltung führen, daß ein Kunde eben noch die Fähigkeiten seines Schreiners oder auch Maurers oder Gärtners *di fiducia* in höchsten Tönen lobt und schon im nächsten Augenblick über die *statali* samt ihrer Privilegien und ihrer Verschlagenheit schimpft. Doch wenn der fragliche Mann in den Vorruhestand geht, hat er zumindest mehr Zeit für dessen Umbaupläne.

Von der allgemeinen Begeisterung angesteckt, haben auch wir einen Schreiner ausfindig gemacht und wollen uns von ihm ein Bett zimmern lassen, um das unbequeme Stück aus dem Mittelalter zu ersetzen, in dem ich mich immer fühle, als würde ich auf dem Mittelbild eines Triptychons der Folterungen nächtigen. Unser *falegname di fiducia* wurde uns von einem Schüler empfohlen; er ist jung und energiegeladen, spricht über grüne Politik mit mehr Sachverstand als die meisten, skizziert rasch das attraktive Modell eines schlichten Betts aus rotbraun gebeizter Eiche und nennt uns einen Preis, der gut dreißig Prozent unter den üblichen Ladenpreisen liegt. Dann entschwindet er. Er ist so beschäftigt, daß wir das Bett über ein halbes Jahr nicht zu Gesicht bekommen. Das ist nun mal der Preis, den man für einen guten Schreiner zahlen muß, meint Orietta weise. Und letztendlich lohnt sich das Warten.

Ich gehe die Treppen hoch, die ich eben gewischt habe, um Lucilla bei ihrer Suche nach der Schneiderin zu helfen. Sie hat ihre Kücheneinrichtung erst vor etwa einem Jahr erneuern lassen. Auf einer Tischplatte aus Nußbaum wartet ein pinkfarbener *gingerino* auf mich. »Nun, Signor Tino« – mit affektiertem Lächeln und gespielter Verlegenheit wuchtet sie ihren tonnenförmigen Körper von einem behausschuhten Fuß auf den anderen und hebt zu Erklärungen an. Sie muß sich ihre BHs extra anfertigen lassen. Ja. Sonst sind sie unbequem, Sie verstehen? Normalerweise hätte sie ihre Schneiderin *»di fiducia«* beauftragt, aber die Frau war leider zu beschäftigt (dieses traurige Eingeständnis zeigt, daß deren Wertschätzung der Kundin nur *relativo* ist); also hat sie den Auftrag anderweitig vergeben, und jetzt hat sie den Namen vergessen. Die BHs sollten diese Woche fertig sein, vielleicht könnte ich die be-

treffende Schneiderin ja in den Gelben Seiten ausfindig machen, vorausgesetzt, sie ist überhaupt eingetragen. Denn selbstverständlich hat sie die Frau nicht aus den Gelben Seiten herausgesucht, sondern wiederum eine Freundin nach ihrer *sarta di fiducia* gefragt. Doch die Freundin ist im Urlaub. Ich schlage »*Sartorie per donna*« auf. Es stellt sich heraus, daß es in Verona deren ungefähr zwanzig gibt. Ich frage Lucilla, ob sie sich an den Namen der Straße erinnert. Nur, daß es im Zentrum war, doch das trifft mehr oder weniger auf alle zu. Wir stoßen auf einen Namen, der ihr bekannt vorkommt: Riccadonna. Ich wähle für sie und reiche ihr den Hörer. Lucilla trägt ihren pinkfarbenen Nylonmorgenrock und flauschige Kleinmädchenpantoffeln, darüber erhasche ich einen kurzen Blick auf krampfgeäderte Knöchel. Ihr Haar ist unter einer Art Plastikmütze verborgen, ich nehme an, daß sich darunter Lockenwickler verstecken. Vielleicht kommt Simone heute abend. Als sie eine Verbindung bekommt, spricht sie in ungewohnt servilem, unterwürfigem Tonfall: »*Buon giorno, buon giorno,* hier spricht Zambon, die Frau mit den sieben Büstenhaltern. Sind Sie die Schneiderin, bei der ich sie bestellt habe?«
Es ist die magische Zahl sieben, die irgendwie so grotesk klingt – sieben Weltmeere, sieben Siegel, sieben Büstenhalter. Bei der zweiten Nummer erkundigt sich die Schneiderin nach den Maßen, die Lucilla bereitwillig nennt, mir aber nichts sagen, weil ich mich mit BH-Größen nicht auskenne. Beim dritten Versuch ziehen wir das große Los. Die sieben BHs sind fertig und liegen zur Abholung bereit. Ich notiere Namen und Adresse auf dem Block in ihrer Küche. Dabei sehe ich aus den Augenwinkeln heraus, daß auf dem Balkon neben dem Abfalleimer ein zugedeckter Vogelkäfig steht. Lucilla hat ihren Kanarienvogel, *poveretto*, einmal zu oft saubergespritzt.
»*Troppo bravo*«, sagt sie an der Tür, als ob mir das Lob gebühre, den richtigen Namen gefunden zu haben. Es gefällt ihr sehr, daß Vittorina nicht da ist. Sie mag es, wenn Männer

etwas für sie tun. Und sie fügt hinzu, sollte ich es mir leisten können, die Wohnung zu kaufen, sobald sie unsere Vermieterin ist, wäre sie tatsächlich sehr froh, wenn wir blieben.
Giampaolo ist indes nicht allzu glücklich mit seinem *falegname di fiducia*. Unvorstellbarerweise hat dieser Mann seines Vertrauens versucht, eins der großen neuen Borde verkehrt herum einzubauen. Er hat nicht gesehen, warum es nicht auf den kleinen Mauervorsprung paßte, und ein ziemlich großes Stück Putz abgeschlagen. Und noch schlimmer, jetzt weigert er sich einzugestehen, daß dieser Schaden auf sein Konto geht; man hätte ihm sagen müssen, daß die Nische keinen rechten Winkel zur Hauptwand bildet, behauptet er. Sie streiten sich etwa zehn Minuten lang an der Tür der Visentinis, bevor der Schreiner eilig verschwindet, indem er nicht sehr überzeugend einen weiteren Auftrag vorschützt. Trotz des Schrubbers in meiner Hand (ich muß noch die letzte Treppe hinunter zur Garage wischen) besteht Giampaolo darauf, daß ich den Schaden begutachte. Seine langen, schlanken Finger betasten die Schadensstelle. Was ich davon halte? Es sieht doch gar nicht so schlimm aus, tröste ich. Doch er schüttelt den Kopf. Er wird seinen Maurer *di fiducia* anrufen müssen. Ja, es gibt da einen Mann, der in der Vergangenheit einige Arbeiten für ihn erledigt hat. Denn man selbst schaffe es nie, eine Ecke perfekt zu verputzen. Man sehe es immer. Doch was noch schlimmer sei, er müsse sich entscheiden, ob er seinen *falegname di fiducia* nach halbgetaner Arbeit entlassen oder weiterpfuschen lassen soll. Wieder schüttelt er den Kopf. Die Bindung zu einer Person *di fiducia* ist eine sehr tiefe, und so kommt das Verhalten dieses Mannes in Giampaolos Augen einem Betrug gleich. Ganz zu schweigen von den zusätzlichen Kosten für den Maurer. Was für das Gehalt eines *dipendente* ein ordentlicher Batzen ist. Orietta kommt mit dem Staubsauger herein, um Staub und Putz aufzusaugen. »*Grazie al cielo*«, seufzt sie, »daß bald Weihnachten ist. Da wird die *tredicesima* fällig.«

Die *tredicesima!* Hier ein weiterer Blick durchs Schlüsselloch des modernen Italien. Denn in welch anderem Land der Welt gibt es eine *tredicesima?* In keinem, dessen bin ich mir sicher, sofern nicht an der Spitze eines spiegelglatten Pols das Schlaraffenland tatsächlich existiert. Aber vielleicht ist ja Italien selbst das Schlaraffenland. Manchmal äußern sich die Italiener dementsprechend. Oder sie sagen: »Nach Amerika auswandern? Aber Italien ist doch Amerika!«

Das Wort *tredicesima* heißt nichts anderes als »die dreizehnte«. Doch wenn das Adjektiv zum Nomen wird und es *la tredicesima* heißt, dann ist damit das dreizehnte Monatsgehalt gemeint. Dreizehn, darauf muß man hinweisen, gilt in Italien als Glückszahl.

Was in den ersten Dezemberwochen geschieht, ist folgendes: Alle *statali* und *dipendenti* erhalten ein zusätzliches Monatsgehalt. Das ist gesetzlich vorgeschriebener Teil eines jeden Arbeitsvertrags. Als diese Entwicklung mit den Tarifverhandlungen der sechziger Jahre eingeleitet wurde, so hat man mir erzählt, sei die *tredicesima* als Bonus gedacht gewesen, der nur gezahlt werden sollte, wenn sich der Angestellte anständig benommen hatte, nicht über Gebühr vom Arbeitsplatz ferngeblieben war und so weiter. Doch da es nahezu niemand auf sich nimmt, das Verhalten eines anderen zu beurteilen, schon gar nicht im öffentlichen Dienst, wurde es bald schon automatisch ausgezahlt. Und manche Firmen, bemerkenswerterweise Banken, haben sogar *la quattordicesima* und in manchen Fällen auch eine *quindicesima* eingeführt.

Solch übertrieben großzügige Vereinbarungen geben dem hart arbeitenden Selbständigen seine vielleicht einzige Chance, über das ruhige Leben der *dipendenti* zu lästern, auch wenn er sich darüber im klaren ist, daß der größte Teil dieses Geldes im Rahmen der allgemeinen Weihnachtsvöllerei für Waren und Dienstleistungen ausgegeben wird. Deshalb schimpft er auch nicht zu laut. Ja, das baldige Eintreffen der *tredicesima* erklärt vielleicht, warum Giampaolo und die

Damen sich zum jetzigen Zeitpunkt entschieden haben, ihre Schreinerarbeiten und Büstenhalter in Auftrag zu geben. Denn als Rentnerinnen erhalten auch die Damen eine *tredicesima*. Sie sind kurzfristig reich. Lucilla geht in die Stadt, um Pumps und Netzstrümpfe zu erstehen. Zwei Männer kämpfen sich auf der Treppe mit Vittorinas neuem Kühlschrank ab. Man kann sich nur erstaunt fragen, was die beiden erst tun werden, falls sie je über das Geld verfügen, das sie für unsere Wohnung haben wollen. Bekommt Giosuè dann einen neuen Grabstein? Gibt es Nerze und Muffs? Ein neues Wohnzimmer? Werden Extramessen gelesen?

Als ich noch einmal hinuntergehe, um die Fußmatten wieder hinzulegen, nachdem die Stufen getrocknet sind, höre ich, wie um die Mittagszeit üblich, die Vespa des Briefträgers heranknattern. Ich warte auf ihn. Außer einigem Schund für Patuzzi bringt er eine Zeitschrift für Vittorina, *I fioretti di San Gaspare.* Mein Wörterbuch übersetzt *fioretto* mit »Akt der Demütigung«. Die Zeitschrift wird von *»L'ordine dei frati del preziosissimo sangue«* herausgegeben, einem Orden, den der Heilige selbst gegründet hat. Hauptsächlich werden darin Wunder beschrieben, die eingetroffen seien, kurz nachdem man den Heiligen angerufen hat. Ein Leser schreibt, daß er jahrelang an schmerzhafter Prostatitis litt, doch dann sei sein Problem durch eine einzige Bitte an San Gaspare aus der Welt geschafft worden. Vielleicht hätte man den alten Giuliano davon in Kenntnis setzen sollen. Mir kommt es so vor, als ob die Italiener eine lange, nie unterbrochene Tradition von Wundern haben. Wovon *la tredicesima* ja vielleicht auch nur eins der jüngeren in unauffälliger Gewandung ist.

# 24
# Viva, viva, Natale arriva

Es mag merkwürdig erscheinen, daß ich, der ich meine ganze Jugend in London verbracht habe, nach Italien kommen mußte, um echten Nebel kennenzulernen. Er ist ein für die *bassa padana*, die Poebene, typisches Phänomen. Durch den Appenin vor den vorherrschenden Westwinden geschützt, ist das dreieckige Areal flachen, feuchten Bodens zwischen Mailand, Venedig und Bologna der prallen Sonne ausgesetzt. Die schneebedeckten Berge im Norden sorgen dafür, daß ständig ein Strom eisiger Luft herabfließt und auf die Wärme trifft, die von Feldern und Gräben aufsteigt. Das Ergebnis ist, daß sich über viele Kilometer hinweg der undurchdringlichste Nebel ausbreitet, den man sich nur vorstellen kann. Manchmal lichtet er sich für Wochen nicht. Die winterliche Variante des sommerlichen *afa*.

Als ich an diesem Dezembermorgen auf unseren Balkon hinaustrete, ist die Welt milchigweiß und totenstill. Der Hügel mit seinen Terrassen ist verschwunden, das Schloß ist verschwunden, ebenso die verlassene Mühle. In der Via Colombare sieht man die Madonnina nicht mehr, ebensowenig die Frau mit dem Reisigbesen, deren geduldiges Fegen trotzdem noch immer zu hören ist – sie fegt Schmutz beiseite, den sie wegen des Nebels wohl kaum sehen kann. Die trockenen Stengel auf Marinis Gemüsebeet gegenüber sind nur mehr weichgezeichnete Schatten, Speerspitzen einer Geisterarmee. Ein paar Pappelstangen lehnen an einem gespenstischen Feigenbaum, von Dächern und Balkonen tropft es, und an allen Zäunen zur Straße hin hängen taufeuchte Spinnennetze.

Es ist wirklich ein Vergnügen, sich auf die marmorne Brüstung zu stützen, die wir nie polieren, und diese samtweiche, feuchte

Luft einzuatmen. Es ist, als habe man das ganze Veneto sanft, aber sehr wirkungsvoll in einen Betäubungsschlaf versetzt. Selbst die Gerüche sind verschwunden, haben sich an ihrem Entstehungsort neutralisiert. Alles ist weiß und ruhig, voller Erwartung.

Da dringt in diese schöne, friedliche Welt plötzlich ein schriller Mißklang ein, biegt bei der Madonnina um die Ecke. Heiser plärrt zuerst ein Liedchen durch ein Megaphon, danach ruft eine Stimme in Dialekt: »*Mamme, bambini, ragazzi, ragazze*, kommt und seht, kommt und seht, drei *panettoni* zum Preis von einem, drei *panettoni* zum Preis von einem!« Die Stimme bricht unnatürlich abrupt ab. Wieder ertönt das Liedchen, schrill, idotisch, durchdringend. Als es zu Ende ist, hört man das unverkennbare Rattern eines vorbeifahrenden Dieselgefährts. Die unbewegte, feuchte Luft beginnt zu stinken. Und jetzt kann ich auch den geisterhaften Schatten eines weißen Lieferwagens, ein Fiat Fiorino, ausmachen. Erneut plärrt die Stimme los, ohrenbetäubend, etwa in der Lautstärke, die man beim Jüngsten Gericht erwartet, gellt sie durch den Nebel: »*Mamme, bambini, ragazzi, ragazze!!!*« Komisch, denke ich, daß er Väter, unverheiratete Erwachsene und ähnliche Personenkreise ausschließt. Der Lieferwagen hält auf den zweihundert Metern der Via Colombare etwa dreimal an, verkauft vielleicht ein Dutzend *panettoni* und ist wieder verschwunden.

Mindestens vier oder fünf dieser *ambulanti* kommen an einem einzigen Tag durch unsere halb vorstädtische, halb ländliche Straße, sommers wie winters, bei Sonne und Regen. Es gibt einen Mann, der Handfeger, Schrubber, Fußabstreifer und Topfkratzer verkauft. Auf ihn ist Verlaß. Er kommt so gegen zehn Uhr vorbei, die Waren auf dem Dach seines kleinen Fiat-650-Lieferwagens hochgestapelt. Ein Besenstil ragt vorn über das Fahrzeug hinaus in den Nebel wie eine Lanze.

Ein anderer Typ verkauft Matratzen. Etwa ein Dutzend davon stapeln sich hinten auf der Ladefläche seines kleinen Lastwagens. Wie der *panettoni*-Mann läßt er über einen übersteuerten

Verstärker ein Band abspielen: »Un' occasione d'oro per sogni d'oro«. Eine goldene Gelegenheit für goldene Träume. Jeden Dienstag, er läßt keinen aus. Der Mann ist stämmig, energisch und trägt einen dunklen Schnurrbart. Aber wie viele Matratzen kann er an ungefähr dreißig Haushalte verkaufen?
Den Messerschleifer hat man im Verdacht, sich absichtlich pittoresk darzustellen. Er hat den Schleifstein an den Motor seines Mopeds angeschlossen, über dem Lenker ist eine kleine Schutzvorrichtung angebracht. So kauert er schielend vor seinem Gefährt. Unter normalen Umständen kann man die Funken sprühen sehen. Durch den Nebel hört man nur das unheimliche Kreischen von Metall auf Stein. Man fühlt sich an den Sensenmann erinnert, der sein Gerät schärft; ein weiteres Geräusch, das die Totenstille des Winters durchdringt.
Und dann gibt es noch die *ambulanti*, die nur einmal kommen und die erstaunlichsten Schnäppchen feilbieten. Ein großer Lastwagen tastet sich durch die Straße, quält sich zwischen den parkenden Autos durch, weicht den sorglos offengelassenen Fensterläden aus. Vier hölzerne Küchenstühle bester Qualität für 60 000 Lire. Nur dreißig Pfund. Ist das möglich? An einem anderen Glückstag haben Sie vielleicht Gelegenheit, für 100 000 Lire eine ganze Sitzgruppe für den Balkon zu kaufen, bestehend aus mehreren Tischen und Klappstühlen. Haben diese Leute das Zeug von der Straße aufgelesen, als es von einem Lastwagen fiel? Manchmal frage ich mich, ob sie sich nicht einfach den ganzen Wagen geschnappt und angefangen haben, damit durch die Straßen zu ziehen.
Die eindrucksvollsten Gestalten unter den regelmäßig kommenden fliegenden Händlern sind die Käseverkäufer. Die beiden dicken, fröhlichen Männer besitzen einen eigens zu diesem Zweck umgebauten Kleinlaster, dessen eine Seite sich hochklappen läßt, um eine Käsetheke zu präsentieren, die in jedes Feinkostgeschäft gepaßt hätte. Wenn sie bei der Madonnina um die Ecke biegen, müssen sie zurücksetzen und manövrieren. Die zurückhaltende Megaphondurchsage:

*»Formaggi, formaggi, eccoci qua«* läßt ein erheblich größeres Vertrauen in ihre Stammkundschaft vermuten. Das Gefährt steht mit laufendem Motor im Nebel. Orietta schlüpft in Mantel und Schal hinaus, um gewürzten Asiago und Parmesan zu kaufen. Es ist billiger, sagt sie, als im Laden. Ich frage mich, warum.

»Diebe«, lautet Bepis einziger Kommentar, als ich mich mit ihm über die *ambulanti* unterhalte.

Als sie zurückkommt, macht Orietta ihren üblichen Umweg über den *cassonetto*, der so weit entfernt steht, daß er in den grauen Schwaden fast unsichtbar ist.

Der *marocchino* ist fast noch unaufdringlicher als die Käseleute. Eigentlich bedeutet *marocchino* einfach »marokkanisch«. Gemeint ist damit jedoch eine Gestalt, die einen festen Platz im italienischen Alltagsleben einnimmt, der marokkanische Teppichhändler. Männlich, zwischen fünfzehn und fünfzig, wandert er mit einem Haufen Teppiche über der Schulter und farbenfrohen Tischdecken im Arm durch die Straßen. Im Sommer schmilzt man bei diesem Anblick fast dahin; wenn man etwas kaufen würde, wäre es sicherlich schweißdurchtränkt. An Wintertagen vermutet man, daß die Teppiche ihr Gewicht in Gold wert sind. Man ist erstaunt, daß er sie überhaupt verkaufen will. Auf jeden Fall zeichnet den *marocchino* eine bewundernswert stoische Ruhe aus. Seine Miene ist unergründlich. Anscheinend ist er frei von Hoffnung, frei von Furcht.

Es klingelt. Anstatt sofort auf den Türöffner zu drücken oder durch die Gegensprechanlage zu fragen, wer da ist, habe ich gelernt, auf den Balkon hinauszugehen, um in Blickkontakt zu treten. Der Araber steht draußen in der feuchten Kälte, die Teppiche über die Schulter geworfen. Ob ich etwas kaufen möchte? Ich sage nein, danke. Er insistiert nicht. Und dies ist ein weiterer bewundernswerter Zug der *marocchini:* Sie werden einen nie belästigen, werden nie laut rufen oder Megaphone benutzen, niemals alles daransetzen, einen zu überzeugen. Dieser hier hätte es vielleicht besser versuchen sollen.

Denn auf den eiskalten Fliesen könnten wir wahrlich ein paar Teppiche gebrauchen. Ich bin es nur einfach nicht gewöhnt, auf diese Art einzukaufen.
Er klingelt bei Lucilla. Wir können es hören. Und natürlich läßt sie ihn herein. Unzählige Male waren wir schon gezwungen (denn Gespräche im Treppenhaus sind überall zu hören) mitzuverfolgen, wie Lucilla sich mit den Mormonen, den Zeugen Jehovas, Männern, die Mittel zur Desinfektion des Wassers verkauften, Leuten, die eine Umfrage machten, unterhielt. Aber an diesem Morgen läßt sie den *marocchino* tatsächlich in ihre Wohnung. Eine halbe Stunde später zieht er wieder ab – ohne etwas verkauft zu haben, fürchte ich. Denn ein *marocchino* kann niemals *di fiducia* sein, wie es etwa der Käsehändler für Orietta ist. Ich hoffe, Lucilla hat ihm wenigstens einen *gingerino* angeboten und beteuert, er sei *troppo gentile*.
Von meinem Balkon aus sehe ich den Mann mit stoischer Gelassenheit im Nebel weiterziehen. Selbst aus dieser Entfernung kann ich erkennen, daß seine Teppiche überhaupt nicht marokkanischen Ursprungs sind. Sehr wahrscheinlich werden sie in einem Betrieb in Reggio Calabria hergestellt, der seine Leute ausbeutet und in einem illegal errichteten Gebäude aus Fertigteilen produziert. Er geht rasch davon, bleibt nur kurz vor dem Haus des Mannes mit dem Alfa 75 stehen, wo der Postbote gerade auf einer niedrigen Betonmauer ein neues Gitter anbringt. Dann verschlingt ihn der Nebel. Nicht weit entfernt wird ein alter Fiat 128 stehen, der ihm und drei anderen als Stützpunkt dient. Sie verstauen die Teppiche im Kofferraum und fahren von Ort zu Ort. Möglicherweise schlafen sie auch in diesem Wagen. Man sagt, daß die *marocchini* ausnahmslos homosexuell seien. Und wirklich bringen sie niemals Frauen mit. Und versuchen erstaunlicherweise auch erst gar nicht, sich einen Platz im normalen italienischen Alltag zu ergattern, wie andere Immigranten das tun. Ich habe niemals einen *marocchino* etwas anderes tun sehen als Teppiche verkaufen.

Da Heiligabend ist, fahren wir schnell noch in die Stadt, um in letzter Minute ein paar Einkäufe zu erledigen. Kaum haben wir das Dorf verlassen, ist auf der schmalen Straße wegen des Nebels kaum mehr die Hand vor den Augen zu sehen, obwohl niemand deswegen besonders langsam fährt. Jedes Auto orientiert sich einfach – mit Vollgas – an den Rücklichtern des Vordermanns, obgleich auf diese Weise der Abstand viel zu gering ist, um einen Unfall zu vermeiden, falls jemand bremsen muß. Und da wir eines der Fahrzeuge haben, die nicht mit Nebelschlußleuchten ausgerüstet sind, sitzt uns der Hintermann noch näher auf der Pelle als wir dem Wagen vor uns. Welche Dynamik sich bei einem eventuellen Auffahrunfall daraus entwickeln könnte, weiß ich nicht.
Plötzlich taucht direkt vor unserer Kühlerhaube ein *carabiniere* auf, der ein rotes Haltesignal schwenkt. Und wir merken, daß wir nicht einmal die große Ampel wahrgenommen haben. Vier Beamte in fluoreszierenden Plastikjacken riskieren Kopf und Kragen, um den Verkehr an der Kreuzung in Fluß zu halten. Ich frage mich, ob wir wohl eine Parklücke erkennen werden, wenn wir an einer vorbeifahren?
Die mittelalterlichen Häuser und Renaissancebauten in der Stadt wirken wunderbar geheimnisumwittert. Das erleuchtete Zifferblatt oben am Turm der Lamberti aus dem vierzehnten Jahrhundert taucht kurz aus dem Nebel auf und verschwindet wieder. Die römische Arena wirkt düster, obwohl sie gerade eine Ausstellung osteuropäischer Krippen beherbergt. Zwischen den vom Nebel verschleierten Bäumen auf dem Hauptplatz erschallen Weihnachtslieder, allesamt auf englisch und unterbrochen vom Knallen und Krachen verbotener, doch zahlloser Feuerwerkskörper. In den Einkaufsstraßen, in die man schließlich eintaucht, hat man die getünchten Fassaden all ihrer Farben beraubt, indem man sie unten mit Neonlicht anstrahlt. Aber es sieht sie sowieso niemand an. Jeder hat noch etwas zu besorgen.
Doch trotz der *tredicesima* wird in Italien an Weihnachten nicht

so verrückt eingekauft wie in England. Das liegt zum Teil daran, daß zumindest im Veneto die Kinder bereits ihre Geschenke bekommen haben. Die gibt es hier an Santa Lucia, dem 13. Dezember. Darum sind die Bürgersteige jetzt nicht mehr überfüllt mit Großmüttern, die entschlossen sind, die Wünsche ihrer aufgeregten Enkel zu befriedigen. Die Weihnachtsdekoration ist zwar überall zu sehen, aber eigentlich recht bescheiden: über der Straße gespannte Lichterketten, rote Teppiche auf dem Kopfsteinpflaster vor den Schaufenstern, Papiergirlanden in den drei großen Kaufhäusern. Ein wenig überzeugender Weihnachtsmann mit dem Namen eines Ladens auf seiner Armbinde verteilt Süßigkeiten. Und dann ist da natürlich noch das alltägliche Straßenbild, das an Weihnachten besonders ergreifend wirkt: Eine Zigeunerin sitzt bettelnd in einem Hauseingang, das Baby in ihren Armen ist dick eingepackt gegen die Kälte; junge Schwarze bieten Feuerzeuge und Kassetten von Raubkopien zum Kauf feil; trotz seiner tauben Finger spielt ein Stadtstreicher auf einer Art Dudelsack eine beliebte Melodie: *Viva, viva, Natale arriva ...*

In dem billigeren der Kaufhäuser, Standa, besorgen die Leute in letzter Minute ein paar letzte Kleinigkeiten für ihre selbstgebastelte Krippe: ein oder zwei zusätzliche Schafe, unechtes Stroh für die Plastikkrippe, das sie zu besorgen vergessen haben, einen Stern mit einer kleinen Glühbirne darin. Es gibt verschiedene Sortimente von Krippenfiguren aus Plastik. Die drei Weisen aus dem Morgenland sind einzeln oder in der Gruppe erhältlich.

Aber das Hauptinteresse gilt dem Essen. Wahren Speisen. Die Delikatessenabteilungen sind gerammelt voll, trotz Preisen, die nur Mißfallen erregen können. Im Veneto gibt es kein traditionelles Weihnachtsgericht, aber es wäre ein Fehler anzunehmen, daß dies etwa auf einen Mangel an Interesse für den Anlaß schließen ließe: Ganz im Gegenteil, auf diese Weise wird die Gefahr vermieden, in Routine zu verfallen. Außerordentliche Mengen von Parmaschinken und Salami gehen über den Ladentisch. Alle möglichen Leckereien – russischer Salat, schwarze Oliven, grüne Oliven; eine klebrige, kristallisierte orangefarbene Mixtur mit dem schönen Namen *mostarda vicentina* wird in Plastikbehälter geschaufelt. Ein stoppelbärtiger Alter nimmt einen ganzen Laib Parmesan mit. Was das wohl kostet? Hundert Pfund? Zwei Metzger (*di fiducia* natürlich) laden Enten, Truthähne, Gänse und Hühner aus den umliegenden Bauernhöfen und Geflügelfarmen ab, dazu die besten Stücke vom Rind. Die konservativen Bauern halten nach *cotechini* und den Zutaten für *polenta* Ausschau. Ein bemerkenswertes Schaufenster bietet frische Pasta in allen nur denkbaren Farben an: grüne Spinatnudeln, gelbgrüne Artischockennudeln, rote Paprikanudeln, braune Schokoladennudeln …

Wir besorgen den Truthahn, den wir unseren amerikanischen Freunden versprochen haben, und ein paar Flaschen aus einem Regal, das eine erstaunliche Auswahl an billigen schottischen Whiskys offeriert, von denen einige – so vermute ich – in Glasgow und Edingburgh vollkommen unbekannt sind. Der Glenlivet jedoch ist zum Glück billiger, als er es in London je gewesen ist, wenn auch leicht verwässert, um den italienischen Vorschriften zu entsprechen. Als wir in die Via Colombare zurückkehren – inzwischen macht das Dämmerlicht den Nebel noch undurchdringlicher –, ist unser erstaunlicher Postbote immer noch dabei, neben dem Alfa 75 mit Steinen, Ziegeln und Stangen zu hantieren, und wir nutzen die Gelegenheit, um ihm seine Weihnachtsflasche Grappa zu überreichen.

Er versteht nicht. Er blickt uns aus der nebligen Dunkelheit ratlos an, mit warm dampfendem Atem und weißen Tröpfchen im schwarzen Schnurrbart. Ich erkläre ihm, daß es in England Sitte ist, dem Postboten etwas zu schenken. Das Geflecht der roten Äderchen auf seinen rosigen Wangen legt nahe, daß er einem Gläschen nicht abgeneigt ist. Eine kleine Aufmerksamkeit, sage ich ein bißchen unbeholfen, denn vielleicht sind an einen *statale* nie zuvor ähnliche Worte gerichtet worden. Er nimmt die Flasche, stellt sie neben das Geländer, dankt uns, bleibt aber immer noch argwöhnisch, als müßten wir zwangsläufig eine Gegenleistung dafür verlangen. Vielleicht wird er am Ende glauben, er habe im Nebel eine Erscheinung gehabt.

Giampaolo lädt gerade den Weihnachtsbaum von seinem Auto ab. In Italien werden sie nicht wie in England abgeschnitten, sondern mit dem Wurzelballen in einem Topf verkauft. Aber um ihn billig zu bekommen – darauf muß ein *dipendente* schon achten –, ist Giampaolo mehr als zwanzig Kilometer zu einem riesigen Supermarkt gefahren, wo die Bäume zwar auch mit Wurzeln, aber in einem Plastiksack verkauft werden. Sehr *valido* als Idee, und der Preis war *discreto*. Für die Weihnachtszeit wird er ihn in einen Topf pflanzen, im Januar auf den Balkon stellen und ihn dann vor Frühlingsbeginn im Garten einpflanzen, wo er Lucillas trauriges Gedicht aus immergrünen Ziergewächsen um eine Strophe bereichern wird. Orietta hegt hingegen wohl ihre Zweifel, ob der Baum überhaupt so lange durchhalten wird. Wahrscheinlich wird sie während der ganzen Feiertage alle zehn Minuten die Nadeln wegsaugen müssen. Schließlich ist die ganze Sache doch irgendwo zweifellos *relativo*.

Als wir abends das Essen für den morgigen Tag vorbereiten, schalten wir das Radio ein. Rita hört in letzter Zeit gerne Radio Santa Teresa, unseren regionalen religiösen Sender. Besser gesagt, einen von ihnen. Zwei Priester diskutieren über das Haus der Madonna, von dem man glaubt, es sei von Engeln in ein Kloster nach Loreto, unweit der adriatischen Küste, gebracht worden. Nüchtern und verständig erklären die Priester, daß es sich in Wirklichkeit um ein palästinensisches Wohnhaus aus dem zehnten Jahrhundert handelt, das die Kreuzfahrer aus Bethlehem mitgebracht haben. Nachdem sie eine Weile darüber gesprochen haben, kann man telefonisch Fragen stellen. Sofort ist die knisternde Stimme einer Frau zu hören. Sie ist sehr aufgeregt: »Don Marcello, Don Marcello, erinnern Sie sich noch an mich, Maria aus Nogarole Rocca?« Don Marcello erinnert sich nicht an sie. »Sie haben meine Kinder getauft.« Ihrer gebrochenen Stimme nach zu schließen muß das schon eine beträchtliche Anzahl von Jahren her sein. »Gelobt sei die heilige Jungfrau Maria«, erwidert Don Marcello freundlich.

Eine andere Frau ruft an, diesmal aus Caprino, hoch oben in den Bergen. Sie ist so deprimiert, oh, so schrecklich deprimiert. »Eigentlich«, erinnert Don Guglielmo sie mit sanfter Stimme, »hatten wir um Fragen zum Haus der Madonna in Loreto und ganz allgemein zum Wert von Devotionalien gebeten.« Sie bricht in Tränen aus. Sie ist so deprimiert, daß sie glaubt, nicht weiterleben zu können. Sie hätte nie gedacht, daß das Leben so schrecklich sein könne. »Vertrauen Sie Ihre Sorgen der Heiligen Jungfrau an«, rät ihr Don Marcello. Das habe sie ja versucht, sie habe es wirklich versucht, aber sie könne einfach nicht. Es hilft nichts. Sie schafft es einfach nicht. Ihr Schluchzen dringt laut aus unserem alten Röhrenradio. Und die beiden verlegenen Männer brauchen geschlagene zehn Minuten, um sie zu überreden, ihre Sorgen der Jungfrau anzuvertrauen und aus der Leitung zu gehen. »Gelobt sei die Madonna«, schnieft sie schließlich. Don Guglielmo gibt einen hörbaren Seufzer der Erleichterung von sich.

Danach rufen noch etwa ein Dutzend Frauen an, von denen mindestens die Hälfte einen der Priester persönlich zu kennen scheint. Keine von ihnen hat irgend etwas zu den palästinensischen Ruinen aus dem zehnten Jahrhundert in Loreto zu sagen, ja nicht einmal zum Thema Weihnachten. Ihre Männer, vermutet man, sind gerade irgendwoanders.

Kurz nach elf hören wir das vertraute Klack-klack-klack; die Visentinis versperren etwa zweihundert Mal ihre Sicherheitsschlösser, um in die Christmette zu gehen. Ein paar Minuten später kommt Giampaolo zu uns hoch, um uns mitzuteilen, daß unsere Katze in der Garage eingesperrt war und über seine weiße Giulietta getapst ist, die er gerade erst frisch ge-

wienert hatte. Auf dem Auto sind lauter schwarze Pfotenabdrücke. Die italienische Abneigung gegen Tiere, denen man erlaubt, die geheiligten vier Wände des häuslichen Bunkers zu betreten, zeigt sich – auf Oriettas Gesicht deutlicher als auf Giampaolos – nur allzu unverblümt. Ich gelobe feierlich, daß so etwas nie wieder vorkommen wird, und stimme sie beide mit Weihnachtsgeschenken milde, die sie nicht erwartet haben: einen Schal für Giampaolo, eine schlichte Brosche für Orietta, ein Parfüm für Lara. Wir haben, wie die Italiener sagen, eine *bella figura*, einen guten Eindruck gemacht.
Als gute Freunde bieten sie uns an, uns zur Mitternachtsmette mitzunehmen, damit wir nicht unser eigenes Auto aus der Garage fahren müssen. Obgleich wir gar nicht vorgehabt haben, die Messe zu besuchen, nehmen wir an. Als wir auf die Straße hinausgehen, hören wir das vertraute Geräusch eines schwachen Motors, der laut aufheult, beim Loslassen der Kupplung jagt der Wagen los, dann ein Heulton, der Motor stirbt ab und erwacht tuckernd zu neuem Leben. Giampaolo geht hinunter und hilft Lucilla, ihr Auto aus der Garage zu bugsieren.
Der Nebel ist unglaublich dicht, der Verkehr sehr lebhaft. Natürlich ist der Parkplatz bei der Kirche gesteckt voll. Im Inneren der Kirche herrscht, obwohl wir zehn Minuten zu früh kommen, bereits ein undurchdringliches Dickicht aus Pelzmänteln. Anscheinend sind die Leute bereits vor einiger Zeit gekommen, um sich einen Platz zu sichern, und jetzt gibt es keine Sitzmöglichkeiten mehr. Ich bin überrascht über diesen Mangel an Weitsicht seitens des übergenauen Giampaolo. Obwohl möglicherweise unsere Katze daran schuld ist.
Wir stehen hinten in der Nähe der Krippe, an der Lovatos Schwiegersohn so lange gearbeitet hat. Sterne blinken in Dreiersequenzen auf, Wasser fließt in einem Bächlein, Ochs und Esel nicken mit den Köpfen. Es ist eine ausgesprochen kunstvolle Angelegenheit. Obgleich die Tiere, wie in allen Weihnachtskrippen, unnatürlich wirken. Die Schäfer auf dem

Hügel haben eine kleine Karaffe zu ihren Füßen stehen, ein hübsches Detail. Wahrscheinlich sind sie auch mit UFOs einigermaßen vertraut.
Immer mehr Leute strömen herein. Geplauder, Begrüßungen, Händeschütteln, Küsse. Jeder kennt jeden. Leute, die man gewöhnlich an Straßenecken rauchen oder in zweiter Reihe vor der Bar parken sieht, stehen Schlange, um Kerzen zu entzünden. Einige der Jugendlichen sind unter ihren Mänteln offensichtlich so angezogen, daß sie sofort nach der Messe die Diskotheken stürmen können.
Mit einigen Minuten Verspätung geht es los. Don Guido intoniert die Liturgie in einer Art und Weise, über die sich mein anglikanischer Vater zweifellos lustig gemacht hätte. Aber das hat auch seine Vorteile. Die schnell und monoton gelesenen Worte lassen ein Gefühl von geordnetem Zeremoniell entstehen, ohne daß man auf ihre Bedeutung achten muß. Die Gemeinde antwortet prompt und weiß genau, wann sie sich zu erheben und wann sie sich zu setzen hat. Sie bewegt sich wie ein einziges, gut abgerichtetes Tier. Und man genießt diesen Gleichklang. Da wir sowieso gezwungen sind zu stehen, fällt meine Unkenntnis nicht weiter auf.
Während die anderen Gebete murmeln, die sie in der Kindheit gelernt haben, lasse ich meinen Blick schweifen und erkenne Maria Grazia aus der *sanitaria,* die Kondome unter dem Richtpreis verkauft. Zu ihrer Linken sitzt der bekannteste Politiker von Montecchio, der im Moment in Verona für Verkehrsangelegenheiten zuständig ist. Seine Frau trägt einen schönen, bodenlangen Pelzmantel, obgleich die Familie – zu aller Überraschung – auf der Liste für die Genossenschaftswohnungen vorgemerkt ist, die hinter der Madonnina entstehen sollen. Hinter ihnen entdecke ich den Bauunternehmer, der die luxuriösen Villen auf dem Hügel über der Via Colombare errichtet. Giuliano und Girolamo sind ebenfalls anwesend, ebenso *Un panino due* und die Frau mit dem Reisigbesen, auch sie in Pelz …

Aber diese Pelzmäntel scheinen nicht unproblematisch zu sein. Denn trotz der Kälte draußen ist es drinnen entsetzlich heiß. Große, moderne Heizkörper strahlen Wärme ab. Vor den Altären und entlang dem Kirchenschiff brennen Tausende von Kerzen. Orietta zappelt unbehaglich herum, runzelt die Stirn. Aber sie hat unter dem Mantel nichts an, was elegant genug wäre, um ihn ausziehen zu können.
Oben auf der Empore singt ein Chor von jungen Leuten ein sehr beschwingtes Weihnachtslied, begleitet von Gitarren und Trommeln. Niemand scheint das Lied zu kennen. Weihnachtslieder haben hier kaum Tradition. Und es wird sowieso niemand aufgefordert mitzusingen.
Don Guido steht auf den Stufen zum Altar und hält mit Hilfe eines Mikrophons eine Predigt. Auch auf dem Altar steht ein Mikrophon. Das bedeutet, daß er seine ruhige, schleppende Stimme niemals zu einem aufrüttelnden, evangelischen Ton erheben muß. Er ist kein Führer, sondern ein Medium, ein Vermittler. Wie vorauszusehen war, predigt er Großzügigkeit. Wir müssen zu Weihnachten an die Armen denken. Christus ist in einem Stall geboren worden. Er äußert nicht die geringste Kritik – auch nicht unterschwellig – an seiner größtenteils bourgeoisen Gemeinde. Er zählt die Werte auf, die die Grundlage ihrer geachteten Stellung bilden. Und wie so oft angesichts italienischer Traditionen bin ich unfähig zu entscheiden, ob dies nun einnehmend ist oder unheilvoll, ein Ausdruck von Zivilisation oder von Dekadenz. Zweifellos meine protestantische Aufsässigkeit.
Und an die Predigt schließt sich das Abendmahl an; die moderne Gitarrenband spielt dazu, und ein Mädchen singt, sehr schön und professionell. Es ist wirklich eine Wonne. Die Leute treten vor, die Hostie wird ihnen in den Mund geschoben oder in die Hand gelegt. Moreno, der Dorftrottel, geht dreimal nach vorn, wird aber nicht abgewiesen. Um eine so große Gemeinde zu versorgen, hat Don Guido vier Helfer, einen jungen Priester und drei Nonnen. Andere junge Men-

schen, von denen viele täglich auf ihren *motorini* an mir vorbeibrausen, gehen mit Körbchen in den Seitenschiffen auf und ab und sammeln Spenden.

Da wird Orietta ohnmächtig. Die Hitze war zuviel für sie. Sie hätte ihren Pelzmantel doch besser ausziehen sollen. Glücklicherweise stehen die Leute so dicht gedrängt, daß sie gar nicht umfallen kann. Giampaolo bringt sie schnell hinaus ins Auto und dann nach Hause. Wir bleiben zurück, weil Don Guido am Ende seiner Predigt heiße Schokolade angekündigt hat, und entdecken, daß sich unter der Kirche eine riesige *taverna* befindet, in der es sogar eine Bar und alkoholische Getränke gibt. Das ist nun wirklich zivilisiert! In der Menge treffen wir auf Vittorina und Lucilla, die entschlossen scheinen, mit ihren Pelzmänteln bis zum bitteren Ende zu posieren, obgleich in der stickigen Luft das dicke Make-up von Lucilla schon ein wenig verlaufen ist. *»Auguri, auguri, Signor Toni!«*, ruft sie *»buon natale, buon natale«*, und kehrt dann wieder zu ihrem Friedhofsplausch mit anderen betagten Witwen zurück. »Diese knauserige Nichte«, höre ich sie sagen, »hat immer noch keinen Stein für *la poveretta* in Auftrag gegeben. Also habe ich ihn selbst bestellt. Um sie zu beschämen. Ich habe meinen Rechtsanwalt angewiesen, ihr auszurichten, daß ich ihn bestellt habe und auch nicht will, daß sie bezahlt, und wissen Sie ...«

Als wir durch den feuchtkalten Nebel – der jetzt, da die Gläubigen sich zerstreuen, mit Autoabgasen angereichert ist – nach Hause gehen, frage ich mich, wo der *marocchino* wohl sein mag, der heute morgen vorbeigekommen ist. Hat er vielleicht einen Stall gefunden, in dem er schlafen kann? Mit Ochs und Esel. Nicht unmöglich in diesen Breiten. Und ich erinnere mich an einen Artikel, den ich vor nur wenigen Tagen in der *Arena* gelesen habe: daß nach dem kürzlichen Kälteeinbruch viele *marocchini*, in Decken gewickelt, in den leeren *loculi* in den Mauern des größten Friedhofs von Verona geschlafen haben. Na ja, wenigstens mußten sie sich nicht Vegas Gebell anhören.

## 25

# Buona fine, buon principio

Noch immer Nebel, dick und ungewöhnlich weiß – nicht die grobe, gelbliche Ausführung, der man manchmal in London begegnet. Er durchdringt selbst die engsten Gassen und lähmt die sowieso schon leblosen Tage zwischen Weihnachten und Neujahr noch mehr; er dämpft den Krach der Feuerwerkskörper, die die Jugendlichen knallen lassen, wenn sie nicht gerade mit einem Stück Pizza von Un panino due beschäftigt sind. Und als in der Santo-Stefano-Nacht starker Frost einbricht, stellt man am darauffolgenden Morgen beim Aufwachen fest, daß jeder Baum von der Wurzel bis zur Krone kristallen glitzert: Der zwischen den Ästen hängende Nebel ist zu weißem Eis geworden. Wenn man dann in die freie Natur hinauswandert – der Atem in der Kehle schmeckt nach Blut –, sieht man mit Zuckerguß glasierte Zypressen auf einem großen, eisigen Landschaftskuchen stehen. Die blattlosen Rebstöcke wirken plötzlich beunruhigend gespenstisch, bilden ganze Felder voll verzerrter Kruzifixe, weiß und ausgeblutet von Nebel und Frost. Die hohen Steinmauern neben der Straße hallen wider vom kalten Klang einzelner Stimmen. Aus dem Nebel treten schemenhaft Gestalten und entbieten den Neujahrsgruß: *»Buona fine, buon principio.«* Glückliches Ende, guter Anfang. Es ist vielleicht schon länger als eine Woche her, seit man zuletzt den Himmel gesehen hat.

Wenn man nur weit genug wandert, wird einem auch dieses Vergnügen zuteil. Schließlich liegt Montecchio im alleräußersten Norden der nebligen *bassa padana*. Hier beginnen die Hügel, man muß sie lediglich erklimmen. Wir nehmen mehr oder weniger die gleiche Route wie damals im Spätherbst mit unseren Nachbarn und gehen nach Cancello hinauf, das auf dem Hügelkamm hoch über der Via Colombare liegt. Nach eineinhalb, zwei Kilometern wird die Luft plötzlich dünner. Aus dichtem Nebel wird feiner Dunst. Eine fahle Sonnenscheibe kommt immer wieder zum Vorschein. Die Landschaft nimmt Pastelltöne an, wird an den steilen Hängen, wo Ackerland von Heide und Dickicht verdrängt wird, zum verblichenen Gobelin mit eingewebten Beige- und Grüntönen. Noch ein paar hundert Meter, und man steht, ohne damit gerechnet zu haben, mitten in einer Explosion aus Farbe und Licht: ein Himmel von elektrisierenderem Blau als jemals im Sommer, eine tiefstehende, dennoch weiß blendende Sonne, die einen die Augen zusammenkneifen läßt und, im Norden, das weitläufige, scharf konturierte Panorama der schneeglitzernden Voralpen.

Am Straßenrand sind Wagen geparkt. Gutgekleidete Menschen vertreten sich die Beine. *»Buona fine, buon principio.«* Es ist bezaubernd, wie jeder Fremde, der vorbeigeht, mit diesem Wunsch bedacht wird. Andere Autos, mit Skiern auf dem Dach, rasen vorbei. Sofort sorgt die Helligkeit für gute Laune, schenkt sinnliches Vergnügen. Und mit dem Licht kommt auch die Wärme. Die Luft riecht nach feuchter Erde und von der Sonne durchwärmter Vegetation.

Dreht man sich um und blickt zurück auf die Ebene, sieht man Nebel, so weit das Auge reicht – gleich einer Wolkendecke, die man überfliegt: weiß, flach, eintönig, nur gelegentlich ragt gespenstisch ein Kirch- oder ein Sendeturm daraus hervor. Und nachdem man es bis hierher geschafft und solch blendende Helligkeit und wohlriechende Luft wiederentdeckt hat, wird man wütend bei dem Gedanken, daß man bald wieder in die Unterwelt hinabsteigen und noch wer weiß wie viele Tage im Dämmerlicht und in der Kälte dahinvegetieren muß. Wenn man zu den Menschen zählt, die dazu neigen, andere in Gruppen einzuteilen (und Schriftsteller gehören zwangsläufig dazu), dann drängt sich einem eine

Zweiteilung auf: in die Bewohner von Montecchio, die mit ihrem nebligen Los ganz zufrieden sind, die es stoisch aussitzen, wie die Visentinis, und an ihrem heimischen Herd Trost in häuslichen Umbauten und den fünfzehn Fernsehprogrammen finden; und in jene, die ganz im Gegenteil von diesem hellstrahlenden, nur ein paar Kilometer entfernten Paradies wie besessen sind und den ganzen Winter über mit Ski- oder Fahrradträgern auf dem Autodach herumfahren, wobei sie die Tage zum nächsten langen Wochenende zählen. Zwischen diesen beiden Extremen pendelt die Gruppe der Jäger, das Landvolk, Menschen wie der alte Marini, die sich im Nebel eigentlich ganz heimisch fühlen; doch wenn sie etwas schießen wollen, müssen sie es zuerst erspähen und sich deshalb die Mühe machen, hier heraufzuklettern. Alle paar Minuten hallen die Hügel von Schüssen wider. Kleine Kinder sammeln die gelben, orangefarbenen und blauen Patronenhülsen vom Wegesrand auf.

Dieser stille Winternebel, dieser stickige Sommer-*afa* müssen bei der Ausformung des hiesigen Charakters eine Rolle spielen. Hier bieten die Jahreszeiten keine Gelegenheit für befreiende Heldentaten in der Schlacht gegen Orkane, peitschende Unwetter, Sturmfluten oder Schneestürme, in diesem glorreichen, seit Jahrhunderten andauernden Zweikampf mit den Unbilden des Wetters, dessen sich die Briten rühmen dürfen. Statt dessen sind die Bewohner der norditalienischen Ebene diesen endlos langen, mitleidlos zermürbenden Wetterlagen ausgeliefert, diesem Mangel an Sonnenlicht, an visueller Klarheit, verbunden mit drückender Hitze im Sommer und feuchter, durchdringender Kälte im Winter. Niemals die kaleidoskopischen Veränderungen und überraschenden Wechsel einer englischen Wolkenformation. Tag für Tag verharren Himmel und Erde träge in anämischer Erschöpfung. Im wortkargen Veneto, so ein Forschungsstudent im Krankenhaus, werden pro Kopf doppelt so viele Medikamente konsumiert wie in anderen, gesegneteren Regionen der Halbinsel.

Orietta nimmt eine Pille nach der anderen gegen ihr Herzjagen, als wir die *taverna* für die Silvesterfeier herrichten. Lucilla klopft an die Tür und bittet Rita, zu kommen und ihr den winzig klein gedruckten Beipackzettel irgendeiner Arznei vorzulesen. Gegen ihren Bluthochdruck. Kann es sich schädlich auswirken, wenn sie dies Mittel zusammen mit den Medikamenten gegen Verstopfung nimmt? Vittorina will die Tabletten nicht nehmen, die ihr wegen des niedrigen Blutdrucks verschrieben wurden. Sie verläßt sich lieber auf San Gaspare. Indes beglückwünscht sich Giampaolo zu dem Entschluß, dieses Jahr an der Grippeschutzimpfung teilgenommen zu haben. Alle anderen aus seinem Büro liegen auf der Nase. Sie machen wahrscheinlich blau, vermutet Orietta bitter, des *dipendente* einzige Rache. Als wir in ihrer Wohnung sitzen, fummelt Giampaolo die ganze Zeit mit der Fernbedienung der Dachantenne herum; wir hören die Neujahrsansprache des Präsidenten, in der er über die verheerende Bombenexplosion in einem Zug – in einem Tunnel zwischen Florenz und Bologna – spricht, die sich kürzlich ereignet hat. Er macht dabei die berühmt gewordene Bemerkung: »Man hat mir versichert, daß der Geheimdienst eine weiße Weste hat, man hat mir versichert, daß unablässig nach den Schuldigen gefahndet wird ...« Später gibt es eine Live-Übertragung aus dem Moulin Rouge, an der Giampaolo ein nachhaltiges Interesse zeigt. Im italienischen Fernsehen werden ständig verführerische Softpornosendungen gezeigt. Doch jetzt ist es an der Zeit, in die *taverna* hinunterzugehen und dort ein großes Grillfest mit massenhaft Wein und *prosecco* zu veranstalten.
Gegen Mitternacht steigert sich das Krachen der Feuerwerkskörper. Es klingt wie Sperrfeuer. In unserer Nähe gibt es noch eine Lärmquelle – die halbwüchsigen Negretti-Jungen haben eine vollwertige Diskothekausstattung gekauft und diese in ihrer Doppelgarage installiert, wo sie jetzt anderen Jugendlichen aus dem Ort ein paar tausend Lire für das Vergnügen abknöpfen, den sechzehnjährigen Mario als Diskjockey zu er-

leben. Jedesmal, wenn unser Gespräch in der *taverna* stockt, stürmen folgende Worte auf uns ein: »Up, down, like a yo-yo, life ist just a giddy up and go go.« Lara fragt mich, was das heißt, aber ich weigere mich, es zu übersetzen. Es ist zu blöd. Die tragenden Betonpfeiler zittern. Nur der Himmel weiß, wie Vittorina und Lucilla oben bei dieser Lärmkulisse die Fernsehshow verfolgen können. Giampaolo erzählt mir, daß er laut Gesetz befugt sei, die *carabinieri* zu holen, da der Lärmpegel zweifellos über der zulässigen Dezibelgrenze liege und die Negrettis auch bestimmt keine Genehmigung für eine öffentliche Veranstaltung hätten. Aber irgendwie fände er es an Neujahr unpassend. Ich frage ihn, nach welchen Kriterien er entscheidet, ob die *carabinieri* oder die *polizia* zu verständigen seien. Haben sie unterschiedliche Aufgabenbereiche? Nein, ihre Aufgaben sind genau die gleichen, erwidert er, ja, sie konkurrieren sogar häufig miteinander und weigern sich, gegenseitig Informationen auszutauschen, um jeweils als erste am Tatort zu sein. Er würde allein aus persönlichem Ermessen die *carabinieri* rufen, und weil ihre Wache ein oder zwei Kilometer näher liege. Redet nicht unsere Margaret Thatcher immer von persönlichem Ermessen?

Gegen ein Uhr gehen wir nach oben. Der Nebel hat sich gelichtet, wie manchmal in der Nacht. Bei vier oder fünf Grad unter Null ist die Luft ziemlich klar. Von unserem Balkon aus sehen wir aus den umliegenden Dörfern Raketen in den Himmel steigen. Die Restaurants, die für 200 000 Lire pro Person eine Neujahrs-*cenone* angeboten haben, sind sicher noch immer brechend voll. Morgen werden wir in den Nachrichten hören, wie viele Menschen genau bei dem Feuerwerk und den Neujahrssalven in Neapel umgekommen sind, wie viele Leute, die ihre *cenone* im voraus bezahlt haben, vor verschlossenen Restauranttüren standen, während der Besitzer auf Nimmerwiedersehen verschwunden ist, und wie viele Menschen auf der Heimfahrt im Morgengrauen bei dichtem Nebel gegen Mauern geprallt und in Gräben gelandet sind.

Da wir uns gezwungenermaßen bis in die frühen Morgenstunden hinein anhören müssen, wie sich Mario Negretti als Diskjockey versucht, vertreiben wir uns die Zeit mit dem Tausend-Teile-Puzzle, das uns die Visentinis geschenkt haben. Es zeigt die schneebedeckten Gipfel nördlich von diesem Nebel.

Am nächsten Morgen brechen die Visentinis schon früh auf, um ihre Verwandten in Venedig zu besuchen; aber Giampaolo hat mir eingeschärft, unbedingt vor zehn Uhr morgens zu Lucilla zu gehen. Denn ich werde der einzige Mann im Haus sein, und es bringt einer Frau Unglück, wenn sie am Neujahrstag als erstes eine Frau zu sehen bekommt. Deshalb muß ich, bevor Lucilla auf einen Plausch zu Vittorina hinuntergehen kann, bei ihr gewesen sein. Interessanterweise besteht die religiösere, unergründlichere Vittorina nicht auf diesen Schutz, während es für Lucilla eine Frage auf Leben und Tod ist. Als ich diesen Widerspruch ein paar Wochen später Vittorina gegenüber zur Sprache bringe, entlocke ich ihr damit tatsächlich ein quiekiges Kichern. Cilla will einfach einen Mann zu sehen bekommen, sagt sie.

Und tatsächlich, als ich klopfe und sage, wer draußen steht, empfängt mich Lucilla in einem anrüchigen *déshabillé,* das einem *ambulante* vor zwanzig Jahren vielleicht noch den Kopf verdreht hätte. *Buona fine, buon principio, troppo gentile, Signor Tino.* Ich beuge mich hinunter, um sie auf beide geschminkten Wangen zu küssen, und sie erzählt mir, daß sie nicht einmal ans Telefon gegangen sei, es hätte ja eine Frau dransein können. Obwohl sie nicht sicher ist, ob das Telefon zählt, aber sie wollte kein Risiko eingehen. Wie immer besteht sie darauf, daß ich eintrete. Wüßte ich vielleicht, wie man die Pflanzen pflegen müsse, die sie geschenkt bekommen hat? Vier *stelle natale* (Weihnachtssterne), ein traditionelles Weihnachtsgeschenk, stehen aufgereiht auf ihrem gekachelten Boden, noch immer in Zellophanpapier eingewickelt. Sie sind so schön, aber irgendwie gelingt es ihr nie, sie länger als einen

Monat durchzubringen. *Sì, sì, grazie*, sie hat ihre sieben Büstenhalter bekommen, *troppo gentile* von mir, danach zu fragen, obwohl sie allerdings nicht hundertprozentig zufrieden war. *Il professore,* ja, der wußte alles über Pflanzen. Er pflegte ihr immer zu sagen, wie …

Zwei Wochen nach diesen Neujahrsfeierlichkeiten erhalten wir einen Brief von Lucillas Rechtsanwalt, in dem wir mit schwülstigen Phrasen aufgefordert werden, ab sofort die Miete an sie zu zahlen. Woraufhin wir zeigen, wie wenig wir uns in solchen Dingen auskennen; wir glauben nämlich nicht, das Schreiben einfach ignorieren zu können. Auf der Stelle rufen wir Signora Marta an, die uns daraufhin einen Brief ihres Rechtsanwalts ankündigt, in dem wir aufgefordert werden, weiterhin an sie zu zahlen, mit Paragraphen gespickt, die dieses begründen. »Und wie geht's der alten Dame?« fragt sie wie immer. »Sie muß jetzt schon über siebzig sein, warum genießt sie nicht einfach ihren Lebensabend?« Ich antworte, daß zwar Vittorina vor kurzem ziemlich krank war, Lucilla jedoch sei kerngesund. Ach, sie sei so deprimiert, daß mit ihr wie mit einer Verbrecherin umgesprungen werde, sagt Marta, sie müsse inzwischen sogar verschiedene Beruhigungsmittel nehmen. Wenn sie den Fall gewinnt, will sie Lucilla auf Schmerzensgeld verklagen.

Danach geht der Rechtsstreit weiter, ein Brief auf den anderen folgt. Der erste Gerichtstermin wird angesetzt und dann prompt verschoben – weil Martas Anwalt nicht erscheint. Ein Datum in drei Monaten wird genannt. Es ist uns unmöglich zu übersehen, wie uns all das in die Hände spielt. Denn nicht nur, daß die Wohnung nicht verkauft werden kann, solange der Fall nicht abgeschlossen ist, Marta müßte auch sehr viel Courage zeigen, wollte sie unter diesen Umständen die Miete erhöhen. Die Sache scheint weder *fine* noch *principio* zu haben, was für uns nur *buono* sein kann.

# 26
# Strada delle zitelle

Als wirklich vollwertige Bewohner der Via Colombare wurden wir wohl erst anerkannt, als öffentlich bekannt wurde, daß Rita ein Baby erwartete. Es war um die Karnevalszeit, im Februar, die Schaufenster waren voll mit Monstermasken und D'Artagnan-Kostümen für Fünfjährige. Etwa zur gleichen Zeit entdeckten wir auch das Centro Primo Maggio, einen Ort, der mir das Leben in Montecchio ein bißchen mehr versüßte.

Rita wollte sich im Krankenhaus untersuchen lassen und fragte Orietta, wie dabei vorzugehen sei. Sie hätte wohl kaum jemanden finden können, der besser informiert war. Oder sich mehr über diese Neuigkeit gefreut hätte. Ein Baby in Nummer 10, *Meraviglioso!* Auch Giampaolo zeigte echte Begeisterung. Das ernste Gesicht des Mannes wirkte vor Aufregung plötzlich ganz jungenhaft. Auf einmal fühlte man sich in der blitzsauberen, nüchtern möblierten Wohnung sehr behaglich. Lara machte vor Freude fast einen Luftsprung. Das Brüderchen oder Schwesterchen, das sie nicht habe, rief sie.

Natürlich waren die Visentinis die Diskretion in Person. Sie respektierten unsere Privatsphäre, erzählten nichts weiter. Das war Ehrensache. Jede noch so banale Bemerkung wurde von ihnen als hochgradig vertraulich behandelt. Aber etwa zehn Minuten nachdem Rita Lucilla das bevorstehende Ereignis anvertraut hatte (denn jede Gesellschaft muß ihren Klatsch aus irgendeiner Quelle beziehen), war die gesamte Via Colombare informiert. Und unser gesellschaftlicher Status erreichte ungeahnte Höhen. Jetzt waren wir nicht mehr die zweifelhaften Gesellen, die einer seltsamen Arbeit nach-

gingen und fragwürdige Gäste in schmuddeligen Autos mit ausländischen Kennzeichen daherbrachten. Wir waren verantwortungsvolle Leute, die Wurzeln schlugen. Wir gründeten eine Familie und waren von daher wohl doch Christen, auch wenn wir nicht die Messe besuchten. Wenn wir jetzt die Straße entlang gingen, gab es niemanden mehr, der auf mein *buon giorno* oder *buona sera* nicht geantwortet hätte. Im Gegenteil, alle lächelten mich verschwörerisch an. Rita wurde von Frauen abgefangen, die früher kaum je mit ihr gesprochen hatten. Wann sei es denn soweit? Leide sie unter morgendlicher Übelkeit? Wünschten wir uns einen Jungen oder ein Mädchen? In welches Krankenhaus wollten wir gehen ... Köpfe nickten weise in der kalten, klaren Luft. Denn Nebel gab es jetzt nicht mehr, nur noch ein langes, dumpfes Warten auf den Frühling. Und dann auf das Baby.
Nun, es würde höchstwahrscheinlich ein Mädchen werden. Ja, es würde mit Sicherheit ein Mädchen werden. Warum? Weil alle Kinder, die in den letzten Jahren in der Via Colombare zur Welt gekommen waren, Mädchen waren. Und seltsamerweise fingen alle ihre Namen mit »M« an: Marta, Monica, Milena ... Vielleicht könnten wir unsere Tochter Mariangela nennen, oder Miranda. Obwohl natürlich in den letzten zehn Jahren nicht sehr viele Kinder zur Welt gekommen waren, denn unsere Straße war nicht nur die der kleinen Mädchen (die in diesem Moment in der Wintersonne über einen Zaun hinweg Volleyball spielen), sondern auch *la strada delle zitelle*, die Straße der alten Jungfern.
Bisher war es uns nicht aufgefallen, aber jetzt, als wir darüber nachdachten, stellten wir fest, daß in dieser Straße die unverheirateten Frauen mittleren Alters durchaus in der Überzahl waren: die Frau mit dem Reisigbesen zum Beispiel, und ihre dünnere Schwester; dann die dunkelhaarige, lebhafte Schwester des Versicherungsvertreters; und die Frau an der Ecke bei der Madonnina, die hinter einem Webstuhl am Fenster saß und draußen einen Kettenhund hielt, der hinter dem

hohen Eisentor wütend kläffte und anscheinend auf den Namen Book hörte.
»Vielleicht ist es wegen der Heiligen Jungfrau«, lachte die Frau mit dem Reisigbesen, die plötzlich sehr zugänglich war. Sie hatte strohiges, blondgefärbtes Haar und ein häßliches Muttermal unter der Nase. Wir verstanden nicht. »Die Madonnina«, sagte sie und zeigte auf die Statue mit dem geduldigen, traurigen Gesicht. Und sie fügte etwas enttäuscht hinzu: »Ich nehme nicht an, daß Sie jetzt noch aus Nummer 10 ausziehen werden; mein Neffe muß wohl von der Genossenschaft kaufen.«
Während wir zurück nach Hause gingen, setzte ich Rita auseinander, daß die Heilige Jungfrau ja nur bis zur Geburt Christi Jungfrau gewesen war. Danach hatte sie weitere Kinder bekommen, die Jesus als seine Brüder bezeichnet hatte. Es sei von daher unwahrscheinlich, daß sie die Frauen in der Via Colombare dazu anhalte, alte Jungfern zu werden. Rita sagte, das sei ein Irrtum. Die Jungfrau habe keine weiteren Kinder bekommen. Aber ich habe in meiner Jugend oft genug die Kirche besucht und die Bibel studiert. Ich war mir sicher.
»Und was ist mit Joseph?« fragte ich. »Was ist aus ihm geworden?« Wir gingen gerade an der niedrigen rosa Mauer entlang, die den Garten des alten Marini umgab. Er beschnitt eben seine Obstbäume.
»Zölibat.«
»Aber wenn …«
»Nun, er konnte ja schlecht mit der Mutter Christi ins Bett gehen, oder?«
So simpel hatte ich diese Sache noch nie betrachtet. Ich schlug vor, zu Don Guido zu gehen und mit ihm darüber zu sprechen. Auch wenn er seine Enzykliken wegwarf, konnte er uns bestimmt helfen, diese Frage zu klären.
Aber am Ende genügte es, sich an eine Autorität wie Vittorina zu wenden. Ja, natürlich war die Jungfrau für den Rest ihres Lebens Jungfrau geblieben. Alles andere sei völlig un-

denkbar. Wie könnte sie sonst als Inbegriff der Tugend gelten? Sie stünde ja dann auf unserer niederen Stufe. Die alte Frau, selbst kinderlos, schien ernsthaft bestürzt darüber, daß irgend jemand etwas anderes annehmen konnte.

Ich zitiere dieses banale Mißverständnis nur, um zu zeigen, daß selbst ein vermeintlich gebildeter Protestant wie ich so lange Zeit eines der Herzstücke des dogmatischen Unterbaus der katholischen Kultur, in der er lebt, falsch deuten kann. Joseph wurde einfach übergangen, und Jesus hat keine Brüder gehabt, auch wenn man mir das beigebracht hat. Maria war der Inbegriff des Zölibats, einer segensreichen Tugend. Sie hatte es irgendwie fertiggebracht, diese Selbstverleugnung mit frommer Mutterschaft zu verbinden und so zur vollkommenen Frau zu werden. Ja, angeblich weinte eine Marienstatue in Cologna Veneta bereits seit mehr als drei Monaten, wenngleich die Priester sich weigerten, die Tränen analysieren zu lassen. Radio Santa Teresa hatte die Angelegenheit diskutiert, ohne jedoch die Frage anzuschneiden, warum die Jungfrau wohl Tränen vergoß. Weil sie immer noch über die Kreuzigung ihres Sohnes trauerte, obwohl er wieder auferstanden war? Weil die dortige Gemeinde sündigte? Oder um zu zeigen, daß Devotionalien mehr waren als bloß ein Stück Holz oder Stein? Manchmal übertrug Radio Teresa einen Rosenkranz in voller Länge; die ständige Wiederholung von *Santa Maria, Madre di Dio* war recht entspannend. Und jetzt wurde die Heilige Jungfrau auch noch dafür verantwortlich gemacht, daß in der Via Colombare so viele Mädchen geboren wurden. Und ebenso für die Tatsache, daß so viele Frauen in der Via Colombare unverheiratet blieben …

Natürlich begann ich zu hoffen, daß unser Baby ein Junge würde (wie das Kind der Jungfrau, wenn wir schon mal bei dem Thema sind).

Aber diese meine Hoffnung wurde von mir ohnehin erwartet. »Ich nehme an, Sie wünschen sich einen *maschio*, Signor Tino?« fragte Lucilla. »Es ist nur natürlich für einen Mann,

einen *maschio* zu wollen.« Und sie lachte, als wollte sie sagen: »Pech für Sie, daß dieses Geschöpf ausgerechnet in der Via Colombare gezeugt wurde.«
Ich entschloß mich also, den übrigen Einwohnern der Straße zu erzählen, daß ich mir ein Mädchen wünsche, und insgeheim zu hoffen, es möge ein Junge werden. Gleichzeitig ärgerte ich mich über mich selbst, weil ich mich in so eine abergläubische Mär hineinziehen ließ, um die sich in der Via Colombare letztendlich niemand etwas scherte, genausowenig wie darum, ob der Papst darauf beharrte, daß Empfängnisverhütung Mord war, oder ob ein Gastpriester ihnen eines Tages erzählte, daß sie nicht zur Kommunion kommen dürften, wenn sie ihre Steuern nicht bezahlt hätten. Die Italiener sind auf eine magische Weise doppelzüngig. Daran werde ich mich nie gewöhnen können. Man hält sie für abergläubisch und bigott, und doch zeigen sie sich dann wieder aufgeschlossener als man selbst. Niemand von ihnen hätte Christus je dafür kritisiert, daß er sein Korn am Sabbat geerntet hat. Es ist, als wären sie ein Volk von Protestanten oder sogar Freidenkern, die eher zufällig, aus Gründen des Stils und der Ästhetik, der katholischen Form des religiösen Kults huldigen. Weil ihnen seine Pracht gefällt. Die ihr Leben bestimmt.
Eine drängendere Frage als das Geschlecht des Kindes war jedoch, ob wir uns während der Schwangerschaft in die Obhut des öffentlichen oder eines privaten Gesundheitsdienstes begeben sollten. Giampaolo Visentini sprach sich als moderner Mann für das öffentliche Gesundheitswesen aus, das, so behauptete er, außerordentlich *valido* sei; er räumte jedoch ein, daß gewisse Leute das in Zweifel ziehen könnten. Auch er selbst hatte die Kosten privat übernommen, als Lara wegen eines Ausschlags zum Dermatologen mußte – weil die Warteliste im staatlichen Krankenhaus so lang gewesen sei. Und er war wütend gewesen, fügte er hinzu, als die Sekretärin des Arztes ihm keine Quittung ausgehändigt hatte, nachdem er seine 70 000 Lire bezahlt hatte.

Das Problem, so erklärte Orietta, bestehe darin, daß man im Krankenhaus nicht sicher sein könne, bei jeder Untersuchung an den gleichen Gynäkologen zu geraten; ebensowenig könne man davon ausgehen, daß er da sein wird, wenn das Kind geboren wird. Die Ärzte hätten sich unverhohlen für dieses System entschieden, damit ihre Privatpraxen außerhalb des Krankenhauses mehr Zulauf erhielten.
Wir ließen uns also überreden, die Sache als Privatpatienten anzugehen. Eine Freundin empfahl einen Gynäkologen *di fiducia*, an den wir uns auch wandten. Befremdlicherweise mußten wir, obgleich wir einen Termin hatten, genauso lange warten, wie man gewöhnlich in einer Arztpraxis wartet. Am Ende seiner Untersuchung verordnete der kleine Mann mit dem passenden Namen Dolcetta eine so lange Liste von weiteren Untersuchungen, daß wir uns fragten, ob die verbleibenden sechs Monate genügen würden, sie alle durchzuführen. Und da, so sagte er, schnellstens ein Ultraschall erstellt werden müsse, sollten wir auch dies privat machen lassen, um keine Zeit im Krankenhaus zu vergeuden; und er nannte uns den Namen einer Klinik, wo, so fanden wir bald heraus, er selbst arbeitete und vermutlich seinen Anteil von den 100 000 oder mehr Lire einsteckte, die sie für eine Ultraschallaufnahme verlangten. Woraufhin Rita sich entschloß, den Mann fallenzulassen und zum Niedrigsten aller Niedrigen zu gehen, einem Gynäkologen des Gesundheitsamtes, der einmal in der Woche in das kleine allgemeine Krankenhaus von Montecchio kam. Da dieser Mann kein Arzt mit Belegbetten, ja nicht einmal ein Krankenhausarzt war, wurde seine Hilfe allgemein verschmäht, und es war erfrischend einfach, einen Termin zu vereinbaren. Es stellte sich heraus, daß der umgängliche, amüsante Mann aus dem Süden stammte und sich in den Kopf gesetzt hatte – so verkündete er überraschend stolz –, das öffentliche Gesundheitswesen in Schwung zu bringen. Wir hätten nicht besser versorgt sein können.

# 27
# Centro Primo Maggio

Es war Akkordeonmusik, die uns das erste Mal zum Centro Primo Maggio zog. Wir spazierten einen kleinen Fußweg entlang, der von der Hauptstraße abzweigt und hinter der neuen Kirche vorbeiführt, dort, wo Don Guido seine Kaninchen und Hühner hält. Der Pfad verläuft zwischen zwei tiefen Wassergräben und ist ungepflegt; zur Linken erstreckt sich hinter baufälligen Häusern ein Flickenteppich aus Schrebergärten; Plastiktüten sind über kälteempfindliche Pflanzen gestülpt, Platanen zu knorrigen Stämmen zurückgeschnitten, Hunde liegen an Ketten, Katzen schleichen herum, und Bäche plätschern munter kreuz und quer. Ich bin mir bei dieser Beschreibung bewußt, daß all dies nicht sonderlich reizvoll klingt, obgleich die üppig wuchernde Beliebigkeit und die generelle Verweigerung jeglicher erkennbarer Geometrie ganz im Gegenteil immer aufs neue malerisch ist. Jemand hat ein kleines Floß gebaut, um es von einem Ufer des Grabens zum anderen zu schubsen: Ein Stuhl ist auf eine Holztür geschnallt, die Konstruktion ruht auf schwimmenden Benzinkanistern. Dort schlummert ein alter Mann, mit Hut und einer Flasche Wein, auf einem morschen Stuhl in seinem Schrebergarten. Eine Frau sammelt in ihrer Schürze Rosmarinzweige. Auf einem wackeligen Gerüst klopfen ein älterer Arbeiter und ein junger Lehrling den schadhaften Putz von einem Haus. Und dort ein Überbleibsel aus der Vergangenheit: Kompliziert angelegte Steinmauern leiten einen der Wassergräben zu einer alten Schafstränke; hie und da führen Stufen von einem Haus hinunter zum Wasser und zu einem großen, flachen Waschbrett aus Stein. Eine stämmige Frau mittleren Alters kommt heraus und geht mit einem roten Plastikkorb voll schmutziger

Wäsche die Stufen hinunter. Wo die Häuser direkt ans Wasser grenzen, sieht man aus Rohren verdächtiges Abwasser in den Graben sprudeln. All diese Leute besitzen Farbfernsehgeräte und ordentliche Autos.
Wir hatten gerade eben die ersten Klänge fröhlicher Akkordeonmusik vernommen, als wir auf den asketischen Lorenzo trafen, der knietief in dem größeren der beiden Gräben – an dieser Stelle schon fast ein Fluß – stand. Geduldig mähte er mit einer Sichel, die an einem langen Metallstiel befestigt war, unter der Wasseroberfläche.
Er schneide die alles erstickenden Unterwasserpflanzen, erklärt er, eine Folge der Überdüngung oben auf den Hügeln und des damit einhergehenden zu hohen Sauerstoffgehalts; hinzu komme noch, daß diese Schweinezüchter ihren Abfall einfach hineinkippten.
Ganz auf eigene Faust?
Er lacht: Mit einigen Freunden zusammen hat er eine Genossenschaft gegründet, eine gemeinnützige Gesellschaft, die von der Stadtverwaltung dafür bezahlt wird, daß sie die Bäche und Gräben des Ortes sauberhält. Es ist ein Sieg, errungen nach einem Jahrzehnt des Protests gegen die Mißachtung ökologischer Belange durch die Behörden.
Aber ist es nicht kalt in dem Graben? Ein schwerer Klumpen Unkraut löst sich vom Grund und wird von der Strömung fortgetrieben. Lorenzo hat einen großen Sack an den Gürtel gebunden und wirft eine schlammverkrustete Coca-Cola-Flasche hinein.
Nein, gar nicht. Das Wasser ist wärmer als die Luft draußen, und er hat ja seine hohen Wasserstiefel an. Ihm gefällt die Arbeit. Allerdings hat er beschlossen, aus Montecchio fortzugehen.
Lorenzo hat rötlich braunes, krauses Haar und eine schmale Nase. Auch noch nach seiner Jesuitenzeit zeugen die scharf geschnittenen Gesichtszüge von der Halsstarrigkeit eines Mannes mit Prinzipien.

Weil die Menschen hier den Konventionen so verhaftet und so ängstlich, zynisch und festgefahren seien, sagt er. Sie würden nie freiwillig aus den Häusern kommen und für die Umwelt kämpfen. Auch Lorenzo entpuppt sich als einer der Italiener, die danach trachten, der provinziellen Klaustrophobie zu entkommen.

»Ich denke daran, ins Ausland zu gehen«, sagt er, genau wie Bepi, obwohl die beiden nicht unterschiedlicher sein könnten. Zuerst hat er es mit der Kirche versucht, wo man ihm nicht einen einzigen eigenständigen Gedanken gestattet hat. Und jetzt, da er bemüht ist, die Lage in Montecchio zu verbessern, ist es letztlich nicht sehr viel anders. Jeder neuen Idee begegne man mit Mißtrauen.

Er drängt uns, zum nächsten Treffen zu kommen, bei dem es um den Plan der Stadt geht, direkt neben dem Hügel mit der Burg eine Straßenüberführung zu bauen. Schuldbewußt versprechen wir unsere Teilnahme – die Frage ist zweifellos wichtig –, wechseln aber das Thema und erkundigen uns, woher die Akkordeonmusik kommt. Lorenzo beschreibt uns den Weg zum Centro Primo Maggio.

Der Pfad endet mit einer Treppe hinauf zu einer Straße, einem wahnsinnig schmalen, buckeligen Asphaltstreifen, den die Autos hinunterjagen. Zwischen den hohen Mauern der drei- und vierstöckigen Häuser ist kein Platz mehr für einen Gehweg geblieben. Doch gleich gegenüber unserem Fußweg ist eine Lücke in der Häuserreihe, und vor uns liegt der zweite See des Ortes, der dem Laghetto Squarà gleicht, auch wenn er keine Steine aus der Römerzeit birgt. Eine zerbeulte Leitplanke verhindert, daß die dahinrasenden Autos hineinpreschen. Links vom See sind die Tore einer großen, alten Fabrik, die mehrere tausend Quadratmeter Land beansprucht. Ursprünglich war hier eine Gerberei. Jetzt nutzt Mondadori, Italiens größtes Verlagshaus, die Gebäude als Papierlager. Wir gehen den Weg entlang und sehen einen riesigen deutschen Lastwagen mit zwei Anhängern, der dröhnend immer wieder

vor- und zurücksetzt, um aus dem Tor zu fahren, dann an der Leitplanke am See vorbeizukommen sucht und sich schließlich in die bedrohlich enge Schlucht der Straße ins Tal wagt.
Auf der gegenüberliegenden Seite des Sees ist grasiges Weideland, zur Rechten steht eine Gruppe *case popolari,* Sozialwohnungen. Wir gehen zu ihnen hinunter und nähern uns damit der Musik. Auch andere Leute sind auf dem Weg dorthin, in Karnevalsverkleidung. Das heißt, die meisten Erwachsenen sind ganz alltäglich angezogen, während ihre kleinen Kinder wie Märchenprinzessinnen oder gewalttätige Roboter ausstaffiert sind. In Montecchio geht der Karneval sehr gezähmt vonstatten. So zahm, daß wir nicht einmal von dem heutigen Umzug wußten. Auf jeden Fall werden hinter dämonischen Masken keine Hemmungen fallengelassen. Um ausgelassener zu feiern, fahren die Leute nach Verona, wo sich stundenlang bizarre Festwagen durch die Straßen winden und Jugendliche die Schaufenster mit Rasierschaum vollschmieren.
Die *case popolari* sehen wirklich nicht übel aus. Zwar bröckelt hie und da schon der Putz, und auch die Balkone sind kleiner, als sie sein könnten, aber am Londoner Standard gemessen sind sie wirklich nicht übel. Und den Menschen, die darin leben, scheint es auch ganz gut zu gehen. Es stehen eine Menge teurer Wagen herum. Wie der *statale* (und ziemlich häufig ist es ein *statale*) hat es der Bewohner einer *casa popolare* gut getroffen. Er zahlt eine Miete weit unter der ortsüblichen, und nach fünfundzwanzig Jahren gehört die Wohnung automatisch ihm. Bis dahin poliert er seine Alfetta. Der einzige Haken ist, daß die Stadt – obwohl es die Siedlung schon seit zehn Jahren gibt – noch immer nicht die notwendigen Mittel aufgetrieben hat, um die Parkplätze pflastern oder asphaltieren zu lassen. Der Untergrund besteht aus Sand und Steinen. So muß man seine Alfetta sehr viel häufiger waschen, als das selbst ein Italiener gerne macht.
Und die kleine Prinzessin macht ihre silbernen Schühchen

schmutzig. Jetzt gewinnt die Akkordeonmusik an Tempo. Wir folgen einem kleinen d'Artagnan durch die Siedlung und kommen am anderen Ende, dort, wo das Land beginnt, an einen durchhängenden Zaun mit rostig grünem Tor und der Inschrift »Centro Primo Maggio«. Unter einer kahlen Pergola spielen ein paar Männer in Sonntagsanzügen Akkordeon, Gitarre und Schlagzeug. Und obwohl sie alle paar Takte die Melodie ändern, bleiben Klang und Rhythmus immer derselbe: Da-da-da-da, di dum, didi dum, didi dum, da-da-da-da, di dum, didi dum, didi dum ... Auf einem Tisch stapeln sich Pappbecher; große Limonadenflaschen stehen an einem, noch größere Weinflaschen am anderen Ende. Dazwischen Platten mit *galani*, in Fett gebackenen, mit Zuckerguß glasierten Krapfen. Die Kinder schleudern aus vollen Händen Konfetti, einige Schnipsel landen in meinem Wein. Ein kleiner Junge bricht in Tränen aus, weil sein Zorro-Kostüm schmutzig geworden ist.
Dann erscheint Re Magnaron, der König des Karnevals. Der *magnaron* ist ein winziger Fisch, der in den hiesigen Bächen und Gräben lebt und ursprünglich die traditionelle Karnevalsspeise war. Mit seinem Schuppenkopf und dem paillettenbesetzten Umhang wirkt der Mann, der diese Rolle spielt, wie ein Ben-Jonson-Verschnitt. Unter schallendem Gelächter wirft er Konfettiwolken und setzt sich dann an die Spitze eines Kinderzuges von etwa fünfzig Cowboys, Pinguinen, Batmen und Märchenprinzessinnen, der durch den Ort marschiert. Wir allerdings haben uns bereits in das Centro Primo Maggio verliebt und beschließen zu bleiben. Wenn wir erst unsere eigenen Kinder haben, werden wir noch an genug Umzügen teilnehmen.
Es entstand als Begegnungsstätte der kommunistischen Partei. Gleich links neben dem Tor steht eine große, niedrige Baracke, darin eine Bar, ein paar Tische, zwei Weltraumspielautomaten, eine Ausgabe der *Unità*, der kommunistischen Tageszeitung, ein Plakat von Berlinguer, Hammer und Sichel

und eine Auswahl dieser überall anzutreffenden alten Männer aus Montecchio mit Hüten und Weinflaschen. Sie spielen Karten. Gegenüber der Baracke befindet sich die fast zwanzig Meter lange Pergola, Wein rankt sich um ein geschwungenes, schmiedeeisernes Gerüst und sorgt so für ein schattiges Plätzchen an Sommertagen wie auch für eine Tanzfläche bei festlichen Anlässen. Außerdem gibt es einen Betonstreifen zum Kegeln, der eingezäunt ist, damit Zuschauer nicht von den schweren Kugeln getroffen werden. Ein Schild ermahnt die Benutzer, sich nicht zu streiten. Dahinter stehen verstreut auf einer sehr großen, verkümmerten Rasenfläche, die sich bis hin zum Damm und zum Hochwassergraben in fünfzig Meter Entfernung erstreckt, wackelige Stühle und Tische. Ein großer Grill am Rand der Wiese liefert heiße Würstchen, *bruschetta* und Auberginenscheiben auf Toast. Mehrere Tennisplätze, ein Kinderspielplatz, ein Betontisch zum Tischtennisspielen und, ganz am Ende des Grundstücks, eine anspruchsvolle Aschenbahn für BMX-Räder vervollständigen die Anlage. Denn schließlich müssen die Kommunisten auch der jüngeren Generation etwas bieten.
Doch nicht die Einrichtungen machen das Centro Primo Maggio zu dem, was es ist. Ich habe ganz bestimmt nicht deswegen mehr als hundert faule Samstagnachmittage hier verbracht. Es ist vielmehr diese außerordentlich ansprechende Atmosphäre des *laisser-faire*, die höfliche und liebenswürdige Art der Menschen, die diesen Ort nutzen. Denn die Arbeiter- und Bauernklasse von Montecchio trägt keine aggressiven Züge. Zumindest nicht, soweit ich es beobachtet habe. Und wenn ihre Mitglieder zu viel trinken, dann tun sie es langsam, auf der Veranda vor der Baracke, und beobachten dabei das hochrote Glitzern des Bardolino im Sonnenlicht. Sie sind ungezwungen, entspannt, nie gibt es das leiseste Anzeichen von Eile oder Unfreundlichkeit. Und man empfindet auch nicht diese Klaustrophobie, die einen in der Mittelschichtwelt von Verona und manchmal sogar in der Pasticceria Maggia auf-

grund dieser Besessenheit von Mode und Eleganz, von Pelz und Leder überfällt, wenn die Gesichter der Männer sauber geschrubbt und die der Frauen unter schwerem Make-up versteckt sind, sich krause, blondgefärbte Haare ansehnlicher Mädchen fächerförmig auf Schaffellschultern breiten, das Stimmengewirr der piekfeinen Veneto-Schickeria dröhnt.

Nichts davon im Centro Primo Maggio. Manchmal denke ich, daß Orwell sich genau so einen Platz erträumt haben muß. Man grüßt den wunderheilenden Friseur, der einen deutlich höher schätzt, seit man zugegeben hat, bei der Berührung durch seine Finger ein Prickeln zu spüren. Man grüßt den Flickschuster, der Vorsitzender eines kleinen Elvis-Presley-Fanclubs ist und seinen winzigen Laden mit Bildern des King vollgepflastert hat. Man winkt den Burschen aus dem Supermarkt zu, die hier Tennis spielen, den Verkäuferinnen aus Bepis Laden. Und Ercole – groß und hohlwangig, er zapft bei der örtlichen Tankstelle Benzin und war bei der letzten Wahl Kandidat der *indipendente di Sinistra* – nickt einem zu, während er den kleineren Jungs mit ihren Fahrrädern hilft. Die Preise hier sind verhältnismäßig niedrig, allerdings wäre es ein Fehler, einen *cappuccino* zu bestellen. Wein oder *espresso*, oder beides, ist hier angesagt. In der Baracke wurde direkt hinter der Tür ein kleiner Platz freigeräumt, damit ein paar *marocchini* ihre Waren zeigen können, ohne erst herumlaufen und Leute belästigen zu müssen. Und ein dunkelhäutiger Mann dort verkauft billige Lederwaren und russische Uhren. Man nimmt seinen Wein, geht damit hinaus in den Garten und fragt sich, wie lange man dem Geruch von brutzelndem Schweinefleisch und Auberginen noch widerstehen kann.

Nicht, daß es hier keine Übergriffe des modernen Yuppie-Italien samt seiner gutbetuchten Epigonen gäbe: die überängstlichen Mütter beispielsweise, die aufpassen, daß ihre Kinder auf den neuen, sorgsam in Schuß gehaltenen Rotgrantplätzen auch tun, was ihnen der Tennislehrer sagt; und dann die lebhaften jungen Männer, die gerade ihr Spiel beendet haben und sich anstelle von Bier oder Wein diese hochmodernen, gesunden, vitaminreichen Mineraldrinks bestellen, die in der Fernsehwerbung so hoch gepriesen werden. Ach, diese jungen Burschen, wie sie da mit der Ernsthaftigkeit von Fernsehreportern die technischen Feinheiten ihres Spiels diskutieren, sie sind sich ihrer selbst so sicher, daß ich sie beinahe bedaure. Draußen schnallen ganze Horden von Achtjährigen in der Kluft des Montecchio-Fahrradclubs ihre Helme fest, bevor sie den BMX-Parcours in Angriff nehmen. Jedes Mädchen und jeder Junge tragen ohne Ausnahme spezielle Radlerschuhe, Radlerhosen, Radlerhandschuhe …

Doch im Centro Primo Maggio existiert all das glücklich nebeneinander; als seien die momentanen Moden nichts weiter als pinkfarbene Bläschen auf dem immergleichen alten, blutroten Wein. Und es ist lustig, beim Boccia zuzusehen, oder an Sommerabenden den Menschen, die zu den Quetschkommodenklängen der Akkordeonspieler unter der jetzt zauberhaft überwachsenen Pergola tanzen: da-da-da-da, di dum, didi dum, didi dum …

Immer, wenn ich dorthin gehe, habe ich das Gefühl, daß sich Montecchio hier von seiner Schokoladenseite zeigt.

## 28
# Il frate indovino

Mein Ansehen in der Via Colombare, und insbesondere in Nummer 10, wuchs auch dadurch, daß ich an dem Morgen, als die Katastrophe geschah, der einzige Mann im Hause war. Wir saßen in der Küche. Die Nachrichten erinnerten uns daran, daß es an der Zeit war, unsere Umsatzsteuererklärung in Angriff zu nehmen. Es ist rührend, wie die öffentliche Hand auf diese Weise dem Gedächtnis der Bürger auf die Sprünge zu helfen sucht. Diese oder jene Berufsgruppen, so sagt einem der Nachrichtensprecher – also Künstler, Geschäftsinhaber, Rechtsanwälte – haben noch drei Tage Zeit, diese oder jene Erklärung abzugeben. Oder: Leute, die im Januar ein Auto angemeldet haben, haben noch genau eine Woche Zeit, um ihre Kraftfahrzeugsteuer zu entrichten; allerdings wird vermutlich ein Aufschub gewährt, weil im Moment nicht genügend Formulare zur Verfügung stehen.

Die Verzeihung heischende römische Stimme wurde plötzlich von einem Klopfen an der Wohnungstür unterbrochen. Draußen stand Lucilla in ihrem rosafarbenen, angerauhten Nylonmorgenrock, das Gesicht melodramatisch verzerrt, und trat auf dem Treppenabsatz neben den Überresten ihres Weihnachtssterns nervös von einem Fuß auf den anderen. Sie habe alles versucht, aber Vittorina komme nicht an die Tür.

Darum war zuvor so anhaltend lautes Rufen zu hören gewesen.

Ob sie es telefonisch versucht habe? Vittorina hat das Telefon neben dem Bett stehen. Lucilla eilte zurück in ihre Wohnung und war so aufgeregt, daß sie nicht einmal die Nummer wählen konnte, »*Che agitassiòn, che agitassiòn, Signor Tino!*«

rief sie. Wir halfen ihr. Eine kleine, rundliche Hand griff nach dem Hörer. Keine Antwort.
Ob Vittorina vielleicht ausgegangen sei?
Nein. Lucilla behauptete, sie habe sie hinter der Tür stöhnen gehört. Woraufhin Rita einen Krankenwagen rief, während ich hinuntereilte. Orietta kam heraus, und während ich geglaubt hatte, daß ihr Vorfälle dieser Art Herzjagen bescheren würden, bewahrte sie einen kühlen Kopf und reagierte sehr vernünftig. Wir mußten versuchen, in die Wohnung zu gelangen. Vielleicht mit Lucillas Zweitschlüssel? Aber Vittorina hatte ihren Schlüssel in der Tür stecken lassen. Durch ein Fenster also, schlug Orietta vor.
Ich ging hinaus und zog mich auf Vittorinas Balkon hoch, unter dem ich während des langen vergangenen Sommers den Rasen gewässert hatte. Als ich die Lamellen ihrer Jalousie einen Spalt breit aufbog, konnte ich sehen, daß die Balkontür dahinter gekippt war, um frische Luft hereinzulassen. Ich fragte Orietta, ob sie ein Brotmesser habe, und sie stürzte davon, um eines zu suchen. Es war Ende Februar. Hinter mir auf der Straße fiel Regen, und es weht sogar ein Wind, was für diese Breiten ungewöhnlich ist. Ich erinnere mich, daß gerade der Käsewagen mit dem dezent durchs Mikrophon verstärkten Ruf »*Formaggi*« um die Ecke bog. Dann brachte Orietta ein Sortiment nützlich aussehender Messer, und wenige Augenblicke später hatte ich zwei kleine Quadrate aus den Plastiklamellen herausgesägt und konnte hineingreifen und die inneren Schließhaken öffnen. Ich hob den Rolladen ein Stückchen hoch, krabbelte darunter hindurch und fand Vittorina in ihrer Unterwäsche aus dem neunzehnten Jahrhundert lang ausgestreckt auf den kalten Fliesen ihres Eßzimmers liegen.
Als ich Lucilla hereinließ, bekam sie einen hysterischen Anfall. Offenbar sah sie sich bereits mit den Fäusten auf den Sarg hämmern. Sie heulte laut auf und zerrte an ihrem kurzen, mit Henna behandelten grauen Haar, um den Schmerz zu spüren. Von der Straße eilten Nachbarn herbei. Gemein-

sam setzen wir Vittorina in einen Sessel. Die Frauen rieben ihr Hände und Füße. Andere trösteten Lucilla und halfen ihr, den Hüfthalter zu lockern.
Etwas verlegen beschloß ich, mich lieber in die Küche zurückzuziehen, bis der Krankenwagen kam. Und so ertappte ich mich dabei, daß ich in einem ziemlich seltsamen Kalender schmökerte, der an der Tür eines der erst kürzlich geschreinerten Küchenschränkchen von Vittorina hing. *Il calendario del frate indovino* stand darauf. Dies erschien mir sofort seltsam, denn ein *frate* ist ein Priester, ein Klosterbruder (der Kalender wurde von einem religiösen Orden herausgegeben), während ein *indovino* ein entschieden weltlicher Wahrsager ist. Seltsam war auch, daß die Farben und Grafiken auf den Seiten in Plakatgröße direkt aus den frühen sechziger Jahren zu stammen schienen (sie erinnerten an die Illustrationen auf alten Cornflakes-Schachteln), wohingegen die Daten sich eindeutig auf heute bezogen. Auf die Mitte jedes Blatts waren die Tage des Monats gedruckt, dahinter stand in Großbuchstaben jeweils der Name des entsprechenden Schutzheiligen, und die weniger wichtigen Heiligen folgten in normalem Druck, also zum Beispiel: 1. März, SAN SILVIO, Sant'Albino, Sant'Ercolano. Um das eigentliche Kalendarium herum wurden in verschiedenfarbigen Kästchen freigiebig Ratschläge erteilt, Weissagungen, Lebensregeln und Mottos angeboten, außerdem Informationen für Bauern; Karikaturen, Comics und ominöse Sprichwörter rundeten das Bild ab. Genug jedenfalls, um fünfzehn Minuten des Wartens totzuschlagen:
»*Aussaat:* Bei abnehmendem Mond ist jetzt die richtige Zeit, an geschützten Stellen Erbsen, Rote Bete und Spinat zu setzen.«
»*Frauen:* Reaktionäre weigern sich anzuerkennen, daß in einer christlichen Gesellschaft Frauen ebensoviel Verantwortung tragen wie Männer, manchmal sogar mehr. Zum Beispiel während der Mutterschaft.«
Ich fragte mich, wer hier der Reaktionär war. Und wenn die Worte über die Aussaat vom *indivino* geschrieben waren, war

dann der Kommentar über die Frauen das Werk des *frate?* Vittorina freilich hatte keine Kinder gehabt, konnte ihre Weiblichkeit nicht durch Mutterschaft rechtfertigen. Hatte nicht einmal Jungfräulichkeit zu bieten. Obwohl sie sich ebendieser überzeugenden Mischung aus Religion und Weltlichkeit verschrieben hatte: dem Bibelspruch mit dem Tageshoroskop daneben. Und dann fiel mein Blick auf folgende beunruhigende Betrachtung:

»*Gedanke für den Tag*. Jeden Morgen erwacht in Afrika die Gazelle und weiß, daß sie schneller rennen muß als der Löwe, um nicht getötet zu werden. Jeden Morgen erwacht in Afrika der Löwe und weiß, daß er schneller rennen muß als die Gazelle, wenn er nicht verhungern will. Wenn die Sonne aufgeht, spielt es keine Rolle, ob du Gazelle oder Löwe bist, du solltest auf jeden Fall losrennen.«

Sicher ein böses Vorzeichen für die arme Vittorina.

Die Ambulanz des Croce Verde kam, ein Sanitäter erklärte, es handle sich wahrscheinlich um einen Schlaganfall, Vittorina wurde in Decken gewickelt und davongetragen. Da die Sanitäter sich weigerten, die schluchzende Lucilla mit in den Krankenwagen steigen zu lassen, fuhr eine Nachbarin, die Schwester des Versicherungsvertreters und eine der *zitelle* der Via Colombare, mit ihr hinterher. Im letzten Moment stürzte Orietta mit einem Plastikbeutel heraus, in den sie Nachthemd, Eßbesteck, Seife, Handtuch und Toilettenpapier gestopft hatte – all das würde Vittorina brauchen, falls sie länger im Krankenhaus bleiben müßte. Lucilla zog sich in ihr Bett mit dem rosafarbenen Baldachin zurück und rief den Arzt, um sich den Blutdruck messen zu lassen; sie steckte dem Mann 20 000 Lire für eine Arbeit zu, die ihm vom Staat bereits vergütet worden war. Wie man sich vorstellen kann, verschrieb er Beruhigungsmittel. »*Troppo gentile*«, sagte Lucilla darauf und rief uns, um zu fragen, ob wir ihr die verschriebenen Medikamente besorgen könnten.

Der Apotheker wird in der italienischen Provinzgesellschaft

immer noch als eine Autorität betrachtet. Darum wartete eine lange Schlange von Leuten, die keine Zeit hatten, zum Arzt zu gehen, um sich bei ihm Rat zu holen. Und unglücklicherweise gibt es in Montecchio nur eine einzige Apotheke, da der Stadtrat die Eröffnung einer zweiten nicht genehmigt hat. Unser Apotheker besitzt also eine mächtige Monopolstellung, insbesondere da so harmlose Produkte wie Aspirin oder Magnesiummilch nur von Apotheken verkauft werden dürfen. Die Rezeptgebühr beträgt etwa zwei Pfund, außerdem muß man einen Prozentsatz der Kosten des Medikaments bezahlen; dieser ist abhängig von der Art der verlangten Arznei und Ihrem persönlichen Status.

Dieses Vorgehen hat seine Tücken. Der Apotheker hat auf seiner Theke etwas wie eine Logarithmentafel aus Plastik stehen und tippt auf einer Rechenmaschine; er errechnet Prozente, addiert und subtrahiert. Ich warte, aber dann hat die Frau vor mir kein Rezept für das Valium, das sie verlangt. Das natürlich nur auf Rezept verkauft werden darf. *Sotto voce* beginnt ein langes Streitgespräch. *Per favore, dottore,* fleht sie. Nachdem er mit verstohlenen Seitenblicken die übrigen Kunden im Laden taxiert hat, gibt er der Frau, was er ihr nicht geben darf. Zum vollen Preis. Dann bittet er mich, zwei Petitionen zu unterschreiben: Eine verfolgt das Ziel, den draußen vorbeiführenden Graben mit einem Asphaltdeckel zu versehen, um ein bequemeres Parken zu ermöglichen; bei der anderen handelt es sich um eine Beschwerde, da die Regierung mit den Ausgleichszahlungen für rezeptpflichtige Medikamente an die Apotheker im Rückstand ist. Ich weigere mich höflich. Unten in Kalabrien, denke ich, gibt es eine Gegend, wo in den letzten paar Jahren wohl jeder Apotheker irgendwann einmal gekidnappt worden ist. Die Zahlung von Lösegeldern hat nie ein unüberwindliches Problem dargestellt. Auf dem Heimweg stelle ich fest, daß mir der typisch italienische Neid auf die begünstigteren Berufsgruppen inzwischen nicht mehr fremd ist.

Wir besuchen Vittorina im Krankenhaus. Das Gebäude braucht einen Vergleich mit seinen englischen Gegenstücken nicht zu scheuen, wenn auch ein paar Betten draußen auf dem Flur stehen. Die Pfleger sind meist kleine, schmale Männer aus dem Süden und tragen grüne Kittel und Clogs. Nachts hat Marisa auf einem Stuhl mit gerader Lehne an Vittorinas Bett gewacht. Fast jeder ernsthaft Kranke hat einen Verwandten, der die Nacht bei ihm verbringt.
Aber Vittorina erholt sich schnell. Sie setzt sich bereits auf und lächelt. Lediglich ihren linken Arm und ihr linkes Bein kann sie noch nicht bewegen. Dann überschüttet sie uns nuschelnd mit fast schon beschämenden Dankesbezeugungen. Sie hoffe, daß Lucilla uns gestatten werde, die Wohnung zu behalten. Und als wir nach Hause fahren, wird uns klar, daß wir damit wirklich einen Trumpf in der Hand haben. Ich werde Lucilla gegenüber betonen, daß ich – da ich überwiegend zu Hause arbeite – normalerweise bei Unglücksfällen, die alte und kränkliche Frauen ereilen können, zur Stelle bin. Was bei einem neuen Mieter, selbst wenn er so tüchtig und *gentile* sein sollte wie Signor Giampaolo, wahrscheinlich nicht der Fall sein wird.
Immer angenommen, Lucilla gewinnt oder der Fall wird überhaupt jemals entschieden.
Als wir wieder in Montecchio ankamen, bemerkten wir vor der Kirche eine kleine Gruppe von Menschen, vornehmlich ältere Frauen und Kinder, von denen ein oder zwei sich heftig die Stirn rieben. Wie seltsam. Bis wir uns erinnerten, daß Aschermittwoch war. »Aus Staub bist du gekommen, zu Staub sollst du werden.« Don Guido hatte ihnen mit Asche das Kreuz auf die Stirn gezeichnet. Ein religiöser Feiertag, der trotz Vittorinas Fehlen stattgefunden hatte.
Obwohl der Tod, wie man gerne sagt, nicht immer unwillkommen ist. Und während sich die Geschichte von Marta und Lucilla unendlich hinschleppte, fiel über einem anderen, lange währenden Drama kurz nach Vittorinas Heimkehr der

letzte Vorhang. Das Wetter war rauh geworden: Frühlingsstürme, Märzwinde. Und nachts, wenn der Wind pfiff, konnte man die Rolläden nicht unten lassen, weil die Plastiklamellen so lästig klapperten. Das bedeutete, daß Vegas Bellen – fünf, sechs Meter von unserem Fenster entfernt – noch lauter zu hören war. Es schien sich geradewegs in den Schädel zu bohren.

Eines Nachts fanden wir lange keinen Schlaf, weil die Hündin winselte, heulte und kläffte; sie bellte wohl gegen den stürmischen Wind an, dachten wir, beteiligte sich in ihrer hündischen Weise am Wechsel der Jahreszeiten, am Nahen der Tag- und Nachtgleiche. Bis in die frühen Morgenstunden hinein hielt das Lärmen an, drängend und gequält, als bellte die Kreatur in unseren Köpfen, als zerrte sie uns mit den Zähnen immer wieder von der Schwelle zum Schlaf zurück. Wir jammerten und fluchten und verwünschten unsere Machtlosigkeit. Bis ich am folgenden Morgen, als ich vor dem Unterricht verschlafen meine Zähne putzte, das Milchglasfenster im Badezimmer aufstieß – eigentlich nur, um die Luft im Gesicht zu spüren und einen Blick auf die mir bekannte Welt dort draußen zu werfen. Nur war sie heute nicht dieselbe wie sonst. Denn unter dem knospenden *cachi*-Baum lag ausgestreckt wie eine Opfergabe die schrecklich verrenkte Leiche unseres Folterers in Hundegestalt. Vergiftet.

Rita! Rita! Ein Augenblick feierlicher Freude, eine begeisterte Umarmung. Endlich, endlich! Jemand hatte dem Köter den Garaus gemacht! Wie wunderbar das Leben jetzt sein würde!

Doch dann beschlichen uns die ersten Zweifel. Jeder mußte denken, wir hätten es getan. O nein! Die Familie Negretti war sich nur allzu bewußt, wie sehr Vega uns gestört hatte. Ziemlich offen hatten wir darüber gesprochen, sie zu vergiften. Und dann diese Anrufe, die wir getätigt hatten. In den frühen Morgenstunden. Schon allein das machte uns zu den Hauptverdächtigen. Nicht, daß wir befürchtet hätten, Rocco Negretti könnte zur Polizei gehen. Das war nicht seine Art. Aber

wenn nun eine idiotische Vendetta beginnen würde? Immerhin hatten wir jetzt die Katze. Würde es gefährlich sein, sie hinauszulassen?
An diesem Abend sprachen wir mit Giampaolo und Orietta. Vega, so war ihnen zu Ohren gekommen, war tatsächlich vergiftet worden, aber niemand wußte, von wem. Sie sahen uns fragend an. Wir erklärten, nichts zu wissen. Man munkelte, so erzählten sie, daß das Tier Rattengift gefressen habe, das Negretti in seinem Keller gestreut hätte. Aber dies sei doch sehr unwahrscheinlich, denn der Hund war ja niemals ins Haus gelassen worden. Vittorina blickte grimmig drein und sagte mit zusammengekniffenen Lippen geheimnisvoll: »Dieses Tier ist zu vielen Leuten auf die Nerven gegangen.« Gegenüber von meinem Arbeitszimmerfenster erschien das Schädelgesicht zwischen den Spitzengardinen, sibyllinisch wie der Tod selbst.
Die übrigen Einwohner der Via Colombare waren weniger zurückhaltend als vielmehr vollkommen uninteressiert. Wen scherte es schon, wer den Hund des alten Negretti um die Ecke gebracht hatte, solange der nächste, den er sich anschaffte, nicht so viel bellte?
Wir grübelten über diesen seltsamen Fall von Wunscherfüllung noch eine Zeitlang nach. Und behielten unsere Katze sorgsam im Auge. Nichts geschah. Am Ende kamen wir zu dem Schluß, daß Negretti selbst das Tier vergiftet haben mußte, um es endlich loszuwerden. Denn nur achtundvierzig Stunden nach Vegas Tod kam er mit einem riesigen schwarzen Dobermann nach Hause und begann mit Zuchtversuchen, die bis heute andauern. Der Anblick der riesigen schwarzen Kreatur erschreckte uns zunächst; wie laut würde dieses Monster wohl bellen? Bis wir bemerkten, daß ein Montecchiese, der Hunde züchtet, ein ganz anderes Kapitel ist als ein Montecchiese, der einfach bloß einen Hund hält. Denn ein Rassehund ist Geld wert und verdient daher Respekt. Mit dem Erfolg, daß erst Ursa und später dann Sirio, Musca und

Canope (diese Vorliebe für den Sternenhimmel war eine der liebenswerteren Seiten von Negrettis Charakter) gut gefüttert und regelmäßig gebürstet wurden und nachts ausgesprochen wenig bellten.

[illegible]

# 29
# Primavera

Ich weiß nicht, warum, aber auch ich habe ein Exemplar des *frate indovino*-Kalenders erstanden. Nachdem ich ihn in drei oder vier weiteren Wohnungen hängen sah. Er scheint ähnlich populär zu sein wie Reader's Digest, als eine Quelle der Weisheit zu gelten, die immer zur Hand ist. Und wer möchte schon ohne eine Quelle der Weisheit leben? Daher lese ich, als der Frühling anbricht, unter der Überschrift *Per Tutti* folgenden Eintrag: »Denken Sie daran, daß Liebe unabhängig vom Alter existiert und die Liebe, die am längsten überdauert, auch die stärkste ist. Dennoch muß auch daran erinnert werden, daß die Jugend sexuellen Lockungen ausgesetzt ist, vor allem zu gewissen Jahreszeiten. Glücklicherweise können solche Triebe besänftigt werden und sogar gänzlich verschwinden, wenn die Betroffenen es zuwege bringen, zu Eltern, wahren Freunden und geistigen Führern auf Treue und Ergebenheit gründende Beziehungen zu pflegen.«

Eine Welt, in der Heranwachsende nicht von sexuellen Regungen gequält werden! Darüber kann man nur lauthals lachen; es ist zu vermuten, daß unser *frate* sich hier auf einem zölibatären Holzweg befindet. Wer könnte so etwas überhaupt wollen? Trotzdem halte ich von nun an diesbezüglich die Augen offen und stelle fest, daß ein großer Teil meiner Studenten an der Universität das anscheinend nicht nur will, sondern bereits dieses Stadium gottesfürchtiger Gelassenheit erreicht hat, von dem der Autor spricht. Und eine beträchtliche Anzahl der Jugendlichen von Montecchio ebenfalls. Es umgibt sie eine Aura von Anstand und Ruhe, die ebenso bewundernswert wie erschreckend ist. »Nein, ich will nicht von zu Hause ausziehen«, antworten sie einem. »Mir gefällt mein

Zusammenleben mit *mamma e papà*. Und nichts von dem, was ich gern tue, könnte ich nicht auch zu Hause tun.« Oder: »Francesca und ich werden in fünf Jahren heiraten und zusammenleben, wenn ich mein Staatsexamen geschafft habe und in meinem Heimatort Buttapietra Steuerberater geworden bin.« Sexuelle Dinge scheinen sie kaum zu berühren.
Ich erkundige mich, wie viele meiner Studenten zur Messe gehen (wenn man Englisch unterrichtet, kann man so etwas als linguistische Übung tarnen). Mehr als die Hälfte regelmäßig, die meisten anderen gelegentlich. Ja, sie gehen zusammen mit den Eltern. Und sogar mit den Großeltern. (Natürlich ist das in gewisser Hinsicht wundervoll, geradezu beneidenswert.) Ich frage, was sie letztes Wochenende unternommen haben, und bekomme von drei oder vier Studentinnen die Antwort, sie hätten sich zu einer spirituellen Einkehr zurückgezogen. Um beisammen zu sein und für den Frieden zu beten. Die Mädchen kleiden sich mit italienischer Eleganz und wirken völlig ausgeglichen. Freitag abend allerdings waren sie in einer Diskothek. Ah ja, Frederica, und was hast du da angehabt? (Wiederholung von Lektion 4) Schwarzen Rock und schwarze Strümpfe. Und du, Christina? Schwarzen Rock und schwarze Strümpfe. Und du, Monica? Schwarzen Rock, schwarze Strümpfe. Tragen die Jungen in der Diskothek Krawatte? Manche ja, andere nicht. Und was habt ihr getrunken? Fanta, Coca-Cola. Keinen Wein? Keinen Wein.
Man vermutet permanent, daß irgend etwas vertuscht wird. Irgend etwas geht vor, doch man weiß nicht, was. Es können doch nicht alle so sein, sich ihrer selbst so sicher, so ungezaust von den Stürmen des Lebens. Auf gut Glück stelle ich weitere Fragen. Wie seid ihr in die Diskothek gekommen? Im Wagen von *papà*. Was für einen Wagen fährt er? Einen Mercedes. Oh, und wie lange seid ihr geblieben? Bis zwei Uhr früh. Und passiert tatsächlich etwas in diesen Diskotheken? Wie, passieren, was meinen Sie damit?
Ist das wahrhaftig Gelassenheit, die abgeklärte Ruhe von Ju-

gendlichen, die gute Beziehungen zu treuen Freunden, vernünftigen Eltern und geistigen Führern pflegen? Oder aber Zurückhaltung und Stumpfsinn? Wie steht das in Einklang mit all den ledigen Müttern von Montecchio, die auf der Piazza Buccari traurig die Kinderwagen um den kaputten Brunnen schieben?

»Die mit Abstand am weitesten verbreitete Methode der Empfängnisverhütung in Italien«, klärt uns Maria Grazia in ihrer *sanitaria* auf (sie liebt solche Gespräche), »ist der *coitus interruptus*. Haben Sie das gewußt? Nicht gerade etwas, worin junge Männer besonders gut sind.« Ein wehmütiger Ausdruck huscht über ihr Gesicht. »Und dann kommt der Frühling hier so plötzlich.«

Da hat sie zweifellos recht. Ende März, Anfang April ist es soweit: San Francesco, San Sisto, Sant'Isidoro ... Die drückenden Nebelschwaden, die kalten, farblosen Tage, die wütenden Regenschauer, mit einemmal ist das alles vorbei. Die Sonne kämpft sich durch und brennt so heiß, daß man plötzlich viel zu dick eingemummelt ist. Und dabei hätten die Frauen so gern noch ein letztes Mal ihre Pelze getragen. Doch zu spät. Eines Morgens wacht man auf – mein Kalender sagt mir, daß heute San Celestino ist –, und in den Lüften wirbeln Mauersegler und Schwalben umher. Wie sie die Hügel, die Bauernhöfe, die Brücken mit ihrer unersättlichen, pfeilschnellen Suche nach Futter – und wahrscheinlich nach Sex – beleben! Kirsch- und Pfirsichblüten explodieren geradezu. An allen Bäumen auf einmal. Reihe für Reihe die Hügel hinan, zwischen den noch immer kahlen Reben. Und schon krabbeln die Bienen in zuckrige Kelche. Die Plastiktüten werden von den Zitronenbäumen genommen. Die Erde läßt die in ihr eingeschlossenen Gerüche wieder frei. Und wenn in der Abenddämmerung weiße Kirschblüten wie Signalfeuer lodern, quaken an den Wasserläufen von Montecchio Tausende von Fröschen – und legen ihren Laich ab.

Wie laut diese Frösche quaken! Wirklich obszön! Kein Wunder, daß ein bis zwei der weniger von geistiger Führung Durchdrungenen dabei vom Weg abkommen: hin zum weichen Gras, zu Primeln und Immergrün. Doch schließlich hat ja der *frate indovino* gewarnt, daß es besonders gefährliche Jahreszeiten gibt.

In Nummer 10 beschließt ein Gartenpflegekomitee der Hausbewohner, einen Mann kommen und all unsere Sträucher beschneiden zu lassen, bevor sie erblühen. Er schneidet und stutzt, zwängt das Wachstum eines Jahres in strenge geometrische Formen. Und dabei haben die Knospen so vielversprechend ausgesehen. Rita ist wütend und stellt überall in der Wohnung Vasen mit den abgeschnittenen Zweigen auf. Wenn sie doch nur mehr Zeit gehabt hätte, seufzt Lucilla, sie hätte den Hibiskus auf die andere Seite der kleinen Zypresse umgepflanzt. Doch mit der kranken Vittorina ...

An Palmsonntag kommt jeder mit einem Ölzweig in der Hand aus der Messe. Von Don Guido eigens gesegnet. Die Kinder bieten ein hübsches Bild. Ihre gutgekleideten Eltern sehen ziemlich einfältig aus. *Il frate indovino* meint dazu:

*La domenica dell'olivo, ogni ucello fa il suo nido,*
*e se gocciola la frasca, saràbello il dì di Pasqua.*

(An Palmsonntag bauen alle Vögel ihre Nester,
wenn an den Zweiglein Regentropfen hängen,
ist es Ostern wieder schön.)

Jedenfalls ist am *domenica dell'olivo* schönes Wetter, wie auch an *Pasqua*. Soviel zu unserem *indovino*.

Am Ostermontag, hier *Pasquetta* genannt, geht man traditionellerweise mit Grillausrüstung und etlichen Flaschen Wein zu einem großen Picknick in die Hügel. Wie immer ist auch hier die Verbindung von religiösem Feiertag und üppigem Essen scheinbar ehernes Gesetz. Jedermann ist mit Picknickkorb und Kühlbox unterwegs. Marisa und Leone nehmen die beiden alten Damen mit hinauf nach Cancello. Bepi gibt eine Party auf seinem Grundstück in Rivoli. Und wir wandern, sehr viel bescheidener, mit Giampaolo, Orietta und einem gut gefüllten Picknickkorb durch das Tal nach Mizzole. Als wir die Hauptstraße kreuzen, fährt eine Autolawine vorbei, Säcke voll Holzkohle auf die Dachgepäckträger geschnallt.

Außerhalb des Ortes ist das Tal heute gespenstisch grün. Man schlendert umher und stellt fest, daß dieses Frühlingslicht irgendwie anders als in England ist. Zuerst vermutet man, die Luft sei klarer; denn man kann, nach wochenlangem Nebel und Regen, weit, weit entfernt wieder die Berge sehen. Und sie dort zu sehen, noch in ihrem majestätisch weißen Wintergewand, gibt einem ein ungeheures Gefühl der Weite. Doch es ist nicht wirklich eine Frage der Klarheit. Nichts könnte klarer sein als die Luft in England, wenn ein stürmischer Wind die letzten Dunst- und Abgaswolken vertreibt und man das Gefühl hat, man könnte vom einen Ende der Edgware Road bis zum anderen sehen, wenn man nur wollte. Gegen zehn Uhr sind die Alpen, von Montecchio aus gesehen, wieder in dem dichter werdenden Hitzenebel verschwunden. Das Panorama verliert schon bald die scharfen Konturen, die es in windigeren Regionen den ganzen Tag lang zeigt.

Nein, es ist dieses Durchflutetsein von Licht, das dem Frühling hier seine Kraft, seine ausgesprochen erotische Atmosphäre verleiht. Ganz einfach gesagt, das Licht scheint von überall zu kommen, es strahlt von allen Seiten. Vielleicht, weil der pastellfarbene Putz der Häuser mit ihren kalkweißen Fenstereinfassungen es so stark zurückwirft, weil es die Luft über den Terrakottadächern und dem staubgrauen Asphalt flimmern läßt – ein Licht, das gleißender Glanz, Dunst und Hitze in einem ist. So daß die Frauen buchstäblich die Hüllen fallen lassen. Im Zeitraum von nur wenigen Wochen ist man von Pelzen zu dünnen Blusen und modischen T-Shirts übergegangen. Wohlriechende Helligkeit umschmeichelt die Menschen, und man hat irgendwie das Gefühl, alles geschehe in Zeitlupe. Schon das Licht allein hat diese Wirkung. Vor allem wenn man die Angewohnheit hat, drei Flaschen Wein zu einem Picknick mit-

zunehmen, sich unter dem ersten blühenden Kirschbaum auszustrecken und einfach ins Blaue zu schauen, während unternehmungslustigere Wanderer weitereilen.
Und während man so daliegt, hört man den frechen Ruf des ersten Kuckucks, Lerchengezwitscher hoch oben in den Lüften, das eindringliche Summen Tausender von Bienen (denn viele Obstgärten haben ihre eigenen Stöcke); und Frösche quaken schamlos im Duett mit Kröten, während sie durchs hohe Gras zum Wasser hopsen.
Was für eine Chance hat ein geistiger Führer in Augenblicken wie diesem? Sicher kann einen auch die beste bibelfeste Gesinnung nicht gegen einen solch durchdringenden Schrei nach Leben und Taten immun machen. Wie könnte sich die katholische Jugend von Montecchio dessen erwehren? Der *frate indovino* müßte sich die Tonsur raufen.
Da ertönt von jenseits des intensiv duftenden Grases ein aufdringliches, dumpfes Dröhnen. Näher und näher, lauter und lauter. Bis plötzlich eine in Leder gekleidete Gestalt aus einem nahen Graben schnellt, durch den Weinberg braust, in dem wir picknicken, die erste Steigung des Hügels nimmt, wobei Dreck und Steine hochspritzen. Dann folgt die nächste Gestalt, und die nächste, und die nächste ...
Es liegt eine gewisse Ironie darin, daß es ausgerechnet die Technik ist, die der alten Kirche zu Hilfe kommt. Denn da gibt es den Verbrennungsmotor. Und der gleichen rituellen Gesetzmäßigkeit folgend, die die Sonne jeden Tag ein Stückchen höher steigen und den Saft in die Pflanzen schießen läßt, antworten die hiesigen Jugendlichen den Zugvögeln und wiedererwachten Bienen mit dem Aufheulen ihrer nicht schallgedämpften Mopeds und Motorräder. Die Maschinen werden hochgejagt und wieder gedrosselt, hochgejagt und wieder gedrosselt, rhythmisch jaulen die Motoren in der Frühlingsluft. Der gerissene Don Guido – ein Mann, der im gegebenen Falle das kleinere von zwei Übeln erkennt – erlaubt den Burschen, auf dem Kirchenparkplatz immer und immer wieder ihre ek-

statischen Runden zu drehen. Dann brausen sie zu Un Panino due, um sich dort ein Stück Pizza zu holen, danach geht es zu Giula am anderen Ortsende, wo sie eisgekühlte Coca-Cola schlürfen. Zur gleichen Zeit traktieren in der Via Colombare die Negretti-Jungen den Fiat 500 ihrer Mutter, auf der großen Terrasse schießt der Wagen zwischen den zerbrochenen Blumenkübeln und den Wäschestangen hin und her, hin und her: drei Meter im Rückwärtsgang, Bremsen quietschen, drei Meter im ersten Gang, drei Meter im Rückwärtsgang, drei Meter im ersten Gang. Düfte, die das Blut in Wallung bringen, werden von bläulichem Gestank überdeckt. Der Krach übertönt die Lockrufe der *ambulanti* mit ihrem Saisonangebot an Liegestühlen und knapper Strandbekleidung.

Der abendliche Spaziergang zur Bar, die kurvigen Straßen ohne Gehweg entlang, wird zum selbstmörderischen Unterfangen. Hordenweise heulen *motorini* vorbei, steigen auf die Hinterräder, schleudern und brechen aus. Könnten, so fragt man sich, Fiat und der Heilige Stuhl einen Pakt geschlossen, sich verschworen haben, um die Libido der italienischen Jugend umzulenken und das Straucheln in der Frühlingsoffensive auf ein Minimum zu beschränken? Orietta gesteht, daß sie und Giampaolo sich jetzt Sorgen um Lara machen, die seit kurzem bei der Mopedbrigade vor der Kirche herumhängt und angeblich mit einem großen blonden Jungen Händchen gehalten haben soll. Ich empfehle ihr, ganz unbesorgt zu sein.

Mitte April. Wir radeln durch die ländliche Kirschblüte. Bei unseren Spaziergängen in den Hügeln sind die Raine so voller Primeln, Narzissen, Veilchen und Hyazinthen, es ist fast nicht zu ertragen. Das Wintergetreide schießt in die Höhe. Jeder hat in seinem Gemüsegarten alle Hände voll zu tun. Die Bauern spritzen ihre Bäume mit dem üblichen Gemisch aus giftigen Chemikalien.

Und dann wird es plötzlich wieder kalt und regnerisch. Es regnet nicht nur, es gibt Graupelschauer, ein oder zwei Stunden lang schneit es sogar. Wie weißer Zuckerguß überzieht der

Schnee die weißen Kirschblüten. Der alte Marini schüttelt den Kopf. Kein Jahr für Obst, sagt er.
Auch Giampaolo schüttelt den Kopf. Denn allmählich wird es Zeit für uns, den *prosecco* abzufüllen, den er in drei riesigen Korbflaschen unten im Keller aufbewahrt. Das Problem ist, daß *prosecco* immer bei hohem oder steigendem Luftdruck abgefüllt werden muß. Die plötzliche Rückkehr des Winters ist eine Katastrophe.
Aber nächste Woche soll das Wetter doch wieder besser werden, meine ich. Ich habe die langfristige Wettervorhersage gehört. Wir bräuchten also bloß in Ruhe abzuwarten, bis die Sonne wieder vom blauen Himmel scheine. Der Luftdruck wird steigen.
Doch er runzelt die Stirn, verzieht den Mund.
Was ist denn das Problem?
*Prosecco* sollte unbedingt auch bei zunehmendem Mond abgefüllt werden, erwidert er. Und Sonntag ist Vollmond. Er weiß, daß nächste Woche schönes Wetter sein soll, doch da nimmt der Mond bereits wieder ab.
Ich habe ihn für einen wissenschaftlich denkenden Mann gehalten, gebe ich zurück. Ganz bestimmt stehe in seiner Enzyklopädie nichts von diesem Mondgefasel. Das sei doch wohl mehr das Gebiet des *frate indovino*.
Giampaolo ist ein wirklich netter Mann, weil er weiß, wann er auf den Arm genommen wird, und das nicht krumm nimmt; gleichzeitig beharrt er jedoch völlig ernst auf seiner Argumentationslinie. Die Enzyklopädie, so entgegnet er, verliere kein Wort über das Abfüllen von *prosecco*. Und Tatsache sei nun einmal, daß er große Achtung vor dem Volksglauben habe. Er sei überzeugt, daß die Wissenschaft eines Tages herausfinden werde, was hinter dem Mondglauben der Bauern stecke. Zweckdienlicher war dann sein Hinweis, wir hätten schließlich ziemlich viel Geld für unsere sechzig Liter *prosecco* ausgegeben, da wolle er nicht riskieren, daß irgend etwas schieflaufe.

Was könnte denn passieren?
Vielleicht würde er schal, meint er bedrückt. Es sei der zunehmende Mond, der für die perlende Qualität sorgt.
Nun, mir liegt ebensoviel daran, das zu vermeiden, wie ihm. Immer wenn ich ihm in den nächsten Tagen begegne, auf der Treppe, in der Garage oder draußen auf dem Rasen – um mir noch einmal zeigen zu lassen, wo er die Blumenzwiebeln gesetzt hat, damit ich nicht darüber mähe (denn wir mußten bereits wieder damit anfangen, den Rasen zu schneiden) –, jedesmal, wenn ich ihn treffe, sprechen wir über fallenden und steigenden Luftdruck, über zunehmende und abnehmende Monde.
Könnten wir nicht einfach bis zum nächsten zunehmenden Mond warten?
Wir könnten. Doch das wäre erst Mitte Mai. Es wäre unsere absolut letzte Chance. Sonst sei der Gärprozeß schon zu weit fortgeschritten.
Giampaolo hängt ein Barometer auf seinen Balkon und trägt eine besorgte Miene zur Schau. Wir diskutieren, wie ratsam es sei, den *prosecco* nolens volens am letzten Tag des zunehmenden Mondes abzufüllen, unabhängig vom Luftdruck. Mein Instinkt rät mir, eher auf den Luftdruck als auf den Mond zu setzen. Er blickt mich forschend an, ob ich vielleicht etwas wisse. Schnell beeile ich mich, ihm zu versichern, daß dem nicht so sei. Er muß entscheiden. Oder soll er den alten Marini fragen? Nein, die Leute hier in Montecchio, erzählt er mir, kennen sich nur mit ihrem Wein aus. Sie wüßten absolut nicht, wie man mit einem *prosecco* umzugehen habe. So gelingt es ihm, noch während er sich wegen des Mondes Gedanken macht, einen modernen Mann des Veneto darzustellen, der diesen provinziellen Eingeborenen haushoch überlegen ist.
Die Tage verstreichen. Der Mond am Himmel ist bereits eine kreisrunde Silbermünze. Wie sollte er unserem *prosecco* gefährlich werden können? Ich stehe auf dem Balkon und beobachte, wie er zwischen den Regenwolken so voll, wie es voller

nicht mehr geht, über die stillgelegte Abfüllanlage steigt. Um nicht mehr weiter zuzunehmen. Wir werden bis Mitte Mai warten müssen.

# 30
# Il 25 Aprile

Am 25. April hängen entlang der Hauptstraße von Montecchio Fahnen von den Fenstern und Balkonen. Es ist der Tag der Befreiung. Leute, deren Wohnung auf die Durchgangsstraßen hinausgehen, sind verpflichtet zu flaggen. Die meisten tun es auch. Jemand hat ein rosafarbenes Handtuch über seinem Balkongeländer vergessen. Im strahlenden Sonnenlicht bildet es einen herrlichen Kontrast zu all dem Rot, Weiß und Grün.

Während wir zum Centro Primo Maggio schlendern – denn es ist ein allgemeiner Feiertag –, hören wir die Klänge einer Blaskapelle. Eine liebenswerte Mischung aus Jugendlichen und gestandenen Männern mittleren Alters in dunklen Uniformen, sie spielen einen Marsch und erreichen das Denkmal für die Gefallenen etwa gleichzeitig mit uns. Nicht das Denkmal auf dem Hauptplatz, das an die im Krieg getöteten Soldaten erinnert – dort sind sie bereits gewesen –, sondern ein bescheideneres, moderner gestaltetes an der Ecke vor der ehemaligen Gerberei, wo ein weiteres kleines Grundstück mit *case popolari* bebaut ist. Hier erinnert eine Kupfertafel an elf Bürger von Montecchio, die bei einem Bombenangriff ums Leben kamen. Ein Jahr für Jahr wiederverwendeter Kranz liegt am Fuß des Denkmals.

Die Mitglieder der Musikkapelle senken ihre Instrumente, und ein paar Jugendliche in Jeans stellen geschäftig einen Verstärker auf. Eine kleine Menge versammelt sich, Familien im Sonntagsstaat; sie treten von einem Fuß auf den anderen, Kinder zerren an Mänteln. Alle paar Minuten müssen sie den Weg freigeben, um ein Auto oder eine Gruppe Radrennfahrer durchzulassen. An der Ecke gegenüber befindet sich eine der

phonstärkeren Bars für die Dorfjugend, das Fenster ist mit einer Ansicht der New Yorker Skyline zugeklebt, dem Symbol unvorstellbarer Dekadenz.
Ein stattlicher alter Mann in ordensgeschmückter Uniform hält mit Hilfe des Mikrophons eine Rede, obwohl sich nur etwa dreißig Leute versammelt haben. Er beginnt mit den üblichen Einleitungsfloskeln und bedient sich dabei der aufgeblasenen Sprache, die in Italien so gern bei öffentlichen Vorträgen verwendet wird, so daß ich einen Augenblick lang fürchte, er werde eine dieser Politikeransprachen halten, die man hier gewohnt ist und in denen jede mögliche Aussage durch einen endlosen Wirrwarr von Einschränkungen und Relativierungen unverständlich gemacht wird. (»Es hängt davon ab«, – ich zitiere mehr oder weniger willkürlich aus einer vor mir liegenden Zeitung – »ob diese Entwicklung im Lichte eines möglichen *rapprochement* von ihrem Wesen nach unvereinbaren Kräften gesehen werden muß, in Richtung auf – wie man sie meiner Meinung bezeichnen muß – zukünftigen Interessen und natürlich auch Hoffnungen der Nation, wobei diese als Gruppe von Menschen zu definieren wäre, die aus geschichtlichen, rassischen und kulturellen Gründen eine Identität zu bilden meinen, welche sich von anderen Identitäten unterscheidet, wenn auch nicht im negativen Sinne, oder ob …«)
Aber nein. Nachdem er seine sorgfältig vorbereitete Einleitung und die Aufzählung von Leuten und Organisationen, denen Dank gebührt, hinter sich gebracht hat, steckt der alte Mann seine Notizen weg und spricht auf sehr einfache Art über den Krieg und die Toten. Er erinnert daran, daß Italien auf der falschen Seite gekämpft hat, daß Soldaten in leichten Sommeruniformen in das eiskalte Rußland einmarschierten, daß diese Zivilisten von den Bomben ihrer ehemaligen Verbündeten getötet wurden. Er legt eine Pause ein, räuspert sich. »Wenn ihr Tod überhaupt irgendeinen Sinn gehabt haben soll«, sagt er und deutet dabei auf das Denkmal, »so muß die-

ser in dem Italien liegen, das wir nach dem Krieg haben aufbauen dürfen, das wir jetzt schaffen können. Doch das gegenwärtige Italien der Mafia, des Steuerbetrugs und der allgemeinen Korruption gereicht ihren Namen nicht gerade zur Ehre; wir können nicht das Gefühl haben, aus ihrem Opfer etwas gemacht zu haben.«

In diesem bemerkenswert eindringlichen Ton spricht er weiter, gleichzeitig ruhig und intelligent. Die Aufrichtigkeit des alten Mannes ist ergreifend, gerade wegen seiner roten Nase und der tief eingegrabenen Falten, die das Wetter, das Alter und der Alkoholgenuß hinterlassen haben. Seine Sprache ist nicht geschliffen wie die eines Profis; er kämpft mit »Ähs« und »Ahs«, als er überlegt, was er als nächstes sagen soll. Als er sich zu dem Denkmal umdreht, hat er zuerst Probleme mit dem Mikrophon, dann beginnt er die Namen darauf vorzulesen, einen nach dem anderen, als handle es sich um Leute, die er gekannt hat. »Albertini Mario, Pizzini Giuseppe, Stefanelli Emanuele …« Die kleine Menschenmenge lauscht feierlich; es ist einer dieser seltenen Augenblicke der Unschuld, als dieser alte Mann im Frühlingslicht mit seiner rauhen Stimme in ein Mikrophon spricht und die Namen der Toten vorliest, zuerst den Nachnamen, dann den Vornamen, wie bei einem nicht mehr möglichen Anwesenheitsappell. Dann stimmt die Kapelle die Nationalhymne an, und die Leute zerstreuen sich, um einen *cappuccino* trinken zu gehen. Auf dem Weg zur Bar bemerken wir einen Strauß frischer Narzissen neben der Tafel für die drei, die im feindlichen Feuer gefallen sind, als die Deutschen den Rückzug antraten. Es wäre interessant zu wissen, wer die Blumen dort hingelegt hat. Der dahinter eingesperrte Dalmatiner springt an dem alten Bidet, das ihm als Wasserschüssel dient, auf und ab.

In der Bar ist der Preis für einen *cappuccino* um weitere hundert Lire gestiegen, aber da dieser Preis von der Regierung festgesetzt wird, können wir uns schlecht bei der Pasticceria Maggia beschweren. Der Preis für den *espresso* wird festgesetzt, der Preis für den *cappuccino* wird festgesetzt, der Preis für die Zeitung wird festgesetzt, der Preis für Benzin, Diesel und Heizöl wird festgesetzt, auch der Preis für Brot wird festgesetzt. Wie verträgt sich das, so frage ich Lorenzo, mit dem Geist der *Liberazione?* Und als ich an der Kasse bezahle, frage ich die hübsche Cinzia, ob der Preis für *brioches* ebenfalls festgesetzt sei; ich hätte nämlich festgestellt, daß sie überall immer das gleiche kosten. »Nicht offiziell«, lächelt sie und vergißt nicht, mir meine Quittung zu geben.

Als wir in die Via Colombare zurückkehren, sehen wir Lucilla und Vittorina mitten auf dem Rasen sitzen, die in alte, dunkle Wollröcke gehüllten Beine weit gespreizt. Vittorina hat als Schutz vor der täglich merklich kräftiger werdenden Sonne ihren großen Strohhut auf. Jede der Frauen hält ein Messer in der Hand, zwischen ihnen steht ein alter Einkaufskorb. Sie stoßen ihre Messer in die Erde, wackeln heftig damit herum und ziehen die frischen jungen Löwenzahnpflanzen heraus. Die Wurzeln werden abgeschnitten und weggeworfen, die Blätter wandern in den Einkaufskorb, um gewaschen als Salat angemacht oder wie Spinat blanchiert zu werden. Die Frauen schwatzen und singen bei der Arbeit. Ich habe sie noch nie so glücklich gesehen. Lucilla hat der ländlichen Mode entsprechend eine grüne Schürze umgebunden. Wenn sie im Garten nichts mehr finden, sagen sie, werden sie im Obstgarten und im Weinberg weitermachen. Und wirklich sieht man bei Spaziergängen im Frühjahr überall auf den Wiesen Menschen mit Plastiktüten oder Einkaufskörben kauern, die Löwenzahn oder irgendwelche Kräuter sammeln.

Giampaolo kommt heraus, um den Turnus beim Rasenmähen abzusprechen, und sie geben ihm etwas von ihrer Ernte ab. *Vado matto*, sagt er grinsend, ich bin ganz verrückt nach dem Zeug. Auch wir nehmen an, obgleich ich nicht behaupten kann, daß ich besonders begeistert davon bin. Die Leute hier haben ein Faible für solche rauhen, bitteren Salate: Blätter von der Konsistenz einer Katzenzunge und mit dem

Geschmack bitterer Medizin. Schrecklich gut gegen ihre Verstopfung, vertraut uns Lucilla an. Ich habe das Gefühl, daß man diese Art von Vorlieben nur in dunkelsten Kriegszeiten entwickeln kann.

Der alte Lovato sieht uns über den Zaun hinweg zu und fragt sich wohl, was wir dieses Jahr mit dem Garten anstellen werden, wie hoch unsere Hecke wachsen und wieviel Licht sie ihm nehmen wird. Hinter ihm sprießen, nach Dünger stinkend, bereits seine Erbsen, dick wie die persischen Speere in der Schlacht bei den Thermophylen. Uns hingegen hat, da Vittorina nach ihrem Schlaganfall noch nicht viel tun kann, Giampaolos wissenschaftlich-ökologische Vorgehensweise nicht viel mehr beschert als ein paar unkrautüberwucherte Reihen von schneckenbefallenem Salat und Spinat. Die Sonne mag ihre schwindelerregende Bahn über die Via Colombare nehmen, Zäune und Asphalt, Weinstöcke und Zypressen mögen von Licht überflutet sein, doch dieser feuchte kleine Flecken Erde unter der alten Kinomauer und Negrettis Terrasse liegt auf ewig im Dunkeln.

Unglaublicherweise – aber als *dipendente* scheint Giampaolo nun mal ein Pechvogel zu sein – schlägt im Mai genau bei Neumond das Wetter um. Wieder sieht es danach aus, als bliebe uns die Kombination von steigendem Luftdruck und zunehmendem Mond auch diesmal versagt. Der strahlende mediterrane Himmel wird plötzlich von Wolken verdunkelt, wie man sie über Halifax oder Slough zu finden erwarten würde. Der Regen ist entsetzlich dicht. Der Belag der Via Colombare ist nicht gewölbt, und so gurgelt das Regenwasser auf der Suche nach einem Abfluß die Straße hinunter. Lovato steht am Fenster und starrt seine Erbsen an, wie um sie zum Durchhalten zu ermuntern. Unsere Frau vom Reisigbesen radelt unter einem Regenschirm vorbei, hält vor ihrem Haus und kickt trotz des Unwetters mit der Fußspitze einen Zigarettenstummel weg, der vor ihrem Tor liegt. Die alte Signora Marini tritt ebenfalls unter einem Regenschirm in die Pedale.

Das ist hier besser möglich als an irgendeinem anderen Ort, den ich kenne, da es windstill ist. Als es bereits den dritten Tag ununterbrochen regnet, erspähe ich sogar den einarmigen Negretti, der mit seiner heilen Hand rechts den Lenker umklammert, während sein neuer Hund Ursa links angebunden ist; unter seinem Armstumpf klemmt ein roter Regenschirm.

Da Montecchio am Fuß der sich kilometerweit hinziehenden Kalksteinhügel liegt, von denen das Wasser in Strömen nur so herunterrauscht, sind die Gräben bald voll bis zum Überlaufen. Selbst die Hochwassergräben beginnen sich zu füllen, was vielleicht nur ein- oder zweimal pro Jahr vorkommt. Das Wasser ist schmutzigbraun gefärbt, mit weißem Schaum obendrauf, weil es die Abfallhaufen mitführt, die die Leute in die Gräben geworfen haben. Nach einer knappen Woche ist der Straßenabschnitt vor der Cassa di Risparmio di Verona, Vicenza e Belluno, der einzigen Bank des Ortes, überflutet. Die kommunistische Partei bringt erstaunlich schnell Plakate heraus, auf denen der Stadtrat angeklagt wird, zwar Geld für alle möglichen anderen Projekte auszugeben, dieses einfache Drainageproblem jedoch nie anzupacken. Der örtliche Vorsitzende der Christdemokratischen Partei übergeht die Frage bei einer Versammlung, die in der Leihbücherei abgehalten wird; sie ist momentan für die Bücherausleihe geschlossen, weil der Bibliothekar auswärts seinen Militärdienst ableisten muß. Schließlich wird der Regen so heftig, daß er den Hochwassergraben bis zum Rand füllt, dann die dicke Mauer durchbricht, die die Hauptstraße schützt, und diese mit Wasser und Gesteinsbrocken überflutet.

Wie sollen wir bloß bei diesem Wetter *prosecco* abfüllen, stöhnt Giampaolo. Er klopft an sein Barometer. Ich habe es noch nie auf einem so niedrigen Stand gesehen. Wir verbringen einen gemeinsamen Fernsehabend bei den letzten Flaschen vom vergangenen Jahr. Einer der kleineren Sender spielt zwar immer wieder Werbung für Talismane (per Post) und die Dienste hiesiger Astrologen, berichtet aber nichts darüber, wie wir die richtige Kombination von atmosphärischen Bedingungen und Mondphase heraufbeschwören können, die wir für unsere sechzig Liter Sprudelgetränk brauchen. Die Nachrichten nennen eine hohe Summe, die die Regierung bereits als Entschädigung versprochen hat, um die Bauern bei Laune zu halten. Ob wir für unseren wahrscheinlich ruinierten *prosecco* vielleicht auch Ansprüche geltend machen sollten?

Dann geschieht das Wunder. Das Wetter klart auf, und zwar zwei Tage früher, als der Wetterbericht angekündigt hat. Plötzlich steigt der Luftdruck. Wir haben zwölf Stunden, um unsere Sache vor Vollmond zu erledigen.

# 31
# L'imbottigliamento

Zwischen uralten Fachzeitschriften für Steuer- und Finanzfragen und Stapeln von *Nuova Alta Tensione* stehen in Patuzzis Keller auch etwa hundert von Spinnweben überkrustete Weinflaschen. Giampaolo untersucht sie, er dreht sie um und schaut hinein, wobei er den Kopf in den Nacken legt. Auf seinem Gesicht liegt ein feierlicher Ausdruck. Es ist Freitag abend. Samstag ist der letzte Tag mit zunehmendem Mond. Seine eigenen Flaschen stehen in blitzblank funkelnden Reihen neben der Kellertür, jede mit einem Schnappverschluß, damit kein Staub eindringt. Daran hätten wir natürlich eher denken sollen.

Unser Nachbar verschwindet und kommt mit einer Flasche voll Metallkügelchen und einer großen, gußeisernen Wanne zurück. Seine Anweisungen sind präzise: Wir kochen in der Wanne immer zehn Flaschen auf einmal mindestens fünf Minuten lang aus; dann füllen wir jede Flasche halb mit den Metallkügelchen, verschließen die Öffnung mit dem Daumen und schütteln kräftig, nach oben und unten, und rundherum. Nach jeder Flasche müssen die Kugeln in klarem Wasser ausgeschwenkt werden. Danach werden die Flaschen normal gespült, man spült drei- bis viermal klar nach, um alle Reste des Reinigungsmittels zu entfernen, und stellt sie dann so auf, daß sie bis morgen früh gut ausgetrocknet sind. Ich frage mich bereits, ob wir nicht vielleicht besser beim Supermarkt-*prosecco* hätten bleiben sollen.

Gummihandschuhe sind unumgänglich. Und unendliche Geduld. Doch das Radio bietet genau das Richtige für uns. Während wir bis spät in die Nacht hinein arbeiten, kommt eine Quizsendung, bei der die Kandidaten Fragen zum Amtsschimmel beantworten und Leute bürokratische Fallstricke meistern müssen: »In welcher Situation wird von Ihnen eine Urkunde der *esistenza in vita* verlangt?« »Können Sie den Antrag für ein ›Parken verboten‹-Schild an Ihrer Garage oder vor Ihrer Einfahrt auf ganz normalem Papier stellen, oder brauchen Sie dazu einen mit Gebührenmarken versehenen Antrag (falls letzteres zutrifft, wieviel kosten die Marken?)« »Um wie viele Jahre reduziert sich die für die Pensionierung notwendige Lebensarbeitszeit einer Lehrerin, wenn sie drei Kinder großgezogen hat?« »Reicht es beim Verkauf eines Gebrauchtwagens, wenn nur einer der Ehegatten beim Anwalt eine eidesstattliche Erklärung abgibt, oder müssen beide Ehegatten erscheinen?« »Wie lange bleibt die Überweisung für eine Röntgenuntersuchung nach der Ausstellung gültig?« Die Teilnehmer betätigen den Summer ohne Zögern. Wir bemühen uns, nicht zu laut mit dem Wasser zu schwappen, da die Antworten oft überraschend sind. Es ist eine wirklich äußerst nützliche Sendung.

Am frühen Samstag morgen dann, dem hellgelben Mondklecks fehlt nur noch eine Winzigkeit zur kreisrunden Form, nichts wie hinunter in Giampaolos Keller, um die Tat zu vollbringen. Wie seine Gedankenwelt ist auch dieser nur vier oder fünf Quadratmeter große Platz bewundernswert klar gegliedert und gut sortiert. Auf zwei Regalbrettern sind Weinflaschen aufgereiht, jede ordentlich von Hand beschriftet: Traubensorte, Anbaugebiet, Jahrgang, Abfülldatum: *Cabernet – Friuli – vendemmia 1981, imbottigliato il 2 Maggio, 1982; Traminer – Alto Adige – vendemmia 1982, imbottigliato il 15 Aprile 1983* ... Auf den Regalbrettern darunter stehen Schachteln und Kisten voller Werkzeug, Eisenwaren und dergleichen. Wieder gewissenhaft etikettiert: 2 cm Splinte, 1 cm selbstschneidende Schrauben, 5 mm Dübel ... Hier herunter verirrt sich kein Lufthauch. Auf dem oberen Regalbrett stehen gesammelt Hunderte von Ausgaben des zeitkritischen Magazins *Panorama* (eines Tages vielleicht etwas wert) plus zwanzig oder noch mehr Bände einer nunmehr überholten, aber dennoch eindrucksvollen Enzyklopädie. Auf der Stelle überfällt mich das Gefühl, ich müßte mich von meiner besten Seite zeigen.

Das Handwerkszeug kommt zum Vorschein, es wird mit dieser besonderen Behutsamkeit behandelt, die fetischistischen Gegenständen zukommt. Ein durchsichtiger Plastiksiphon mit Zapfhahn, der am gestrigen Abend langwierig ausgekocht und gespült worden ist. Er hat etwas beunruhigend Chirurgisches an sich. Ein Dreibein zum Verkorken mit einem Schwengel wie eine Handpumpe. Wenn man ihn herunterdrückt, wird der dicke Korken auf den Durchmesser eines Bleistifts zusammengepreßt und in den Flaschenhals geschoben. *Molto valido,* dieses Gerät, und für 50 000 Lire ein Schnäppchen von einem Freund. Es funktioniert *discreto*. Obwohl natürlich die Qualität jedes Verkorkers *relativo* ist, weil letztlich vor allem die Qualität der Korken zählt.

Und wir pendeln in einen langen Vortrag über die verschiedenen auf dem Markt erhältlichen Korken hinein. Giampaolo hat drei verschiedene Sorten gekauft, für die drei verschiedenen Weine, die er abfüllen will. Obwohl noch ein kleines Experiment mit ins Spiel kommt, wie er erklärt. Denn er will wissen, wie sich die verschiedenen Korken auf den gleichen Wein, aus der gleichen Korbflasche, am gleichen Tag abgefüllt, auswirken. Er hat Korken, die aus einem einzigen Stück Qualitätskork geschnitten wurden; diese sind die teuersten, denn sie behalten ihre Elastizität und ermöglichen, daß der Wein gut atmet. Unbedingt Hände waschen, bevor man sie anfaßt. Dann gibt es etliche billigere Korken aus schichtweise zusammengepreßten Korkresten. Die sind in Ordnung, solange man nicht vorhat, die Flaschen längere Zeit zu lagern; für den *prosecco* genügen sie, weil er maximal ein Jahr lang aufbewahrt wird, nicht aber für den Cabernet, den er besorgt hat und der mit den Jahren besser werden soll. Und schließlich hat er noch einen Sack voll Plastikstöpsel, die den großen

Vorteil haben, spottbillig zu sein: Man kann sie per Hand hineindrücken und auch von Hand entfernen, aber selbstverständlich sind sie nicht luftdurchlässig. Es wird interessant sein festzustellen, ob das beim *prosecco* einen Unterschied macht.
Er wird außerdem jeweils fünf Flaschen von jedem Wein in weißes, nicht in grünes Glas abfüllen; denn er will ausprobieren, inwieweit der Lichtfaktor die Qualität beeinflußt. Ich mache darauf aufmerksam, daß er für diesen Test immer zwei Flaschen auf einmal entkorken muß, sonst könne er keinen direkten Vergleich anstellen. Doch das ist ihm klar. Wenn seine Schwiegereltern zum Mittagessen kommen, mache es nichts, wenn eine Flasche nicht höchsten Erwartungen entspräche. Offensichtlich schafft die Enge des Kellers komplizenhafte Vertraulichkeit.
Wir hieven die ersten Korbflasche auf einen Stuhl, damit die notwendige Höhe fürs Ablaufen gegeben ist. Dies muß mit größter Behutsamkeit geschehen, damit das Sediment am Boden nicht aufgewühlt wird – vornübergebeugt, die Muskeln angespannt, als hielten wir einen Atomsprengkopf in Händen. Doch da fängt, dem hinterhältigen Murphyschen Gesetz gemäß, das die ausgeklügelsten Pläne durchkreuzt, der Stuhl zu wackeln an; entweder ist er in sich instabil, oder die Bodenfläche ist uneben, auf jeden Fall schwankt das große Gefäß gefährlich hin und her, Sedimentwolken werden in seinem Innern aufgewirbelt wie Schlamm in einem Teich. Eine hastige Suche nach Papier und Karton, um das Stuhlbein zu justieren; doch jetzt ist das Malheur schon passiert, und wir müssen mindestens eine halbe Stunde lang warten, bis sich das Sediment wieder gesetzt hat. In der Zwischenzeit zapfen wir einen halben Krug ab, untersuchen die Flüssigkeit auf Rückstände und schwenken dann die ersten zehn Flaschen (dunkelgrün) mit jeweils einem Schluck davon aus, um sie zu präparieren. Sofort ist die dumpfe Kellerluft hier unten mit berauschenden Duftschwaden geschwängert.

Wir reihen die Flaschen so auf, daß wir sie gleich zur Hand haben. In einem Keller, der nach Alkohol stinkt, entsteht ein angenehm ungezwungenes und albernes Klima. Wir beginnen uns wohl zu fühlen, und schließlich wird der Siphon vorsichtig in die Korbflasche gesenkt. Giampaolo kniet sich auf den sauber geschrubbten Betonboden, neigt den Kopf und saugt die kostbare Flüssigkeit an.
Und genau in diesem Moment erscheint unter dem lauten Geschepper von Besen, Schrubbern und Eimern (denn die Türen hier unten sind aus Eisen und sorgen für ungeheuren Hall) die beleibte Lucilla. Und verkündet, daß sie heute Frühjahrsputz in der Garage machen will. Auf dem Boden seien eine Menge Reifenspuren und ein oder zwei Ölflecken. Eine ziemlich verängstigt wirkende Vittorina kommt hinter ihr zum Vorschein, sie hat das dünne Haar unter ein Kopftuch gesteckt. Die beiden stehen in der Tür und blicken uns an. Auch Orietta wurde verständigt und zur Mitarbeit genötigt. Rita hat sich mit ihrer Schwangerschaft herausgeredet. Nachdem sie Lucillas Reinigungsmethoden gesehen hat, befürchtet sie, giftigen Dämpfen ausgesetzt zu werden.
So sehen Giampaolo und ich uns in diesem außerordentlich delikaten und aufregenden Moment gezwungen, aufzustehen und unsere Wagen aus der Garage zu fahren, wo Vittorina – mit zuckender, behaarter Oberlippe – (trotz der Ermahnung des Arztes, sich nicht anzustrengen) bereits Reinigungsmittel auf die orangefarbenen Backsteine spritzt. Lucilla streut Sägemehl. Orietta schaut verbissen. Zum ersten Mal entdecke ich das Heilige Herz über den vier Stromzählern. Kaum haben wir die Autos weggefahren, ziehen wir uns hastig zurück.
Das Abfüllen entpuppt sich als ebenso langweilige wie anstrengende Tätigkeit. Der Siphonstutzen senkt sich in die erste der über hundert Flaschen. Der Wein fließt nur langsam, aber man muß ihn dauernd im Auge behalten, damit man den Fluß unterbrechen kann, sobald die Flasche bis drei

oder vier Zentimeter unter dem Rand gefüllt ist. In der Zwischenzeit muß man überprüfen, ob die nächste Flasche schon präpariert ist, oder, wenn der Prozeß im Gange ist, die bereits gefüllten Flaschen verkorken. Mit einem Meßstab untersucht Giampaolo den Wein in den anderen Korbflaschen und erzählt Abfüllanekdoten. Wie beispielsweise vorletztes Jahr alle *prosecco*-Flaschen bis auf zwei schal geworden sind und so gut wie nicht trinkbar waren. Trotz exzellenten Luftdruckes und der Unterstützung des Mondes. Das ist nur eine der Unwägbarkeiten, die das Abfüllen so spannend machen.
Ich frage ihn, warum der *prosecco* aus dem Supermarkt, zugegebenermaßen dreimal so teuer, niemals schal ist, obwohl in der Abfüllfabrik wohl kaum auf Luftdruck und Mondphase geachtet wird. Zusätze, sagt er verächtlich, Zucker, moussierende Stoffe. Man bekommt einen schweren Kopf davon. Und deshalb kann sich ein im Laden gekaufter *prosecco* auch nie mit einer perfekten Heimabfüllung messen, ebenso wie Bepis Gemüse eben nie die Qualität selbstgezogener Gartengewächse, die ohne Pestizide angebaut wurden, erreicht.
Obwohl gerade dieser Vergleich kaum den Glauben und die Begeisterung, die jetzt in Giampaolos Augen flammen, rechtfertigt, reichen doch die köstlichen Duftschwaden, um jeden weiteren Einwand im Keim zu ersticken und mich den restlichen Vormittag mehr oder weniger fröhlich ans Werk gehen zu lassen. Zumindest sind wir so der Attacke auf die Garage entronnen, an der wir uns unter anderen Umständen zweifellos hätten beteiligen müssen. Als wir mittags benebelt aus dem Keller kommen, sehen wir Lucilla das mit Bleichmitteln getränkte Sägemehl wegschaufeln, inmitten von Dunstschwaden, die an chemische Kriegsführung erinnern. Die scharfen Ausdünstungen beenden rapide unseren beschwipsten Zustand, sie hätten wahrscheinlich auch die Nase eines Mannes befreit, der schon lange keinen Anspruch mehr auf eine Urkunde der *esistenza in vita* hat. »Signor Giampaolo, Signor Tino!« ruft uns die alte Frau zu. »Sehen Sie nur, alle

Reifenspuren und Ölflecken sind verschwunden!« Ebenfalls verschwunden ist Vittorina, die vermutlich ein Schwächeanfall ereilte. Orietta hat ihr Kopftuch vor den Mund gebunden, ihre Augen tränen.

# 32
# Fiaccolata

Ist es einfach nur Zufall, daß die *fiaccolata* gegen Ende Mai stattfindet, nur wenige Tage bevor die Steuererklärungen fällig sind? »Das Finanzamt«, heißt es auf dem Formular, das vor mir auf dem Küchentisch liegt, »hat sich bemüht, die Pflichten des Steuerzahlers klarer und einfacher zu formulieren …« Es folgen vierundsechzig Seiten Instruktionen darüber, wie die Einkommensteuererklärung auszufüllen sei, die zum größten Teil nicht gerade leicht zu verstehen sind und von denen einige auf Paragraphen und Artikel von Gesetzen verweisen, die ich mir offensichtlich irgendwie beschaffen und durcharbeiten sollte. Ich denke also gerade darüber nach, daß ich wohl doch zu einem Steuerberater werde gehen müssen, als mich ein leise gemurmeltes *»Ave, Ave Maria«* auf den Balkon hinauslockt.

Es ist ein milder, beinahe sommerlicher Abend. Die Kirschblüte ist längst vorüber. Das Blattwerk ist überall, außer an Weinreben und Feigenbäumen, bereits sehr dicht. Die dürren Zweige des Winters gehören der Vergangenheit an; neue Efeutriebe klammern sich an die Drahtzäune und bedecken mit ihren weichen Blättern die scharfen und spitzen Kanten. Und dann sind auch noch alle Rosen in der Straße auf einmal erblüht, kleine farbenfrohe Blüten ranken sich an verputzten Wänden hinauf. Nicht aber die eisernen Zäune. Gute Zäune aus Schmiedeeisen müssen freigehalten werden. Unsere Katze, die auf den Namen Toro hört, kratzt an Marinis Zypresse. Die Schwalben schwirren schnell über die Dachfirste, sie müssen noch ihr Abendessen zusammenzufangen, bevor sie sich zur Ruhe begeben. Und Simones Auto ist gerade unten auf der Straße vorgefahren, als der Anfang einer Kerzenprozession,

der *fiaccolata*, in der einbrechenden Dämmerung um die Ecke biegt.
Sie kommen vom Ortsrand, von der stillgelegten Fabrik her; von Don Guido angeführt, singen sie *Ave Maria*. Und genießen es, ihre Kerzen zu tragen. Als sie sich unserem Haus nähern, gewahre ich unter ihnen fast alle Leute, die ich regelmäßig in unserer Straße sehe: Mario, den Versicherungsvertreter, und seine *zitella*-Schwester; den alten Marini, die Lovatos, Mann und Frau, Tochter und Schwiegersohn; den lachsgesichtigen Mechaniker; Frau und Kinder des Mannes mit dem Alfa 75, allerdings nicht den geschäftigen *imprenditore* selbst; den ältlichen, gebeugten Kerl mit Strohhut, den die mongoloid aussehende Frau morgens auf einen Stuhl vor ihrer Haustür setzt; Lara mit verschiedenen Jugendlichen, die man gewöhnlich mit Chipstüten in der Hand breitbeinig auf ihren Mopeds sitzen sieht; die Frau mit dem Reisigbesen natürlich.
Zusammen mit anderen Dorfbewohnern sind es etwa hundert Leute, die da besinnlich in der zunehmenden Dunkelheit auf die Madonnina am anderen Ende der Straße zuschreiten. Die geduldige kleine Statue ist frisch angemalt worden, und ein kleines elektrisches Licht verstärkt die Wirkung des Glorienscheins. Ein Strauß Frühlingsblumen steht auf dem Sims davor.
Vittorina geht hinunter und schließt sich den Singenden an. Lucilla nicht. Sie tritt für einen Augenblick auf ihren Balkon hinaus, nickt allen zu und geht dann wieder hinein – die Aufgabe, den ehemaligen *carabiniere* zu unterhalten, nimmt sie zweifellos völlig in Anspruch. Die Bittgesänge werden immer lauter, und wie stets um diese Zeit beginnen die Fledermäuse zu jagen; wie bei einer gelungenen Wachablösung übernehmen sie von den Schwalben die warmen Lüfte. Sie sausen unter den Dachbalken umher und füllen die Dunkelheit über den sich langsam voranbewegenden Kerzen der Prozession mit schnellem, dämonischem Leben.
Leider schalten sich genau in dem Augenblick, als das Bild

am ausdrucksstärksten ist, die Straßenlaternen an und reduzieren den Kerzenschein auf Stecknadelkopfgröße. Und unmittelbar darauf, als die Prozession die Madonnina erreicht hat, wird auch der letzte geheimnisvolle Schleier zerrissen, als von irgendwoher ein Verstärker und ein Mikrophon für Don Guidos Ansprache herangebracht werden. Seine wenig anregende Stimme wird mit einem lauten, elektronischen Klang unterlegt, ab und zu unterbrochen vom Pfeifen einer Rückkopplung. Und er spricht fast zwanzig Minuten lang. Was er eigentlich sagt, weiß ich nicht, denn seine Worte sind ebenso verzerrt wie laut, die Endungen verschluckt er, und nach ein paar Minuten höre ich nicht mehr richtig zu. Jedenfalls scheint es unwahrscheinlich, daß er irgendeinen nützlichen Rat weiß, wie ich mein Steuerformular ausfüllen soll. Genausowenig vorstellbar ist, daß ich mich durch die Teilnahme an der Zeremonie gegen Fehler schützen kann, die mir möglicherweise unterlaufen. Und ich gehe wieder hinein, um die vierundsechzigseitige Anleitung durchzuackern.

Der Zusammenschluß aller gesellschaftlichen Kräfte zum Zwecke der Steuerzahlung läßt zu wünschen übrig. Natürlich hat uns das Radio in den letzten Tagen mit Nachdruck an unsere bevorstehende Bürgerpflicht als *contribuenti* erinnert. Nicht aber der Kalender des *frate indovino*, der trotz seiner konservativen Einstellung zu Frauen- und Familienfragen, trotz seiner häufigen Appelle zugunsten aller möglichen Missionen nicht zögert, mir an diesem entscheidenden Punkt im Finanzjahr zu sagen: »Italien ist nicht, wie die Verfassung behauptet, ›eine Republik, die auf Arbeit gegründet ist‹ (von der es täglich immer weniger gibt), sondern vielmehr eine Republik, die sich auf Steuern gründet (von denen es täglich immer mehr gibt).« Mit dieser ketzerischen Aussage noch nicht zufrieden, fügt er, nur kurz vor dem endgültigen Abgabetermin, die Überlegung hinzu: »Der Verbrecher ist nicht verpflichtet, gegen sich selbst auszusagen. Der Steuerzahler schon.«

Welche Position vertritt die Kirche hier? Weit entfernt davon, beim Möchtegern-Steuerhinterzieher Schuldgefühle zu wecken, scheint der *frate indovino* sich mit der unterdrückten Bevölkerung solidarisch zu fühlen, als lebten wir immer noch in Zeiten, da verschwenderische Bourbonenprinzen Steuereintreiber mit schwerbewaffneten Eskorten ausschickten, um der hungernden Landbevölkerung den letzten *centesimo* abzupressen. Diese Verbundenheit hört natürlich auf, sobald wir auf Sex zu sprechen kommen, aber wenn es darum geht, dem Kaiser zu geben, was des Kaisers ist, beweist unser an Rovigo geschulter Mönch das unfehlbare Auge des Demagogen für die Stimmung im Volk. »Um sicherzustellen, daß die Umsatzsteuer eingetrieben wird«, schmeichelt er sich in der Rubrik »Voraussagen« ein, »hat die italienische Regierung vor, das italienische Volk einer Maschinerie zu unterwerfen, die wohl am ehesten mit einem Fleischwolf zu vergleichen ist.« Es ist, als wolle er uns einen Fingerzeig geben und sagen: »Seid unbesorgt, Leute, tut mit eurer Steuererklärung, was ihr wollt, und die Kirche wird hinterher zur Stelle sein, um euch die Absolution für eure kleinen Sünden zu erteilen.«
Manchmal, wenn ich morgens bei Bepi Brot hole, lädt mich mein Freund auf einen schnellen *espresso* ein, und in diesen angespannten Tagen Ende Mai ist es unvermeidlich, daß wir über das sprechen, was jedermann auf dem Herzen liegt. »Die Regierung ist ein Dieb«, verkündet er wie aus der Pistole geschossen. Es ist eine feste Redewendung, dies *»governo ladro«*. Oft sieht man es auf Mauern und Eisenbahnbrücken gesprüht. Er schüttelt seinen struppigen Kopf, als stecke er in einer ausweglosen und bemitleidenswerten Situation. Ich mache den Fehler, ein bißchen bieder zu bemerken, daß ich an einen Staat glaube, in dem jeder das bezahlt, was er bezahlen muß, so daß im Endeffekt jeder weniger bezahlen muß, und ich sage, daß meiner Meinung nach die Kirche, die doch so großen Einfluß auf sehr viele Leute hat, diese auffordern sollte, mit dem Geld herauszurücken, anstatt hier ein Auge

zuzudrücken. Bepi reagiert halb ungläubig, halb aufgebracht. Ob ich denn verrückt sei? Sein Kopfschütteln wird immer heftiger. Sein Hohn ist nur allzu deutlich. Aber dann fällt ihm ein, daß aus mir nur der Engländer spricht – natürlich, ich stamme ja aus einer anderen Welt, ich verstehe das nicht –, und jetzt zeigt er echte Besorgnis, seine breite Stirn legt sich in Falten; er befürchtet, daß ich auf dem besten Weg bin, einen großen Fehler zu begehen und mehr anzugeben als unbedingt nötig. So lehnt er sich über den Tisch und sagt drängend und in verschwörerischem Ton: »Du darfst nicht vergessen,« – das helle Licht der Überzeugung funkelt in seinen grünen Augen – »du darfst nicht vergessen, daß sie die Angreifer sind und du dich nur verteidigst. Es ist die nackte Aggression. Und Selbstverteidigung ist immer legitim.«

»Das Verhältnis von direkter und indirekter Besteuerung ist im großen und ganzen ziemlich *valido*«, meint Giampaolo am gleichen Abend; das klingt schon vernünftiger. In dieser traurigen Zeit, wo der *prosecco* des vergangenen Jahres bereits verbraucht und der, den wir letzte Woche abgefüllt haben, noch nicht genießbar ist, wägt er seine Worte sorgfältig ab. »Auch die Höhe der steuerlichen Belastung ist *discretamente bene* festgelegt worden; aber all das wird *relativo* angesichts der Tatsache, daß die Regierung keinen ernsthaften Versuch unternimmt, die Steuern auch einzutreiben. Außer von den *dipendenti*.«

Und tatsächlich haben die *dipendenti* für den Stichtag der Abgabe dieser Steuererklärungen Proteste angekündigt. Sie wollen zum Parlament nach Rom marschieren, um drakonische Maßnahmen gegen die teuflischen *autonomi* zu verlangen, die ihren gerechten Anteil nicht bezahlen. Um die Diskussion noch anzuheizen, machen sich die Zeitungen einen Spaß daraus, Zahlen über das Durchschnittseinkommen zu veröffentlichen, das verschiedene Kategorien von *autonomi* im vergangenen Jahr angegeben haben. Der Durchschnittsjuwelier behauptet, nur fünftausend Pfund verdient zu haben, der

Durchschnittsarzt gar noch weniger, der Durchschnittsanwalt nur wenig mehr und so weiter. Es ist einfach lächerlich. Aber alle haben sie eine Rechtfertigung für ihr Verhalten, und auf den Protest der *dipendenti* folgt alsbald eine Reihe von Artikeln, die aufzeigen, wie die Regierung sowieso nur verschwendet, was sie bekommt; daß sie korrupt und ineffizient ist und wohl auch so lange bleiben wird, bis Italien mehr oder weniger von der Europäischen Gemeinschaft übernommen worden ist.

Im übrigen tut auch die mit dem Einzug der diesjährigen Einkommensteuer betraute Verwaltung nur wenig, um den Ruf der Regierung in Hinblick auf Fairneß oder Effizienz zu verbessern. Als die Leute im Verlauf des Monats Mai von einem Tabakwarenhändler zum nächsten laufen, um sich die entsprechenden Formular zu beschaffen, stellt sich heraus, daß nicht genügend gedruckt worden sind. Oder vielleicht sind sie gedruckt worden, sie werden nur nicht verteilt. Um die Sache noch schlimmer zu machen, entdeckt jemand, daß auf einer der Seiten ein gravierender Fehler gemacht worden ist. Wir werden erneut zum Tabakwarenhändler gehen müssen, um ein korrigiertes Formular zu kaufen. Das Radio erinnert uns also nicht mehr bloß an unsere Bürgerpflicht, sondern spricht auch über eine mögliche Verlängerung der Abgabefrist um zwei Wochen. Dies scheint inzwischen tatsächlich mehr oder weniger sicher, teilt uns der Radiosprecher mit, wobei seine Stimme einen unüberhörbaren Glückwunschton annimmt. Nur drei Tage vor dem ursprünglich festgesetzten Stichtag sagt der Finanzminister bei einem Interview jedoch, daß es keine Fristverlängerung geben werde, daß er nie etwas Diesbezügliches geäußert habe und auch keinen Grund sehe, irgendein Gerücht zu dementieren, kaum daß es in Umlauf gebracht worden sei, selbst wenn die öffentlichen Rundfunkanstalten dem Glauben schenkten. Die Bürger sollten niemals annehmen, es habe sich etwas geändert, solange er das nicht persönlich verkündet. Und das hat er nicht getan. Es würden

niemandem irgendwelche Konzessionen eingeräumt, und Leute, die ihre Erklärungen nicht fristgerecht abgeben, müßten mit der üblichen Strafe rechnen.
So kommt es, daß mein Steuerberater, als ich ihn endlich am Stichtag um neun Uhr abends aufsuche, vollkommen verzweifelt ist. All die Rechnungen und Hebelisten kommen zum Vorschein. Seine Finger betätigen unermüdlich die Drei-Nullen-Taste, das Charakteristikum italienischer Rechenmaschinen. Wie üblich verstehe ich kaum etwas davon, was er über die verschiedenen steuerlichen Abzugsmöglichkeiten sagt, die mir zustehen. Meinem Anleitungsbuch entnehme ich, daß sich, wäre meine Frau von mir abhängig, mein zu versteuerndes Einkommen um großartige 120 000 Lire, gleich sechzig Pfund, verringern würde, und wenn ich ein Kind habe, steht mir ein Freibetrag von 48 000 Lire, das heißt vierundzwanzig Pfund, zu.
Aber trotz dieser unübersehbaren Knauserigkeit (Kindergeld gibt es hier nicht) bin ich immer wieder überrascht, wie wenig ich eigentlich bezahlen muß. »Erst einmal«, sagt der Steuerberater entschlossen, »reduzieren wir Ihr Einkommen um vierzehn Prozent. Und jetzt wollen wir mal sehen.« Vierzehn Prozent! Warum? »Weil in der Kategorie, in die Sie fallen – beziehungsweise, die wir für Sie ausgesucht haben –, das zu versteuernde Einkommen um vierzehn Prozent reduziert wird, in dieser Höhe bewegen sich schätzungsweise Ihre Ausgaben. In einer anderen Kategorie würde der Abzug anders aussehen. Ebenso der Prozentsatz für Sozialabgaben und so weiter.«
Als wir schließlich zum Ende kommen, stellt sich heraus, daß der Staat mir Geld schuldet. Ich könne damit rechnen, es in vier bis fünf Jahren rückerstattet zu bekommen, meint der Steuerberater. »Aber Sie bekommen es ganz bestimmt zurück. Mit bescheidenen Zinsen. Und brauchen kann man es doch immer, oder?« Gegen elf Uhr sind wir fertig. Der Steuerberater hat noch einen ganzen Stapel ausgefüllter Er-

klärungen vor sich liegen, die beim Bahnhofspostamt abgegeben werden müssen, das am Stichtag bis Mitternacht geöffnet hat.

In der folgenden Woche erklärt der Finanzminister in aller Gemütsruhe, daß er zwar den Stichtag für die Abgabe der Erklärungen nicht verschoben habe, jetzt aber eine Amnestie für diejenigen erlasse, die sie nicht rechtzeitig abgegeben haben. Sie haben jetzt noch Zeit bis 14. Juni. Noch einmal zwei Wochen. Vielleicht sollte man die *fiaccolata* und die Macht des Gebets doch nicht unterschätzen.

# 33
# Mamma!!!

Angesichts ihrer Begeisterung für Kinder mutet es zuerst merkwürdig an, daß die Italiener nur so wenige davon in die Welt setzen. Lara ist ein Einzelkind. Marta, die Tochter der mongoloid wirkenden Putzfrau, ist ein Einzelkind. Die Frau mit dem Reisigbesen hat einen kleinen Neffen, der sie ab und zu besucht und mit seinen sechs Jahren auf einem winzigen Motorrad mit Zweitaktmotor entsetzlich lärmend die Via Colombare auf und ab braust. Auch er ist ein Einzelkind. Viele meiner älteren Studenten haben nur ein Kind. Wenn sie überhaupt eines haben. Die Bevölkerung wird bis zur Jahrtausendwende voraussichtlich um zwei bis drei Millionen geschrumpft sein. Lediglich in dem Haus neben der ausgezehrten alten Frau hat eine sehr fröhliche *signora* drei Kinder, alles Töchter. »Wie viele Mädchen«, so ein Artikel in der Zeitung, »verdanken ihre Existenz dem unterschwelligen Wunsch nach einem Stammhalter!«
Es ist interessant, daß diejenigen, die Gemüsegärten den Zwergzypressen vorziehen, auch nicht allzu besessen putzen und nicht einmal ihren Blutdruck mit fanatischer Regelmäßigkeit messen lassen, mit jenen identisch zu sein scheinen, die mehr als ein Kind zeugen. Wieder einmal scheint vieles von der Beziehung der Familie zu ihrer bäuerlichen Vergangenheit abzuhängen und in welchem Ausmaß sie von dem allgemeinen Sicherheitsbedürfnis beeinflußt ist. Denn Kinder sind ja so teuer. Man muß vom ersten Augenblick an und dann stets für sie sorgen. Zuerst muß ein Gynäkologe *di fiducia* gefunden werden, dann ein Kinderarzt *di fiducia*. Die Kleinen müssen den Sommer in *pensioni* oder Zweitwohnungen am Meer verbringen, um jodhaltige Luft zu atmen, im

Winter müssen sie in die Berge fahren, um dem Nebel zu entkommen. Höchstwahrscheinlich werden sie eine kirchliche und nicht eine staatliche Kindertagesstätte besuchen, was kostspieliger ist. Dann vielleicht eine der Privatschulen, die es hier gibt wie Sand am Meer. Alles für sie muß neu sein, denn wer würde sein liebes Kleines schon in einen Kinderwagen aus zweiter Hand oder ein gebrauchtes Kinderbettchen legen wollen? Wer würde schon etwas anderes als die allerteuersten Lederschuhe für sein Kind kaufen, das noch auf unsicheren Beinchen steht? Und dann wird es erst ein teures Vergnügen werden, den Erben oder die Erbin auf die Universität zu schicken, wofür man allermindestens vier Jahre veranschlagen muß, im Normalfall allerdings sehr, sehr viel länger, und das ohne irgendwelche Stipendien. Auf jeden Fall würde das Kind bis dahin eine *fidanzata* oder einen *fidanzato* haben, und sehr wahrscheinlich wäre die Familie gezwungen, ihnen eine Wohnung zu kaufen, da sie ja schlecht heiraten können, bevor sie eine eigene Wohnung haben, nicht wahr? Und dann all die Möbel. Und die vielen Haushaltsgeräte. Es wäre auch nicht klug für sie zu heiraten, bevor ihnen familiäre Kontakte oder persönliche Tüchtigkeit eine krisenfeste Stellung gesichert hätten. In unmittelbarer Umgebung. Es ist ein gewaltiges Unterfangen.

»Wir haben kein weiteres Kind«, weist Orietta eine ziemlich erbitterte Lara zurecht, »weil es dir gegenüber nicht fair gewesen wäre. Wie hätten wir dir sonst alles geben können, was du brauchst?«

Ein gewisser Antonio und seine Verlobte Sabrina besuchen Lucilla, um mit ihr die Möglichkeit zu erörtern, unsere Wohnung zu kaufen. Ihre Stimmen dröhnen im Treppenhaus. Beide haben jetzt eine Stellung in der städtischen Filiale der Banca Popolare di Verona. Doch sie können nicht heiraten, solange sie keine Wohnung haben. Und wenn sie eine Wohnung kaufen, muß diese in Fußweite zu seinen Eltern liegen. Sie suchen schon über ein Jahr. Die Via Colombare wäre einfach ideal für sie. Antonios Vater ist mit dabei. Eine ruppige Stimme, Dialekt. Geld sei kein Problem, schnarrt er, und verspricht »alles in bar«.

Die Veroneser sehen sich normalerweise nicht nach einem preisgünstigen »ersten Zuhause« um, wie das die Engländer tun. Und steht nicht die Vorstellung eines ersten und eines darauf folgenden tatsächlich im diametralen Widerspruch zum eigentlichen Sinn des Wortes »Zuhause«? Denn ein Zuhause ist doch ein für allemal, für immer. Die Suche nach einem »ersten Zuhause« wäre von daher so absurd wie die Suche nach einer »ersten Ehefrau«. Und wenn man sich auch möglicherweise mit seiner Frau in die Haare gerät und sie vielleicht gern austauschen würde, ist es doch ausgesprochen unwahrscheinlich, daß man je sein Zuhause wechseln möchte. Nur eine Bombe könnte die Bewohner der Via Colombare aus dem ihren vertreiben. Nein, man schützt sein Heim mit Eisengittern, mit ferngesteuerten Toren, mit stoßfestem Glas, gepanzerten Türen und abschließbaren Fensterläden. Es ist Palast, Bunker, ein Urteil auf lebenslänglich. Selbst der moderne Giampaolo würde die Via Colombare nie verlasssen, obwohl seine Firma ihm schon Posten in Rom und New York angeboten hat. Denn was würde aus Orietta werden, ohne den Marmor und die Keramikfliesen, die sie so oft polierte? Was aus den sorgfältig ausgesuchten Porzellanarmaturen im Badezimmer? *»Aggràppati al mattone«*, sagt jemand in Natalia Ginzburgs *La casa e la città*, als ihr Bruder verkündet, er habe vor, seine Wohnung zu verkaufen. »Bleib bei deinen Ziegeln.«

Fazit ist, daß die meisten Wohnungskäufer in Montecchio junge Leute sind, die (widerwillig) aus ihrem alten Nest gestoßen wurden (an einen Platz nur wenige Häuser entfernt). Antonios ruppiger Vater ist bereit, ein Vermögen zu opfern, um sein Kind unterzubringen. Während er selbst in einer baufälligen Hütte nahe der Piazza haust. Weil es das ist, was Eltern ihren Kindern nun einmal schuldig sind.

Verständlicherweise erwarten daher alle Teilnehmer an dem Geburtsvorbereitungskurs, den wir in der Stadt besuchen, ihr erstes Kind. Und ihr letztes, herrscht allgemeine Übereinstimmung. Größtenteils sind sie reserviert und ernst. Veroneser eben. An einer Wand hängt ein Plakat, auf dem eine schwangere Schöne im modischen, durchscheinenden Nachtgewand aus dem Fenster in eine spirituelle Ferne der Mutterschaft und Selbstverwirklichung blickt, die zarte Andeutung eines Lächelns auf dem Gesicht. Gegenüber zeigt eine kleinere Fotografie das Blut und den Schleim des eigentlichen Geburtsvorgangs. Natürlich gibt es auch ein Kruzifix, obwohl ich noch keine Madonna erspäht habe, was merkwürdig ist.

Eine attraktive weibliche Sozialarbeiterin erscheint, setzt sich auf einen Hocker und klärt uns lang und breit darüber auf, welche Kleidungsstücke wir für die Ankunft des *esserino* bereitlegen müssen. Beim Sprechen lächelt sie unentwegt, und der ständige Gebrauch der Verkleinerungsform schafft unter ihrer Zuhörerschaft eine warme, herzliche Atmosphäre. Das ist etwas, woran ich mich in den folgenden Jahren gewöhnen mußte: *la gambina, la testina, il braccino, il piedino, le manine, i ditini, la boccucia, le spallucce, i ginocchietti, il nasino, il sederino*; und dann die Kleidungsstücke: *la tutina, le scarpine, il vestitino, i guantini, il maglioncino, il giubbottino, i pantaloncini* ... Zusammen ergibt das den nahezu überwältigenden Eindruck eines liebenswerten Winzlings, der geknuddelt und verhätschelt, geküßt und gekitzelt werden muß – und eben durch und durch unglaublich verwöhnt.

Am Vorabend hatten wir in den Nachrichten gesehen, wie sich die italienischen Matrosen im Rahmen ihrer UN-Mission auf den Weg nach Beirut machten. Die Kamera zeigte in Nahaufnahme einen jungen Burschen aus dem Süden, der sich, als das Schiff in See stach, an der Reling die Augen ausweinte. Und man mußte nicht von den Lippen lesen können, um zu verstehen, was er der Menge auf dem Kai zuschrie: »*Mammaaaaa! Mammaaaaa!*« Seine Züge waren von der Heftigkeit

der Gefühle verzerrt. »*Mammina!*« In gewisser Hinsicht ist es wunderbar, dieses Fehlen jeglicher Scham.
Und als wir gegen neun Uhr aus dem Geburtsvorbereitungskurs kommen, voll zärtlicher Gefühle für unser noch ungeborenes Kind, sehen wir überall junge Wehrpflichtige herumlungern. Sie belegen sämtliche Telefone an der Piazza mit Beschlag, um vielleicht doch noch zur *Mamma* durchzukommen, bevor sie wieder in die Kaserne einrücken müssen. In Verona gibt es viel Militär und zwei große Kasernen. Eine liegt an der Straße nach Montecchio, so daß unser Bus trotz der späten Stunde vollgepfercht ist. Und die gleichen Jungs, die noch vor fünf Minuten verzweifelt versucht haben, mit ihrer Mama zu sprechen, sind jetzt rüpelhafte Rowdys, die sich an die ein, zwei Mädchen aus Montecchio drängeln, die im Bus mitfahren. Vielleicht hoffen sie, die zukünftige Mama ihres eigenen Kindes zu finden. Doch die Mädchen reagieren nicht. Es scheint ein ungeschriebenes Gesetz zu sein, daß man als Ortsansässiger keinen Umgang mit den Soldaten pflegt.
»Signor Tino, Signora Rita!« Noch während unsere Schlüssel klirren, erscheint Lucilla ziemlich erregt in ihrer Tür. Sie trägt den pinkfarbenen, angerauhten Nylonmorgenrock, das Fernsehgerät hinter ihr ächzt seine Fernsehshow heraus. Wüßten wir, könnten wir uns auch nur für einen Augenblick vorstellen, was Signora Marta soeben getan hatte? Offensichtlich nicht. Ahnten wir, was sie unverfroren die Stirn hatte, an ebendiesem heutigen Nachmittag zu tun? Nein, das ginge über unseren Horizont. Sie hat angerufen, angerufen, um vorzuschlagen, die Wohnung zu verkaufen und mit dem Geld halbe-halbe zu machen.
»*O Dio!*« sagt Rita beherrscht. Ich schließe die Augen. Das war's dann also. Zwangsräumung.
»Das heißt, sie ist schuldig!« Lucilla steigert sich in ihre übliche Hysterie. »Schuldig, schuldig, schuldig! Das heißt, sie weiß, daß sie den Prozeß niemals gewinnen kann. Weil die Wohnung mir gehört. Sie gehört mir. Sie wurde mit meinem

Geld gebaut, und *il professore* hat sie mir vererbt. Wenn sie doch nur nicht sein Testament vernichtet hätten. *È mio, mio, mio!*«

Würde sie nur einen Bruchteil der Zeit und Kraft, die sie aufs Putzen verwendet, der Zahnpflege widmen, es wäre in Momenten wie diesem sehr viel angenehmer, mit Lucilla zu sprechen.

»Was haben Sie also geantwortet?« fragt Rita.

Ich halte den Atem an.

»*Le ho detto mai* – niemals. *Mai, mai, mai, mai*. Denn sie ist böse. *Maligna! Una carogna!*«

Und wir sind wieder in Sicherheit. Man kann sich auf Lucilla verlassen.

Oben erzählt mir mein *frate indovino*, daß ich »mit Haß sparsam« sein solle, da er von meinem Blut, von meinen Hoffnungen, von meinem Leben zehre. Ich stelle außerdem fest, daß jede einzelne Seite des Kalenders mit einer Anzeige für ein Buch mit dem Titel »*Cara Mamma …*« wirbt, das von niemand anders geschrieben wurde als vom *frate indovino* persönlich. Auf der Seite für Mai heißt es:

»Wenn Sie nach einem Geschenk für Ihre Liebste, die zukünftige Mutter suchen … warum überraschen Sie sie dann nicht mit dem phantastischen Werk *CARA MAMMA* … Es ist mehr wert als jeder Goldring … und viel billiger.«

# 34
# Giugno

Der Monat Juni ist atemberaubend, vor allem wegen der Mohnblumen. Das Korn steht dicht in den breiten Feldern der *pianura* oder in wellenförmigen Streifen zwischen Reihen von Kirschbäumen und Rebstöcken oben auf den Hügeln. Zunächst hellgrün, nimmt es im Laufe des Monats Mai eine mattere, dunklere Färbung an. Bis sich in den ersten wirklich heißen Tagen Anfang Juni das Grün plötzlich in einen glühenden roten Teppich verwandelt, den eine magische Hand ausgerollt hat (anscheinend während der Siesta), um den Sommer einzuläuten. Es ist schlicht überwältigend. Wir wandern stundenlang durchs Tal und nehmen Feld um Feld dieses Bild in uns auf. Oder wir radeln südwärts in die Ebene hinein. Das blendende, grelle Rot breitet sich majestätisch aus, wogt über dem Korn wie eine Fata Morgana, wahnsinnig intensiv, verführerisch, ein Schrei nach Leben durch die Kraft der Farbe.

Giuliano und Girolamo lassen sich davon nicht beeindrucken. Es sei sehr schade, daß die Wissenschaftler immer noch kein gutes Spritzmittel erfunden hätten, mit dem man den Mohn beseitigen könne, ohne dem Korn zu schaden, sagen sie. Ich glaube jedenfalls, daß sie das sagen. Denn ich bin nie hundertprozentig sicher, diese beiden alten Bauern richtig verstanden zu haben. Wir treffen sie mit ihrem Traktor oben auf dem Hügel, wo sie ein letztes Mal vor der Ernte die Kirschbäume spritzen. Der ein wenig jüngere Girolamo sitzt am Steuer und lenkt den Traktor zwischen den Terrassen herum: In gebückter Haltung stolpert Giuliano neben ihm her. Aus einem hinter dem Traktor befestigten Tank steigen Wolken übelriechender Chemikalien in das dichte Blattwerk empor, aus dem bereits hier und da eine reife Kirsche hervorblitzt. Ich frage Girolamo, wie er die Dosis bemißt, die er spritzt. Er zuckt mit den Schultern. Er spritzt einfach eine Menge, sagt er. Es sei eine Menge Spritzmittel nötig, um die Maden fernzuhalten. Er kommt mit uns hinunter, um im Hof die nächste Tankladung zu mischen, und es ist offensichtlich, daß er es *ad occhio* macht, nach Augenmaß. Ich notiere im Geiste, daß ich das dem ökologisch angehauchten Giampaolo erzählen muß, einfach um ihn den Kopf schütteln zu sehen. Giampaolo hat inzwischen eine große Anzahl von Schnecken aus unserem traurigen Salatbeet entfernt und in einen mit einer Glasscheibe abgedeckten Kübel gesperrt, kann sich jedoch noch nicht entscheiden, ob sich die Mühe lohnt, sie zu waschen und zu essen.

*Ciliegge avelenate* – Vergiftete Kirschen – verkünden grob gepinselte Schilder in allen Obstgärten zwischen Montecchio und Mozzole, ein Versuch, Kirschräuber durch die Warnung vor gesundheitsschädlichen Spritzmitteln abzuschrecken. Dem Kichern der Kinder zwischen den Blättern nach zu schließen, ist dieser Trick auch nicht wirkungsvoller als die leeren Blechdosen und Plastikstreifen, die die Vögel fernhalten sollen. *Ciliegge avelenate* – als Rita mich darauf hinweist, bemerke ich erfreut, daß die dialektsprechenden Einheimischen den Gebrauch der Doppelkonsonanten auch nicht besser beherrschen als ich. Eigentlich müßte es *ciliege avvelenate* heißen.

Bepi bietet in seinem Laden keine Kirschen an, weil – so sagt er – jeder entweder einen Baum im eigenen Garten hat oder in den Obstgärten klauen geht. Wie üblich bringt er seine Überlegungen in einem Tonfall und mit einem Gesichtsausdruck vor, der seine Ernüchterung angesichts der hiesigen Situation (unter aller Kritik) ahnen läßt, gleichzeitig aber auch seine Überzeugung, daß er clever genug ist, trotzdem immer eine Nasenlänge voraus zu sein. In der Tat verkaufen sehr wenige Läden Kirschen. Die Bauern, so scheint es, exportieren einen Großteil der Früchte nach Österreich und Deutschland. Sie müssen Quoten erfüllen, und die Ernte ist in diesem Jahr wegen der späten Schneeschauer schlecht gewesen. Mit dem Ergebnis, daß ich persönlich trotz all dieser vielen Hügel voller Kirschgärten schließlich nur sehr wenig Kirschen zu essen bekomme. In der Via Colombare 10 gibt es selbstverständlich keine, weil Obstbäume im Garten etwas für Bauern sind und im Garten eines Stadtmenschen nichts zu suchen haben …

»Wie lange wird es noch dauern?« fragt die Frau mit dem Reisigbesen, die an die Tür eilt, als sie uns von einem Einkaufsbummel zurückkehren sieht. Jeder will mit Rita sprechen. Die allgemeine Solidarität wächst im gleichen Maße wie ihr Bauch. Wir stehen nur ein paar Meter von der Madonnina entfernt, die ihren Sohn in den Armen hält. Neben der Statue hat man eine Tafel mit dem Namen des Bauunternehmers angebracht, der den Obstgarten dahinter in eine Reihenhaussiedlung verwandeln wird. Wie alle solchen Schilder in Italien findet sich darauf auch das Aktenzeichen, der Absatz und der Paragraph des jeweiligen Gesetzes, das selbiges wie auch immer geartete Vorhaben sanktioniert.

»Noch zwei Wochen«, sagt Rita. »Um den Wahltag herum.«

Die stämmige *zitella* runzelt die Stirn, während sie nachdenkt und rechnet. »Vollmond wird erst eine Woche später sein. Ungefähr am dritten, denke ich.«

Ich lächle höflich.

Lucilla und Vittorina sind enttäuscht, weil sie nicht da sein werden. Ihr Jahresurlaub. Sie holen uns in ihre Wohnung, um sich zu verabschieden und uns Fotos von einem vielstöckigen modernen Hotel an der Adriaküste nördlich von Venedig zu zeigen, wo sie jedes Jahr hinfahren. Aus ist es mit den wunderbaren Abenteuern – Wien, Prag – an der Seite von *il professore*. Lucillas wehmütiges Gesicht wirkt an diesem Abend unter der dicken Schminke grob. Das Foto zeigt einen kilometerlangen Strand und die üblichen, in gleichmäßigen Abständen aufgestellten Reihen leuchtend bunter Sonnenschirme, in zehn Staffeln hintereinander, alle mit dem gleichen Muster in grün und purpur, wie Soldaten beim Appell. »Die Seeluft ist so gut für den Blutdruck«, vertraut Lucilla Rita an. »Darum fahren wir dorthin.« Vittorina mit ihrem ziemlich verwirrten Gesicht, das noch von ihrer schweren Krankheit gezeichnet ist, und dem immer dünner werdenden Haar gelingt ein schwaches, quieksendes Lachen, bei dem sie den Mund verzieht. »Lucilla fährt nur wegen der Männer«, krächzt sie. »Sie will abends in der Bar sitzen und Männer anquatschen. Und sich natürlich am Strand im Bikini zeigen.« Diese Vorstellung ist so grotesk, daß man am liebsten nachfragen würde, um sich zu vergewissern. Aber wie? Weit davon entfernt, ihre Schwägerin zu tadeln, lächelt Lucilla ein Lächeln uneingeschränkter Selbstzufriedenheit. Sie hat eine Menge in dieses Bild einer *femme fatale* investiert. Sie und Vittorina sind ein gutes Team.

Aber als ich unten vorbeischaue – ich will Giampaolo fragen, ob ich bereits anfangen kann, meine *prosecco*-Flaschen zu öffnen –, merke ich, daß die Visentinis ernsthaft besorgt sind. Und zwar wegen des Urlaubs von Lucilla und Vittorina. Denn es stimmt zwar, daß Seeluft gegen hohen Blutdruck hilft, da sie ihn normalerweise senkt – darum ist das Meer seit je gut für Lucilla; aber bei Vittorinas ernsterem Leiden, niedrigem Blutdruck nämlich, ist diese Luft ganz entschieden *controindicato*, absolut nicht empfehlenswert. Vittorina sollte eigentlich in die Berge fahren, da das dortige Klima den Blutdruck normalerweise steigen läßt. Orietta versteht nicht, warum der Arzt, der heute dagewesen ist, ihnen das nicht erklärt hat. Man kommt überein, daß der Mann einfach sein Geld einsteckt und schnellstens abhaut.

Eine Zeitlang ist der Tonfall zwar leise, aber dringlich. Giampaolo und Orietta sind in einem echten moralischen Dilemma. Sollen sie hinaufgehen und die beiden Frauen aufklären, ihnen einen anderen Urlaubsort ans Herz legen? Dabei würden sie Gefahr laufen, Vittorina einen Schrecken einzujagen, ohne Lucilla wirklich zu überzeugen, die doch immer das letzte Wort hat und sehr viel Wert darauf legt, an die See zu fahren und wortreich auf gebräunte Witwer in Liegestühlen einzureden. Oder sollen sie darauf verzichten und die beiden Frauen ihren Spaß haben lassen, trotz der Befürchtung, daß das Klima den bekanntermaßen tödlichen zweiten Schlaganfall herbeiführen könnte? Eigentlich war es ja Sache des Arztes, das mit den beiden zu besprechen ...

Ich vergesse meinen *prosecco* über der noch zu lösenden Frage, wohin die Visentinis selbst in Urlaub fahren sollen. Und wie bei jedem Gespräch über dieses Thema in Montecchio werden schließlich die Pros und Kontras des kräftigenden Berg- und des entspannenden Meeresurlaubs aufgezählt. Denn jedes andere Ziel wäre zur Ferienzeit, wenn die Fabriken und Büros Betriebsferien machen, zu heiß. Nur ein Ausländer würde im August zum Beispiel Florenz oder Rom besuchen oder eine Wanderung in der Toskana unternehmen.

Giampaolo spricht sich für die Berge aus; die kühle Luft, der weite, unverstellte Blick, die flotten Spaziergänge, der gerechte Stolz des modernen, ökologisch eingestellten Mannes, wenn er ein Butterbrotpapier nicht wegwirft, sondern es wieder in den Rucksack steckt. Orietta ist für das Meer, für faule Tage unter dem Sonnenschirm, die ihr kein Herzjagen bescheren, mit ein paar Nummern ihrer liebsten Frauenzeitschriften, abendlichen Grillparties mit anderen Gästen des Feriendorfes in Apulien oder Kalabrien unter Palmen. Und Lara bettelt und fleht nur, anderswo hingeschickt zu werden, irgendwohin, in ein Ferienlager oder etwas ähnliches, ganz egal, solange sie ohne ihre Familie in Urlaub fahren kann. Aber Orietta würde sich zu viele Sorgen machen.

Am Ende kristallisiert sich heraus, daß Orietta sich an allen Fronten durchsetzen wird. Giampaolo wird in letzter Minute ins Reisebüro gehen, um mit etwas Glück – kalkuliertes Risiko – einen verbilligten Platz in einem unterbelegten Feriendorf zu ergattern, vielleicht hat auch jemand seine Buchung rückgängig gemacht. Dann werden er und mit ihm zwanzig Millionen andere Italiener – denn sie tun immer alle dasselbe zur gleichen Zeit – Anfang August ihre Autos beladen, um in der prallen Sonne die siebenhundert Kilometer lange Autofahrt mit den kilometerlangen Staus an jeder Mautstelle anzutreten. Aber wenigstens wird die Expedition den Doppelvergaser rechtfertigen ...

Bepi macht sich über sie alle lustig, diese Provinzler. In seinem ersten Urlaub seit Eröffnung des Ladens fliegt er auf die Seychellen. Wo er mehr italienische Gemüsehändler trifft als morgens auf dem Markt. Paradoxerweise scheint er sich darüber auch noch zu freuen. Er hat ein paar nützliche Kontakte geknüpft. Neue Lieferanten. Schafskäse von einem Großhändler in Lessinia. Und nach seiner Rückkehr bittet er mich, ihm für einen Freund, den er dort kennengelernt hat und der mit einem eingeborenen Mädchen, in das er sich verliebt hat, in Verbindung bleiben möchte, einen Brief zu übersetzen. Der Brief ist von ergreifender Naivität, der Schreiber schwört wild entschlossen, nächstes Jahr wiederzukehren. Bepi wartet ungeduldig, bis ich fertig bin. Seine große, stämmige Gestalt und die strahlend grünen Augen wirken vor dem an ein Begräbnis erinnernden Bücherschrank Patuzzis sehr beeindruckend. Ich lege mich für ihn ins Zeug: die Schönheit des Mädchens, die unendliche Liebe der beiden. Er sieht zu, wie die Buchstaben in blassem Gelb auf meinem Computerbildschirm erscheinen. Ist Englisch die Sprache, in der er mit Mädchen wird sprechen müssen? Irgendwie weiß ich jetzt schon, daß er nicht wieder hinfahren wird.

Und Giampaolo sagt nein, diese Flaschen darf man noch nicht öffnen, als ich noch einmal hinuntergehe, um ihn zu fragen. Frühestens in drei Wochen. Es gehört ein Hang zum Masochismus dazu, ein Streben nach Tugend und Selbstachtung. Sein langes, leidvolles Leben als *dipendente*. Wenn er das Zeug einfach im Laden gekauft hätte, müßte er nicht diese zwei Monate ohne auskommen. Aber nachdem er nun einmal beschlossen hat, den *prosecco* selbst abzufüllen – denn nur dann ist er echt, lebendig, nicht pasteurisiert und tot wie der in den Supermarktregalen –, würde er niemals losziehen und einen Karton kaufen, um diese Zeit zu überbrücken. Ehrensache. Und er ist ziemlich enttäuscht, als ich es doch tue. Nur um den Unterschied gebührend zu würdigen, wenn unserer fertig ist, erkläre ich ihm.

# 35
# Elezioni

Sobald der Sommer richtig in Schwung kommt, wird man ständig daran erinnert, daß man in einem fremden Land lebt. Eine merkwürdige Wespenart, die einzelnen Exemplare fast drei Zentimeter lang, hat ihr Nest in einem der Gesimse über unserem Balkon; sie schwirren gelegentlich in die Wohnung, wo sie uns in helle Aufregung versetzen. Gegenüber der Kirche sehen wir, wie eine Schlange mit hocherhobenem Kopf ziemlich schnell den Damm eines Hochwassergrabens entlangkriecht. Während ich am Schreibtisch von *il professore* tippe, bemerke ich eine junge Eidechse, die durch die Balkontür geschlüpft ist und sich auf den Fliesen neben meinen Füßen in der Sonne aalt. Draußen sind die Zitronen- und Orangenbäume von ihren winterlichen Schonbezügen befreit und blühen erneut in Kübeln neben den bescheidenen Hintereingängen, die als Schutz vor den Fliegen Perlenvorhänge haben.

Durch die Vorbereitungen für die anstehenden National- und Kommunalwahlen wird Montecchio immer mehr verschandelt. Und es wäre möglich, daß unser Kind genau am Wahltag zur Welt kommt, allerdings weiß ich nicht, wie man dieses Omen deuten könnte. Die Stadtverwaltung läßt vor der Kirche und auf der Piazza eine Menge windschiefer Gerüste aufstellen. Daran werden dann dicht an dicht alte, rostige Tafeln befestigt, auf denen die politischen Parteien kostenlos Wahlwerbung machen dürfen. Mindestens fünfzig Meter Gerüst und Blechtafeln sind notwendig, damit überhaupt alle Parteien Platz finden. Denn selbstverständlich gibt es reichlich Wahlbewerber.

Für mich war es die erste landesweite Wahl in Italien, und so war ich trotz der enormen häuslichen Umwälzungen begierig, mich mit dem politischen Leben in meinem Adoptivland vertraut zu machen. Ich las sämtliche Leitartikel sowohl in landesweit erscheinenden Zeitungen wie auch in der Lokalpresse; ich sprach mit jedermann, den ich kannte, darüber; ich ging zu den Versammlungen in die Stadtbücherei. Und so verfiel ich aus einem Stadium der Verwirrung in Fassungslosigkeit, dann in noch tiefere Verwirrung, und geriet schließlich in einen Lähmungszustand vollständiger Ernüchterung. In dem ich seither verblieben bin.

Natürlich gibt sich keine Nation irgendwelchen Illusionen bezüglich ihrer Politiker hin. Jeder Bürger ist sich mehr oder weniger bewußt, daß ein Politiker nie die Menschen vertreten kann, die ihn gewählt haben, aus dem einfachen Grund, weil sich jeder, der kandidiert, grundlegend von der Masse derer unterscheidet, die selbiges nicht tun. Und wenn er sich als Kandidat noch nicht von ihnen unterscheidet, dann spätestens, sobald er gewählt ist. Die Vorstellung eines repräsentativen Parlaments ist ein Hirngespinst. Dennoch wird einem in den anderen Ländern, in denen ich bisher gelebt hatte, wenigstens der Trost zuteil, daß man, wenn schon nicht zwischen verschiedenen Ideologien, so doch zumindest zwischen unterschiedlichen Schwerpunkten wählen kann. Diese Partei wird mehr, jene weniger ausgeben, diese Partei glaubt an soziale Sicherheit, jene nicht, und so weiter, und so weiter. So daß damit zu rechnen war, daß sich der Wahlkampf auf einige Sachfragen konzentrierte (zwar verkürzt, aber durchaus sinnvoll): Soll man mehr Geld für das Gesundheitswesen ausgeben, soll man Atomwaffen besitzen et cetera. Zudem war eine Art Rechenschaftsbericht der Regierung fällig. Die Regierungspartei hat das, dies und jenes getan. Fanden Sie das gut oder nicht? Bei italienischen Wahlen hingegen nicht einmal eine Spur dieser herzerfrischenden Naivität.

Zu Beginn – den ganzen Mai über und in den ersten beiden Juniwochen – scheinen sich die meisten Stellungnahmen in

Presse und Fernsehen damit zu befassen, welcher Partner der Fünf-Parteien-Koalition nun eigentlich für das Scheitern der Regierung verantwortlich war und diese vorgezogenen Wahlen erforderlich gemacht hat. Da die Öffentlichkeit Wahlen im großen und ganzen für ein erhebliches Übel hält (und wenn auch nur, weil die Plätze mit Gerüsten verbaut werden und im Fernsehprogramm ständig langweilige Talkshows zu sehen sind), ist diese Frage von einiger Bedeutung. Die Schuldzuweisung könnte sich möglicherweise als scharfe Waffe erweisen.

Hatten also die Sozialisten recht damit gehabt, gegen diesen und jenen Passus dieser oder jener Gesetzesvorlage zu stimmen (normalerweise etwas reichlich Dubioses)? Waren die Christdemokraten im Recht, als sie auf diesem Passus bestanden und deshalb die Vertrauensfrage stellten, obwohl sie wußten, daß die Sozialisten dagegen stimmen und sich die Liberalen enthalten würden? Warum griff der Minister der Republikanischen Partei eine Maßnahme der Regierung an, zu der er in einer Kabinettssitzung soeben noch seine Zustimmung gegeben hatte? Warum wurden sich die Sozialdemokraten nicht mit den anderen darüber einig, mit wem man den Präsidentenstuhl irgendeiner Bank oder den Intendantensessel einer Fernsehanstalt besetzen sollte? Und so geht es immer weiter. Die Schuldfrage wird nie eindeutig geklärt. In den Augen des Durchschnittsbürgers von Montecchio sind sie sowieso alle schuldig. Sie werden es just in dem Moment, in dem sie die Wahl annehmen. Und außerdem wäre es auch völlig egal, wenn man diesen oder jenen Passus einer Gesetzesvorlage verabschiedet hätte, es würde sich ja doch niemand darum scheren.

»Die Sozialisten, eine moderne Partei für ein modernes Italien« – das Plakat zeigt Bettino Craxi, den Vorsitzenden; im Hintergrund sitzt jemand vor einem Computer. Ungeachtet der Tatsache, daß ihr Emblem eine Nelke ist, verwenden die Sozialisten dieses Jahr auch noch grüne Plakate; sie wollen

damit den Grünen den Rang ablaufen. Die sich unglückseligerweise gerade in die Regenbogen-Grünen und die Grünen mit der lachenden Sonne gespalten haben und erbittert darüber streiten, wer schuld daran ist. »Für die Frau eine neue Stellung in einer gerechten Gesellschaft«, fordern die Plakate der Kommunisten. Doch werden sie damit in *la strada delle zitelle* Eindruck schinden?
Alles in allem beweisen die Plakate einen erstaunlichen Mangel an Phantasie. Vor allem in Anbetracht der sonst üblichen flammenden Begeisterung der Italiener für derartige Dinge. Fade und langweilig. Als ob nichts davon wirklich zählen würde. »Wir arbeiten für ein Vereintes Europa«, rühmen sich die Christdemokraten. Doch ebenso tun das, nimmt man sie beim Wort, die Sozialdemokraten. Die Republikanische Partei trompetet ihr »Ehrlichkeit und Integrität« hinaus und deutet damit an, was ohnehin schon jedermann weiß, nämlich daß dies den anderen fehlt. Doch zeichnet es denn die Republikaner aus? Und ist es das, was die Leute wollen? Movimento Sociale, die Erben der faschistischen Tradition, sind davon überzeugt. »Eine feste Hand und Schluß mit der Korruption«, erklären sie. Nun, es ist zumindest ein Schritt nach vorne, denkt man an das »*Credere, Ubbidire, Combattere!*« – »Glauben, Gehorchen, Kämpfen!« – ihrer Vorgänger, ein Motto, das unter dem dünnen Anstrich des Rathauses einer nahegelegenen Stadt noch immer provokant durchschimmert. »Die richtige Wahl«, behaupten die Liberalen von sich und denken, daß keine weitere Erklärung mehr notwendig sei. Oder vielleicht nicht möglich ist? »Für eine echte Alternative« treten die Kommunisten ein und haben Hammer und Sichel auf die Größe eines Geldstücks reduziert. »Stabilität und Wohlstand«, halten die Christdemokraten dagegen und machen viel Aufhebens um ihr Emblem, das rote Kreuzfahrerkreuz auf weißem Schild. Nun, wer würde schon wagen, etwas gegen Stabilität und Wohlstand einzuwenden?
Letztlich muß man sich den Splitterparteien zuwenden, um

politische Fragen wenigstens ansatzweise thematisiert zu sehen. »Rom = Mafia = Steuern«, erklärt die separatistische Liga Veneta. Und ein anderes Plakat warnt: »Schwarze im Veneto = Sklaverei«. Offensichtlich hat hier jemand einen Hang zu widersinnigen Gleichungen. Auf der anderen Seite will die Demokratische Arbeiterpartei »Atomwaffen sofort abbauen!« Die Rentnerpartei fordert soziale Gerechtigkeit für die älteren Mitbürger. Wie vorauszusehen war. Und die Radikalen, hinreißend idealistisch wie immer, verkünden: »Nein zum Hunger in der Welt«.
Ein vernünftiger, moderner Mann wie Giampaolo Visentini ist daher zutiefst deprimiert. »Sie versuchen nicht einmal mehr, uns hinters Licht zu führen«, stellt er fest. Bepi schnaubt nur verächtlich. Er will nicht darüber reden. Es sei zu lächerlich. In der *sanitaria* setzt sich Maria Grazias Mann vehement für die Liga, die Separatisten, ein. Zu viele *meridionali* wollen hier in der Gegend ansässig werden. Ob ich schon gehört hätte, daß sie noch eine Kooperative gründen wollen, um in Mizzole Häuser für sie zu bauen? Nein? Damit und mit dem neuen Hochsicherheitsgefängnis, das neben der Kaserne entsteht, hätten wir in Null Komma nichts die Mafia hier. Amüsanterweise werden die Bauarbeiten an dem Gefängnis in der darauffolgenden Woche eingestellt, weil ans Licht gekommen ist, daß die daran beteiligten Unternehmer Politiker bestochen haben, um bei der Auftragsvergabe berücksichtigt zu werden. Eine meiner Studentinnen erzählt mir, daß sie früher einmal aktives Mitglied der Demokratischen Arbeiterpartei gewesen sei, bis sie dann feststellen mußte, daß die auch nicht besser waren als die andern.
Inzwischen befassen sich die Debatten im Fernsehen mit der eher technischen Frage, ob die Parteien bereits vor der Wahl ihre Bündnisabsichten gegenüber anderen Parteien offenlegen sollten, so daß die Leute wüßten, für welche Koalition sie eigentlich stimmen. Eine uralte Masche der Christdemokraten, um bei den Leuten den Verdacht zu schüren, die Soziali-

sten wollten die gegenwärtige Regierung verlassen und nach der Wahl ein Bündnis mit den Kommunisten eingehen. Was natürlich das Ende von allem wäre. Die Sozialisten beharren darauf, daß jede Partei einfach ihre Politik vorstellen soll, und das wär's dann. Wobei das bisher niemand getan hat. Die Kommunisten beschuldigen die Kirche, die Menschen von der Kanzel herab zu ermuntern, christdemokratisch zu wählen. Während die kleineren Parteien uns glauben machen wollen, Christdemokraten und Kommunisten würden hinter den Kulissen einen Zusammenschluß planen und dann das Wahlsystem dergestalt ändern, daß alle anderen Parteien künftig ausgeschlossen wären. Es gibt unheimlich viel Geschwätz, vieles am äußersten Rand des gerade noch Verständlichen angesiedelt, und absolut keine ernsthafte Debatte. Niemand spricht vom Zinssatz, von der Inflation oder der Arbeitslosigkeit, keiner erwähnt die Verteidigungsausgaben, die Wohnungsbaurate oder irgend etwas, was auch nur entfernt irgendeinen Einfluß auf das Alltagsleben hätte. Niemand legt ein Programm oder ein Manifest vor. Ebenso wird ein Rechenschaftsbericht der Regierung erst gar nicht in Erwägung gezogen, da jede Regierungspartei ständig die anderen Koalitionsmitglieder beschuldigt, für alles Schlechte verantwortlich zu sein. Und merkwürdigerweise gibt es auch keine Meinungsumfragen und keine Erhebungen, die Trends in die eine oder andere Richtung offenlegen würden. Wenn ich wählen dürfte, geht mir durch den Sinn, ich hätte absolut keine Ahnung, wen ich wählen sollte.

Schließlich rückt der Wahltag heran. Das Baby ist inzwischen ebenfalls fällig, rührt sich aber nicht. Wir wachen an einem wunderschönen Sonntagmorgen auf und werden vom Radio daran erinnert, daß die Bevölkerung nicht nur das Recht, sondern auch die Pflicht hat, zur Wahl zu gehen. Bevor man sich also aufmache, um im See zu baden oder in den Bergen ein Picknick zu veranstalten, solle man unbedingt bei seinem Wahllokal vorbeischauen. Denn die Wahl dürfe nicht durch

Apathie und Unentschlossenheit entschieden werden. »Und sollten Sie heute wirklich verhindert sein, denken Sie daran, daß Sie das Recht haben, morgen vormittag freizunehmen, um wählen zu gehen. Bis zwei Uhr nachmittags.« Diese Fürsorge legt nahe, daß man eine bodenlos niedrige Wahlbeteiligung befürchtet. Was ich nur allzu verständlich fände. Nun, wir werden sehen.

Als pflichtbewußte Bürgerin macht sich Rita auf den Weg zur Urne. Ich habe keine Ahnung, wen sie wählen wird. Wir gehen auf der staubigen Straße über die erste und dann die zweite Brücke, wo die Leute so rasant die Kurven nehmen. Wegen der Frühmesse ist der Parkplatz vollgeparkt. Sechs Mädchen auf drei Fahrrädern überholen; die Mitfahrerinnen stehen auf den Sätteln und halten sich an den Schultern ihrer Vorderfrau fest. Eine hat ein Eis am Stiel im Mund, eine andere eine Zigarette. Die Reben breiten ihre Ranken über die Pergola der Bar Centrale auf der Piazza Buccari, wo der beschränkte Moreno, trotz der Hitze mit Jagdmütze, Zigaretten schnorrt und von den Männern, die dort *La Gazetta dello Sport* lesen, auf harmlose Weise geneckt wird. Und dabei ist es erst halb neun. Man lernt hier, früh aufzustehen, um etwas vom Tag zu haben.

Wir erreichen das entgegengesetzte Ortsende, wo die Schule vor drei Tagen geschlossen und zum Wahllokal umgewandelt wurde. Obwohl schleierhaft bleibt, warum man dafür so viel Zeit gebraucht hat. In der Halle liegt ein Computerausdruck aus, auf dem Name und, aus unerfindlichem Grund, auch Beruf jeder einzelnen Person registriert sind. Es ist hier eine fixe Idee, Leute nach ihrem Beruf einzuordnen. Dann geht man in eins der Klassenzimmer, um zu wählen. In jedem Klassenzimmer sitzen zwei *scrutatori* als Aufpasser. Keine Überraschung ist, daß es sich hierbei vornehmlich um die Kinder hiesiger Parteibonzen handelt, die sich über das zusätzliche Taschengeld von 80 000 Lire für ihre Dienste freuen. In der Kabine malt man dann ein Kreuz über das Emblem der

Partei, die man wählen will; man kann zusätzlich auch noch den Namen eines der vielen, vielen Menschen ankreuzen, die für diese Partei kandidieren. Jeder Wahlbezirk entsendet eine Anzahl von Abgeordneten, und jede Partei kann ein ganzes Sortiment möglicher Bewerber für diese Posten auflisten. Was heißt, daß man für jemanden stimmen kann, der für einen bestimmten Flügel der gewählten Partei steht, oder für den Mann, der einem eine Gefälligkeit erwiesen hat. Oder erweisen wird, sobald er gewählt ist. Die Auszählung wird dadurch ungeheuer kompliziert.

Merkwürdigerweise fehlt dieser ganzen Prozedur eine gewisse Spannung in bezug auf das Ergebnis. Die Abendnachrichten bringen keine Hochrechnungen; und weder gibt es übereifrige Experten, die über Ergebnisse in unbedeutenden Provinzen oder Wahlkreisen diskutieren, noch werden Leute beim Verlassen des Wahllokals interviewt. Dies ist wohl vor allem darauf zurückzuführen, daß das System der Verhältniswahl keine großen Schwankungen zuläßt. Fünf Prozent hin oder her bedeutet hier nichts anderes als fünf Prozent hin oder her. Und nicht die Ablösung einer Regierung durch eine andere. Und selbst solche Schwankungen sind eher unwahrscheinlich. Vielleicht verliert die eine Partei zwei oder drei Prozent, die sich dann aber auf fünf oder sechs andere aufteilen. Vielleicht hat sich bis zum Ende des Tages eine Partei die wenigen nötigen Prozentpunkte vorgeschoben und kann »Sieg!« rufen. Doch im großen und ganzen wird der Status quo erhalten bleiben. Denn Tatsache ist nun einmal, daß die meisten Italiener, so enttäuscht sie auch sein mögen, immer wieder die gleiche Partei wählen. Die Fußballfanmentalität, nennt es Giampaolo: »Man bleibt ihnen treu, selbst wenn sie am laufenden Band verlieren, denn dann fühlt man sich um so mehr verpflichtet, zu jedem Spiel von ihnen zu gehen.«

Und daher liegt die Wahlbeteiligung trotz der vorsorglich geäußerten Besorgnis der öffentlichen Rundfunkanstalten vor dem Ereignis und trotz der Tatsache, daß so viele Men-

schen ihren Wohnsitz und somit ihr Stimmrecht in weit entlegenen Orten haben, bei gewaltigen neunzig Prozent. Das erstaunt mich wirklich, und so nötige ich jeden, den ich kenne, mir dafür eine befriedigende Erklärung zu geben. Vergeblich. Wird das Wahlgeheimnis so hochgehalten, hat man vielleicht den Namen des Freundes eines Freundes in der Wahlkabine angekreuzt? Befürchtet man etwa, bei einem *concorso* für die Stelle eines Lehrers oder Hausverwalters würde einem die Wahlabstinenz negativ angerechnet werden? (Vittorina und Lucilla hatten sich beide auf unerklärliche Weise besorgt gezeigt, weil sie die Wahl verpassen würden.) Ist es aufrichtige Angst vor einer kommunistischen Regierung? Oder gibt es vielleicht – und das ist die Erklärung, die ich vorziehen würde – eine trotz aller Enttäuschung tiefverwurzelte und von Herzen empfundene Zufriedenheit mit dem jetzigen Stand der Dinge und den festen Willen, daß alles beim alten bleiben möge? ich halte diese Erklärung deshalb für naheliegend, weil auch sie diese grundlegende Schizophrenie sämtlicher italienischer Angelegenheiten aufweist, welche zugleich ihren Charme ausmacht: Der Papst wird verehrt und zugleich ignoriert; das Gesetz wird bewundert und zugleich mißachtet; Politiker werden verachtet und zugleich wiedergewählt. Die Kluft zwischen bürokratischer Fassade und Privatleben könnte nirgends größer sein als hier. Und diese Fassade wird selbst in der Verschwiegenheit der Wahlkabine weiter aufrechterhalten. Nichts ändert sich. Manchmal beschleicht einen das Gefühl, Italien sei in der Blütezeit der Nachkriegskonjunktur stehengeblieben.
In der letzten Stunde des Semesters schlug ich meinen Studenten ein kleines Spiel vor. Sie sollten aufschreiben, wen wohl ihr Friseur/ihre Friseuse gewählt hatte, und warum. Normalerweise zeigen sie sich aufgeschlossen, so daß der Unterricht eine wahre Freude ist, doch in diesem Fall reagierten sie auf meine Aufforderung ratlos, zögerlich, zurückhaltend. Als hätte ich einen alten Griechen gebeten, die Eleusini-

schen Mysterien zu erläutern. Ich hatte an ein Tabu gerührt. Schließlich wurden für Montecchio die üblichen siebzig Prozent christdemokratische Stimmen ausgezählt, obwohl ich noch immer niemanden getroffen habe, der bereit ist, Positives über diese Partei zu sagen. »Das einzig Gute an den Wahlen ist« – Bepi läßt sich eines Morgens um acht bei einem *espresso* mit Grappa dazu herab, das Thema zu streifen –, »daß die Ergebnisse hochkompliziert sind und es deshalb mindestens einen Monat lang gar keine Regierung gibt. Und daher gelte für eine kurze Zeit, *non possono rompere le palle!*« Was frei übersetzt ungefähr heißt, »sie können einen nicht an den Eiern packen«.

»Wenn das Land«, so *il frate indovino*, der hier Volkes Stimme sein Ohr leiht, »Politiker zu einem Preis einkaufen könnte, den sie wirklich wert sind, und sie dann zu dem Preis verkaufte, den sie behaupten, wert zu sein, könnte es seine Schulden auf der Stelle abbezahlen.«

Unser geistreicher Priester wählt zweifellos die Christdemokraten.

## 36
# La luna

Das Baby ließ auf sich warten. Rita litt unter der Hitze und dem sommerlichen *afa*. Wir kauften einen Ventilator, und sie saß in einem Wirbel staubiger Luft an der Schreibmaschine. Als die Visentinis davon erfuhren, fühlte sich Orietta verpflichtet, heraufzukommen und uns zu warnen, daß Ventilatoren *controindicati* seien. Man schwitze, sitze im Luftzug des Ventilators und ziehe sich unweigerlich eine Erkältung zu. Sie war auch beunruhigt, weil wir uns unserer Katze noch nicht entledigt hatten. Katzen könnten alle möglichen Krankheiten übertragen, wenn man ein kleines Baby im Haus hat. Ich frage mich oft, ob im italienischen Haus der Zukunft am Eingang nicht eine Art desinfizierendes Fußbad stehen wird. Wir mochten unsere Katze.

Inzwischen zog jeder, dem wir in der Via Colombare zufällig begegneten, fragend die Augenbrauen hoch. Schon irgendwelche Neuigkeiten? Wenn ich irgend etwas für Sie tun kann … Selbst der Mechaniker am Ende der Straße, der nach dem Mittagessen immer stark nach Grappa roch, war im Bilde. Ob ich mein Auto vor der entscheidenden Fahrt zur Inspektion bringen wolle? Denn eine Panne auf dem Weg zum Krankenhaus sei doch wohl das letzte, was ich brauchen könnte … Ich dankte ihm und ließ Filter, Zündkerzen und Kontakte zu einem sehr vernünftigen Preis auswechseln. »*Buon giorno Signor Tiem*«, sagte die Frau des alten Marini, »und wie geht es Ihrer *signora* heute morgen?«

Wie vollkommen anders war ich doch vor einem Jahr behandelt worden! Anscheinend, so ging mir durch den Sinn, ist ein Kind hier die wichtigste Eintrittskarte in die Gesellschaft, ein Blankoscheck gegen die große Reserviertheit der romani-

schen Mentalität. Jetzt blieb mein Gruß nicht mehr unerwidert, eher hatte ich das gegenteilige Problem: Mit der leicht mongoloid wirkenden Frau mußte ich die relativen Vorzüge verschiedener hiesiger Krankenhäuser diskutieren, während die Frau mit dem Reisigbesen mir auf die Schulter klopfte und dabei grausige Geschichten über die Gynäkologen in Borgo Roma erzählte, wo ihre Schwägerin niedergekommen war. »*Macellai*«, schimpfte sie, »Metzger. Sie springen einem auf den Bauch, um das Kind herauszuschieben.« Und sie fragte mich, wer denn kommen und sich um mich kümmern würde, wenn meine Frau im Krankenhaus liege. Ich überlegte einen Augenblick lang, ob ich richtig verstanden hatte.
»*Chi ti cucinerà?*«
»Niemand. Ich komme allein zurecht.«
Sie schüttelte den Kopf, ob aus Bewunderung oder aus Verzweiflung über die sich verändernde Welt, weiß ich nicht. »*Troppo bravo, troppo bravo*«, sagte sie. »Ihr Engländer seid so tapfer.« Und fügte zum Abschied hinzu: »In der Nacht vom dritten auf den vierten ist Vollmond.«
Auf Anregung des Gynäkologen hin, der unseren Geburtsvorbereitungskurs leitete, haben wir uns für sein Krankenhaus in der kleinen Stadt Zevio entschieden. Anscheinend ist er der einzige Gynäkologe im italienischen staatlichen Gesundheitswesen, der nach der Leboyer-Methode arbeitet. Jedenfalls behauptet er das. Naheliegenderweise sind wir ein- oder zweimal dorthin gefahren, um die Strecke kennenzulernen: zwanzig Kilometer kurvenreicher Landstraße, und ausgerechnet das letzte Stück wird unglücklicherweise gerade ausgebessert und ist daher höllisch holprig. Vielleicht ein nützliches Stimulans, andererseits aber auch ein erschwerender Faktor, wenn es darum geht, vorsichtig abzuwägen, wann es losgehen soll. Wir stoppen dreißig Minuten Fahrzeit. Als wir aus dem Wagen steigen, um uns die Beine zu vertreten, finden wir uns in einem verschlafenen, ausufernden Dorf mit einem wirklich großen Marktplatz wieder, in dessen

Mitte eine von einem Burggraben umgebene und mit Befestigungsanlagen gesicherte Villa steht. Der Rest dieses unerklärlich großen offenen Platzes ist nichts weiter als eine gepflasterte Fläche mit einem Gewirr verblassender weißer Linien darauf, die anzeigen, wo sich fünf oder sechs Straßen kreuzen könnten. An Sonntagen, so entdeckten wir bei unserer zweiten Fahrt, herrscht auf dem Platz drangvolle Enge: Auf einem geschäftigen Provinzmarkt werden billige Kleider, Obst, Gemüse und abenteuerliche Unterwäsche in Mammutgrößen – wahrscheinlich für Damen wie Lucilla – verkauft. Der Verkehr staute sich über mehr als einen Kilometer. Ein weiterer Faktor ist also zu beachten: Die Wehen dürfen nicht ausgerechnet am Sonntag vormittag einsetzen.

Die Hitze hält weiter an. Wir sitzen im Centro Primo Maggio unter der Pergola und lauschen den Akkordeonklängen. Leute, die an den Wasserläufen wohnen, hängen Wassermelonen ins Naß, um sie kühl zu halten. Sie sind zu groß für den Kühlschrank. Trotz des vorhersehbaren Wahlergebnisses sind die Politiker – wie Bepi prophezeit hat – bisher nicht in der Lage, eine Regierung zu bilden. Das beunruhigt aber niemanden. Die Geschäfte machen eins nach dem anderen zu, da alle in die Ferien aufbrechen. Es gibt die üblichen Skandalgeschichten über arme alte Leute, die in der drückenden Hitze kilometerweit laufen müssen, um ein geöffnetes Lebensmittelgeschäft zu finden. Dem Gesetz nach sind die Läden zu einem Rotationsverfahren verpflichtet, aber die Strafen sind so gering, daß sie sich um das Problem kaum etwas scheren. Man geht zum Postamt und stellt fest, daß es im Juli und August nachmittags geschlossen ist. Panikmacher berichten, daß es in den Krankenhäusern kaum mehr Ärzte gebe. Wir werden langsam nervös.

Und dann ist der große Tag endlich da. Besser gesagt, die Nacht. Gegen zwei Uhr morgens machen heftige Wehen der Frage nach dem richtigen Zeitpunkt ein Ende. Wir quetschen uns in unseren verachteten orangefarbenen Wagen und brausen südwärts durch die *bassa* in Richtung Zevio. Wir nehmen Straßen, die sich in einer vollkommen flachen Landschaft unerklärlicherweise kurvenreich dahinschlängeln, da sehen wir, etwa auf halbere Strecke – San Martino, Campalto, Mambrotta –, über einem fernen Damm den Mond aufsteigen, einen vollkommen gerundeten, prächtigen, leuchtend weißen Mond, so voll, wie er nur sein kann. Er scheint uns den Weg nach Zevio zu weisen wie der Stern von Bethlehem. Wie ärgerlich! Ich sehe das zufriedene Grinsen auf dem Gesicht unserer Frau vom Reisigbesen geradezu vor mir. Selbst Giampaolo wird es als Bestätigung für seine *prosecco*-Abfüllmethode nehmen. Und doch sind auch wir seltsam zufrieden bei diesem Anblick. *La luna.* So hell! So groß! Wir passieren Feld um Feld mit silbrigen Pfirsichbäumen in der ahnungsvollen, geisterhaften Stimmung, die das Mondlicht oft heraufbeschwört, besonders aber in entscheidenden Momenten des Lebens. Und mir geht flüchtig durch den Kopf, daß der Mond in Italien vielleicht mehr Einfluß hat als in meiner Heimat. Das würde so einiges erklären.

Das Chiarenzi-Krankenhaus in Zevio hat lange Flure mit billigen schwarzen Steinfußböden. Der Portier deutet mit dem Daumen in eine Richtung, wobei er den Blick kaum vom Fernsehbildschirm wendet. In einem karg eingerichteten Zimmer nimmt eine Krankenschwester mit einer Nonnenhaube die Daten auf. Dann wieder Flure. In dem kleinen Wartebereich am Eingang zur Wöchnerinnenstation stehen Blumen über Blumen und dazwischen eine kleine weiße Madonnenstatue. Nach einer Weile beginnt man auf sie zu vertrauen: Diese schlichte Ergebenheit, die alles hinnimmt, an Straßenkreuzungen, in Krankenstationen, auf Friedhöfen. Doch trotz ihrer Allgegenwärtigkeit empfindet man nicht so sehr die beschützende Gegenwart dieser Ruhe ausstrahlenden Gestalt, vielmehr gemahnt sie daran, daß, was auch passieren mag, alles weitergehen wird wie zuvor. Ohne sie und ihren gekreuzigten Sohn, der normalerweise sehr viel kleiner

ist und irgendwo in der Nähe der Decke durch ein staubiges Zentralheizungsrohr verdeckt wird, könnte man auf den Gedanken kommen, das, was einem hier und jetzt widerfährt, sei einmalig und schrecklich wichtig.
Überraschenderweise ertappe ich mich bei der Überlegung, ob die Madonna nicht etwas mit dem Mond gemein hat.
Auf der Station spricht eine freundliche junge Krankenschwester im Dialekt mit uns und hört die Herztöne des Babys durch eine hölzerne Trompete ab, die sie gegen Ritas Bauch drückt. Interessant ist, daß sie Stefania heißt – diesen Namen haben wir ausgesucht, falls das Baby ein Mädchen ist. Was so gut wie sicher ist. Damit habe ich mich inzwischen schon abgefunden. Nicht, daß ich etwas dagegen hätte, ein Mädchen zu haben. Im Gegenteil. Was kann entzückender sein als ein kleines Mädchen? Nur daß ich gehofft hatte, der Einfluß der Via Colombare käme nicht zum Tragen. Eine zufallsbestimmte Welt wäre mir weitaus lieber als eine determinierte.
Wir verbringen die Nacht in einem winzigen Raum: Rita liegt in den Wehen, und ich kämpfe gegen den Schlaf an. Verlockenderweise gibt es genau gegenüber eine *pasticceria*, die bestimmt um sieben Uhr öffnen wird. Kurz nach Anbruch der Dämmerung sitzt auf einem Ast, kaum einen Meter von mir entfernt, eine Krähe, während ein Priester vier Männer anführt, die einen rohen Holzsarg aus dem Krankenhaus auf die Straße tragen. Ich verzichte darauf, es Rita zu erzählen. Und als in der *pasticceria* gegen acht Uhr ein Licht angeht, eile ich selbstsüchtig los, um einen *cappuccino* zu trinken, nur um mir sagen zu lassen, die Bar sei wegen Urlaubs geschlossen. Der Mann war nur gekommen, um ein paar Dekorationsarbeiten zu erledigen. Und die *pasticceria* am anderen Ende des Ortes ist Montag vormittag immer geschlossen. Man kann den Grad seiner Italienisierung daran messen, ob man immer noch mit den Zähnen knirscht, wenn man hört, daß etwas geschlossen ist.

Auf die sanfte Musik und das gedämpfte Licht der Leboyer-Methode müssen wir übrigens verzichten, da dieser Raum bereits belegt ist. »Vollmond«, erklärt die Schwester. »Wir haben seit einer Woche keine Geburt mehr gehabt, und jetzt gleich sechs in einer einzigen Nacht.« Schon gut, schon gut, ich gebe mich geschlagen. Allerdings ist das Baby, als es sich endlich blicken läßt, ein großer, strammer Junge. Wir sind beide entzückt.

Die erste Pflicht eines italienischen Vaters ist es, eine Rosette zu kaufen – blau für einen Jungen, rosa für ein Mädchen – und diese gut sichtbar an seinem Haus anzubringen. Als ich an diesem Tag nach Hause fuhr, fand ich eine *tabaccheria* in San Martino, in der man mir eine solche Schleife zum stolzen Preis von 10 000 Lire verkaufte. Die Dame an der Kasse bemühte sich redlich, mich in ein Gespräch über die Freuden der Vaterschaft zu verstricken: »*Sì, sì, sì,* eine große Veränderung in Ihrem Leben, das können Sie sich jetzt noch gar nicht vorstellen«, sagte sie noch aufgeregt, als ich bereits wie benommen ohne meine Quittung den Laden verließ. Wieder in der Via Colombare, klebte ich das Ding oben an die Eingangstür von Nummer 10 und hoffte, daß alle *zitelle* der Straße es sofort sehen und sich vor Gram verzehren würden.

Meine zweite Pflicht war es, zwei Zeugen zu finden und in ihrer Anwesenheit die Geburt registrieren zu lassen. Da öffentliche Ämter nur vormittags geöffnet sind, würde das bis zum nächsten Tag warten müssen. Giampaolo und Orietta waren überglücklich, mir aushelfen zu können, und wir machten uns am nächsten Morgen in aller Früh auf den Weg, damit er nicht allzu spät zur Arbeit kam.

Die Geburt mußte dort eingetragen werden, wo sie stattgefunden hatte, also mußten wir uns wieder über die kurvenreiche Straße nach Zevio quälen. Die *comune* war ein barocker *palazzo* an dem riesigen Hauptplatz, wo der Verkehr mit beeindruckender Selbstverständlichkeit kreuz und quer über die weitläufige Asphaltfläche brauste. Über mehrere Treppen-

fluchten aus dem achtzehnten Jahrhundert gelangten wir in einen riesigen Raum mit Stuckdecke und einem langen Holztresen, hinter dem nur zwei Frauen saßen, die am Computer spielten.
Der Mann, der die Geburt registriere, sei kurz hinausgegangen, sagten sie. Ob wir warten könnten?
Ich finde mich inzwischen mit derartigen Dingen ab. Aber Giampaolo blickte auf die Uhr. »Wir geben ihm fünf Minuten«, meinte er drohend. Wie angesichts seines Verhaltens Negretti und seinen Hunden gegenüber, wo er sofort die Polizei gerufen hatte, war ich wieder einmal überrascht von seinem strengen, legalistischen, wenn auch stets vernünftigen Gebahren. »Wir sind in eine öffentliche Behörde gekommen«, erklärte er der Frau ruhig. »Es gibt keine Warteschlange, und darum sehe ich auch keinen Grund, warum man sich nicht sofort mit uns befassen sollte.« Orietta zupfte an seinem Ellbogen. »Giampaolo!« flüsterte sie.
Aber fünf Minuten später verlangte Giampaolo erneut höflich, bedient zu werden. Die jüngere der Frauen, die aufwendig, wenn nicht gar verführerisch gekleidet war, sagte, der Mann werde ganz bestimmt gleich kommen. Giampaolo fragte sie, wo er sei. Das Mädchen wurde nervös. Seit ungefähr einer Woche habe niemand mehr eine Geburt registrieren lassen, sagte sie. Und außerdem seien sie mit der Nachbereitung der Wahlen immer noch mehr als beschäftigt. Das würden wir doch sicher verstehen? Aber wenn wir es eilig hätten, so könne sie versuchen, die Angelegenheit selbst zu erledigen. Ihre Stimme hallte gereizt in dem großen Raum, der wahrscheinlich bessere Zeiten gesehen hatte. Ein riesiger Kronleuchter über einem Computerbildschirm diente als Staubfänger. Zur Beleuchtung brannten Neonröhren.
Wir hätten es eilig, sagte Giampaolo. Wir seien so früh gekommen, weil er zur Arbeit müsse. Wenn er nicht am Arbeitsplatz erscheine, bemerkte er spitz, so fiele das auf. Das Mädchen kam – sichtlich verärgert, weil ihre Kollegin keinen Finger

rührte – herüber an den Tresen, zog ein riesiges Buch aus einer Schublade darunter und bat um unsere Dokumente: Giampaolos, Oriettas, meine eigenen. Aber als sie den britischen Paß sah, schüttelte sie den Kopf. Ob ich der Vater sei? Sie könne es unmöglich wagen, selbständig die Geburt eines Ausländers zu registrieren. Und sie wandte sich an die ältere Frau: »Haben wir irgendwelche besonderen Abkommen mit England?« Die andere wußte es nicht. Ich deutete an, daß wahrscheinlich die gleichen Richtlinien gelten würden wie für die anderen EG-Staaten. »Ist England in der EG?« fragte das Mädchen seine Kollegin. *»Credo di sì«*, lautete die gelangweilte Antwort. Das Mädchen schüttelte trotzdem den Kopf. Wir würden auf *il responsabile* warten müssen.

»Aber wo ist er?« ging Giampaolo erneut in die Offensive. »Ich habe keine Lust, den ganzen Morgen hier zu warten.«

Das Mädchen sah die dahinter sitzende Frau hilfesuchend an. Das staubige Wesen meinte säuerlich: »Er hat etwas im Krankenhaus zu erledigen.« Und sah dabei nicht einmal von ihrer Tastatur auf.

»Rufen Sie ihn an.«

Mein Nachbar, so entdeckte ich, besitzt die beunruhigend professionelle Kampflust eines Menschen, der nicht nur weiß, wann er den Kampf suchen muß, sondern auch vollkommen sicher ist, wie er vorzugehen hat, um ihn zu gewinnen.

Die beiden zögerten.

Giampaolo verkündete: »Dies ist eine Behörde. Die Behörde ist verpflichtet, dafür zu sorgen, daß jemand anwesend ist, der Geburten registrieren kann. Die Behörde hat jetzt offiziell Sprechzeit. Sie haben zugegeben, daß der Mann nicht krank ist. Und ich habe in diesem Fall keine andere Alternative, als *sporgere una denuncia* (das heißt, die Angelegenheit der Polizei zu melden).

Wir hatten erst zehn Minuten gewartet. Ich fand das eigentlich völlig normal.

»Giampaolo!« protestierte Orietta *sotto voce*.

Als er sich zu uns umdrehte, grinste der sonst so steife Giampaolo breit und flüsterte: »Der Mann ist in der Bar. Ihr werdet sehen. Er ist beim Frühstück.«
Bei dem Wort *»denuncia«* hatten die beiden Frauen nicht protestiert oder sich noch feindseliger verhalten, sondern vielmehr angefangen, hinter ihrem Drucker versteckt aufgeregt zu diskutieren. Einen Augenblick später holten sie das Telefonbuch hervor und blätterten hastig darin.
»Die Nummer des Krankenhauses müßten sie nicht erst suchen«, flüsterte Giampaolo. Er hatte meine volle Bewunderung.
Das Mädchen nahm den Hörer, wählte, fragte, ob Lucio da sei, hängte ein. Und dann fiel mir das Naheliegende ein. »Es liegt daran, daß die *pasticceria* auf dieser Seite des Ortes geschlossen ist. Er mußte in die gegenüber vom Krankenhaus gehen, darum braucht er länger als gewöhnlich.«
Und tatsächlich hörten wir fünf Minuten später Lucio die Stufen hinaufstürmen; in seinem gepflegten Schnauzbart hing noch Puderzucker. *»Bene, Signori, vediamo«*. Er lächelte breit, rieb sich die Hände und schrieb meine Paßnummer auf, als sehe er davon ein Dutzend am Tag. Zu meiner Erleichterung erwähnte niemand seine Verspätung. Alle waren ausgesprochen höflich und freundlich, und wir alle wünschten einander *buon giorno*. Aber als wir zum Auto hinausgingen, grinste Giampaolo schadenfroh. Wenn es eines gibt, was ein ohnmächtiger *dipendente* wirklich beherrscht, dann, einem *statale* gegenüber auf sein Recht zu pochen. Das also war die Welt, in die mein Kind jetzt aktenkundig eingetreten war.

# 37
# Manifesti funebri

Soviel ist schon über die Trägheit des öffentlichen Dienstes in Italien gesagt worden, daß ich es für meine Pflicht und Schuldigkeit halte, am Ende dieses Buches herauszustellen, wie außerordentlich schnell das Amt für Strom, Wasser und Friedhöfe (AGMS) selbst in der Urlaubszeit eine Todesanzeige verbreitet. An jeder Wand und an jedem Fleck, wo in den Orten des Veneto Anzeigen und Bekanntmachungen angeklebt werden – neben der Bushaltestelle oder kunterbunt an den Hauswänden einer Straßenkreuzung –, überall findet man ein paar dieser schlichten *manifesti funebri,* die die traurige Neuigkeit verkünden. Und von Zeit zu Zeit biegt man auf dem Weg zum Zeitungskiosk oder zum Friseur um eine Ecke und liest plötzlich einen vertrauten Namen. In Montecchio erfährt man es, wenn der Nachbar gestorben ist. Die Friedhöfe dringen so vor bis zu den Einkaufsstraßen. Vielleicht zu Recht. Und während eine himmelblaue oder rosafarbene Rosette eine Geburt anzeigt, kennt der Tod kein Geschlecht und trägt, natürlich, nur eine Farbe. So lernt man schnell, was die schwarzen Umrandungen und das gen Himmel gereckte Christusgesicht mit der Dornenkrone oben in der Mitte zu bedeuten haben. Auf halber Höhe steht dann in der Plakatmitte in großen Buchstaben ein Name und vielleicht noch ein Spitzname, weil Spitznamen in Italien sehr gebräuchlich sind. (Dino Chiericatti, und darunter, *»detto, il capitano«*). Das Alter wie auch der Mädchenname einer verheirateten Frau sind in Klammern gesetzt. Außerdem werden noch Zeit und Datum des Begräbnisses bekanntgegeben, und man dankt im voraus jenen, die daran teilnehmen werden. Den Abschluß bildet eine kurze Bemerkung wie: »von all ihren Lieben betrauert«, oder: »der Zuneigung von Familie und Freunden entrissen« – etwas Angemessenes, eine konventionelle Phrase, nichts Ausgefallenes. »Druck genehmigt vom AGMS«, verkündet der schiefe Stempel links unten in der Ecke. Schon am Tag nach Vittorinas Tod waren die Plakate überall im Ort angeklebt.

Rita kam zwei Tage nach Micheles Geburt aus dem Krankenhaus zurück. In der Zwischenzeit waren die alten Frauen wunderbar sonnengebräunt aus ihrem Urlaub wiedergekehrt und brannten aufgeregt gackernd darauf, das Kind zu sehen. Wir hatten die Tragetasche kaum auf dem Tisch abgestellt, als sie auch schon an der Tür klopften, mit extravagant verpackten Geschenken beladen. Sie spähten unter die Decke und überschlugen sich vor Begeisterung: der erste Junge, der seit Menschengedenken in der Via Colombare geboren worden war! Ein Bann war gebrochen! Und wieder begann Lucilla zu weinen, als sie die Geschichte ihres kleinen Jungen wiederholte: das nächtliche Fieber, die heißen Umschläge auf *quel povero corpicino*. Wieder versicherten wir ihr, wir seien überzeugt, sie habe alles nur Menschenmögliche versucht. Und ich warf einen Blick auf die Tafel neben dem Telefon, um mich zu vergewissern, daß ich die Nummer des Kinderarztes wirklich notiert hatte.

Giampaolo kam nach oben. Er wolle auf keinen Fall stören. Sie würden das Baby ja zu sehen bekommen, wenn wir erst einmal alle zur Ruhe gekommen wären. Er wollte mich nur wissen lassen, daß ich von meiner Pflicht, den Rasen zu mähen und zu bewässern, vorübergehend befreit war. Und sobald wir Lust dazu hätten, könnten wir zusammen den ersten Korken der *prosecco*-Flaschen knallen lassen. Er hätte drei davon hinten in seinem Kühlschrank gelagert.

Am darauffolgenden Nachmittag, es herrschte drückender *afa* an diesem Tag, erwachte Vittorina nicht aus ihrem Mittagsschlaf. Lucillas Schreie ließen mich zu ihr rennen. Leone und Marisa waren zu Besuch gekommen, und die drei hatten

zusammen den Leichnam entdeckt. Als ich nach unten kam, hatte sich Lucilla bereits wieder soweit gefaßt, daß sie Schubladen öffnen und Papiere durchwühlen konnte. Es war interessant, daß ihr Vittorina trotz der engen Freundschaft, die sie verband, nie mitgeteilt hatte, wo sie ihr Testament verwahrte. Leone ließ die Jalousien herunter. Marisa entzündete links und rechts vom Bett eine Kerze. Ich zog mich zurück. Auf der Schwelle ihres blankgewienerten Heims, mit den millimetergenau plazierten Lithographien und den sorgfältig abgestaubten Nippsachen, stand Orietta mit Tränen in den Augen. Der niedrige Luftdruck am Meer war ein schlimmer, ein schrecklicher Fehler gewesen. Ein Verbrechen von seiten des Doktors her. Woraufhin der Angeklagte wie gerufen vor dem Haus vorfuhr, ein einstudiertes Lächeln auf dem Gesicht, als er aus seinem Porsche kletterte. *Troppo, ma troppo gentile*, schluchzte Lucilla. Mir kam in den Sinn, daß ich die blaue Rosette an der Tür wohl besser entfernen sollte.
Heute war Freitag, und das Begräbnis konnte frühestens Montag stattfinden. Während Giampaolo noch in der Arbeit war, kam Orietta gegen fünf hinauf, um uns zu sagen, daß sie wegen des möglichen Geruchs beunruhigt sei. Nein, die Bestattungsunternehmen hier würden den Körper nicht mitnehmen. Die Verwandten müßten ja bis zur Beerdigung beim Leichnam beten. Sie würden sie morgen in den Sarg legen, aber der Körper würde noch bis Montag hier liegen bleiben, und bei diesem Wetter … Konnte das nicht irgendwelche Krankheiten verursachen? Schließlich lag *la poveretta* nur durch die Wand getrennt neben ihrem Bett.
Und der *cassonetto* mit dem ganzen Abfall stand auch gleich auf der anderen Straßenseite.
Rita versuchte, das kleine Baby zu stillen. Ich könne mir nicht vorstellen, daß irgendeine Art von Gesundheitsrisiko bestehe, sagte ich. Aber ich war nun mal kein Experte. Offensichtlich hatte Orietta bereits Giampaolos Enzyklopädie zu Rate gezogen. Und blieb jetzt in unserer Wohnung, um die ver-

schiedensten Abteilungen des Gesundheitsamts anzurufen. Ein Leichnam lag auf der anderen Seite ihrer Schlafzimmerwand. Konnte das Krankheiten auslösen? Die beruhigenden Antworten überzeugten sie nicht. Sie werde die Fenster auf jeden Fall dicht geschlossen halten, egal, wie heiß es werde.
Den ganzen Samstag und Sonntag kamen immer wieder Nachbarn aus der Via Colombare vorbei, um der Verstorbenen die letzte Ehre zu erweisen und Lucilla ihre *condoglianze* auszusprechen. Lucilla hatte es fertiggebracht, sich selbst mit Trauerkleidung noch aufzudonnern, sie strotzte vor Energie und Selbstmitleid und glänzte in der Rolle der Protagonistin. *»Gradirebbe un gingerino, Signora Rosa, una tazza di tè?«* Und, ja, Vittorina hatte die Wohnung ihr hinterlassen, obwohl sie im Augenblick nicht über solche Dinge sprechen mochte. Diese Nachricht verbreitete sich wie ein Lauffeuer. Die Bankangestellten Antonio und Sabrina kamen mit Antonios Vater vorbei, alle in Schwarz, obwohl sie Vittorina gar nicht gekannt hatten.
Mir kam in den Sinn, daß die nun unten freigewordene Wohnung uns wahrscheinlich etwas Luft verschaffte. Und ein Baby war doch solch eine Attraktion.
Und dann bekam ich am Montag, ungefähr ein Jahr und einen Monat nach unserer Ankunft, eine weitere von Lucillas Balkonszenen zu sehen. Etwa zwanzig bis dreißig von uns hatten sich auf der Straße versammelt; wobei wir versuchten, nicht in den Dreck zu treten, den ein Bulldozer hinterlassen hatte, denn man hatte gerade damit angefangen, die Kirschbäume hinter der Madonnina niederzuwalzen. Noch mehr Arbeit für unsere Frau vom Reisigbesen. Vielleicht lag es an der Hitze, jedenfalls waren die Leute nicht übermäßig feierlich gekleidet. Nur Lovato, der so lange die Aufsicht über Vittorinas Gartenarbeit geführt hatte, kam in Anzug und Krawatte. Giampaolo hatte sich freigenommen und wirkte elegant, aber zwanglos. Die Gesichter glänzten vor Schweiß. In seinem verbeulten Renault, mit Dellen vorne, hinten und an

den Seiten, erschien Don Guido. Man unterhielt sich gedämpft, das helle Pfeifen einer blinden Amsel erfüllte die staubige Morgenluft. Die alte Signora Marini flüsterte mir zu, daß wir gerne kommen und ein paar Feigen pflücken könnten, wenn sie reif seien. Schwarze und grüne. Sie wisse, daß meine Frau Feigen mochte. Wie gehe es dem kleinen Michele? Gewicht? Schlafgewohnheiten? *Che caro!*
Der Leichenwagen bog um die Ecke, er kam aus der Richtung der stillgelegten Abfüllanlage, seine schimmernden grauen Türen trugen die wunderbar tröstliche Aufschrift *Azienda Municipale Servizi Funebri* – ein weiterer Zweig des AGMS. Männer in blauen Overalls gingen unter den kalifornischen Gesimsen hindurch in das Haus Nummer 10, wo sie in dem verdunkelten, nur mit Kerzen erleuchteten Raum den Sarg aufnahmen. Sie mußten aufpassen, daß sie auf dem gewienerten Marmor nicht ausrutschten. Die kränkelnden tropischen Pflanzen wurden beiseite geschoben. Dann erschienen die Männer zwischen den beiden Zwergzypressen, die die verglaste Eingangstür flankierten. Zwei oder drei Leute traten auf der Straße ein paar Schritte vor und legten Blumen auf den Sarg, aber da Vittorina nicht in Montecchio geboren worden war, gab es auch keine große Beerdigung. Der Leichenwagen hatte breite und tief heruntergezogene Seitenfenster, damit das polierte Holz gut zur Geltung kam. Don Guido mußte seine kaputte Autotür zweimal zuknallen.
Und da, gerade als der Leichenwagen losfahren wollte, gerade als sich die Menge bereitmachte, ihm zu folgen, preschte Lucilla, mit exzellentem Gespür für den richtigen Zeitpunkt, auf ihren Balkon, begann zu kreischen und raufte sich die Haare. Sie war hintergangen, betrogen, verraten worden! Vom Leben und vom Tod! Der einzig wahre Schatz war ihr genommen. Die einzige Gefährtin ihres Lebensabends. »Vittorina, Vittorina, *tesoro, cara,* wie konntest du nur? Wie konntest du nur vor mir sterben? *Maria Santissima, oh Gesù, perchè, perchè?*« Merkwürdigerweise zeigte ihre Vorstellung minde-

stens ebensoviel Wut wie Trauer, als ob der Tod ihrer Schwägerin sich nicht so sehr davon unterscheide, wie sie um die Wohnung von *il professore* betrogen worden war. Ein weiterer Verlust, eine weitere Verletzung ihrer Rechte. Sie entblößte ihre schiefen Zähne und heulte auf, sie raufte sich die Haare. Wahrhaft von Gram gebeugt, und wahrhaft theatralisch. Sie haderte mit Gott und spuckte aus. Doch diesmal war man nicht geneigt, irgend etwas daran überzeichnet oder lächerlich zu finden wie bei einer Karikatur. Denn anders als vor einem Jahr gehörte man jetzt zur Menge, man beobachtete und hörte respektvoll zu, man bot der faßförmigen Frau das Publikum, das sie brauchte. Und man verstand, daß es immer wieder einen Anlaß, viele Anlässe sogar, geben würde – auch in der modernen, hochtechnisierten Welt, wie sie sich Giampaolo erträumte, in der alle Probleme lösbar schienen –, wo ein Auftritt auf einem Balkon und ein wildes, ungehemmtes Wehklagen in drückender Hitze vor versammelter Menge nicht nur eine verständliche, sondern die angemessene Reaktion war.

Spät an diesem Abend öffneten wir zusammen mit den Visentinis die ersten Flaschen des *prosecco* und fragten uns, wer wohl unsere neuen Nachbarn sein würden. Eine Flasche war schal. Doch die zweite perlte wundervoll. Es gab einfach keine Erklärung dafür. Der Mond, der Luftdruck? »*Salute!* Gesundheit!« beeilte sich Orietta zu sagen und stieß mit uns an. »*Molto valido*«, lobte ich nach dem ersten Schluck. »*Discreto*«, stimmte Giampaolo zu, der nicht zu weit gehen wollte. »Aber *relativo*«, fügte Rita hinzu, »wenn nur eine von zwei Flaschen in Ordnung ist.« Die scharfsinnige junge Lara kicherte.

# Nachwort

Vier oder fünf Jahre nach meiner Ankunft in Italien habe ich in einem Anflug von Sehnsucht nach den Milchwagen und dem bunten Menschengewimmel auf der Acton High Street Brownings Buch *Oh to be in England* noch einmal gelesen. Es war nicht April, und in Montecchio gibt es keine Melonenblüten; und hätte es sie gegeben, hätte ich sie aufdringlich bunt gefunden, denn nichts liebe ich mehr als leuchtende Farben. Außerdem waren die Dinge, die Browning von England beschrieb, nicht die gleichen, an die ich mich erinnere. Ich habe eine Schwäche für die hintere Sitzbank oben im Bus zur Victoria Station, und für die stürmischen Böen auf der Edgware Street. Weder die Äste in den Obstgärten noch die Schwalben und Drosseln zählen zu meinen Erinnerungen an die Heimat. Und außerdem findet man all dies sowohl in der Toskana als auch im Veneto im Überfluß. Es ist unsinnig, Heimweh nach etwas zu empfinden, was man ständig in Fülle um sich hat. So daß Browning vielleicht nicht so sehr einen wirklichen Vergleich zwischen den beiden Ländern anstellen wollte, sondern in wunderschönen Worten nur zum Ausdruck bringt, daß er Heimweh hat. Und – was seltsamerweise daraus folgt – daß er nicht mehr zurückkehren wird. Denn jemand, der so intensiv sein Heimweh genießt, es so wirkungsvoll ausbreitet, hat den Punkt, an dem es kein Zurück mehr gibt, längst überschritten. Browning erinnert sich an England wie ein glücklich verheirateter Mann, der an einem warmen Frühlingsabend von einem Duft überrascht, sich an eine frühere Geliebte erinnert: mit Dankbarkeit, mit Freude, sogar mit einer Spur von Bedauern, aber ohne echtes Begehren. Wenn dieses Buch irgend etwas bewir-

ken kann, so hoffe ich, daß es vermittelt, wie ich diesen Punkt, an dem es kein Zurück mehr gibt, überschritten habe. Bei diesem Schritt versinkt man in einer Flut von Einzelheiten, angenehme wie unangenehme. Einzelheiten, die klebrig sind wie ein Spinnennetz; sehr bald ist man gefangen. Dieses Buch ist eigentlich kein Reisebuch; wenn es in den Büchereien eine solche Abteilung gäbe, würdc ich es eher bei den Ankunftsbüchern einordnen. Denn schließlich ist dieser handtuchgroße Flecken Italien, wo ich lebe, für mich zur Heimat geworden.
Hoffentlich gelingt es dem Leser – und sei es auch nur für einen kurzen Augenblick – sich hier ebenfalls zu Hause zu fühlen.

# Glossar

*A ciascuno il suo* – (Buchtitel, Autor: Sciascia)
*abitabile* – ausgebaut, bewohnbar
*accertamento* – Feststellung, Vergewisserung
*ad occhio* – nach Augenmaß
*addominali* – Bauchmuskelübung
*afa* – Schwüle, Smog
*Aggràppati al mattone* – Bleib bei deinen Ziegeln
*al dente* – bißfest
*al pesto* – mit Basilikumsoße
*allora* – dann, damals; also dann
*Alpini* – Alpenregiment
*Alto Adige* – oberes Etschtal, Teil der Region Trentino-Südtirol
*amaro/i* – Magenbitter
*ambulante/i* – Straßenhändler
*andar d'accordo* – einverstanden sein, sich verstehen mit
*anima in pena* – leidende Seele
*animale domestico* – Haustier
*anno/i* – Jahr
*antiestetico* – unansehnlich, unästhetisch
*aperitivo/i* – Aperitif
*aprile* – April
*Arena* – (Zeitungsname)
*arrivederci* – auf Wiedersehen
*auguri* – Herzlichen Glückwunsch, Alles Gute
*automobile* – Auto
*autonomi* – die Selbständigen, Freiberufler
*autostrada* – Autobahn
*Azienda municipale servizi funebri* – Städtisches Amt für Bestattungen
*baccalà* – Klippfisch
*barista* – Bedienung, Wirt(in)
*bassa* – Ebene
*bassa padana* – Poebene
*bell'animale* – schönes Tier
*Benvenuto a Reggio Mizzole* – Willkommen in Reggio Mizzole (Reggio steht für Reggio Calabria – wegen der vielen, nicht allzu gerngesehenen Süditaliener, die es in Mizzole gibt)
*boccucia* – das Mündchen
*Bombe sull'Inghilterra* – Bombardiert England (Kampfformel der Faschisten)

*braccino* – das Ärmchen
*brioche* – Hörnchen
*briscola* – ital. Kartenspiel
*bruschetta* – mit Olivenöl und Knoblauch getoastetes Brot
*buon giorno signora, buon giorno signore* – guten Tag, meine Dame, guten Tag, mein Herr
*buona fine, buon principio* – Glückliches Ende, guter Anfang (Glückwunsch zu Neujahr)
*buona notte* – gute Nacht
*bustarella* – kleiner Umschlag
*C'è il dottor Patuzzi?* – Ist dort Dr. Patuzzi?
*Cabernet* – Weinsorte Cabernet
*cachi* – Khakifrüchte
*cannoli* – Gebäck
*canonico* – kanonisch
*capofamiglia* – Familienoberhaupt
*cappuccino/i* – Cappuccino
*cara Mamma* – liebe Mama
*carabinieri* – polizeiähnliche Truppe
*cari morticelli, i* – die lieben Verblichenen
*carino* – nett, herzig
*carogna* – Aas
*carta bollata* – mit Gebührenstempeln versehenes amtliches Papier
*casa* – Haus
*casa a schiera* – Reihenhaus
*case popolari* – Sozialwohnungen
*cassonetto* – Müllcontainer
*castello di Montecchio, il* – Schloß von Montecchio
*cenone* – Menü
*centesimo* – kleinste Währungseinheit
*Che agitassiòn, che agitassiòn, Signor Tino* – Was für eine Aufregung, Signor Tino
*Che caro!* – Wie süß!
*che tu porti iella* – daß du Unglück bringst
*chi ti cucinerà?* – Wer wird für dich kochen?
*Ciao ciao bambina, un bacio ancora* – Tschüs, Kleine, noch ein Küßchen
*ciliege avvelenate* – vergiftete Kirschen
*cimitero monumentale* – Zentralfriedhof
*cioccolatino* – Praline
*complicità* – Mitschuld
*comunque* – wie auch immer, auf jeden Fall, sowieso, immerhin
*concorso* – Menschenmenge; (zufälliges) Zusammentreffen; Ausscheidung; Beihilfe zum Verbrechen
*concurrenza sleale* – unlauterer

Wettbewerb
*condoglianze* – Beileid
*condono* – Straferlaß
*condono edilizio* – Bauabnahme
*contadino/i* – Bauer
*continuativo* – regelmäßig
*contratto* – Vertrag
*contribuente/i* – Steuerzahler
*controindicato* – kontraindiziert; absolut nicht empfehlenswert
*coretto* – richtig; Espresso mit Grappa
*Corriere della Sera* – (Zeitungsname)
*Così bello!* – Wie schön!
*cotechino* – dicke Schlackwurst
*cotto* – hier: Terrakotta
*Credere, Ubbidire, Combattere!* – »Glauben, Gehorchen, Kämpfen!« (faschistische Propagandaformel)
*credo di sì* – Ich glaube, ja
*D'accordo, va bene* – einverstanden, in Ordnung.
*denuncia* – Anzeige
*dèshabillè* – Negligè
*detto, il capitano* – genannt, der Kapitän
*di fiducia* – des Vertrauens
*diamine* – zum Teufel
*digestivo* – Magenlikör
*dipendente/i* – Angestellte/r, abhängig Beschäftigter in der freien Wirtschaft
*discretamente bene* – ziemlich gut
*discreto* – ganz ordentlich, ziemlich gut
*ditino/i* – Fingerchen
*documento/i* – Dokument, Urkunde
*dolce* – Nachtisch, Süßigkeit
*Domenica dell'Olivo* – Palmsonntag
*dorsali* – Rumpfbeugen
*È mio, è mio, l'appartamento è mio* – Sie gehört mir, mir, die Wohnung gehört mir
*ecco fatto* – es ist vollbracht
*Ecco, legga, legga, Signor Tino* – Hier, lesen Sie, Signor Tino, lesen Sie!
*eccoci qua* – hier sind wir
*emarginati* – Außenseiter der Gesellschaft
*espresso* – Espresso
*esserino* – das kleine Wesen
*estremamente interessante* – sehr interessant
*extra systole* – Extrasystolen
*fantasmi* – Geister, Gespenster
*fare una bella figura* – einen guten Eindruck machen
*ferragosto* – 15. August, Bankfeiertag
*Festa dell'amicizia* – Fest der

Freundschaft (Fest der Democrazia Cristiana)
*Festa dell'unità* – Fest der Einheit (Fest der kommunistischen Partei)
*Festa della Liberazione* – Fest der Befreiung (vom Faschismus)
*fiaccolata* – Kerzenumzug
*fidanzata* – Verlobte
*fidanzato* – Verlobter
*filare* – Reihe
*finalmente* – endlich
*Finora io e te abbioamo sempre collaborato in modo amichevole* – Schließlich haben wir immer auf freundschaftlicher Basis zusammengearbeitet
*fioretto* – »Akt der Demütigung«, Kränkung (auch Florett)
*flessioni* – Liegestützen
*formaggio* – Käse
*fornetto/i* – kleiner Ofen
*frate* – Mönch
*frate indovino* – der wahrsagende Mönch
*Friuli* – Friaul
*fuori del mondo* – aus der Welt; der Welt entrückt
*furbo/a* – schlau, gerissen
*furbizia* – Gerissenheit
*furgoncino* – Kleinlaster
*galani* – in Fett gebackene, mit Zuckerguß glasierte Krapfen
*gambina* – Beinchen
*generoso* – großzügig
*gentaccia* – schlechte/böse Leute
*gentile* – freundlich, liebenswürdig
*Gibilterra* – England (eigentlich Inghilterra, aber nach dem Nummernschild GB landläufig)
*gingerino* – Aperitiv
*ginocchietti* – die kleinen Knie
*giubbottino* – Jäckchen
*Gradirebbe un gingerino, Signora Rosa, una tazza di tè?* – Möchten Sie vielleicht einen Gingerino, Signora Rosa, eine Tasse Tee?
*grappa* – Grappa, Traubenschnaps
*Grazie al cielo* – dem Himmel sei Dank
*Grazie Gesù, grazie* – Danke, Jesus, danke
*guantini* – kleine Handschuhe
*gufo* – Eule
*I fioretti di San Gaspare* – die Kasteiungen des heiligen Kasper
*I miracoli di Sant'Antonio* – die Wunder des heiligen Antonius

*I morti* – die Toten
*I pensionati baby* – »die Babyrentner« (sehr junge Rentner)
*Il calendario del frate indovino* – der Kalender des wahrsagenden Mönchs
*Il cane è un animale domestico* – der Hund ist ein Haustier
*Il Duce* – der Führer (Mussolini)
*Il mio falegname di fiducia* – der Schreiner meines Vertrauens
*imbottigliamento* – das Abfüllen
*imbottigliato* – abgefüllt
*imprenditore/i* – Unternehmer
*in quel caso non insisto* – in dem Fall bestehe ich nicht darauf
*in regola* – in Ordnung
*incompetente* – inkompetent
*indipendente di Sinistra* – die unabhängige Linke
*indovino* – Wahrsager
*Industria ed onestà* – Fleiß und Ehrlichkeit (Propagandaformel der Faschisten)
*Investment International* – (Zeitschriftenname)
*L'ombelico verde d'Europa* – der grüne Bauchnabel Europas
*L'ordine dei frati del preziosissimo sangue* – Orden der Brüder vom kostbaren Blut
*La casa e la città* – (Buchtitel, Autorin: Natalia Ginzburg)
*La fortuna del fabbro* – das große Los der Schmiede
*La Gazetta dello Sport* – (Name einer Sportzeitung)
*La legge non mi tange* – das Gesetz betrifft mich nicht
*La perfida Albione* – (sehr abwertend) das perfide Albion (= England)
*La ringrazio* – Ich danke Ihnen
*salvezza* – Wildheit
*La stagione è finita* – Die Saison ist vorbei
*la strada delle zitelle* – Straße der alten Jungfern
*La verità nella filosofia, nella matematica e nella fisica.* – Die Wahrheit in der Philosophie, der Mathematik und der Physik.
*Lacryma Christi* – Süßwein
*laghetto* – kleiner See
*lasagna* – Lasagne
*Le ho detto mai* – ich habe ihr gesagt: niemals
*lettore/i* – Leser
*liberazione* – Befreiung
*liberi professionisti* – Freiberufler
*smog* – Smog

*loculi* – Sargnischen
*lumino* – (winziges rotes Grab-)Licht
*luna* – Mond
*macellai* – Metzger
*mafiosi* – Mafiosi
*Maggio* – Mai
*maglioncino* – Jäckchen
*magnaron* – ein winziger Fisch
*mai* – nie
*maligno/a* – boshaft, bösartig
*mamma e papà* – Mama und Papa
*Mamme, bambini, ragazzi, ragazze* – Mütter, Kinder, Jungen, Mädchen
*Mammina* – Mütterchen
*manifesti funebri* – Bestattungen
*manina/e* – Händchen
*Maria Santissima, oh Gesù, perchè, perchè?* – Heilige Maria, o Jesus, warum, warum?
*marocchino/i* – Marokkaner; Teppichhändler; marokkanisch
*maschio* – männlich
*meraviglioso* – wunderbar
*meridionali* – Süditaliener
*mi scusi* – entschuldigen Sie
*Mi scusi?* – Wie bitte?
*mistificazione* – Mystifizierung
*mostarda* – Senf
*motorino* – Moped
*mussulmani* – Moslems
*nasino* – Näschen
*Non c'è più religione* – Es gibt eben keine Religion mehr
*Non è vero?* – Oder etwa nicht?
*Non fortuna, sed labor* – Nicht Glück, sondern Arbeit (Grabinschrift)
*non possono rompere le palle!* – (frei übersetzt) »sie können einen nicht an den Eiern packen«
*non-statali* – nicht im Staatsdienst tätige Leute
*novello* – neuer Wein
*NUOVA ALTA TENSIONE* – NEUE HOCHSPANNUNG
*o davvero?* – ach, wirklich?
*O Dio!* – O mein Gott!
*O Gesù salvaci!* – O Jesus hilf!
*omertà* – Mauer des Schweigens, Schweigepflicht
*otto mantovane, per favore* – acht Mantovane-Brötchen, bitte
*padrona* – Herrin
*padrona di casa* – Hausherrin
*padroni* – Herren
*palazzina/e* – kleines Herrenhaus

*palo della cuccagna* – eine Art Maibaum
*pan di spagna* – »spanisches Brot« (Gebäck)
*pane comune* – gewöhnliches Brot
*panettone/i* – ital. Weihnachtskuchen
*pantaloncini* – kleine Hosen
*Parla Giordano. Una questione di documenti* – Hier spricht Giordano. Es geht um Dokumente.
*Pasqua* – Ostern
*Pasquetta* – Ostermontag
*Pasta del capitano* – (Zahnpastamarke)
*pastafrolla* – Mürbeteiggebäck
*pasticceria* – Konditorei
*pazza/completamente pazza* – verrückt/total verrückt
*pecorelle* – Schäfchen(wolken)
*pensione/i* – Pension
*peperoni* – Paprika
*per bene* – im Guten
*Per carità!* – Um Gottes willen!
*per favore, dottore* – bitte, Herr Doktor
*Per l'amore di Dio* – Um Gottes willen!
*per tutti* – für alle
*per una verifica* – zur Kontrolle
*però* – aber
*pianura* – Ebene
*piedino/i* – Füßchen
*pietra serena* – Art Sandstein
*Pista, pista!* – Macht Platz!
*polenta* – Polenta
*polizia* – Polizei
*porti pazienza* – hab Geduld
*poveretta* – die Ärmste
*poveretto* – der Ärmste
*pre-concorso* – Vorausscheidung
*professore* – der Professor
*prosciutto crudo* – roher Schinken
*prosecco* – Prosecco, Schaumwein
*provincia* – Provinz
*psichiatra* – Psychiater
*quattordicesima* – das vierzehnte (Monatsgehalt)
*quel povero corpicino* – dieser arme kleine Körper
*Qui, sotto piombo nemico, caddero due patrioti* – Hier sind zwei Patrioten gefallen, durchlöchert von feindlichem Blei
*quindicesima* – das fünfzehnte (Monatsgehalt)
*radicchio rosso* – Radicchio rosso (Salatart)
*rapprochement* – Annäherung
*relativo* – relativ
*residenza* – Wohnsitz
*responsabile, il* – der Verant-

wortliche
*roba buona* – beste Ware
*salotto* – Wohnzimmer
*saltuario* – sporadisch
*Salute* – Zur Gesundheit, Prost
*Salve, Moreno, tutto bene?* – Hallo, Moreno, alles in Ordnung?
*sanitaria* – eine Art Drogerie
*sarta di fiducia* – Schneiderin des Vertrauens
*sartoria per donna* – Damenschneiderei
*scampagnata* – Ausflug ins Grüne
*scarpine* – Schühchen
*scartoffie* – Altpapier, Müll
*scrutatori* – Stimmenzähler
*sederino* – der kleine Hintern
*sì giustissimo* – ja, genau
*Signal* – (Zeitschriftenname)
*signora* – Frau, Dame
*signori inglesi* – die englischen Herrschaften
*solaio* – Dachboden, Speicher
*soluzione felice* – eine glückliche / zufriedenstellende Lösung
*sotto voce* – leise
*sporgere una denuncia* – Anzeige erstatten
*squisito/i* – ausgezeichnet, exquisit
*statale/i* – Beschäftigter im öffentlichen Dienst
*Stato di famiglia* – Familienstand
*stella/e natale* – Weihnachtsstern
*stile Bovolone* – im Stil von Bovolone
*tabaccheria* – Tabakwarenladen, wo man auch die Briefmarken bekommt
*tacciono* – (Toiletten- / Wasser-)Spülung
*tassa sui rifuti* – Abfallbeseitigungsabgabe
*taverna/e* – Partykeller
*telenovela* – Seifenoper
*tesoro* – Schatz
*testina* – Köpfchen
*tiramisù* – Tiramisù (Nachtisch)
*tortellini* – Tortellini (Nudelart)
*totale* – hier: operative Entfernung der Gebärmutter
*Traminer* – Rebsorte
*tredicesima* – das dreizehnte (Monatsgehalt)
*Tribunale del Lavoro* – Arbeitsgericht
*trigliceridi* – Triglyceride
*troppo bravo* – großartig, sehr gut
*troppo gentile* – zu liebenswürdig
*tutina* – Strampelanzug

*uccellino/i* – Vögelchen
*Un panino, due* – Ein Brötchen, zwei
*un uomo squisito* – ein ausgezeichneter Mann
*Unità* – (kommunistische Tageszeitung)
*uva moscata* – Muskatellertrauben
*va bene* – in Ordnung, ist gut
*vado matto* – ich werde verrückt
*valido* – gültig, triftig, kräftig
*vendemmia* – Weinernte
*vendemmia 1981* – Jahrgang 1981 (bei Weinen)
*vergogna* – Schande, Scham
*vestitino* – das Kleidchen
*vigile* – Schutzmann
*villetta* – kleines Landhaus
*villetta a schiera* – Reihenhaus
*vis-à-vis* – gegenüber
*Viva, viva, Natale arriva* – etwa: Oh, gesegnete Weihnachtszeit
*zanzara/e* – Mücke